Przypadki
pani Eustaszyny

Maria Ulatowska

Przypadki pani Eustaszyny

Prószyński i S-ka

Projekt okładki
Olga Reszelska

Zdjęcie na okładce
Vladimir Semenov/Fotolia.com; Istockphoto.com

Redaktor prowadzący
Anna Derengowska

Redakcja
Ewa Witan

Korekta
Mariola Będkowska

Łamanie
Jolanta Kotas

ISBN 978-83-7839-077-0

Warszawa 2012

Wydawca
Prószyński Media Sp. z o.o.
02-651 Warszawa, ul. Garażowa 7
www.proszynski.pl

Druk i oprawa
ABEDIK S.A.
ul. Ługańska 1, 61-311 Poznań

Umrzeć? O, nie – nie mam na to czasu!

Moim kochanym Zwierzakowcom
— za to, że są.

Oświadczam stanowczo i pod przysięgą, że:

*Wszystkie opisane tu sytuacje z udziałem osób
pełniących jakiekolwiek funkcje publiczne lub zawo-
dowe, są ABSOLUTNIE nieprawdziwe i CAŁKOWICIE
wymyślone przez autorkę.*
  *Choć – gdyby tak mocno się uprzeć – to może jednak
... kiedyś ... coś takiego mogłoby się zdarzyć...*
  Bo niby – dlaczego nie???

  *A wszystkie nazwiska są po prostu wzięte z sufitu.
Nawet nie z książki telefonicznej.*

  *Prawdziwe jest tylko nazwisko autorki (Choć, czy ja
wiem? W końcu nie moje, a po mężu...).*

Osoby:

Pani Eustaszyna Krzewicz-Zagórska – główna bohaterka. Osoba w wieku... powiedzmy: ponad średnim. Głowa rodziny, ciocia Winia, nadzorująca i monitorująca wszystkie rodzinne wydarzenia. Często ich inicjatorka.
Wielbicielka Jarmarków Dominikańskich i całego Trójmiasta. Fanka Adama Małysza.
Admiratorka państwowej służby zdrowia.
Współautorka bestsellerowej książki.

Pan Eustachy Krzewicz-Zagórski – mąż głównej bohaterki, w wieku nieco bardziej zaawansowanym niż żona. Cichy, spokojny, zgodny. Wielbiciel kawy, prasy, dobrego ciasta, a ostatnio także pewnej trójkolorowej kotki. No i swojej żony oczywiście.

Marcelina Krzewicz-Zagórska, a właściwie **Marcja** – bratanica pana Eustachego, przez jego żonę uznawana za siostrzenicę, bo (zdaniem owej żony) to przecież wszystko jedno. Bohaterka wątku romansowego; wybierając między dwoma mężczyznami, wybiera oczywiście tego właściwego. Pod koniec opowieści matka Jadwigi Aleksandry; a także pani dwójki zwierzaków: suczki

9

Czarnej oraz kotki Burki. Żona... a tego nie zdradzę... jednego z dwóch występujących w powieści wspaniałych mężczyzn. Graficzka, pracująca na własny rachunek.

Jerzy Tarczyński – jeden z „mężczyzn Marcji". Inżynier budownictwa, pracujący w przedsiębiorstwie państwowym. W opinii pani Eustaszyny nieco safandułowaty. Jednak niezastąpiony przy załatwianiu biletów teatralnych.

Cezary Antonowicz – drugi mężczyzna Marcji. Kardiolog, robiący doktorat. Domowy lekarz pana Eustachego, którym zostaje w wyniku pewnego przedsięwzięcia żony pana Krzewicz-Zagórskiego.

Pani Aleksandra Brzeska – a właściwie **pani Oleńka** (nikt nigdy w życiu nie powiedział do niej: Aleksandro). Sąsiadka i przyjaciółka państwa Krzewicz-Zagórskich. Autorka książki „A jeśli byłaby dziewczynka ...", napisanej we współpracy z panią Eustaszyną. Osoba w wieku też jakby ponad średnim, wszakże o dziesięć lat młodsza od swojej sąsiadki. Mama Konrada, mieszkającego obecnie w Madrycie, występującego tylko w rozmowach przyjaciółek.

Stefania Kozłowska – siostrzenica głównej bohaterki, mniej przez nią kochana od bratanicy męża, ponieważ nierozważnie wyszła za mąż za kogoś o tak pospolitym nazwisku. Zastępca dyrektora w wydziale ekonomiczno-finansowym urzędu dzielnicowego; „tylko księgowa" w rozumieniu cioci Wini. Tak naprawdę ekonomistka po wyższych studiach.

Jan Kozłowski – mąż Stefanii, właściciel pospolitego nazwiska. Astronom, wykładowca na Uniwersytecie Warszawskim, z tytułem profesora, co i tak, zdaniem cioci Wini, jest tylko bujaniem w gwiazdach i tyle. Człowiek, który swoją pracą naukową zadziwił Uniwersytet Yale.

Majka Kozłowska i Tomek Kozłowski – dzieci Stefki i Jana, już pełnoletnie, wszakże ciągle uważane za dzieciaki. Wielbiciele Nowego Jorku, jednak tylko na początku – potem zdecydowanie wybierają swój Mokotów, w swojej Warszawie.

Osoby, które wystąpiły epizodycznie:

Roman Wierzbicki – stary przyjaciel pana Eustachego, poprzednio inżynier, obecnie przedsiębiorca, zajmujący się projektowaniem i wykonawstwem mebli kuchennych. **Żona, Zofia,** prowadzi Dom Handlowy „Roman" ze sprzętem AGD, właścicielka kilku niebieskich kotów rosyjskich.

Anna Towiańska, Irena Malinka, Dionizy Bartczak, bracia Konieczni – właścicielka pensjonatu „Sosnówka" i jej przyjaciele.

Piotr Żętycki – prezes i współwłaściciel wydawnictwa „Oczko", w którym dwie debiutujące współautorki wydają swoje powieści.

Pani Ewa – koleżanka pani Eustaszyny, matka Ireny, która wraz z mężem Tadeuszem kupuje mazurską działkę taty Marcji.

Pani Konstancja Wilmońska – właścicielka działki budowlanej w Dziekanowie Leśnym, od której Marcja nabyła tęże działkę.

Pan Stanisław Szyngweld – przypadkowy przechodzień spotkany na molo w Sopocie, objaśniający paniom Eustaszynie oraz Oleńce tajniki remontu tegoż mola.

Barbara Szaniawska – przyjaciółka Marcji, będąca świadkiem na jej ślubie. Pod koniec opowieści mama Jędrusia. **Mąż – Damian**, występujący w rozmowie telefonicznej z Marcją.

Waldemar Bronowski – przyjaciel Jerzego, współtwórca jego sukcesu w zdobyciu biletów na „Kupca Weneckiego".

Tomek Karpiniak – stolarz z firmy „Hebel", wykonującej budę, czyli letni domek dla suczki Marcji.

Tomasz Bąkowski – uprzejmy młody człowiek, pomagający wraz z żoną naszym bohaterkom w „Złotych Tarasach". W tymże centrum handlowym pani Eustaszyna i pani Oleńka spotykają też pewnego okropnie źle wychowanego młodego człowieka, a w wyniku tego spotkania obie panie zawierają następnie znajomość z kelnerką i innymi gośćmi kawiarni w „Złotych Tarasach".

Poza tym w powieści spotkamy rejestratorkę medyczną, **Katarzynę Jankowską,** a także chirurga z państwowej przychodni lekarskiej. Jeśli już o służbie zdrowia mowa, to występują także: siostra oddziałowa, pewna salowa, pielęgniarki oraz lekarze ze szpitala, w którym panu Eustachemu wszczepiano rozrusznik serca. Następnie: lekarka robiąca USG cioci Wini, a także pielęgniarki i lekarze ze szpitala, w którym panią Eustaszynę poddano laparoskopowemu usunięciu pęcherzyka żółciowego. Oraz lekarz wykonujący Marcji USG i ginekolog-położnik przyjmujący na świat małą Jadwigę Aleksandrę.

Monika Malinowska z Wisły, Lucyna Bielska z Kraśnika Lubelskiego i pani z Towian, o nieustalonym nazwisku – współtowarzyszki pani Eustaszyny z sali szpitalnej. Oraz **pan Malinowski,** tata Moniki.

A na samym wstępie poznajemy – panią „mi...chalską" oraz panią Wandzię i strażnika z Ministerstwa Zdrowia. Ponadto: pewnego stomatologa oraz panią Małgosię, pomoc stomatologiczną, zwracającą się do Swojego Dentysty dużymi literami.

Występują także dwie panie z Galerii Małyszów w Wiśle.

W pamięci czytelnika z pewnością zapiszą się też postacie z pierwszego spotkania literackiego stoczterdziestoszcioletniej spółki autorskiej; bibliotekarka, pani w toczku i publiczność. No i wschodząca gwiazda telewizyjnych seriali, czytająca fragmenty książki.

Nie można również zapomnieć o **księdzu Czesławie** i dwojgu pozostałych brydżystów z parafii pani Eustaszyny.

Cichym – czyli nic nie mówiącym – ale bardzo ważnym bohaterem opowieści (może nawet najważniejszym) jest pewna **mazurska sosna**, bez której... nie do końca wiadomo, jak potoczyłyby się losy siostrzenicy pani Eustaszyny.

Pojawia się także, na chwilę – bo to wystarczy – **pracownica schroniska dla zwierząt** w Józefowie.

I, wreszcie, choć to nie osoby, nie mogę ich pominąć – występują, aczkolwiek nie centralnie – **suczka Czarna oraz trzy kotki: Burka, Trojka i Neska.**

To już chyba naprawdę wszyscy.

Miłej lektury!

Rozdział pierwszy

Pani Eustaszyna z mozołem weszła po schodkach, otworzyła drzwi i ... zamarła. Przed nią kłębił się tłum ludzi różnej płci, którego średnia wieku wynosiła z pewnością około siedemdziesięciu pięciu lat. I to tylko dlatego, że ona, Eustaszyna Krzewicz-Zagórska, swoją liczbą lat tę średnią zaniżała. Tak wszystkim by mówiła, bo ile naprawdę miała tych lat, wiedziała tylko ona i uważała, że to wystarczy. Natomiast jej mąż Eustachy, niestety, miał lat trochę więcej niż ta średnia tutaj – i ostatnio czuł się nie najlepiej. Dlatego ona, dobra żona, przyszła tu, by ustalić postępowanie w tej kwestii.

Tu – to znaczy do ich „przydziałowej" przychodni lekarskiej. Ale się nie spodziewała, że razem z nią akurat o tej samej porze przyjdzie tyle osób. To, że tylu pacjentów jest tu o każdej porze, nawet by jej do głowy nie przyszło.

Pani Eustaszyna rozejrzała się na boki i raptem przeistoczyła się w bardzo niedołężną, utykającą i zgarbioną starowinkę. Podeszła do kłębiącego się – wokół jakiejś lady – tłumu ludzi.

– Posuń się troszkę, moje dziecko – powiedziała do pani mniej więcej sześćdziesięciopięcioletniej, którą

15

tak to „dziecko" usatysfakcjonowało, że przesunęła się posłusznie, nie omieszkując jednak zapytać uprzejmie:

– A bo co?

– A bo ja chcę tylko o coś zapytać – odpowiedziała słabym głosikiem pani Eustaszyna, wślizgując się zręcznie między ludzi skupionych przy długiej ladzie, za którą siedziała umęczona kobiecina z obłędem w oku.

– Proszę panienki – zaszemrała w jej stronę pani Eustaszyna tak cichym i rwącym się głosem, że wszyscy odruchowo wyciszyli swoje kłótnie i protesty: „Pan tu nie stał, a pani w ogóle tu nikt nie widział itd., itp.".
– Proszę panienki, co ja mam zrobić, żeby dostać się do kardiologa? – zapytała pani Eustaszyna.

– A skierowanie pani ma? – warknęła „panienka".

– Skierowanie? Jakie skierowanie? Od kogo?

– Znaczy, nie ma, tak?

– No, nie mam – szepnęła pani Krzewicz-Zagórska, nie wypadając z roli biednej, przemęczonej, schorowanej staruszki.

– No więc niech stanie w kolejce i zapisze się na wizytę do lekarza pierwszego kontaktu. Będzie trzeba, to skierowanie wypisze. A jak nie, to nie – odpowiedziała pani zza lady.

– A jak nie, to nie – powtórzyła pani Eustaszyna.
– A w jakiej kolejce, moje dziecko?

– No, nie widzi pani? – zdenerwowała się już osoba, przed którą wcisnęła się nasza staruszka. – W tej kolejce, o tu! Wszyscy stoją, a koniec jest gdzieś tam.
– Machnęła ręką do tyłu.

– W kolejce. Gdzieś tam – obejrzała się pani Eustaszyna. – O, niedoczekanie.

I wyprostowana na całą swoją imponującą stupięćdziesięciocentymetrową wysokość, pozbywszy się miny i postury zniedołężniałej staruszki, pani Krzewicz-Zagórska dziarskim krokiem wymaszerowała z przychodni, pozostawiając w osłupieniu posłusznie tłoczących się w kolejce pacjentów.

Na ulicy wyciągnęła z torebki telefon komórkowy i nacisnęła przycisk jednorazowego wybierania, na którym miała zakodowany numer swojej ulubionej korporacji taksówkowej.

– Jestem na ulicy Próżnej. Od strony placu Grzybowskiego. Proszę o taksówkę, natychmiast – zażądała. – Wiem, że tu jest zakaz wjazdu, ale chyba taksówki mają jakieś uprawnienia, żeby po chorych podjeżdżać, prawda? No więc ja właśnie stoję przed przychodnią lekarską i proszę szybko taksówkę przysłać, bo długo stać nie mogę.

– Do Ministerstwa Zdrowia – poleciła pani Eustaszyna, wsiadając do taksówki, która zmaterializowała się przed nią trzy minuty po telefonie.

Nasza bohaterka wmaszerowała do Ministerstwa Zdrowia pewnym krokiem i od razu skierowała się do umundurowanego osobnika, stojącego przy takiej dziwnej bramce.

– Prowadź mnie, młody człowieku, do pani minister – zażyczyła sobie zdecydowanym głosem.

– Przepraszam, a jak pani nazwisko? Była pani umówiona? Poproszę o przepustkę – uprzejmie aczkolwiek stanowczo poprosił wartownik.

– Przepustkę? Moje nazwisko Eustaszyna Krzewicz-Zagórska. Ja nie potrzebuję się umawiać i nie potrzebuję żadnych przepustek. Pani minister na pewno mnie przyjmie! – oznajmiła. – To pan nie wie, kto ja jestem? I proszę szybko, bo mam mało czasu.

Wartownik, nieco oszołomiony zdecydowaniem i postawą tej przedziwnej osoby, zadzwonił do sekretariatu.

– Pani Wandziu, jest pani minister? A zajęta? A bo przyszła taka dziwna starsza pani, która zdecydowanie domaga się wpuszczenia do pani minister, twierdząc, że na pewno ją przyjmie i denerwuje się bardzo, że ja nie wiem, kim ona jest.

– Dziwna starsza pani? – Pani Eustaszyna, stojąc tuż za nim, słyszała całą rozmowę. – Proszę mi dać tę słuchawkę. – I wyjęła telefon z ręki strażnika, kompletnie zaskoczonego i niespodziewającego się takiego działania. – Moje dziecko – powiedziała – kimkolwiek jesteś, radzę ci, żeby natychmiast ktoś mnie do pani minister zaprowadził. Czekam tu, na dole. – Odłożyła słuchawkę.

Pani Wandzia zajrzała do gabinetu, w którym pani minister wyjątkowo była sama, aczkolwiek obłożona całą stertą teczek i materiałów – i zreferowała cały incydent.

– A wie pani co, pani Wandziu? Niech ją ktoś przyprowadzi, bo mnie zaciekawiła – zdecydowała pani minister.

– A jeśli to jakaś wariatka? – przestraszyła się pani Wandzia.

– No, trochę niezrównoważona jest z pewnością, w innym wypadku tak by się nie zachowała. Ale przecież nie powystrzela nas chyba. Niech ją przepuszczą przez bramkę i sprawdzą – i niech przyjdzie.

– Dzień dobry!

Do gabinetu pani minister wkroczyła drobna starsza pani, bynajmniej nie wyglądająca na niezrównoważoną. Przeciwnie – wyglądała bardzo elegancko, dystyngowanie i robiła wrażenie osoby całkiem bystrej.

– Dziękuję, że zgodziła się pani mnie przyjąć, chociaż nie byłam umówiona. Ale zapewniam, że nie miałam czasu na umawianie się, a dlaczego, to zaraz pani zobaczy. Proszę wezwać swojego kierowcę i wyjeżdżamy – zadysponowała ta starsza pani, która z początku wydała się osobą całkiem zrównoważoną, ale w tej jednej chwili pani minister musiała zmienić o niej zdanie.

– Jak to, wyjeżdżamy? Dokąd? – zapytała. – I kim w ogóle pani jest? Dlaczego wydaje się pani, że ma pani jakieś prawo do wydawania mi poleceń?

– Mogę usiąść? – spytała pani Eustaszyna, widząc, że jednak musi udzielić obszerniejszych wyjaśnień.

Rozsiadła się, nie czekając na stosowne zaproszenie i rozpoczęła swoją przemowę.

– Jakie mam prawo do wydawania poleceń? Otóż prawo pracodawcy, moja droga. Przecież to ja płacę pani pensję.

Pani Eustaszyna zdawała się nie zauważać takiej drobnostki, że nawet gdyby jej podatki, całoroczne – bo to właśnie miała na myśli, mówiąc o płaceniu pensji – rzeczywiście przeznaczone były w całości na uposażenie pani minister, pokrywałyby one zapewne jakąś jedną, no powiedzmy, setną część tegoż uposażenia. Miesięcznego.

– Następnie – kontynuowała – prawem wyborcy. Głosowałam na pani partię i dlatego ma pani to stanowisko.

Cóż, jakaś część racji w tym rozumowaniu była, chociaż pani Eustaszyna nie pomyślała, że pani minister piastuje swoje stanowisko raczej dlatego, że zaproponował jej to premier, a nie dlatego, że ona, Krzewicz-Zagórska, głosowała na określoną partię.

– A gdyby nie wystarczyły te wyjaśnienia, dodam jeszcze, że z racji wieku. Otóż jestem dwa razy starsza od pani i choćby z tego tytułu należy mi się szacunek i posłuszeństwo. Nie zwlekaj więc, moje dziecko, tylko dzwoń po tego swojego kierowcę i jedziemy.

Pani minister, oszołomiona z początku w sposób paraliżujący, po złapaniu pierwszego oddechu wbrew samej sobie zaczęła się coraz lepiej bawić.

A, co mi tam, pomyślała. Do tej pory, gdy ktokolwiek wchodził do gabinetu, oznaczało to za każdym razem mniejsze lub większe kłopoty. Teraz natomiast odprężyła się i poczuła tak, jak gdyby miała iść na wagary. Kontakt z człowiekiem to kontakt z wyborcą, przypomniał jej się jeszcze jakiś slogan i postanowiła: zrobię to!

Nacisnęła przycisk telefonu.

– Niech pan Stefan podjedzie pod główne wejście – poprosiła sekretarkę.

– Jak długo pani nie będzie, pani minister? – zapytała tylko pani Wandzia.

– Jak długo nas nie będzie? – zapytała pani minister siedzącą przed nią starszą panią.

– Aż załatwimy sprawę – usłyszała i taką też odpowiedź przytłumionym głosem przekazała swojej sekretarce.

Podjechały pod przychodnię przy Próżnej i pani minister, usłyszawszy w samochodzie, czego oczekuje od niej dziwna nowa znajoma, aż się złapała za głowę.

Okazało się bowiem, że pani Krzewicz-Zagórska musi, ale to bezwzględnie musi, dostać się do kardiologa, a w przychodni jakieś kłody pod nogi jej rzucają.

Tu gwoli wyjaśnienia – powiedzieć należy, że państwo Krzewicz-Zagórscy nie musieli dotychczas korzystać z państwowej służby zdrowia, ponieważ, po pierwsze, byli, jak na swój wiek, wyjątkowo zdrowi obydwoje, a po drugie, brat pana Eustachego, Marceli, kardiolog, opiekował się lekarsko całą swoją rodziną, przepisując środki zarówno na przeziębienie, jak i na lekką chorobę wieńcową, która niedawno zaczęła rozwijać się u pana Eustachego. Jeśli, jego zdaniem, potrzebne były jakieś badania lekarskie czy laboratoryjne, wystawiał po prostu wewnętrzne skierowanie i szpital, w którym pracował pan Marceli, mniej lub więcej legalnie wykonywał to wszystko. Kwestia ewentualnej nielegalności nigdy nie zakiełkowała w głowie pana Marcelego, a gdyby nawet tak się stało, to strach przed bratową byłby zawsze większy niż strach przed jakimiś konsekwencjami z tytułu badań zleconych niezgodnie z przepisami. Pani Eustaszyna miała respekt w całej rodzinie, ot co!

Niestety, brat pana Eustachego niedawno zmarł, o ironio, na bardzo gwałtowny i rozległy zawał serca. Pani Eustaszyna podejrzewała nawet, że zrobił to nieco złośliwie. I tak oto państwo Krzewicz-Zagórscy zostali bez swojej nadwornej opieki medycznej, a pani Eustaszyna właśnie dzisiaj zawierała znajomość z państwową służbą zdrowia.

Pani minister bliska była wyskoczenia z samochodu, by rzucić się do panicznej ucieczki, jednak, przypomniawszy sobie, że znalazła się w tej sytuacji niejako na własne życzenie, opanowała się i energicznym krokiem, z drepczącą z tyłu panią Eustaszyną, wkroczyła do przychodni. Obraz, jaki ujrzała, istotnie wstrząsnął nią nieco. Dziki tłum, opisywany przez towarzyszącą jej starszą panią, kłębił się wokół rejestracji, czyniąc tumult nie do opisania.

Na szczęście w tym zamieszaniu nikt nie zwrócił uwagi na wchodzących, a pani minister, która miała wiele do czynienia z różnymi mediami, opanowała do perfekcji sztukę mimikry i przygarbiwszy się, jak mogła, starała się nie zwracać na siebie uwagi zgromadzonych pacjentów.

Wypatrzyło ją jednak bystre oko pracownicy służby zdrowia, czyli pani rejestratorki, która przecież nie mogła nie poznać swojej branżowej zwierzchniczki.

Skinąwszy na koleżankę ze stanowiska, przy którym wydawano wyniki badań laboratoryjnych, poprosiła o zastępstwo przy okienku rejestracji, a sama wyskoczyła zza lady, za którą siedziała, i podskoczyła do swojej najważniejszej szefowej.

– Dzień dobry, pani mi...

– Cicho! – syknęła pani minister. – Nie chcę, żeby ktokolwiek mnie rozpoznał.

– ...chalska – dokończyła inteligentnie pracownica recepcji, zasługując tym na błysk uznania w oku pani „mi...chalskiej".

– Chodźmy tu gdzieś w kącik, wytłumaczę, o co chodzi – powiedziała pani minister do szalenie przejętej pracownicy rejestracji. – Otóż chodzi o to, że ta pani, pani Krzewicz-Zagórska, musi dostać się w trybie pilnym do lekarza rodzinnego, który natychmiast – powtarzam

– natychmiast, wystawi jej skierowanie do kardiologa i sam, osobiście, natychmiast ją do tego kardiologa doprowadzi, przekazując mu moją prośbę o pilne i dokładne zajęcie się problemem tej pani. I chciałabym jeszcze dodać, że to nie jest żadne polecenie służbowe. Proszę pamiętać, że mnie tu w ogóle nie było. Rozumiemy się? Nie było! I pragnę zaznaczyć, że jest to tylko moja prośba. Osobista. W porządku? – zapytała panią Eustaszynę.

– Czy już mogę wracać do pracy?

– Oczywiście, oczywiście, moje dziecko. – Wzruszona pani Eustaszyna wspięła się na palce i ucałowała zaskoczoną panią minister w policzek. – Dziękuję najmocniej i nie zapomnę tego nigdy.

– O, ja też nie zapomnę, jestem o tym całkowicie przekonana. – Pani minister, uśmiechając się pod nosem, raz jeszcze podziękowała pani rejestratorce, pożegnała się i w wielkim pośpiechu opuściła przychodnię. Z całą pewnością był to najniezwyklejszy dzień w jej życiu. W ogóle nie mogła uwierzyć, że coś takiego jej się przydarzyło.

W przychodni jednak nikt na nic nie zwrócił uwagi, oczy wszystkich pacjentów wpatrzone były w stanowisko rejestratorki i osobę wystawiającą numerki do poszczególnych lekarzy.

– Proszę tu na sekundkę usiąść – powiedziała do pani Eustaszyny rejestratorka. – Ja tylko na moment do pana doktora wejdę i zaraz pan doktor panią poprosi.

– Pani Krzewicz-Zagórska jest proszona o rozmowę w sprawie wyników badań. – Z gabinetu wychylił się lekarz w białym kitlu i popatrzył dookoła.

Pani Eustaszyna, usłyszawszy swoje nazwisko, podniosła się z krzesła, gotowa iść w stronę tego gabinetu,

23

ale zawahała się nieco, gdy padły słowa „w sprawie wyników badań". Przecież to nie może o nią chodzić, wszak nie robiła żadnych badań. Zakręciła się więc wokół własnej osi i chciała usiąść z powrotem na krześle. Pani rejestratorka podbiegła jednak do niej, ujęła ją pod ramię i skierowała w stronę gabinetu.

– Już idziemy, panie doktorze – powiedziała głośno, a szeptem wyjaśniła pani Eustaszynie, że musieli coś wymyślić, żeby czekający w kolejce pacjenci nie rozerwali jej na kawałki.

A tak, wszyscy pacjenci – usłyszawszy „w sprawie wyników badań" i ujrzawszy drobną starowinkę, prowadzoną pod ramię do lekarza, patrzyli na nią z wielkim współczuciem, domyślając się najstraszliwszej z chorób. I oczywiście nikt nawet nie pisnął, że ta pani wchodzi bez kolejki.

– Proszę usiąść, zaraz porozmawiamy o konkretach – powiedział lekarz – ale najpierw muszę kartę zdrowia wypełnić. Rozumie pani, ta przeklęta biurokracja. – Skrzywił się, a pani Eustaszyna pokiwała głową ze zrozumieniem. O biurokracji słyszała, oczywiście.

– Imię i nazwisko? – zapytał.

– Eustaszy..., e... Jadwiga Krzewicz-Zagórska – odpowiedziała pani Eustaszyna, która, jak się właśnie okazało, miała na imię Jadwiga. Nie znosiła jednak swego imienia od dnia narodzin. Jadźki, Kaśki, Maryśki – to takie gminne, nieprawdaż?

Nie mogła pojąć, jakim sposobem jej rodzice, przedwojenni „ahystokhaci" w końcu, takie właśnie imię dla niej wymyślili. Rzekomo po jakiejś bardzo majętnej cioci czy innej bezdzietnej kuzynce, która i tak zrobiła na złość całej rodzinie, wychodząc za mąż w wieku czterdziestu lat i rodząc dwoje własnych dzieci. Bliźniaki! W tym wieku!

Trudno jednak, zło już się stało i Jadwiga została Jadwigą, lubiąc to imię czy też nie.

W domu i w szkole mówili na nią Winia, z czym już łatwiej było jej się pogodzić.

Mąż też mówił do niej „Winia", ale ona – od kiedy wyszła za mąż za Eustachego Krzewicz-Zagórskiego, nie przedstawiała się inaczej, niż „Eustaszyna". Z początku nie była pewna, czy nie powinna występować raczej jako „Eustachowa", ale „Eustaszyna" podobała jej się bardziej. Brzmiało to o wiele dostojniej.

– Wiek? – indagował dalej lekarz.

– Dwudziesty pierwszy – odparła pani Eustaszyna, zdziwiona, że o to pyta.

– Ile pani ma lat, chciałem zapytać – roześmiał się lekarz.

– A po co panu te wiadomości? – zezłościła się. – Przecież to w ogóle nie o mnie chodzi. Czy ja wyglądam na chorą? – W istocie nie wyglądała. – Chodzi o mojego męża, któremu umarł kardiolog. Muszę go teraz do kogoś zapisać, a przyszłam tu, bo powiedziano mi, że to nasza przydziałowa przychodnia. Proszę, tu jest dowód osobisty mojego męża, niech pan sobie spisze z niego, co tam panu potrzebne, i proszę mnie zaprowadzić do kardiologa. Z jakimś skierowaniem, bo to podobno niezbędne.

Poinformowany przez rejestratorkę o tym, kto przyprowadził ową niesamowitą starszą panią do przychodni (oraz o tym, że osoby, która ją przyprowadziła, w ogóle w przychodni nie było. Nie było!), i o tym, że ma wykonać wszystkie jej, nawet najdziwniejsze, polecenia, pan doktor pierwszego kontaktu wypełnił wszelkie wymagane papierki w tempie iście rekordowym i podniósł się z krzesła.

– Pozwoli pani ze mną. – Podał jej ramię i podprowadził pod drzwi innego gabinetu.

– Proszę tu usiąść, ja tylko sprawdzę, czy u doktora Antonowicza, naszego kardiologa, jest jakiś pacjent.

Za chwilę wyszedł z gabinetu i przekazawszy pani Eustaszynie, że u pana doktora ktoś jest, ale zaraz wychodzi i pan doktor osobiście zaprosi ją do swojego gabinetu, umknął chyżym galopkiem i po chwili padł na fotel w swoim gabinecie, wachlując się plikiem recept. Nie było, o jasna cholera!, pomyślał.

Kontakt pani Eustaszyny z doktorem Cezarym Antonowiczem, kardiologiem, usatysfakcjonował ją całkowicie. Po pierwsze, pan doktor powiedział, że zna jej nazwisko, bo znał świętej pamięci doktora Marcelego Krzewicz-Zagórskiego, z którym pracował w tym samym szpitalu. Po drugie, oświadczył, że zaszczytem dla niego będzie przejąć pacjenta po swoim znamienitym, acz niestety już nieżyjącym koledze. Po trzecie, zgodził się z nią, że pacjenta z chorobą wieńcową nie można narażać na stresy związane z wizytami w przychodni, w związku z czym, on, Cezary Antonowicz, będzie przychodził do państwa Krzewicz-Zagórskich z wizytami domowymi. Oczywiście w ramach leczenia państwowego, bez żadnych opłat.

Mówiąc to wszystko, w myślach zgrzytał zębami i przeklinał chwilę, w której zamienił się na dyżur ze swoim kolegą, któremu dzisiaj wypadła jakaś uroczystość rodzinna. Gdyby się nie zgodził, wtedy to właśnie ów kolega miałby na głowie tę całą protegowaną pani minister (której w ogóle tu nie było!). Ale stało się, jak się stało i nic już nie mógł zrobić. Miał tylko nadzieję, że pan Eustachy jest nie tyle chory, ile zastraszony przez małżonkę, a opinię taką wyrobił sobie na podstawie papierów – to znaczy wyników różnych badań, które przytomnie przyniosła ze sobą żona nowego pacjenta.

Umówili się na pierwszą wizytę, która miała odbyć się w następny poniedziałek o osiemnastej, w mieszkaniu państwa Krzewicz-Zagórskich. Mieszkanie to znajdowało się na czwartym piętrze, przy Marszałkowskiej, róg Świętokrzyskiej.

Rozdział drugi

– Dziecko, nic mnie nie obchodzą urodziny żadnej twojej koleżanki! – oznajmiła pani Eustaszyna Marcelinie, bratanicy swojego męża, córce nieżyjącego doktora Marcelego Krzewicz-Zagórskiego.

Jak widać, rodzice nie byli oryginalni, nadając imię córce. Ta jednak, niezbyt ze swojego imienia zadowolona, od małego kazała nazywać się Marcją. Tylko ciotka Winia, czyli pani Eustaszyna, nazywała ją pełnym imieniem, z czym Marcja musiała się pogodzić.

Marcja była grafikiem, skończyła ASP w Warszawie i po studiach zajmowała się tym i owym, w większości pracując dla firm prywatnych. Nigdzie jednak nie zagrzała dłużej miejsca, bo albo wykonywane zajęcia jej nie satysfakcjonowały, albo pracodawca wykorzystywał ją ponad miarę, czego nie lubiła. Ostatnio więc pracowała na etacie w jednej z codziennych gazet warszawskich o zasięgu ogólnokrajowym, a ponadto łapała różne zlecenia prywatne, gdzie tylko się dało.

– Marcelinko, w poniedziałek przychodzi do twojego wujka nowy lekarz i musisz być z nami w domu, bo może trzeba będzie natychmiast lecieć do apteki albo coś sprawdzić w komputerze, a wiesz, że jeśli chodzi o komputer, to ja dopiero się uczę. Nie pozwolisz chyba, żebym się skompromitowała przed nowym lekarzem, gdyby poprosił mnie o jakieś dane z komputera.

Chodziło o to, że wszystkie wyniki badań, zażywane leki, ich dawki i daty przepisywania, Marcja sama wpisała do komputera cioci, chcąc jej ułatwić życie. Ciągle bowiem ginęły gdzieś te wszystkie karteczki z badaniami, zaleceniami i tak dalej. Rzecz w tym, że ciocia jakoś wyjątkowo nie mogła sobie poradzić z otwieraniem tego „lekarskiego pliku", choć na przykład bardzo dobrze umiała kupić wszystko na Allegro, buszować na Gadu-Gadu, albo odwiedzać Naszą Klasę. A od niedawna była stałą klientką Facebooka.

W poniedziałek obchodziła urodziny przyjaciółka Marcji Barbara, z którą znały się jeszcze ze szkoły. Barbara dwa lata temu wyszła za mąż za Damiana Szaniawskiego i stali się najlepszym małżeństwem, jakie Marcja znała. Basia była chemikiem. Pracowała w dużej firmie geologicznej, w laboratorium badania wody. Niedawno została nawet kierowniczką, a jej zespół generalnie działał bardzo zgodnie, odnosząc coraz większe sukcesy. Moda na ekologię wymogła na większości firm – nawet na deweloperach i spółkach budowlanych – konieczność atestów na przesyłaną wodę i laboratoria, takie, jak to Barbary, miały coraz więcej pracy. Oczywiście trzeba było stale uzupełniać wiedzę, zdobywać nowe akredytacje, ale Basia z całym swoim zespołem dzielnie dawała sobie z tym wszystkim radę.

Damian, jej mąż, pracował w dużym banku jako doradca prezesa i musiał być dyspozycyjny nawet w weekendy. Tak więc mieli mało czasu dla siebie, nad czym bardzo ubolewali. Ubolewali też nad brakiem dziecka, ale – jak żartobliwie mawiali – nawet nie mieli czasu na „próby produkcji".

Barbarze brakowało więc też czasu na spotkania z przyjaciółką, niekiedy jednak po prostu spotkać się musiały – a w imieniny czy też urodziny – to już absolutnie koniecznie. Na ten poniedziałek były umówione od dwóch tygodni i obydwie wprost nie mogły się doczekać tego spotkania.

Marcja wiedziała jednak, że dyskusja z ciocią Winią nie ma sensu, bo do pani Eustaszyny nigdy żaden argument nie trafiał i tyle. Musiało być tak, jak ona sobie życzyła i cała rodzina, chcąc nie chcąc, już dawno się do tego przyzwyczaiła.

– A więc, Marcelinko, czekamy na ciebie w poniedziałek przed osiemnastą. Tylko nie spóźnij się, moje dziecko.

– Ciociu, przecież wiesz, że ja się nigdy nie spóźniam – oburzyła się Marcja, nie próbując już nawet perswadować, że naprawdę jej obecność nie będzie niezbędna. Prościej, ba!, sto razy łatwiej było wytłumaczyć Basi, że nie może się z nią spotkać w poniedziałek i prosi o wyznaczenie nowego terminu. Barbara na hasło „ciocia Winia" już nawet o nic nie pytała. Umówiły się na wtorek i tyle.

W poniedziałek w mieszkaniu państwa Krzewicz-Zagórskich pięć minut przed szóstą wieczorem, zabrzmiał domofon.

– Idź, dziecko, wpuść pana doktora – poleciła pani Eustaszyna.

Marcja, która była już u wujostwa od dwudziestu minut, posłusznie podeszła do domofonu, otworzyła panu doktorowi – bo to on był w istocie – i czekała na niego w przedpokoju, przy uchylonych drzwiach. Usłyszawszy sygnał nadjeżdżającej windy i kroki w korytarzu, otworzyła te drzwi, odsunęła się trochę i... niegrzecznie zagapiła się na przybysza.

Pan doktor miał około stu dziewięćdziesięciu centymetrów wzrostu, ciemnokasztanowe, rozwichrzone włosy, do tego niesamowite szaroniebieskie oczy i cień zarostu na policzkach. Niby wszystko zwyczajne, ale połączenie dawało zabójczy efekt. Był barczysty i poruszał się z kocim wdziękiem, w tej chwili jednak wyglądał na bardzo zmęczonego, choć wydawało się, że widok osoby, która otworzyła mu drzwi, trochę go ożywił.

– Proszę wejść, panie doktorze – otrząsnęła się Marcja. – Jestem bratanicą pańskiego pacjenta, córką doktora Marcelego Krzewicz-Zagórskiego, którego, jak słyszałam od cioci, pan znał. Ciocia poprosiła mnie, żebym była przy pana wizycie, na wypadek gdyby pilnie trzeba było lecieć do apteki na przykład.

– Pani ciocia ma bardzo dobre pomysły, naprawdę – przyznał pan doktor, a to, co Marcja usłyszała w jego głosie, przyprawiło ją o rumieńce. – Czy może mi pani dać swój numer telefonu, bo gdyby mi się coś przypomniało po wizycie, to mógłbym panią powiadomić.

– Co wy tam robicie, w tym przedpokoju? – zirytowała się pani Eustaszyna. – Panie doktorze, pacjent jest tutaj, proszę wejść.

– Tak, tak, już idę, pytałem tylko o łazienkę, bo muszę umyć ręce. – Pan doktor mrugnął do Marcji, wchodząc w otwarte przez nią drzwi łazienki, a Marcja wyjęła z torebki swoją wizytówkę i wręczyła ją panu doktorowi, gdy ten już z łazienki wyszedł.

– Dzień dobry! – przywitał się doktor Antonowicz, wchodząc do dużego pokoju. – Pięknie poproszę panie o pozostawienie mnie samego z pacjentem.

– Ale ... – zaczęła oponować pani Eustaszyna.

Doktor podniósł rękę.

– Przepraszam bardzo, taki mam zwyczaj. Zawsze zostaję sam z pacjentem. Nie może mnie nic rozpraszać, gdy będę go badać.

– No, chyba że tak – zgodziła się małżonka pacjenta i poszła do małego pokoju, w którym już siedziała na fotelu Marcja.

– Wiesz co, dziecko? – powiedziała do bratanicy męża. – Podoba mi się ten doktor. Na razie mówię o wyglądzie, bo co będzie dalej, to zobaczymy. Sto razy przystojniejszy od tego twojego Jerzego – zawyrokowała.

– Mogłabyś się wokół niego zakręcić. Przyjrzałam się, obrączki na palcu nie ma.

– Ciociu, co ty wygadujesz? – zdenerwowała się Marcja. – Po pierwsze, to, że nie nosi obrączki, o niczym jeszcze nie przesądza, a poza tym co ty masz przeciwko Jerzemu?

– Inżynier budowlaniec, a cóż to za zawód? A tu lekarz, kardiolog ... – rozmarzyła się pani Eustaszyna.

– O matko, ciociu, nie wytrzymam z tobą! – Marcja złapała się za głowę. – Uspokój się w tej chwili, bo jeszcze usłyszy i będzie wielki wstyd.

Ale pan doktor nie słyszał, gdyż badał pana Eustachego. Bardzo starannie. Trochę zmarszczył czoło przy sprawdzaniu pulsu. I ponownie osłuchał serce.

– Jak pan się czuje, ale tak naprawdę? – zapytał.

Pan Eustachy obejrzał się na drzwi i upewniwszy się, że są dokładnie zamknięte, wyszeptał, że tak naprawdę to czuje się bardzo dobrze.

– Ale czasami trochę poudaję, rozumie pan, panie doktorze? A może pan nie rozumie, bo raczej nie ma pan żony, sądząc po braku obrączki.

– Wie pan chyba, że brak obrączki tak naprawdę o niczym nie świadczy – odparł pan doktor. – Ale rzeczywiście, żony nie mam, niemniej jednak doskonale pana rozumiem, choć pana małżonkę znam dość krótko. Za to intensywnie. Sądzę, że wie pan, co chcę powiedzieć. Widzę, że rozumiemy się obydwaj doskonale – dodał. – Powiem więc panu, co zrobimy. Otóż wystawię panu skierowanie na badania krwi – ale proszę się nie martwić, to będzie jedyna niedogodność, na jaką pana narażę. Przyjedzie pan na te badania do naszego szpitalnego laboratorium, gdzie pewnie pan nieraz był, pozostając pod opieką brata. No i jeszcze, skoro już pan będzie w tym szpitalu, to po pobraniu krwi proszę wejść do mnie na oddział, zrobimy ekg. A wyniki odbierze pana bratanica i przywiezie mi je do oceny. Ale proszę się nie martwić, jestem pewien, że to tylko formalność, już teraz zakładam, że wyniki będzie pan miał dobre. A skierowanie wystawiam tylko dlatego, żeby pańska małżonka nie urwała mi głowy. No i aby mógł pan w dalszym ciągu trochę poudawać od czasu do czasu. Tylko niech pan tego nie robi za dobrze, bo jak żona wezwie pogotowie, to już będzie kłopot. Chociaż … powiem szczerze, że troszkę jakbym arytmię słyszał. Ale – powolutku, zbadamy wszystko po kolei. Najpierw te badania krwi, potem ekg i zadecyduję, co dalej.

– Koniec badania, zapraszam miłe panie z powrotem. – Pan doktor otworzył drzwi do pokoju, kłaniając się uprzejmie w stronę pani Eustaszyny. – Otóż, droga pani, miała pani świetny pomysł, żeby przyjść do mnie w sprawie męża. – Wzrok lekarza mimowolnie powędrował w stronę Marcji, lecz doktor Antonowicz opanował się po chwili i kontynuował swoje sprawozdanie: – Mąż nie jest bardzo poważnie chory, niemniej jednak powinien być pod stałą kontrolą i opieką kardiologiczną. Wystawiłem skierowanie na badania, pan Eustachy wie, gdzie ma przyjść, żeby je zrobić. A gdy już będą wyniki, poproszę panią – skinął głową w stronę Marcji – żeby pani mi je przyniosła, a ja je obejrzę. Proszę, tu jest moja wizytówka, ze wszystkimi numerami telefonów, jestem do dyspozycji państwa dwadzieścia cztery godziny na dobę.

I pan doktor, ucałowawszy szarmancko panią Eustaszynę w rękę, pożegnał się z głębokim ukłonem i poszedł.

– No i co, mój drogi? – spytała męża pani Winia. – Jak ci się podoba twój nowy doktor? – Widzisz, mówiłeś, że żaden lekarz nie jest ci potrzebny, że mam nigdzie nie chodzić, bo nic nie załatwię. Że takie kolejki są w przychodniach, numerków nie ma, zapisują na następny rok na wizytę i takie tam jeszcze... Ale nie doceniłeś naszej służby zdrowia, a właściwie moich umiejętności perswazji.

– Owszem, nie doceniłem – zgodził się pan Eustachy. – A pan doktor bardzo mi się podoba.

Rozdział trzeci

Załatwiwszy sprawę najważniejszą – lekarza dla męża – i upewniwszy się, że nie ma bezpośredniego zagrożenia życia jej małżonka, pani Eustaszyna postanowiła zabrać się do realizacji swojego najnowszego marzenia. A marzeniem tym był remont kuchni. Pan Eustachy zawsze twierdził, że wolałby żonę, która, chcąc zrobić sobie przyjemność, kupowałaby nowy ciuch lub niechby już kapelusz, ale po pierwsze, miał blade pojęcie o cenach kapeluszy, a po drugie, trzeba przyznać, że na starość połknął ogromnego lenia, od którego urósł mu brzuch i w ogóle nic nie chciało mu się robić. Tak więc wizja remontu go przerażała.

Ale od kiedy to pani Eustaszyna przejmowała się chłopem, choćby i tak nadzwyczajnym, jak jej mąż!

Przyznać należy, że sam pomysł remontu-giganta (bo taki właśnie się stał) może i nie wpadłby pani Eustaszynie do głowy, gdyby nie to, że administracja ich spółdzielni mieszkaniowej postanowiła powymieniać rury w pionach wodnych w kuchniach i łazienkach całego bloku. Tak więc w łazience robotnicy porozwalali glazurę, wymontowali wannę i poprzewracali wszystko do góry nogami, normalnie, jak to „fachowcy", spółdzielniani zresztą! Skoro więc rujnacja już się zrobiła okrutna, jak można było jej nie wykorzystać?

Pochodziwszy na Bartycką i dokładnie obejrzawszy pawilony Warszawskiego Centrum Budowlanego, a także odwiedzając różne inne ciekawe miejsca – dla pani Eustaszyny naprawdę ciekawe, jako że odkryła w sobie wręcz powołanie do remontowych zakupów – nabyła sporo różności, dzięki którym jej łazienka zrobiła się taka ładna, że kuchnia zaczęła po nocach popłakiwać z zazdrości.

Wobec tego pani Eustaszyna chciała z rozpędu zmienić też kafelki w kuchni, ale jej małżonek zaparł się czterema łapami i zaczął protestować, że po jego trupie, dała więc na razie spokój.

Teraz jednak, po potwierdzeniu przez pana doktora, że jej mąż natychmiast nie umrze, marzenie pani Eustaszyny powróciło.

Tym bardziej, że i tak trzeba było kupić nową lodówkę, bo stara – bardzo już wysłużony „Mińsk" – właśnie dogorywała.

Pani Eustaszyna była osobą systematyczną – jak coś miała kupić, to nie działała tak, że wchodziła do pierwszego z brzegu miejsca i kupowała. O nie, ona zwiedzała różne sklepy i hurtownie, porównywała, szukała itd., itp. I, mówiąc uczciwie, miała z tego wielką frajdę! Tak też stało się teraz, przy kupnie owej lodówki, a ponieważ nie mogła się na żadną zdecydować, pan Eustachy wpadł na pomysł, żeby iść po radę do Romana – czym wypuścił diabła z butelki.

Roman był ich starym przyjacielem, który imał się w życiu różnych zajęć i zawodów, a po przejściu na emeryturę zaczął pomagać żonie, będącej kierowniczką sklepu ze sprzętem AGD. Po przemianach ustrojowych stała się nawet właścicielką tego sklepu, przemianowawszy go na Dom Handlowy „Roman".

Pani Eustaszynie pomysł skorzystania z rady fachowca się spodobał, więc pewnego pięknego dnia, nie awizując swojej wizyty, wybrała się do Romana. Najpierw pochodziła sobie trochę po sklepie, który rozrósł się nieco, gdyż oprócz sprzętu AGD, będącego tam zawsze, wyeksponowane zostały wzory kilku kompletnie zabudowanych wnętrz kuchennych. „Ach, mieć taką kuchnię", załkało coś w duszy pani Eustaszyny, która nie wiedziała jeszcze wtedy, że to łka ów diabeł, wypuszczony z butelki przez jej męża.

Ale po kolei. No jak po kolei, to najpierw pani Eustaszyna zapytała któregoś ze sprzedawców, czy jest pan Wierzbicki i czy można go do niej poprosić.

– A, owszem – odrzekł młody człowiek – tylko chwileczkę, bo pan prezes rozmawia przez telefon.

„Chwileczka" trwała mniej więcej trzy kwadranse, pani Eustaszyna zdążyła więc w tym czasie nie tylko spocić się po uszy, ale i wściec niepomiernie, jednakże wreszcie wyłonił się z zaplecza „pan prezes" – kropka w kropkę ich Roman, tyle że ...siwy! I chyba nieco ślepawy, bo tak jakby na pierwszy rzut oka pani Krzewicz-Zagórskiej nie poznał. Owszem, nie widzieli się dobrych parę lat, a w tym wieku ludzie nieco się zmieniają.

Ale na drugi rzut oka już mu się gębusia od ucha do ucha roześmiała i nawet chyba się ucieszył, że ma przed sobą dawno niewidzianą żonę dobrego przyjaciela.

Pani Eustaszyna, oznajmiwszy, że wydelegował ją Eustachy w celu zasięgnięcia porady i opinii co do sprzętu, który teraz jest na naszym rynku – a chodzi o dobrą lodówkę, z większą częścią zamrażalnikową – stała i czekała na ową poradę.

Tu trzeba wyjaśnić, że pan Roman, człowiek wielkiej dobroci i tysięcznych zalet, miał jedną, jedyną wadę. Mianowicie – był powolny. Dość istotnie.

– Aha – rzekł, wysłuchawszy pani Eustaszyny i zamilkł. – Lodówkę – dodał po chwili.

– Nie, Romanie, chłodziarko-zamrażarkę – sprostowała pani Eustaszyna, wyjaśniając dodatkowo, że musi mieć komorę chłodniczą na górze, część zamrażalnikową na dole, a także ze trzy szuflady, całość zaś nie może być wyższa niż sto pięćdziesiąt centymetrów, bo tyle miejsca jest w kuchni pod wiszącym na ścianie kaloryferem, a w obecnym układzie kuchni chłodziarka po prostu nie może stać w innym miejscu. Żądania miała, jak widać, niezbyt małe, ale w końcu przyszła przecież po poradę do fachowca! Ten zaś stał – jak to Roman – i chyba myślał, bo przez pewien czas nic nie mówił.

– Ale czemu on tam wisi? – odezwał się po chwili.

– Kto? – wykrztusiła zbaraniała pani Eustaszyna, nie wykazując się w tym momencie inteligencją, aczkolwiek pytanie Romana było całkiem logiczne. – No cóż, jeśli chodzi o kaloryfer – zrehabilitowała się po chwili – to mogę spytać Eustachego, czy nie można go przewiesić. Ale załóżmy, że nie można, to co byś polecał? Boscha? Siemensa? A może Liebherr? – dopytywała się usilnie, zorientowana już nieco w markach lodówek, w wyniku swoich rekonesansowych rajdów po różnych sklepach.

– Widzisz... – rzekł Roman i, cóż, jak to on, zamilkł.

Pani Eustaszyna, przyznając szczerze sama przed sobą, że odzwyczaiła się już trochę od stylu bycia ich poczciwego przyjaciela, z początku miała wrażenie, że jej wizyta jest mu okropnie nie na rękę albo – że może chory, czy co?

Jednakże po chwili przypomniała sobie, z kim rozmawia, a fakt, że Roman nic a nic się nie zmienił, nawet ją ucieszył.

Po pewnym czasie i głębokim przemyśleniu problemu jej doradca wygłosił wreszcie opinię – iście „romanową":

– Kupcie, co chcecie, bo wszystkie te wymienione firmy są równorzędne jakościowo.

Cóż – pomógł jej, jak umiał.

– No to dziękuję ci bardzo, Romeczku, przepraszam za zajmowanie czasu i do widzenia.

Pani Eustaszyna zaczęła zbierać się do wyjścia, wyciągając rękę na pożegnanie. A Roman nic – po prostu stoi. Ale chyba myśli, bo słychać zgrzyt szarych komórek. Ręki jednakowoż nie wyciąga, biedna Eustaszyna stoi więc i czeka, wie bowiem, że to nie niegrzeczność ze strony przyjaciela, tylko usilna praca umysłowa.

– Bardzo proszę serdecznie pozdrowić męża – zgrzyt szarych komórek ucichł – a jak się państwo na coś zdecydują, proszę do mnie zadzwonić, to ja wam sprzedam taniej. – Złożywszy tę ofertę, uścisnął i ucałował wreszcie dłoń pani Krzewicz-Zagórskiej, która, odsapnąwszy, pojechała do domu.

– Dlaczego on tam wisi? – zażądała wyjaśnień od Eustachego zaraz po przekroczeniu progu mieszkania.

– Kto? – zapytał niezbyt oryginalnie jej mąż.

Po wszelkich wyjaśnieniach okazało się wszakże, że ów nieszczęsny kaloryfer tam wisieć musi, bo taka jest konstrukcja rur czy czegoś innego. Więc wybór był taki – albo w dalszym ciągu będą poszukiwać lodówki o maksymalnej wysokości półtora metra, albo... trzeba przemeblować kuchnię.

Pani Eustaszyna była bardzo zdziwiona, gdy małżonek – po jej opowieściach – raptem zaakceptował pomysł zabudowy całej kuchni. Ba!, nawet sam wybrał się do Romana, żeby obejrzeć wzory i obgadać szczegóły.

Oczywiście w rezultacie o wszystkich szczegółach decydowała pani Eustaszyna, pan Roman jednak bardzo się ucieszył, gdy przy wybieraniu wzorów okazało się, że i kolor szafek, i kolor blatów, wybrała identyczny z tymi w domu Wierzbickich. Po owych wyborach Roman zajął się wszystkim osobiście. Nawet wykazał twórczą inwencję.

Któregoś wieczoru u państwa Krzewicz-Zagórskich zadzwonił telefon. Odebrał Eustachy, bo jego żona już prawie spała.

– Ten kaloryfer... – zabrzmiał głos w słuchawce i umilkł.

– On musi tam wisieć – wykazał się przytomnością umysłu, kaloryferowo już zaprogramowany pan Eustachy.

– Gdzie? – zdziwił się okrutnie Roman, bo oczywiście to on dzwonił.

– No, przecież tam, gdzie wisi, miły Romku, na ścianie – zdenerwował się nieco mąż pani Eustaszyny, poznając rozmówcę po sposobie milczenia.

– Ale jakie on ma wymiary? – drążył dalej temat pan Roman.

Pan Eustachy ogłupiał na tyle, że odłożył słuchawkę i pognał do kuchni mierzyć kaloryfer, nie żądając wyjaśnień, o co w ogóle chodzi. A chodziło o to, że w sporządzonym przez panią Eustaszynę projekcie zabudowy kuchni kaloryfer wisiał sobie, jak go Bóg stworzył, na ścianie i już. Natomiast twórcza inwencja pana Romana poszła w kierunku zabudowania go imitacją szafki, co samo w sobie było pomysłem bardzo dobrym, wytłumaczenie jednakowoż tego pomysłu w trakcie rozmowy telefonicznej szło pomysłodawcy jak zwykle.

Jestem ciekawa, jakie oni rachunki płacą za telefon, pomyślała pani Eustaszyna, obudzona oczywiście wszystkimi wyczynami gimnastycznymi męża, który – żeby wyjść z łóżka i pójść do kuchni w celu wymierzenia kaloryfera – musiał przeleźć nad nią, leżącą od zewnątrz.

Gdy już ustalono ostatecznie, gdzie i dlaczego ma wisieć kaloryfer, pan Roman bardzo polubił mieszkanie państwa Krzewicz-Zagórskich. Przychodził do nich – a właściwie, szczerze mówiąc – do Eustachego, z którym odnowili starą przyjaźń, ze czterdzieści razy, a to mierząc kuchnię wzdłuż, a to mierząc ją wszerz, następnego dnia zaś był znowu, bo zapomniał zmierzyć po przekątnej. Zresztą uczciwie należy przyznać, że wkład pana Romana w wygląd nowej kuchni, był dość znaczny. Pan prezes nie tylko zaproponował obudowanie kaloryfera, ale zasugerował też pewną modyfikację w rozmieszczeniu szafek, co w rezultacie na dobre im wyszło. Służył także pomocą w kupnie sprzętu użytkowego, sam wybrał okap, bardzo wydatnie przysłużył się także przy nabyciu kuchenki z piekarnikiem, takiej do zabudowy.

Poza tym dużą wygodę stanowiło też to, że wszelkie zakupione sprzęty „pomocnicze" (kuchnia w dwóch częściach i okap) leżały sobie u Romana w sklepie (przepraszam, w Domu Handlowym), a nie w mieszkaniu państwa Krzewicz-Zagórskich, gdzie i tak była sodoma z gomorą.

W ostatniej dekadzie lutego pan Roman zawiadomił, że wykonano już specjalną zastępczą szafkę, w której należy zamontować kuchnię i wykonać wszelkie podłączenia elektryczne. Instalator był tylko sześćdziesiąt cztery razy. A to szafka stała za daleko od ściany, a to coś tam było zainstalowane za wysoko, a to to, a to tamto. Że Eustachy od tego wszystkiego nie zwariował, to w istocie zasługa opatrzności. I łagodności charakteru, jakim go obdarzyła. Pani Eustaszyna natomiast była w swoim żywiole. Jako się rzekło, uwielbiała wszelkie remonty. Nieco później okazało się, że Roman zgubił gdzieś dwa centymetry przy pomiarach – albo na rysunku – w każdym razie za nic nie zgadzało się położenie (a raczej usytuowanie) tej zastępczej szafki z wymiarami innych szafek, co wyszło jak szydło z worka dopiero przy ostatecznym montażu całości.

Niemniej jednak wreszcie wszystko zakończyło się pomyślnie, wliczając w to również wizyty pana Romana, który w ramach nadzoru prawie zamieszkał u Krzewicz-Zagórskich. Co do owych zgubionych dwóch centymetrów, to z ich powodu lodówka prawie nie chciała się zmieścić, wreszcie jednak weszła w miejsce dla niej przeznaczone – chyba wyłącznie z litości dla biednego Romana, który o mało nie umarł ze zdenerwowania i z tego wszystkiego ustanowił rabat w ostatecznym rozrachunku finansowym. Następny rabat został udzielony z tytułu braku suszarki na naczynia w szafce nad zlewozmywakiem. Z pisemnej umowy wynikało, że „dodatkowych urządzeń – brak", natomiast w ustaleniach ustnych suszarka miała tam być. Roman, jak przystało na dżentelmena, nie zamierzał się wypierać ustaleń ustnych. „U mnie słowo droższe pieniędzy", mawiał – wzorem Pawlaka z kultowych *Samych swoich*. A całą sprawę odkryto dopiero następnego dnia, po montażu szafek, w trakcie kolejnej wizyty instalatora, który tym razem podłączał kuchnię już definitywnie i ostatecznie. Oczywiście przyszedł też pan Roman, nawet bez zapowiedzi (zawsze anonsował swoje wizyty telefonicznie). Pani Eustaszyna, odwiedzająca koleżankę, zadzwoniła do męża, a ten odebrał i oznajmił ucieszony:

– Dobrze, że dzwonisz, bo właśnie Roman chce z tobą rozmawiać.

– No, bo widzisz, kochana Winiu – zabrzmiało w słuchawce – nie wiem, tego, jak to powiedzieć, ale mam ogromny dyskomfort.

Chryste, jęknęła w duchu pani Eustaszyna, co się tam znowu stało?

– Romeczku – odezwała się więc – będę u ciebie w sklepie za godzinkę, z pieniędzmi, to wszystko mi wyjaśnisz.

– No ale czy to znaczy, że nie mogę z tobą porozmawiać przez telefon? – obraził się Roman. – Bo jeśli chodzi o lodówkę, to w zasadzie się tam zmieściła, ale jeżeli chcesz, to wymontuję jedną szafkę i zwęzimy ją o te brakujące dwa centymetry – padła propozycja.

O, tak, tylko tego mi jeszcze potrzeba, kolejnego rozmontowania i zamontowania, pomyślała pani Eustaszyna, trochę już, mimo swoich zamiłowań, zmęczona tym remontem.

– Ależ, drogi Romku – zaczęła więc przekonywać swojego szefa robót – jeśli tylko lodówce trochę ciasnoty nie szkodzi, to mnie nie przeszkadza tym bardziej, nawet wolę, że weszła na styk, bo tak jest po prostu ładniej.

– No tak, ale ja mam dyskomfort, bo przecież się nie zgadza o dwa centymetry – wyjaśnił kwestię swojego samopoczucia Roman.

W trakcie dalszego uściślania tegoż „dyskomfortu" pani Eustaszyna dowiedziała się jeszcze, że dotyczy on również braku suszarki na naczynia, w związku z czym Roman kupi ją na swój koszt.

Ledwo zdążyła wrócić do domu, zadzwonił telefon.

– Chciałem tylko uzgodnić, kochana Winiu, jaka ma być ta suszarka?

– Ładna, Romeczku. – Pani Eustaszyna roześmiała się, przypominając sobie, jak to jej rozmówca kupował kiedyś zegarek, który miał być „wszystko jedno, jaki, byle był ładny".

W końcu jednak pan Roman suszarki nie kupił, bo nie wiedział, jaka jest ładna, i zaproponował w rozpaczy, że w zamian udzieli następnego rabatu, na co pani Eustaszyna zgodziła się skwapliwie, bo już powoli zaczynała tego wszystkiego mieć dość.

No, ale w rezultacie, nie wdając się już w zbędne szczegóły, stwierdzić należy, że Roman i jego ekipa spisali się naprawdę na medal i kuchnia wyszła przepięknie, choć cały ten remont trwał nieco długo...

*

Pani Eustaszyna postanowiła urządzić przyjęcie, żeby ktoś tę nową kuchnię popodziwiał. Najbliższe sąsiadki już zdenerwowała do cna, łapiąc każdą po kolei na klatce schodowej i wpychając na siłę do mieszkania.

– O, taki mały remoncik urządziliśmy, chciałam ci pokazać.

Na tym swoim czwartym piętrze przy Marszałkowskiej 136 mieszkali przeszło czterdzieści lat, więc z większością starych lokatorów byli po imieniu.

No i sąsiadki podziwiały, zgrzytając zębami i zastanawiając się, skąd też ci Zagórscy mieli pieniądze.

Trochę to kosztowało, owszem, ale pani Eustaszyna już wiele lat myślała o remoncie mieszkania i wszelkie dodatkowe dochody – ot, choćby odsetki od lokat – odkładała na ten cel. A poza tym – do czego nikomu się nie przyznawała – brat Eustachego zostawił im w spadku „trochę grosza". Kopertę z pieniędzmi przyniosła Marcja, która była uczciwa i skoro na kopercie widniało: „Dla Eustachego", oddała kopertę wujkowi Eustachemu.

– Wujku – powiedziała mu wtedy – tata kiedyś mi mówił, że gdybyś się certował i nie chciał przyjąć tych pieniędzy, mam ci powiedzieć, że taka jest jego wola i koniec. To twoja połowa za głowę Cezara.

Głowa Cezara była marmurową rzeźbą, dziełem dość znanego – i uznanego – artysty. Stanowiła własność ojca braci Krzewicz-Zagórskich, ocaloną z pożogi wojennej. Okazała się dość cenna. Zawsze stała w domu pana Marcelego, Eustachemu bowiem się nie podobała. Marceli zdecydował się na jej sprzedaż, gdy jego rodzinie potrzebne były pieniądze na kupno domku letniego na Mazurach.

– A mnie rodzice wyposażyli dostatecznie i naprawdę nie potrzebuję tych pieniędzy. Nie rób mi więc przykrości i nie dyskutuj ze mną, proszę – dodała Marcja, wręczając kopertę nie wujkowi jednak, tylko cioci Wini, dobrze wiedząc, kto w tym domu rządzi.

Ciocia popłakała się wtedy, zresztą popłakały się obydwie, a gdyby tak dobrze się przyjrzeć, to i na twarzy pana Eustachego można by ujrzeć kilka łez – i sprawa przestała podlegać dyskusji.

Teraz więc, gdy pani Eustaszyna zaprezentowała już swoją piękną nową kuchnię najbliższym sąsiadkom, zaczęła przygotowania do przyjęcia. Mieszkanie przy Marszałkowskiej nie było zbyt duże – przeciwnie, należałoby powiedzieć, iż było całkiem małe. Przy stole, po jego rozłożeniu, mogło usiąść najwyżej osiem osób.

Myśląc o stole, pani Eustaszynie przypomniało się, jak kiedyś próbowała wówczas pięcio- czy może sześcioletnią Marcelinkę nauczyć powiedzonka: „stół z powyłamywanymi nogami".

– No, Marcelinko, powtórz – gnębiła biedną bratanicę. – Stół z powyłamywanymi...

– Stół z powywały... powymaływy... pomaływa... – męczyła się dziewczynka. I raptem buzia jej się roześmiała: – Stół bez nogów! – ogłosiła triumfalnie.

Cóż, logika tego rozumowania wydawała się absolutnie bezapelacyjna.

– Pamiętasz, Marcelinko, stół bez nogów? – przypomniała teraz pani Eustaszyna po raz chyba osiemsetny. Marcja kiwnęła głową z uśmiechem. Ach, ta jej ciocia!

– My obydwoje, ty z tym swoim Jerzym – liczyła głośno pani Winia, omawiając przyjęcie ze swoją bratanicą.

– Ciociu, przestań go nazywać „tym moim Jerzym" – zezłościła się Marcja. – Dlaczego go nie lubisz? Przecież to miły, dobry i porządny człowiek.

– No, dobrze, dobrze, moje dziecko, przepraszam – skonfundowała się nieco pani Eustaszyna. – Ale nie

zaprzeczysz, że safandułowaty jakiś – dodała zaraz, chcąc pozostać przy swoim zdaniu.

– O matko! – Marcja wzniosła oczy ku górze.

– No i Stefania z rodziną – to już osiem osób, więcej się nie zmieści.

Stefania była siostrzenicą pani Eustaszyny. Jej rodzice nie żyli już od kilku lat i ciocia Winia była najbliższą krewną Stefci. Czterdziestopięcioletnia Stefcia, mężatka, matka dwojga dzieci – dwudziestoletniej Majki i o dwa lata starszego Tomka – niestety, nazywała się Kozłowska, po mężu, oczywiście. Pani Eustaszyna nie mogła jej tego wybaczyć. Jak można było wyjść za kogoś o tak pospolitym nazwisku? To wprost niesłychane! Tego, że mąż Stefanii, Jan (imię też pospolite, niestety), był całkiem niepospolitym astronomem, wykładowcą na Uniwersytecie Warszawskim, z tytułem profesora, pani Eustaszyna nie brała w ogóle pod uwagę. Astronomia, też coś! Bujanie w gwiazdach, ot, nic innego.

Stefa też ją zawiodła. Była po prostu księgową i pracowała w jakimś urzędzie dzielnicowym. I po co do tego kończyć studia?

Stefania jednak nie była po prostu księgową, tylko cenioną ekonomistką, zastępcą dyrektora w wydziale ekonomiczno-finansowym urzędu dzielnicowego. Z samą księgowością jako taką nie miała wiele wspólnego, ale do pani Eustaszyny to nie docierało. Dla niej Stefka była księgową i już.

Może Majka przyniesie rodzinie jakąś chlubę, zaczęła bowiem studiować medycynę. Ale przed nią bardzo długa droga. Chce zostać kardiologiem, jak tata Marcelinki. No i dobrze, kardiolog to przynajmniej zawód godny szacunku. Tylko czy ona, pani Eustaszyna, tego doczeka? Ciocia Winia martwiła się bardzo.

Także o Tomka. Bo Tomek był na informatyce. A starsza pani zupełnie nie wiedziała, co ma o tym myśleć. Niby doceniała technikę, a jakże, sama przecież korzystała z komputera – pod światłym okiem Tomka właśnie. Ale czy to jest zawód, wzbudzający ludzki szacunek?

Pani Eustaszyna jeszcze się nie zdecydowała.

– Wiesz, ciociu – powiedziała Marcja – my, Stefcia z rodziną, cóż to za przyjęcie? Przecież to tylko spotkanie rodzinne. Powinnaś wydać prawdziwe przyjęcie, zaprosić gości niecodziennych. Jakieś swoje dawne koleżanki, kolegów wujka może – no, zastanów się.

Trafiło to do pani Eustaszyny. Choć raz w życiu Marcelina miała dobry pomysł. Oczywiście że spotkanie z rodziną to nie przyjęcie. Rodzina jeszcze zdąży obejrzeć nową kuchnię. A teraz trzeba zaprosić takich gości, których dawno u państwa Krzewicz-Zagórskich nie było. Pani Eustaszyna poszła więc do pokoju, wyciągnęła stary notesik z telefonami i adresami i zaczęła planować.

W pierwszej kolejności Ewa z Karolem, pomyślała. Ewa była jej najbliższą koleżanką z pracy. Wprawdzie obydwie były już ładnych parę (no, może parenaście) lat na emeryturze, czasami jednak się spotykały, najczęściej – cóż, jak to w tym wieku, niestety, na pogrzebach kolejnych wspólnych znajomych. Córka Ewy, Irena, wyszła niedawno za mąż i pani Eustaszyna – dla Ewy Winia – była zaproszona na ślub i wesele. Oczywiście z mężem. I oczywiście poszła, z satysfakcją patrząc na widocznie już rysujący się pod ślubną sukienką brzuszek panny młodej. Kilka dni po weselu Ewa zaprosiła

Winię, już bez męża, na babskie plotki, jak mówiła, do siebie, do domu, z dumą prezentując nowe meble, co było głównym powodem zaproszenia.

– Mąż Ireny, Tadeusz – opowiadała – jest bardzo wziętym adwokatem. Ma świetnie prosperującą kancelarię. Mieszka w jednym z tych pięknych domów jednorodzinnych na Żoliborzu. Dom był rodziców, rodzice już jednak nie żyją, a więc młodzi mają całość dla siebie. I, wyobraź sobie, kupił nam w prezencie te wszystkie nowe meble. Powiedział, że chce chociaż w ten sposób podziękować za naszą wspaniałą córeczkę, Irenkę. Która zgodziła się zostać jego żoną, a którą on po prostu uwielbia.

Cóż, pani Eustaszyna podziwiała więc nowe meble, dla niej tak naprawdę okropne w tej swojej nowości. Pani Eustaszyna bowiem nowych mebli nie uznawała w ogóle. Mebel musiał być z prawdziwego drewna, najlepiej ręcznie wykonany i to wyłącznie przed wojną. Nowe mogły być tylko meble kuchenne, wymierzone i wykonane na indywidualne zamówienie według indywidualnego projektu. Jak u niej, Eustaszyny.

Tak więc Ewa i Karol, to postanowione. Zobaczycie, co to dobry gust, pomyślała droga Winia.

Następnie – Hanka z Markiem. Hanka też była pani Wini koleżanką z pracy, również już na emeryturze – i w zasadzie tym dwojgu pani Eustaszyna nie musiała niczym imponować, bo ci biedacy niewiele sami mieli. Ale lubiła Hankę najbardziej ze wszystkich koleżanek i skoro miało być przyjęcie, to bez niej obejść się nie mogło.

A ponieważ zostało jeszcze miejsce dla dwóch osób – postanowiła zaprosić jeszcze Bognę, swoją najstarszą przyjaciółkę „z podwórka", czyli z miejsca, w którym obie mieszkały jeszcze przed wojną i przez całą wojnę, mianowicie – w starej, nieistniejącej już kamienicy przy Hożej. Tyle lat minęło, a one cały czas utrzymywały kontakt ze sobą, choć oczywiście ostatnio ten kontakt stał się już bardzo sporadyczny. Bogna od kilku lat była już wdową, niestety, tak więc zostało ósme miejsce przy stole, ale pani Eustaszyna palnęła się ręką w głowę. Przecież musi być też Marcelinka, przypomniała sobie, biorąc pod uwagę konieczność pomocy. No – i tym sposobem, mając zapełniony cały stół, nie musiała zapraszać tego jej Jerzego, bo przecież się nie zmieści, co Marcelina, jako osoba niezwykle swej cioci oddana, na pewno zrozumie.

Marcelina zrozumiała, co zrozumiała, ale żadnych protestów zgłaszać nie miała zamiaru. Dla „tego jej Jerzego" i tak udział w ciocinym przyjęciu byłby tylko karą za grzechy. Bo był on może nie aż safandułowaty, jak go określała ciocia Winia, ale mało towarzyski z pewnością. A już do zabawiania starszych dam nie nadawał się ani trochę.

Więc ustalono datę spotkania, wszyscy potwierdzili przybycie i każdy dopytywał się tylko, co to za okazja.

– A co to? – obruszała się pani Eustaszyna. – To ja już was bez żadnej okazji zaprosić nie mogę? Uznałam, że za rzadko się widujemy i trzeba to zmienić. Mam rację?

– Oczywiście – potwierdzał każdy z zaproszonych.

Nowa kuchnia sprawdziła się doskonale, wszystko funkcjonowało, jak należy, potrawy przygotowały się same. To znaczy – same, rękami Marcji, pod światłym kierownictwem cioci Wini.

Pani Eustaszyna za punkt honoru postawiła sobie bowiem, że nauczy Marcelinkę gotowania i choć ta wymigiwała się na potęgę, nie na wiele to się zdało.

– Schab, moje drogie dziecko, musi być naszpikowany słoniną. Jak ktoś lubi, można go też szpikować czosnkiem, ale ponieważ nie wiem, czy wszyscy nasi goście jedzą czosnek, dzisiaj robimy schab bez czosnku. Za to z dużą ilością majeranku. Ale majerankiem obsypuje się już schab upieczony, bo inaczej może być gorzki – uczyła dziewczynę. – Do takiego schabu doskonale pasuje też kapusta kiszona, duszona z suszonymi grzybami. Widzisz, jak to dobrze, że z Mazur zawsze tyle grzybów przywozimy. Na coś się jednak ta mazurska posiadłość, przez twojego tatę kupiona, przydaje.

Ugotowały też czerwony barszczyk, upiekły ciasto drożdżowe i kupiły u Bliklego tort czekoladowy.

– A co, tam – zdecydowała ciocia Winia. – Jak szaleć, to szaleć. Nie co dzień przecież wydaję przyjęcie.

Eustachy został obarczony odpowiedzialnym zadaniem kupienia kilku butelek wina.

– Kochanie – prosił Marcję – powiedz mi, ile to jest „kilka" butelek. I jakie to ma być wino? Wiesz, że ja w zasadzie nie piję i nie znam się w ogóle na żadnym alkoholu.

– No, do schabu i tej kapusty, to chyba jakieś czerwone wytrawne albo półwytrawne powinno być. A do ciasta może białe – zastanawiała się Marcja. – Wiesz, wujku, poproszę Jerzego, to on nam kupi.

– Tylko nie mów nic cioci, moje dziecko – upominał ją pan Eustachy. – Bo znowu się zacznie gadanie, że ja to nic nie potrafię, nawet głupiego wina kupić nie umiem i w ogóle do niczego się nie nadaję. A ja nie mam siły na wysłuchiwanie tego wszystkiego. Zaraz migotania przedsionków dostanę.

– Nie dostaniesz, wujku, nie dostaniesz – śmiała się z niego Marcja. – Nie pamiętasz, że to ja doktorowi Antonowiczowi twoje wyniki zanosiłam? I doskonale znam stan twojego serca. Ale nie martw się, przecież nie zdradzę tego cioci. To nasza wspólna tajemnica!

– Oj, kochane dziecko z ciebie, kochane, naprawdę – ucieszył się pan Eustachy.

I chyba Marcja wywołała doktora Antonowicza, bo właśnie zadzwoniła jej komórka. Spojrzała – „kardiolog" wyświetliło się na ekranie.

Odebrała więc skwapliwie.

– Witam miłego pana doktora! – przywitała go życzliwie. – Właśnie o panu z wujkiem rozmawiamy, bo ciocia urządza przyjęcie i zastanawiam się, czy wujek może kieliszek…

– …albo dwa – wtrącił, bez żenady słuchający rozmowy, pan Eustachy.

– …albo dwa, czerwonego wina wypić – kontynuowała Marcja.

– „Albo dwa" absolutnie nie zaszkodzi, byle nie więcej – powiedział pan doktor. – Właśnie dzwonię, żeby spytać, czy czegoś nie potrzeba i jak się wujek czuje.

Tak naprawdę to dzwonił, bo widok Marcelinki tkwił mu pod powiekami i pozbyć się go nie mógł. Szukał więc pretekstu do spotkania, gdyż tak się pechowo złożyło, że wtedy, gdy Marcja przyszła do niego z wynikami badań pana Eustachego, wezwano go zaraz na oddział i nawet nie miał czasu na pięć dodatkowych minut rozmowy.

– Dziękuję bardzo, panie doktorze, w imieniu wujka i własnym – odparła Marcja, bardzo zadowolona, że słyszy głos pana doktora, którego widoku również spod powiek pozbyć się nie mogła.

Miała nawet wyrzuty sumienia wobec Jerzego, swojego... właściwie kim dla niej był Jerzy? Gdyby kazano jej to sprecyzować, miałaby trudności. Byli razem – choć właściwie nie razem, tylko obok siebie – już trzeci rok. I chociaż złościła się zawsze na ciocię Winię, w duchu musiała przyznać, że Jerzy rzeczywiście jest nieco safandułowaty.

Wszelką inicjatywę w ich relacjach przejawiała Marcja, której do tej pory jakoś to nie przeszkadzało, teraz jednak poczuła się tą sytuacją znużona. Kiedyś tam, na początku związku, rozmawiali o ewentualnym ślubie, ale Jerzy chciałby mieć od razu domek z ogródkiem, dwoje dzieci i psa, a Marcji z tego kompletu na razie odpowiadał tylko pies. I to raczej nie wspólny, a jej własny. Na razie, bo nie zarzekała się przecież, że w ogóle nie chce mieć dzieci. Chce, owszem, ale nie zaraz. A o tym, że czas płynie jak szalony, jakoś nie myślała.

Marcja mieszkała przy placu Wilsona na Żoliborzu, w pięknym trzypokojowym mieszkaniu po rodzicach. Jerzy miał własną kawalerkę na Woli. Więc jakby przesądzone było, że gdyby zdecydowali się zamieszkać razem, to na Żoliborzu. Marcja jednak jakoś Jerzego tam nie widziała. Tak więc nie tylko nie zapadała decyzja o ślubie, ale nawet o wspólnym zamieszkaniu. Dotychczas odpowiadało im to, co jest, i żadne do zmiany nie dążyło. Chodzili razem do kina, na koncerty, na jakieś imprezy, wyjeżdżali na urlopy. Czasami Jerzy zostawał na noc u Marcji, czasami ona u Jerzego. Ostatnio jednak Marcja coraz częściej dochodziła do wniosku, że żyjąc w ten sposób, zwiędnie, zestarzeje się i umrze. Zaczynało jej się nudzić. Brak jej było w życiu piorunów i innych wyładowań atmosferycznych.

– Panie doktorze – kontynuowała rozmowę – czy znalazłby pan dla mnie trochę czasu, bo chciałam się pana w pewnej sprawie poradzić.

Panu doktorowi przecież właśnie o to chodziło!

– Gdzie i kiedy? – zapytał. – Jestem do dyspozycji przez dwadzieścia cztery godziny, zapomniała pani?

– No, jak widzieliśmy się ostatnio, to nawet pięciu minut pan nie miał – zauważyła ze śmiechem Marcja.

– Właśnie dlatego nie chcę się z panią spotkać w szpitalu. Może umówimy się w „Coffee Heaven" obok Poczty Głównej przy Świętokrzyskiej? Nigdzie nie ma lepszej kawy, a dla mnie życie bez kawy to nie życie.

– Może być jutro, o siódmej wieczorem?

– Oczywiście.

– Świetnie, jesteśmy umówieni. – Marcja schowała telefon do kieszeni i roześmiała się na widok miny wujka Eustachego. – Tak, wujku, podrywam twojego kardiologa, fajny jest, prawda? Tylko cioci nic nie mów, bo by mi żyć nie dała.

– Jasne, kociątko, nie musisz mi nawet o tym mówić – powiedział pan Eustachy. – A pan doktor rzeczywiście fajny, trzymam za ciebie kciuki. Ale opowiesz mi wszystko, dobrze?

– No, zobaczymy... – droczyła się Marcja, która wujka bardzo kochała, przecież już tylko on jej został z najbliższej rodziny. No on – i oczywiście ciocia! – A wiesz co, wujku? – powiedziała jeszcze. – Nie przejmuj się tym winem. Poproszę pana doktora, to mi doradzi. Taki kardiolog na pewno zna się na winach.

*

– Proszę, proszę, siadajcie, gdzie komu wygodnie – zapraszała pani Eustaszyna swoich gości, machając jednocześnie ręką do Marcji, żeby przyniosła wazony na kwiaty, którymi, jako pani domu, obdarzona została w ogromnej ilości. Goście bowiem, nie mogąc się zorientować, czy to przyjęcie nie zostało jednak urządzone z jakiejś okazji, nie bardzo wiedzieli, jak się zachować. A że wszyscy byli raczej starej daty – zdecydowali, że bukiet będzie pasował do każdej okoliczności. Z tym że nie powinny to być kwiaty pospolite. W wazonach stały więc piękne wiązanki i już nie było wiadomo, gdzie te wazony stawiać. Mieszkanko przy Marszałkowskiej, jako się rzekło, duże nie było.

Niestety, tak się złożyło, że prawie wszyscy przyszli o jednej porze. Jako ludzie starej daty, punktualność mieli we krwi. Tak więc oglądanie nowej, „poremontowej" kuchni odbywało się poniekąd w kolejce – kuchnia bowiem, jak i całe mieszkanie – była nieco ciasna. Jeszcze dwie osoby naraz w niej się mieściły, trzecia już czyniła tłum.

Ale pani Eustaszyna nie z takimi problemami logistycznymi w życiu sobie radziła, poza tym – oglądanie kuchni stanowić miało przecież główny powód tego całego przyjęcia, nie było więc możliwe, żeby któryś z gości do tej kuchni nie został wprowadzony.

Gdy już wszyscy, po odpowiednim „achaniu" oraz „ochaniu", rozsiedli się przy stole, Marcja zaczęła wnosić poszczególne półmiski, talerze i różne tego rodzaju utensylia. Po domu roznosiły się iście boskie wonie, wśród których królował zapach kapusty z grzybami i każdy natychmiast zrobił się bardzo głodny. A że schab, naszpikowany słoniną, też udał się nadzwyczajnie, atmosfera była bardzo przyjemna, bo wszyscy wszystko chwalili, co niezmiernie cieszyło panią Eustaszynę, która – niestety – nawet słowem się nie zająknęła, że potrawy w większości są dziełem Marcji.

Marcji to nie przeszkadzało, lubiła te zgromadzone przy stole starsze panie i ich cichutkich mężów. Znała oczywiście cały areopag gości, bo kilkakrotnie w takich zgromadzeniach uczestniczyła. Nie tak dawno – ze swoim tatą, którego niezmiernie jej brakowało i nie przyzwyczaiła się jeszcze do tego, że go już nie ma – i nie będzie – w jej życiu. Mama nie żyła od piętnastu lat, więc ból po jej śmierci zdążył zelżeć, ale tata... tata był zawsze.

Otrząsnęła się z tych myśli, nie mogła sobie teraz pozwolić na smutki. Tym bardziej że raptem do niej dotarło, iż wszyscy goście zwijają się ze śmiechu. To pani Eustaszyna – dla tego towarzystwa Winia – opowiadała o remoncie kuchni. A że talent narracyjny kochana Winia miała w całej rozciągłości, towarzystwo bawiło się świetnie, „podlewane" dość często różnego rodzaju winem, kupionym przez Marcję, korzystającą z rad doktora Antonowicza. Znał się na winach rzeczywiście. Zresztą, jako kardiolog poniekąd powinien, jako że często bywał zmuszany – chcąc nie chcąc – do przyjmowania różnych butelek w charakterze dowodów wdzięczności od pacjentów.

– A wiecie, na zakończenie tej całej remontowej historii, opowiem wam jeszcze, jak to dostałam od Romana kwiaty.

Pani Eustaszyna poprawiła się na krześle, skinęła na małżonka, żeby dolał jej wina i rozpoczęła swoją opowieść.

– No więc, jak wspomniałam, dostałam kwiaty. I to jakie! Ciemnopurpurowe róże, długie na metr dwadzieścia (mierzyłam, przysięgam). Otóż wyobraźcie sobie dalej, że te kwiaty dostałam ni mniej, ni więcej, tylko w Dniu Kobiet. Że od Romana, to już wiecie, ja natomiast do dzisiaj nie wiem, czy kwiaty były istotnie z tej okazji, bo ofiarodawca uznał, że w takim dniu bez kwiatka przyjść nie wypada, czy też kwiaty dostałam za pewną przysługę, o której za chwilę, a że zdarzyło się to w Dniu Kobiet, to tylko przypadek. Ja w każdym razie wolę uważać, że dostałam kwiaty z okazji jak wyżej, ponieważ milej tak myśleć! No więc – kontynuowała pani Winia – gdy poszłam do Domu Handlowego „Roman", żeby ostatecznie się rozliczyć, nasz Roman siedział przy biurku i pracowicie podliczał jakieś słupki. „Siedemnasty tydzień u Wiśniewskich, a czternasty tydzień u Kowalskich – mamrotał do siebie pod nosem – nie, przecież dwudziesty maja to dwudziesty pierwszy tydzień. A może dwudziesty?" – mruczał ponuro, licząc na palcach. „Stary, bądź cicho – zarządziła Zosia, żona Romana, z którą sobie zawsze przyjemnie pogawędziłam. Właśnie jej bardzo rasowa niebieska kotka rosyjska urodziła dzieci, więc Zosia musiała mi wszystko ze szczegółami opowiedzieć. – Przecież przeszkadzasz nam w rozmowie". „Drogi Romanie, a co ty tak uporczywie liczysz?". Koniecznie i za wszelką cenę postanowiłam się tego dowiedzieć – mówiła dalej pani Eustaszyna.

Okazało się, że Roman realizuje te swoje umowy na zabudowy kuchni w cyklach tygodniowych – a ponieważ nie ma kalendarza, w którym byłyby ponumerowane tygodnie, bardzo się męczy przy ustalaniu szczegółowych harmonogramów poszczególnych prac. Ponieważ akurat miałam kilka takich kalendarzy, bo Eustachy zawsze je dostaje od starych znajomych z pracy, obiecałam sprezentować Romanowi jeden lub dwa. Przyleciał po nie następnego ranka, z różami, a że to był akurat Dzień Kobiet – ot, właśnie i ta zagadka – czy dostałam kwiaty za kalendarze, czy też z okazji Dnia Kobiet?

Całe towarzystwo, zgromadzone przy stole pani Eustaszyny, pokładając się ze śmiechu, do czego wydatnie przyczyniło się wino, a jakże! – orzekło, że z okazji Dnia Kobiet. Absolutnie! Gdyby Roman nie był Romanem, zgodzić by się można, że to za kalendarze, ale ktoś taki jak Roman w Dniu Kobiet do kobiety bez kwiatka by nie przyszedł.

Czas minął wszystkim bardzo miło i uznali, że takie spotkania muszą urządzać częściej.

– Następnym razem spotykamy się u nas – zarządziła Ewa. – Konkretny termin niedługo wszystkim podam.

Rozdział czwarty

Marcja była trochę rozkojarzona. Nie wiedziała, co myśleć. Spotkanie z doktorem Antonowiczem okazało się jakieś dziwne. Gdy przyszła do „Coffee Heaven", czekał już na nią, a przed nim leżała na stoliku długa czerwona róża, którą oczywiście na wstępie jej wręczył. Poprosiła kogoś z obsługi o wazonik i róża stała między nimi, jak jakiś symbol, obietnica, zapowiedź...

Ale po wypiciu kawy, półgodzinnym pogadaniu o pogodzie i polityce – oraz o winie – rozstali się bez wyznaczenia terminu następnego spotkania.

Marcja miała nadzieję, że pan doktor przynajmniej umówi się z nią na wspólne kupowanie wina, ale spisał jej tylko na kartce nazwy dobrych gatunków i do tego jego pomoc się ograniczyła. Marcji jakoś głupio było, bo jej zdaniem wyglądało to tak, jakby wymogła na nim dzisiejsze spotkanie, więc pan doktor umówił się z nią po prostu z grzeczności.

A gdyby tak jeszcze wiedziała, jak to się stało, że wujek Eustachy stał się pacjentem doktora Antonowicza, w ogóle zapadłaby się pod ziemię.

Tyle tylko, że zaraz na wstępie przeszli na ty. Pan doktor nazywał się Cezary.

– Nie przepadam za swoim imieniem – powiedział. – Jak słyszę „Czarek", wydaje mi się, że to brzmi niepoważnie. Tym bardziej, że wiem – bez zbytniej skromności mówiąc – iż trochę wyglądam na czarusia. Ale wiesz, to cała historia z tym moim imieniem – wyjaśnił. – Otóż moja mama była wielbicielką historii starożytnej. Nawet jako dziecko nie czytała żadnych tam „Ań z Zielonego Wzgórza", tylko „Żywoty Cezarów" Gajusza Swetoniusza, „Poczet cesarzy rzymskich" Krawczuka, i tego rodzaju książki biograficzne. Jej ulubieńcem był Marek Aureliusz. I wymyśliła, że takie właśnie mi da imiona, Marek Aureliusz. Ale po moim urodzeniu – ciągnął swą opowieść – to tata poszedł zarejestrować mnie w urzędzie stanu cywilnego. Po drodze spotkał kolegę, któremu pochwalił się, że ma syna – i, cóż, postanowili to uczcić. Nieźle im szło, ale tata przypomniał sobie wreszcie, że musi mnie zarejestrować. Ledwo zdążył do tego urzędu, pani urzędniczka w zasadzie już się zbierała do domu. Ale, wiesz, ja taki przystojny i sympatyczny jestem po tacie – z całą skromnością wyznał pan doktor. – Więc jak ją tata zaczął ślicznie prosić, uległa i zaczęła wypełniać odpowiednie formularze. Niestety, tata taki był zdenerwowany i już trochę „uczczony", że z tego wszystkiego zapomniał, jakie mam dostać imię. „Wie pani – zaczął tłumaczyć – żona coś o jakimś cesarzu wspominała. No, nie przypomnę sobie teraz, ona mnie zabije po prostu". Pani urzędniczce okropnie żal się zrobiło tego miłego świeżo upieczonego tatusia i starała się pomóc mu ze wszystkich sił. „Po cesarzu... – zastanawiała się. – Cesarz, cezar – myślała głośno. – Mam! – krzyknęła. – To pewnie Cezary!". „O tak, właśnie, Cezary" – ucieszył się tata, szczęśliwy, że już po problemie. I tak nie zostałem Markiem Aureliuszem.

– Może i lepiej? – zastanowiła się Marcja, której imię Cezary nawet się podobało. Nie musiała przecież mówić do niego „Czarek". – Moje imię też było nie najlepszym pomysłem moich rodziców – wyznała. – Tata nazywał się Marceli, to wiesz, bo go znałeś. Poszli więc po linii najmniejszego oporu i zostałam Marceliną. – Ale jeśli myślisz, że podoba mi się to imię, to się mylisz. Tylko ciocia Winia tak do mnie mówi, niestety, na nią, co już pewnie zauważyłeś, nie ma siły. Dla wszystkich moich przyjaciół, od dziecka, jestem Marcją.

– Bardzo ci się, narażę, jeśli powiem, że mnie się ta „Marcelina" podoba? Marcja, nie obraź się, to trochę dla mnie dekadenckie – powiedział pan doktor. – Czy zrobisz drugi wyjątek w swoim życiu i, jak cioci Wini, pozwolisz mi mówić do siebie „Marcelinko"?

– No i co ja mam z tobą zrobić? Ty naprawdę czaruś jesteś. Dobrze, niech będzie – zgodziła się Marcja. – W twoich ustach nawet ta „Marcelinka" jakoś tak wyjątkowo brzmi.

– Bo ja cały jestem wyjątkowy, jeszcze się przekonasz! – skromnie powiedział pan doktor.

No, ale jakoś do tej pory Marcja nie miała okazji, żeby się przekonać. Rozstali się ze zwykłym „do zobaczenia" i każde poszło w swoją stronę.

No i dobrze, myślała Marcja. Kurczę, czaruś jeden. Ja mam przecież Jerzego, nie? – przekonywała samą siebie.

Zaczęła więc trochę częściej spotykać się z Jerzym, wyciągała go do teatru, co zresztą lubili obydwoje, tyle że Jerzemu jakoś nigdy nie wpadło do głowy, żeby sprawdzić, co gdzie grają i kupić bilety. Nie ze skąpstwa, bo skąpy nie był, po prostu już się przyzwyczaił, że to Marcja rządzi, i oczekiwał jej inicjatywy. Nikt mu nie powiedział – a był tylko facetem – że czasami inicjatywę powinien przejawiać także mężczyzna.

Któregoś dnia pan doktor Antonowicz jednak zadzwonił do Marcji.

– Stęskniłem się za tobą – oznajmił. – Wiem, że to dziwnie brzmi, bo myślisz pewnie, że skoro tęskniłem, to mogłem wcześniej zadzwonić. – Ale, posłuchaj, nie chcę, żeby to zabrzmiało, jakbym się chwalił, tyle że właśnie wróciłem ze Stanów. Byłem na dwutygodniowym sympozjum, nawet referat wygłaszałem, nie masz pojęcia, jaki czułem się zestresowany.

– Akurat – mruknęła sceptycznie Marcja, a Cezary to usłyszał.

– Słyszę – powiedział. – Ty pewnie myślisz, że jak ktoś ma metr dziewięćdziesiąt, to nie może się stresować. Otóż, może, zapewniam cię. Ale bardzo chciałbym cię zobaczyć. Czy dasz się zaprosić na kolację? – zapytał. – Tylko nie myśl, że mam kosmate myśli, choć może i mam – ale chciałbym sam tę kolację dla ciebie przyrządzić, u mnie w domu. Przysięgnę, jeśli chcesz, że się na ciebie nie rzucę. Tylko cię nakarmię.

I okazało się, że pan doktor jest człowiekiem rozległych talentów. Podał taki bigos, jakiego Marcja nawet u cioci Wini nie jadła. I zarzekał się, że sam go zrobił, własnoręcznie.

– Jeśli chcesz, to ci wyjaśnię, jak go robiłem, żebyś uwierzyła.

– Uwierzyłabym ci, cokolwiek byś powiedział o gotowaniu, bo ja mistrzem kuchni raczej nie jestem. Tak więc facet, który umie to robić, dużo w moich oczach zyskuje.

– A facet, który lubi „Kiedy Harry poznał Sally"?

– O matko! – zaśmiała się Marcja. – W takim facecie z miejsca się zakochuję.

– To w takim razie siadaj tu, obok mnie, masz tu kieliszek dobrego wina – ja nie piję, bo odwiozę cię do domu – i oglądamy sobie ten film.

I wyciągnął kasetę, w dość sfatygowanej okładce, rzeczywiście świadczącej o tym, że film był oglądany. Niejeden raz.

– Ale będę płakać – uprzedziła go Marcja.

– A płacz sobie, patrz, o tu stoi pudełeczko chusteczek.

Siedzieli więc obok siebie i oglądali film, Cezary objął Marcję ramieniem, ona wtuliła się w niego – płacząc oczywiście, jak zwykle, w tych samych momentach.

„Bo odwiozę cię do domu", brzmiało jej w uszach i z tego powodu też płakała. Jednak chyba za dużo tego wina wypiła.

Film się skończył i pan doktor spojrzał na zegarek.

– Oj, już po dwunastej – powiedział. – Nie gniewaj się, ale nie będę cię dłużej zabawiał, bo jutro mam dyżur od szóstej rano. – A i wiesz, jeszcze chciałem ci powiedzieć, bo, kurczę, ciągle zapominam, a to ważne, że w zasadzie chciałbym jeszcze jedno badanie twojemu wujkowi zrobić. Niby wyniki ma dobre, EKG też nie najgorsze, ale trochę mi się rytm jego serca nie podoba. Zadzwonię niedługo, to przywieziesz go do mnie, założymy taki specjalny aparat, później wszystko ci wytłumaczę, bo teraz już naprawdę ciemna noc za oknem.

Odwiózł ją do domu, pocałował krótko w usta na pożegnanie i obiecał, że niebawem zadzwoni.

Marcja, zamiast spać, zastanawiała się, czy ona mu się nie podoba, czy może on jest nie tej, co trzeba, orientacji seksualnej – czy też po prostu jest dżentelmenem.

Przystojny, jak sam diabeł, myślała, to pewnie jednak gej. Jeszcze ten film... Nie jakaś „Parszywa dwunastka" czy coś w tym rodzaju, tylko klasyka romansu w najlepszym wydaniu.

Chyba jakichś dziwnych facetów przyciągam, uznała i poszła spać.

*

Pan doktor Marceli Krzewicz-Zagórski był zapalonym wędkarzem. Nie bardzo jednak miał czas na realizację swojej pasji. Po śmierci żony samodzielnie wychowywał córkę – owszem, trochę pomagała mu bratowa, Winia; musiał mieć kogoś, z kim mógłby z pełnym zaufaniem zostawić córkę na przykład w czasie nocnych dyżurów. Poza tym w pewnych sytuacjach kobieta jest niezastąpiona.

Ale gdy córka dorosła i się usamodzielniła, postanowił zrobić coś dla siebie. Wykorzystując jakieś tam ukryte zasoby finansowe – w końcu był wziętym kardiologiem, który przyjmował pacjentów także prywatnie – i sprzedawszy Głowę Cezara – kupił dość sporą działkę na Mazurach, z pięknym, kompletnie wyposażonym domkiem. Ten zakup to była prawdziwa okazja – ot, przyjaciel, też lekarz, właściciel tego wszystkiego, zachorował na alzheimera i, niestety, rodzina musiała działkę sprzedać. Sprzedali panu Marcelemu, niedrogo, bo chcieli, żeby poszła w dobre ręce, jak mówili.

Pan doktor Marceli cieszył się swoją posiadłością przez całe dwa lata, po czym sam zmarł nagle na zawał serca.

Pani Eustaszyna tej działki nie lubiła, bo – po pierwsze – nudziło jej się tam samej, po drugie – uznała, że ta nieruchomość jakiegoś pecha przynosi. Oczywiście działkę, jak wszystko po tacie, odziedziczyła Marcja. Niespecjalnie ją ceniła, bo były tam, niestety, komary. A komarów Marcja nie znosiła. Zawsze gryzły tylko ją. Podobał jej się natomiast las, a szczególnie jedna sosna, rosnąca samotnie, na takim niewielkim wzgórku. Miała jakby rozczapierzone ramiona i wyglądała niczym stara czarownica, wyciągająca ręce po cały świat. Marcja zrobiła ze dwa tysiące zdjęć tego drzewa i po prostu je kochała. Uwielbiała!

Ale nie chciała zatrzymać tej działki. Po śmierci taty raz pojechali tam, z Jerzym i przyjaciółmi – i niestety, trafili na fatalną pogodę, więc się zrazili. Poza tym Marcja wolała raczej do jakiejś Turcji albo Grecji jechać. Lubiła ciepło. A Jerzemu było wszystko jedno.

Więc teraz Marcja musiała podjąć jakąś decyzję – albo zostawia sobie tę ziemię, traktując ją jako lokatę kapitału – albo sprzedaje.

Przyzwyczajona, że w całej rodzinie zawsze najważniejsze decyzje podejmowano „pod nadzorem" cioci Wini, zadzwoniła do cioci i umówiła się z nią, oznajmiając, że się chce poradzić w pewnej sprawie.

Gdyby tego nie zrobiła, ukochana ciocia do końca życia wierciłaby jej dziurę w brzuchu, choć tak naprawdę ta cała działka ukochaną ciocię obchodziła jedynie o tyle, że ktoś, kto jeździł tam w sezonie grzybowym, przywoził cioci mnóstwo grzybów.

– Ciociu – zaczęła Marcja, już po rozpakowaniu przyniesionych ciastek, gdy usiadły w fotelach przy stoliku do kawy – wiesz, tak rozmyślam, co zrobić z tą naszą działką na Mazurach. Sądzę, że powinnam ją zatrzymać jako lokatę kapitału. Pieniądze w tej chwili nie są mi tak niezbędnie potrzebne, ale jeździć tam i tak nie będę. Ani wy, prawda? Wobec tego wynajmę komuś ten domek i już.

Marcja tak naprawdę podjęła już decyzję o sprzedaży działki. Nie miała najmniejszego zamiaru wynajmować komuś domku i kłopotać się o to, co tam się dzieje. Na jej głowie byłyby wszystkie podatki i ubezpieczenia, a także wszelkie niezbędne naprawy, na jej głowie byłby też problem w przypadku, gdyby na przykład ktoś się tam włamał.

A gdyby trafił się nierzetelny najemca? O, nie, żadne takie...

Ale wiedziała, że musi ciocię odpowiednio nastawić – tak, aby ponad wszelką wątpliwość było jasne, że decyzja, która w tej sprawie zapadła, została podjęta przez panią Eustaszynę.

Zapewniając więc, że nie chce sprzedawać działki, miała pewność, że ciocia natychmiast zacznie nalegać na sprzedaż. Znała swoją ukochaną ciocię przecież bardzo dobrze.

– Hm, mówisz: wynająć, moje dziecko... – zaczęła się zastanawiać pani Eustaszyna. – Uważam, że to nie jest najlepszy pomysł. Po co ci te wszystkie kłopoty? Pomyślę jeszcze trochę, a ty zjedz ciastko.

Marcja, na ogół odmawiająca sobie słodyczy ze względów zasadniczych, teraz musiała zjeść jedno z ciastek, które przecież sama przyniosła (a spróbowałaby nie przynieść!).

– Nie, jednak zdecydowanie nie wynajmować – podjęła decyzję ciocia Winia. – Wiesz, co powinnaś zrobić?

– No, słucham, ciociu. – Marcja przechyliła głowę.

– Powinnaś sprzedać to wszystko, a pieniądze zainwestować w jakiś kawałek ziemi blisko Warszawy, może w Dziekanowie albo Aninie na przykład – wymyśliła ciocia.

– Ciociu, kochana, czy ty wiesz, ile kosztuje działka w Dziekanowie albo w Aninie? – Marcja złapała się za głowę.

– No, dokładnie nie wiem, a ty wiesz? – odbiła pytanie pani Eustaszyna. – A czy wiesz, ile warta jest ta mazurska posiadłość?

W istocie – Marcja nie wiedziała. Orientowała się nieco w cenach działek budowlanych pod Warszawą, bo w czasach gdy Jerzy chciał mieć „domek, dzieci i psa", trochę się tym interesowali. Ale o cenach działek na Mazurach nie miała pojęcia, nie wiedziała więc, że ostatnio bardzo poszły w górę, a już taka, jaką kupił jej tata – pięciohektarowa, z własnym lasem, obszernym, dobrze wyposażonym domem i bezpośrednim dostępem do jeziora – naprawdę była sporo warta. Z całą pewnością kwota ze sprzedaży wystarczyłaby na zakup niewielkiej działki pod Warszawą.

Pani Eustaszyna dawno nie udzieliła takiej doskonałej rady.

– Ciociu, jesteś niesamowita! – podskoczyła Marcja. – Co ja bym bez ciebie i twoich rad zrobiła? – Ucałowała i uściskała niezmiernie zadowoloną starszą panią i poszła rozmyślać do domu.

A ciocia nie spoczęła na laurach, o nie, przecież to do niej niepodobne. Weszła do internetu i zaczęła buszować po różnych „Gratkach, nieruchomościach, działkach i domkach w całej Polsce".

Dzwoniła, zadawała różne pytania. Po pewnym czasie miała już doskonałą orientację i wiedziała, że pomysł jest dobry.

Mazurska posiadłość była sporo warta, problemem jednak było znaleźć na nią kupca. Pani Eustaszyna w zasadzie nie miała tak dobrze sytuowanych znajomych, których byłoby stać na kupno czegoś takiego.

Zaraz, zaraz, pomyślała, a może Irka, ta córka Ewy i Karola, ta z bogatym mężem.

To dziecko Ireny musiało się już urodzić, a z takim maleństwem nie będą przecież jeździli na urlopy zagraniczne. Więc własny dom na Mazurach przydałby się im jak najbardziej, uznała pani Eustaszyna.

Ale po co tak się zastanawiać, zadzwonię do Ewy natychmiast, postanowiła i złapała słuchawkę.

– Dzień dobry, kochana Ewuniu, tu Winia – przywitała się grzecznie. – Wiesz, dzwonię, bo zapraszałaś nas do siebie, a ja – stara sklerotyczka (o mało się nie zadławiła, mówiąc tak o sobie, ale dla jej ukochanej Marcelinki była gotowa na wszystko) – zapomniałam, czy to na tę sobotę, czy na następną.

Podstępna pani Eustaszyna bardzo dobrze wiedziała, że Ewa żadnego terminu nie wyznaczyła i że jej takie „następnym razem spotykamy się u nas", było zdawkowe i nieszczere.

Ale postanowiła, że co tam, ludzie powinni brać odpowiedzialność za swoje słowa i jak ktoś mówi „spotykamy się u nas", to w niedługim czasie ustala termin spotkania. I podaje go do wiadomości.

– A... e... – zająknęła się Ewa, zaskoczona okropnie.

– Bo wiesz, co? – wybawiła ją z kłopotu pani Eustaszyna. – Gdybyś zechciała, to ja najpierw chciałabym się sama z tobą spotkać, mam dla ciebie pewną propozycję. Może wypijemy kawę w „Coffee Heaven", wiesz, tu obok mnie, na Świętokrzyskiej. Tylko jak najszybciej, bo to pilna sprawa.

Spotkały się więc i pani Eustaszyna opowiedziała koleżance o tej świetnej okazji.

– Słuchaj, jest ogromne zainteresowanie tą działką, a mnie się przypomniało, że Irenka ma właśnie dzidziusia. I przecież teraz na urlopy za granicę na razie nie pojeżdżą. A tam, na tych Mazurach, są wspaniałe warunki i można mieszkać praktycznie od kwietnia do października. I woda bieżąca jest, i ogrzewanie, i kominek, i kafelki. No, piękny dom, mówię ci. I spory teren, pięć hektarów ziemi, w tym kawałek własnego lasu. A jakie grzyby tam rosną! I cena atrakcyjna, bo Marcelinka chce, żeby to poszło w dobre ręce. Bo wiesz, ona emocjonalnie z tym miejscem jest związana. Ale nie może tam jeździć, bo wszystko jej przypomina ojca i dziewczyna wpada w depresję. Więc Jerzy kazał jej to sprzedać, bo bardzo się jej stanem przejmuje – tłumaczyła pani Eustaszyna.

O matko, pomyślała, jakby tak Marcelina mnie słyszała, to miałabym się z pyszna.

– I wiesz, co? – mówiła dalej. – Gdyby Irena z mężem byli zainteresowani, to jakoś tak musiałybyśmy wymyślić, że wy sami takiej działki szukacie i wszystkich pytacie, więc ty zwróciłaś się również do mnie, czy o czymś takim nie słyszałam. Bo wiesz, ci młodzi dzisiaj... Gdyby Marcelina się dowiedziała, że ja ci tę działkę proponuję z własnej inicjatywy, byłaby zła, że się wtrącam. Jak gdybym ja kiedykolwiek w coś się wtrącała...

W tym momencie zasłuchana Ewa dostała podejrzanego ataku kaszlu, ale w gruncie rzeczy zachwycona była pomysłem Wini. Sama też się w życie Irenki nigdy nie wtrącała, a przynajmniej nie częściej niż ze trzy razy na tydzień, ale pomysł z posiadłością na Mazurach bardzo jej przypadł do gustu.

Samo brzmienie słów „posiadłość na Mazurach"... nobilitowało.

– Wiecie – opowiadałaby przyjaciółkom – Irena i Tadeusz nabyli właśnie posiadłość na Mazurach. Niewielką, pięć hektarów, ale wspaniale położoną. Z cudownym domem, całorocznym właściwie. No, ale Tadeusz świetnie zarabia przecież, a tej mojej Irence to najchętniej nieba by przychylił – rozmarzyła się pani Ewa, już układając w myślach przyszłe rewelacje.

Podczas gdy pani Eustaszyna i pani Ewa układały plany życiowe dla „swoich dziewczynek", jedna z tych dziewczynek, właścicielka owej posiadłości na Mazurach, siedząc po turecku na swojej własnej kanapie, w swoim własnym mieszkaniu przy placu Wilsona, opowiadała Jerzemu o pomyśle sprzedaży działki. W końcu kto, jak kto, ale po pierwsze inżynier budowlaniec, po drugie – prekursor pomysłu na domek pod Warszawą – powinien wiedzieć, czy cały ten zamysł jest realny i w ogóle do rzeczy.

– Pomysł jest rozsądny, jak najbardziej. Jeśli przemyślałaś wszystko dogłębnie i naprawdę nie chcesz tej działki na Mazurach, rzeczywiście najlepiej ją sprzedać i zainwestować pieniądze w jakąś nieruchomość blisko Warszawy – powiedział Jerzy. – Pomogę ci w tym wszystkim, jeśli zechcesz.

– No, chyba zechcę, bo wszystko przemyślałam. Sam wiesz, że na te Mazury raczej nikt już nie będzie jeździł – a jeśli nawet, to dla dwóch tygodni tam spędzonych nie warto mieć na głowie tego całego kramu – opłat, remontów, włamań. I dziękuję za ofertę pomocy, przyjmuję ją oczywiście – powiedziała Marcja. – Teraz musimy tylko znaleźć kupca.

Nie wiedziała, że jej ukochana ciocia właściwie już prawie działkę sprzedała – i teraz czekała tylko na wiadomość od Ewy, która poszła do domu z najświeższymi wiadomościami dla małżonka, spiesząc się ogromnie, bo miała zamiar jak najprędzej przekonać go do pomysłu nabycia działki. Nabycia przez Irenkę, oczywiście. Oraz Tadeusza, jej małżonka.

Mężowi Ewy ów pomysł się spodobał. Pan Karol sam był zapalonym wędkarzem i miał nadzieję, że tam, w tej posiadłości, którą tak entuzjastycznie opisywała jego żona, jakiś kąt dla niego się znajdzie. Dla niego oraz jego sprzętu wędkarskiego. Tak mówiąc szczerze, ów sprzęt wymagał więcej miejsca niż sam pan Karol. No, ale posiadłość była podobno spora.

Wprosili się więc na Żoliborz, do Ireny i Tadeusza – i natychmiast, na wyścigi, zaczęli opowiadać o tej mazurskiej okazji.

Irenę pomysł zachwycił natychmiast. Zakochana do nieprzytomności w swoim Adrianku, oczami wyobraźni widziała go już siedzącego z wędką w rączce i łowiącego ryby wraz z dziadkiem. Na pewno by mu się to spodobało, wiadomo, chłopcy lubią łowić ryby. Widziała też Tadeusza na łodzi, wiosłującego z zapałem, podczas, gdy ona, Irenka, leży sobie na wygodnym leżaku, na tejże łodzi i – chłodzona przyjemnie powiewającym wiaterkiem – opala się delikatnie.

Znajdzie się jakąś pomoc do sprzątania i gotowania – i takie urlopy na łonie natury, własnym łonie natury, mogą być bardzo przyjemne.

A do tego ma przecież kilka koleżanek, które pozaprasza, żeby się nie nudzić. O, już ona będzie umiała sobie organizować pobyt na Mazurach.

Spojrzała więc na męża.

– Tadziu – zapytała – czemu my sami do tej pory na taki pomysł nie wpadliśmy?

Tadzio oczywiście wiedział, czemu. Po prostu miał przecież swoją, dobrze prosperującą kancelarię adwokacką. Która dobrze prosperowała, bo jej szef, czyli on, był cały czas na miejscu. Miał dwóch wspólników, owszem, ale wszyscy dostawali dużo spraw, bo byli popularni i rozchwytywani. Więc nie bardzo mógł sobie pozwalać na urlopy w jakiejś posiadłości na Mazurach. Czy gdziekolwiek.

Ale Irenkę kochał ponad wszystko. Wystarczyło więc, żeby na niego spojrzała tymi swoimi sarnimi oczami, a już wiedział, że posiadłość na Mazurach mieć będą.

– Dobrze, mamo, skontaktuj mnie z właścicielką, kupię tę działkę.

– Posiadłość, Tadziu, posiadłość, nie żadną tam byle działkę.

I w ten oto sposób Marcja, wciągnięta w wir wydarzeń przez swoją ukochaną ciocię Winię, nawet się nie spostrzegła, jak działkę sprzedała. Po krótkiej konsultacji z Jerzym, pełnym podziwu dla talentów pani Eustaszyny w zakresie obrotu nieruchomościami – cenę wynegocjowała bowiem taką, o której on sam pewnie by nawet nie pomyślał – posiadłość na Mazurach zmieniła właścicieli.

Teraz pozostało tylko wyszukać jakąś działkę pod Warszawą. Ale to wymagało różnych rozstrzygnięć. Więc na razie pieniądze za Mazury zostały ulokowane na kilku lokatach bankowych, a Marcja postanowiła, że sama sobie coś wyszuka. Bez cioci Wini.

Której oczywiście nie doceniła.

Pani Eustaszyna nie pozwoliłaby przecież na to, żeby ominęła ją taka rozrywka, jak kupowanie czegokolwiek. Tym bardziej – nieruchomości.

Jak to brzmiało! Nieruchomość pod Warszawą. Bodaj lepiej niż posiadłość na Mazurach...

Rozdział piąty

Na razie jednak pani Eustaszyna miała trochę inne problemy na głowie. Po pierwsze – jej mąż nie mógł żyć bez kawy. I był wielce wybredny przy przyrządzaniu swojego ulubionego napoju. Nie mogła to być jakaś kawa rozpuszczalna – czego pani Eustaszyna zrozumieć nie mogła, bo sama piła tylko taką.

I nie mogła to być żadna tam zalewana w szklance, byle jak. Kawa musiała być z ekspresu – i to dobrej marki. Eustachy sam sobie kupował odpowiedni gatunek kawy i sam sobie tę kawę parzył. Ze wszystkimi rewerencjami.

Aż tu zdarzyło się nieszczęście – ukochany ekspres małżonka spadł z kuchennej szafki i roztrzaskał się na kawałki. Cóż, prawdę mówiąc, sam nie spadł, „pomogła mu" w tym trochę pani Eustaszyna – ale oczywiście nie miała pojęcia, jak to się stało. A zresztą, jak coś tak spada od razu, od byle dotknięcia, i na dodatek natychmiast roztrzaskuje się na kawałki, to takie coś nie jest warte rozpaczy. Równie dobrze to Eustachy mógł ot tak, leciutko, zawadzić łokciem o ten głupi ekspres, który byłby spadł tak samo. Może nie?

No, cóż, nieważne, jak to się stało, dobra żona zawsze spełnia zachcianki męża, nieprawdaż? Więc

74

obiecała jak najprędzej kupić nowy ekspres panu Eustachemu. Kocha kawę z ekspresu, niech zna pana! To jest – panią! Dobra małżonka nabyła więc piękny, elegancki i drogi jak diabli ekspres, markowy oczywiście. Żywot jego nie był jednak zbyt długi, bo pan Eustachy – używając owego ekspresu bez opamiętania – jakimś sposobem uszkodził dzbanek. Coś tam pękło i zaczęło przeciekać, uniemożliwiając dalszą eksploatację niezbędnego sprzętu. Dokupić takiego dzbanka nigdzie nie było można, bo teraz jest Europa i demokracja, więc każdy może sobie wybrać taki sprzęt, jaki chce, i nikt żadnych głupich części zamienno-wymiennych nie produkuje. Bo nie musi. Klient, któremu zepsuje się cokolwiek, może sobie bez problemu kupić inne cokolwiek – i po problemie.

Tak więc okazało się, że pan Eustachy ma jednakowoż jakiegoś pecha do ekspresów kawowych. Cóż, wobec tego – zawstydzony – zaczął pić kawę parzoną w jakimś urządzeniu składającym się z plastikowej tulejki i papierowego filtra – całkiem jak nie w Europie, tylko, nie przymierzając, w dawnym Związku Radzieckim. Czyż nie wstyd i hańba? No, tego pani Eustaszyna znieść nie mogła. A że zbliżała się Gwiazdka, postanowiła kupić następny ekspres do kawy. Zbliżał się także koniec roku i – jak zwykle – pan Eustachy dostał od starego kolegi ze starej pracy jakieś tam kalendarze. Pani Eustaszyna przypomniała sobie, jak to ich przyjaciel, Roman, liczył tygodnie „na piechotę", marząc o kalendarzu z ponumerowanymi tygodniami, który wreszcie od niej – na Dzień Kobiet – dostał. Postanowiła więc zrobić dobry uczynek i zanieść panu prezesowi taki tygodniowy kalendarz na następny rok. O tym, że i u niego sprzedaje się ekspresy do kawy, pomyślała dopiero po wyjściu ze sklepu, ale – po kolei.

Jak po kolei, to pani Eustaszyna oczywiście najpierw weszła i wdrapała się na górę (przez zaplecze, ale pracownicy już ją znali, więc weszła bez problemu), gdzie na antresoli mieściło się biuro państwa Wierzbickich, Zofii i Romana.

– Dzień dobry! – przywitała się gromko – dostawa kalendarzy!

– Dzień dobry, jak to, kalendarzy, a kto to, ojej, nie poznałem – jednym tchem wyrzucił z siebie Roman.

– Jak to „nie poznałem", każdy się starzeje, to fakt, ale znowu nie aż tak, kochany Romku! Za każdym razem mnie nie poznajesz, naprawdę się obrażę. – Pani Eustaszyna uśmiechnęła się kokieteryjnie.

Ale rozzłoszczona była naprawdę, co – na pierwszy rzut oka – bezbłędnie rozpoznała żona Romana.

– Winiu, nie denerwuj się, ta stara pierdoła po prostu niedowidzi, a nie chce się do tego przyznać – wytłumaczyła.

– To znaczy, dzień dobry, na pierwszy rzut oka nie poznałem, bo czapka, a kalendarz to jaki? – Pan Roman pokajał się i przeszedł do konkretów.

– Twój ukochany, z tygodniami.

– Ojej, a skąd wiesz? – zdziwił się niepomiernie, bo przecież od Dnia Kobiet minęło już dziewięć miesięcy i kto by tam pamiętał, co od kogo dostał.

Po wszelkich podziękowaniach i wyjaśnianiach, „skąd wiedziałaś", wszyscy złożyli sobie życzenia świąteczne i pani Eustaszyna pojechała do domu. O ekspresie do kawy kompletnie zapomniała, nawet nie zapytała, jaki, gdzie, za ile. Gdy po powrocie opowiedziała mężowi, gdzie była i co robiła, pan Eustachy podjął decyzję, że trzeba kupić ekspres właśnie u Romana, to przynajmniej doradzi, jaki teraz najlepszy. No i może sprzeda z jakąś bonifikatą. Zadzwonił więc do sklepu, gdzie usłyszał, że „pan prezes już wyszedł", więc przedstawił się i poprosił, żeby „pan prezes" do niego zadzwonił.

Następnego dnia, a była to sobota, około jedenastej, zadzwonił telefon.

– A ... (cisza) ... tu Wierzbicki, dzień dobry! (że Wierzbicki, pani Eustaszyna, która odebrała telefon, wiedziała już po tym „a", żeby już nie wspomnieć o ciszy) – bo właśnie na biurku leży kartka .... (cisza) .... że mam dzwonić... – kontynuował pan Roman.

– Dzień dobry, drogi Romku, dziękuję za telefon, zapomniałam wczoraj zapytać o twoje zdanie na temat ekspresów do kawy, bo wiesz, chcemy jakiś kupić. Ale w zasadzie wolałabym, żebyś na ten temat porozmawiał z Eustachym, tylko że on wyszedł właśnie wyrzucić śmieci, więc jeśli jesteś teraz w sklepie, to on za chwilę do ciebie zadzwoni, dobrze?

– Dobrze – zgodził się pan Roman.

Jak długo wyrzuca się śmieci? Z całą pewnością nie trwa to około dziewięciu miesięcy, jednakże gdy Eustachy po powrocie z tego śmietnika zadzwonił do Romana, był nieco zdezorientowany. Czym? Otóż przebieg rozmowy był następujący:

– Wierzbicki, słucham.

– A tu Krzewicz-Zagórski, dzień dobry, Romku.

– O, Eustachy! Dzień dobry, a... o co chodzi?

No i tu pan Eustachy trochę zgłupiał. Jak to, o co chodzi? O ekspres do kawy, do cholery! O ten sam ekspres, o którym przed dosłownie dwoma minutami rozmawiałeś z moją żoną! – takie oto były myśli Eustachego na owo „o co chodzi" – ale oczywiście nie wyartykułował ich na głos, lecz cierpliwie wytłumaczył Romkowi, o co.

„Wyartykułował" się dopiero po odłożeniu słuchawki, a pani Eustaszyna o mało nie pękła ze śmiechu!

W rezultacie w poniedziałek dobra żona pojechała do Domu Handlowego „Roman" i kupiła wspaniały, nowoczesny ekspres z jakimiś bajerami, piękny, w kolorze czarnym, dosyć, niestety, drogi, ale pan Roman dziewięć złotych opuścił – i tu pani Eustaszyna nie była pewna, z poczucia winy czy po znajomości, czy też z wdzięczności za kalendarz.

We wtorek w mieszkaniu Krzewicz-Zagórskich zadzwonił telefon. Że dzwonił, to nic dziwnego, bez przerwy dzwonił, gdyż pani Eustaszyna była osobą dość kontaktową. Ale że po podjęciu słuchawki usłyszała: „Wierzbicki, dzień dobry", nieco się zdziwiła i o mało nie wyrwało jej się: „a o co chodzi?".

– Bo, kochana Winiu, właśnie ... (cisza), czy nie wiesz, jaki jest okres wypowiedzenia?

Pani Eustaszyna mogła się spodziewać różnych pytań, ale okres wypowiedzenia???

O co chodzi?!

– Bo, tego – kontynuował Roman – musimy zwolnić pracownika i nie wiem, jakie mu dać wypowiedzenie.

Jak to, jakie? Ładnie opakowane w świąteczny papier (przecież za parę dni Wigilia) – o mały włos nie wyrwało się pani Eustaszynie na głos, a tymczasem pan Roman drążył dalej temat.

– Bo on, widzisz, pracuje trzy lata i trzy miesiące, to nie wiem, czy wypowiedzieć mu na miesiąc, czy na ile?

– Nie znam nowego kodeksu pracy, drogi Romku – wyjaśniła pani Eustaszyna, ale jako że ma przecież dobre serce, zaproponowała, że zajrzy do internetu i oddzwoni.

– Ach tak? – zdziwił się Roman – to jest w kodeksie? Ja przepraszam bardzo, myślałem, że ty to wiesz na pamięć. Nie chcę robić kłopotu, może ja sobie kupię taki kodeks – sumitował się dalej pan prezes – bo wiesz, nawet gdzieś miałem, ale ktoś mi ukradł. Albo sam zajrzę do internetu, o tak, sam zajrzę, nie fatyguj się, przepraszam. Wesołych świąt wam życzę, do zobaczenia.

Po otrząśnięciu się ze zdziwienia pani Eustaszyna sprawdziła jednak tę kwestię w internecie, odnajdując w nim kodeks pracy, i zadzwoniła do Romana z informacją, że wypowiedzenie ma być na trzy miesiące.

Uznała natychmiast, że jednak ten Roman jest bardzo inteligentny, ponieważ zwracając się do niej z takim pytaniem, objawił swoją wiarę w to, że Winia wie wszystko.

*

Następnym problemem pani Eustaszyny było to, że chociaż wynalazła dla Marcelinki takiego przystojnego kardiologa, ciągle gdzieś tam w tle pałętał się „ten Jerzy" i nawet na święta Marcelina znowu go zaprosiła.

Nie miała, oczywiście pojęcia, że przystojny kardiolog był też problemem Marceliny, która spotkała się już z doktorem Antonowiczem kilka razy – czym, co jasne, nikomu się nie chwaliła – dlatego że, niestety, były to spotkania jakby wyłącznie koleżeńskie. Choć mimo pałętającego się obok niej Jerzego, Marcja nie miałaby chyba nic przeciw zmianie charakteru tych spotkań na mniej koleżeńskie. Ale jakoś nic z tego nie wychodziło, a Jerzy... cóż, Jerzy – po prostu był. Tak więc na święta oczywiście go zaprosiła, zresztą nawet nie umiałaby nie zaprosić. Jerzy nie miał już żadnej rodziny poza jakimś tam kuzynem, mieszkającym w Gdańsku. Ich kontakty ograniczały się do kartek lub mejli z okolicznościowymi życzeniami. Tak więc wszystkie święta, od trzech lat, spędzał z Marcją i jej rodziną, która zresztą bardzo go lubiła, a ciocia Winia w zasadzie miała mu do zarzucenia jedynie zbyt spokojny charakter, co w oczach innych ludzi było raczej zaletą, nie wadą.

No i ten zawód... taki mało atrakcyjny. Inżynier budowlaniec. Co to w ogóle jest?

Nie miała pojęcia, że obecnie jest to bardzo atrakcyjny zawód. Współczesny inżynier budownictwa oprócz tradycyjnych metod kreślarskich wykorzystuje również specjalistyczne oprogramowanie, które pozwala na etapie projektowym stworzyć budowlę z prawie wszystkimi jej parametrami, łącznie z trójwymiarową wizualizacją.

Inżynier taki musi więc mieć specjalne predyspozycje – ścisły, precyzyjny umysł i wyobraźnię przestrzenną. Jeśli to nazwać „safandułowatością", to Jerzy właśnie taki był. Ale przy tym solidny, uczciwy, porządny i po prostu dobry.

Obecnie pracował w Przedsiębiorstwie Budowy Dróg i Mostów, ale kolega go namawiał, żeby się zatrudnił w prywatnej spółce, gdzie pracowali również architekci – i wszyscy wspólnie zajmowali się budownictwem mieszkaniowym. Kusił go niezłymi zarobkami i Jerzy – biorąc pod uwagę dążenia Marcji do budowy domu pod Warszawą, co rozumiał jako chęć założenia rodziny – chciałby nieco więcej zarabiać, żeby móc tę rodzinę bez trudu utrzymać. Nawet nie przychodziła mu do głowy taka opcja, że Marcja może myśleć o rodzinie... jednak bez jego udziału. Na razie na ten temat nie rozmawiali, Marcja chciała rozpocząć poszukiwania działki na wiosnę, odkładał więc do tego czasu zasadniczą rozmowę. Kochał Marcję, byli ze sobą już dość długo, czas płynął i – jego zdaniem – przyszła już pora na założenie rodziny. Jerzy miał lat trzydzieści pięć, ona – trzydzieści dwa.

Pani Eustaszyna, choć może i podzielała pogląd Jerzego na samo założenie rodziny, lecz gdyby tak miało to od niej zależeć, w roli głowy rodziny Marcelinki wolałaby oglądać pana doktora Antonowicza.

Postanowiła więc wziąć sprawy w swoje ręce, bo widziała, że jakoś samo nic się nie dzieje.

Kilka dni przed świętami wybrała się więc do szpitala, w którym pracował pan doktor, kupiła w automacie jednorazowe kapcie ochronne, wsiadła w windę i wjechała na piętro, na którym mieścił się oddział kardiologiczny. Weszła bez problemu, bo są to przecież czasy, gdy opieka nad pacjentem spoczywa na barkach krewnych i znajomych, dostęp do chorych nie jest więc ograniczony jakimiś tam wyznaczonymi godzinami odwiedzin. Najpierw rozejrzała się po korytarzu, gdyż nie chciała tak od razu natknąć się na pana doktora, nie wiedziała zresztą w ogóle, czy jest w tej chwili w pracy. Mógł na przykład mieć nocny dyżur, a wtedy przyszedłby dopiero po południu albo wieczorem.

Tego wszystkiego miała zamiar się dowiedzieć.

Po korytarzu snuło się kilku chorych w smętnych szlafrokach, szurając nogami, samodzielnie lub pod rękę z osobą odwiedzającą. Ale pod oknem, w kącie, stało kilka krzeseł i – o dziwo – wszystkie były wolne. Pani Eustaszyna nie chciała jednak na razie siadać, najpierw musiała „upolować" rozmówcę. I dostrzegła osobę idealną – a mianowicie szarą kobiecinę w niebieskim fartuchu, z mopem pod pachą. Zapewne salowa, pomyślała pani Eustaszyna. Owszem, była to salowa, a więc ktoś, kto z pewnością wie, jeśli nie wszystko, to wiele o tym, co się dzieje w jej miejscu pracy. Oraz o zatrudnionych tam ludziach – a najwięcej, oczywiście, o tych najbardziej interesujących. Czyli o lekarzach.

Pani Eustaszyna poczekała, aż postać z mopem zbliżyła się do niej, po czym zastosowała swój popisowy numer z chorowitą staruszką. Zgarbiła się, skuliła ... i zachwiała przed samym nosem pani salowej, opierając się ciężko o ścianę.

Kobieta odruchowo postawiła trzymany pod pachą mop i złapała panią Eustaszynę za ramię.

– Czy pani źle się czuje? – zapytała, patrząc ze współczuciem na drobniutką starowinkę.

– Chwileczkę, moje dobre dziecko – zaszemrała „starowinka". – Zaraz będzie lepiej, pomóż mi tylko usiąść tam, na krześle. – Machnęła ręką w stronę okna.

Pani salowa powolutku podprowadziła ją pod okno i ostrożnie usadziła na jednym z krzeseł.

– Może ja jakiegoś lekarza poproszę? – zapytała. – Niech pani tu sobie chwileczkę posiedzi, zaraz kogoś przyprowadzę.

– Nie, nie. – Pani Eustaszyna ścisnęła ją za rękę.
– Żadnego lekarza, naprawdę. Przynieś mi tylko, dziecko, szklankę wody. Ale – żadnego lekarza, bardzo proszę.

Dobrze, żadnego, to żadnego, pani salowa przyjrzała się staruszce – rzeczywiście, wyglądała jakby lepiej. A wody może jej przynieść, czemu nie.

Przyniosła więc i czekała, aż starsza pani tę wodę wypije – żeby odnieść szklankę.

– Usiądź tu, koło mnie na chwilę, moje dziecko – poprosiła cichutko „staruszka". – Popatrzcie, ludzie, co to za czasy teraz – powiedziała. – Żeby taka inteligentna i bystra kobieta salową była.

– No! – Pani salowa kiwnęła głową. – A żeby pani wiedziała! A jak człowiekiem pomiatają … ale co robić. Bardzo trudno teraz nawet taką pracę utrzymać.

– Pewnie te pielęgniarki najgorsze? – Pani Eustaszyna ze zrozumieniem pokiwała głową. – A może lekarze?

– Nie, nie, lekarze nawet w porządku, najgorsi to ci chorzy. Każdemu takiemu się wydaje, że jest księciem udzielnym i to przy nim trzeba robić wszystko w pierwszej kolejności. A człowiek się nie rozdwoi, nie? – opowiadała pani salowa.

– No tak, no tak – przytakiwała jej rozmówczyni.
– A ja tu przychodzę do chorego brata. I wczoraj albo przedwczoraj, nie pamiętam już, moje dziecko, bo widzisz, że lata u mnie już nie te, chodził tu taki bardzo przystojny pan doktor. Taki wysoki, ze dwa metry ma.

– O! – pisnęła pani salowa. – Dzisiaj go nie ma, rano zszedł z dyżuru – poinformowała z własnej inicjatywy.
– Ale mówi pani, że lata nie te, a że przystojny, to pani zauważyła.

– A, bo widzisz, moje dziecko, wzrok mam jeszcze dość dobry, to i zauważyłam. No i przecież nie skłamałam – przystojny, prawda?

– Oj, co prawda, to prawda. – Pani salowa pokiwała głową. – To doktor Antonowicz. Wszystkie tu się w nim kochają – i pielęgniarki, i co młodsze pacjentki. I lekarki nawet. Bez przerwy z innych oddziałów przylatują.

– A on, co? Żonaty?

– A skąd tam, żonaty. Rozwiedziony. Ale na kobitki pazerny. Żadnej nie przepuści – zachichotała pani salowa. – No, tak mówią – zreflektowała się. – Ja tam nic nie widziałam i nic nie wiem.

– No tak, tak, pewnie – przytaknęła pani Eustaszyna, wciskając jej w rękę szklankę po wodzie. – Bardzo mi pomogłaś, moje dziecko. Serdecznie dziękuję, już mi dużo lepiej, pójdę sobie teraz powolutku do domu. Do widzenia.

A więc tak się sprawy mają, rozmyślała pani Eustaszyna. Pies na kobiety! Zmartwiła się trochę, ale po zastanowieniu uznała, że przecież należało się tego spodziewać, bo naprawdę przystojny. Przynajmniej teraz wie, że heteroseksualny, bo już się obawiała, że może coś z nim nie tak. Ale każdego przystojniaka można okiełznać, ona sama też wie coś na ten temat, w końcu za Eustachym – choć teraz może tego nie widać – też wszystkie jej koleżanki się uganiały. A złapała go ona, Winia. I utrzymała przy sobie, czego była jak najbardziej pewna.

Trzeba tylko trochę pomóc przeznaczeniu. A pani Eustaszyna to umiała. Nieraz to udowodniła.

Zadzwoniła więc teraz do pana doktora, na numer komórkowy, bo wiedziała przecież, że w tej chwili Cezarego w szpitalu nie ma.

– Dzień dobry, panie doktorze, tu Eustaszyna Krzewicz-Zagórska, żona pana pacjenta z Marszałkowskiej – przedstawiła się, gdy odebrał telefon. – Dzwonię z życzeniami, wesołych i spokojnych świąt panu życzę.

– O, dzień dobry, jak to miło, że pani zadzwoniła – powiedział pan doktor. – Ale uprzedziła mnie pani, bo sam miałem zamiar do państwa zatelefonować. A wesołych i spokojnych świąt raczej mieć nie będę, bo przypadł mi dyżur w szpitalu. Wie pani, jak to jest, wyłapują tych, co rodziny nie mają. Ale zgodziłem się, bo rzeczywiście nie dostałem zbyt wielu innych propozycji.

– Oj, to przykro – współczującym tonem powiedziała pani Eustaszyna. – Gdybym wiedziała wcześniej, to najchętniej zaprosilibyśmy pana do siebie.

– No, teraz już dyżuru nie odwołam, nie ma takiej możliwości, rozszarpaliby mnie tu na kawałeczki – zaśmiał się pan doktor. – A jak się mąż czuje? – zapytał. – Może zajrzę do państwa na początku przyszłego roku, to męża zbadam? Już ze dwa tygodnie temu miałem to zrobić, ale, wie pani, robię doktorat i mam taki nawał pracy, że już zaczynam się gubić. To wpadnę zaraz po sylwestrze, dobrze?

– Bardzo dobrze, panie doktorze, to będziemy czekać na telefon od pana, do widzenia – i jeszcze raz życzę wesołych świąt.

– I nawzajem, ja także, wszystkim państwu, do widzenia – pożegnał się pan doktor.

Nie spytał nawet o Marcelinę ani nie przekazał odrębnych życzeń dla niej, pomyślała pani Eustaszyna.

Więc albo są w kontakcie, albo nie jest nią w ogóle zainteresowany.

Cóż, wiedziała, że teraz musi wziąć w obroty bratanicę męża.

Ale najpierw niech przejdą te święta.

Rozdział szósty

Święta to już była wieloletnia, wypracowana tradycja. Wigilia była zawsze u Krzewicz-Zagórskich, pierwszy dzień świąt – u Stefci i Janka Kozłowskich, a w drugim dniu świąt Stefcia i Janek gościli u rodziców Janka, Marcja natomiast szła do Jerzego, gdzie siedzieli sami, zjadali zapakowane im przez ciocię Winię resztki i odpoczywali, oglądając sobie jakieś filmy na wideo – bo w telewizji były na ogół same powtórki. Kiedy jeszcze żył ojciec Marcji, w drugi dzień świąt spotykano się na placu Wilsona, teraz jednak Marcji nie chciało się przygotowywać tych wszystkich potraw, a poza tym święta bez taty to nie święta, więc nie chciała przywoływać wspomnień. Ból po śmierci taty był jeszcze zbyt mocny. Rozumiała to nawet ciocia Winia.

Kiedyś pani Eustaszyna uwielbiała kupować prezenty świąteczne. Wyszukiwanie ich rozpoczynała już w lecie, wiele rzeczy kupowała na Jarmarku Dominikańskim w Gdańsku, gdzie oczywiście musiała być – i była – corocznie. Od kilku lat jednak, jeszcze za życia pana Marcelego, cała rodzina podjęła jednomyślną decyzję, że koniec z kupowaniem prezentów gwiazdkowych. Dzieci

Stefanii już dorosły, więc nie było powodów do utrzymywania zwyczaju, który w zasadzie prowokował tylko – przeważnie – do bezmyślnego wydawania pieniędzy. Rzadko bowiem udawało się trafić w gust i oczekiwania obdarowywanego, a prezenty na zamówienie to przecież żadna przyjemność, prawda? Postanowienie to nie spodobało się wcale pani Eustaszynie, jednak – co zdarzało się niezmiernie rzadko – tym razem rodzina ją przegłosowała.

Tylko Jerzy z uporem przynosił zawsze pani Eustaszynie piękny bukiet róż, do których miała słabość i które nieodmiennie wprawiały ją w dobry humor. Tak dobry, że nawet się nie naburmuszała, widząc „tego Jerzego Marcelinki".

Marcja natomiast musiała asystować cioci w przygotowaniu świątecznych dań, cóż, przecież miała się uczyć gotowania. Tego, że gotowania nie znosiła, pani Eustaszyna w ogóle nie brała pod uwagę.

– Sama nie wiesz, co mówisz, moje dziecko! – odpowiadała kategorycznie. – Kobieta musi przecież umieć gotować. Nie twierdzę, że masz to robić dla męża. Ty musisz umieć to robić dla swoich przyjaciółek, a raczej – dla ich mężów. Bo jak już będziesz miała swoją rodzinę i odwiedzi cię jakaś koleżanka z mężem, to temu mężowi musi jedzenie u ciebie bardziej smakować niż u własnej żony. Tak, żeby ją skręcało ze złości! Bo zobaczysz, że dopiero to człowieka cieszy! Jak koleżanki czegoś ci zazdroszczą – uczyła Marcję życia jej nieoceniona ciocia Winia.

– Oj, ciociu, ciociu – śmiała się Marcja. – Kocham cię! Nawet jak mnie maltretujesz tym gotowaniem.

– No, ja myślę, moje dziecko – puszyła się ciocia.

*

Dwa dni przed świętami do Marcji zadzwonił Cezary, pan doktor Antonowicz.

– Wiesz – powiedział – mam dyżur w święta. Ale
chciałbym się z tobą chociaż na parę chwil spotkać,
żeby osobiście złożyć ci życzenia. Mogłabyś dziś wieczorem do mnie wpaść? – zapytał. – I przepraszam, że
tak w ostatniej chwili dzwonię, może masz inne plany,
ale u mnie taki młyn, że na nic nie mam czasu. A już
na jakieś życie towarzyskie to w ogóle. Mówiłem ci, że
doktorat robię, czy nie?

– A niby kiedy miałeś mi powiedzieć, skoro odzy-
wasz się do mnie średnio raz na trzy miesiące? – Marcja
nie odmówiła sobie drobnej złośliwości, choć po chwili
postanowiła się zrehabilitować. – Ale dobrze, wpadnę
do ciebie, odpocznę od ciocinego przedświątecznego
dyrygowania.

Kolacja była przygotowana i stała na stole, ozdo-
bionym świecami i kolorowymi serwetkami ze świą-
tecznymi motywami. Na oknie Cezary ustawił malutką
sztuczną choinkę, pięknie przystrojoną. Marcja nie lubiła sztucznych choinek, ale ta nawet jej się spodobała.
Może dlatego, że była malutka i taka słodka.

Pod choinką leżała paczuszka opakowana w kolo-
rowy papier. O matko!, jęknęła w duchu Marcja, mam
nadzieję, że to nie dla mnie, że to tylko dekoracja.

Ale Cezary już sięgał po tę paczuszkę.

– To taki drobiazg gwiazdkowy dla ciebie – powiedział, wręczając jej prezent.

– O rany, Cezary, strasznie mi głupio – wykrztusiła.
– Bo ja nic nie mam dla ciebie. Widzisz, u nas w rodzinie

już od kilku lat nie robimy sobie żadnych podarunków, tak wspólnie wszyscy postanowiliśmy. I teraz w ogóle nie pomyślałam o prezencie dla ciebie.

– Otworzysz to, czy nie, głuptasie? – zapytał Cezary. – Przecież mówiłem, że czaruś jestem, więc jak mógłbym ci nie kupić prezentu? A upominkiem od ciebie – dla mnie – jest sama twoja obecność tutaj. I to, że się nie obrażasz, że tak rzadko się odzywam. Że to rozumiesz i że jesteś taka wspaniała.

Zaraz padnę, pomyślała Marcja. Muszę mu jakoś o Jerzym powiedzieć. Tylko właściwie po co, skoro on dla mnie jest tylko jak kolega?

Otwierała powoli paczuszkę, rozwijając pieczołowicie piękny papier w złote i granatowe gwiazdki. W końcu spod papieru wyłoniło się podłużne pudełeczko, zamszowe, a w środku – leżał bursztynowy wisiorek w kształcie łezki, na cieniutkim rzemyku. Ot, naprawdę drobiazg, niezobowiązujący.

– Och, jakie to śliczne – zachwyciła się szczerze Marcja. – Takie delikatne, naprawdę śliczne! Dziękuję ci bardzo! – Ucałowała go w policzek.

Siedzieli przy stole, jedząc jakąś jarzynową sałatkę i co tam jeszcze było przygotowane, nie bardzo nawet zwracając uwagę na to, co jedli.

– Wiesz, cholera, w sylwestra też mam dyżur – powiedział Cezary.

Nie było to prawdą, na sylwestra został zaproszony do swojej obecnej dziewczyny, lekarki z gastrologii – ale po co Marcja miała to wiedzieć? Sam też nie wiedział nic o jej życiu i na razie w ogóle nie był tym zainteresowany. Marcja mu się podobała, więc trzymał ją w odwodzie. Wszak nie było żadnego powodu do pośpiechu.

Chociaż gdy tak siedziała, uśmiechając się do niego – aż robił jej się dołeczek w policzku – to nawet nie miałby nic przeciwko temu, żeby jednak troszkę się pośpieszyć...

Stanął więc za nią, wyjął z pudełka ten sprezentowany wisiorek i zaczął jej go zapinać. Włosy miała do ramion, rozpuszczone, falujące, rdzawobrązowe. Musiał odgarnąć te włosy i przytulił do nich policzek, a potem pocałował ją w szyję. Marcja drgnęła, ale się nie odsunęła. W ogóle nie zrobiła żadnego ruchu. Uznając więc to za akceptację swoich poczynań, lekko odwrócił jej głowę i pocałunkami zaczął wyznaczać szlak, od karku do ust. Gdy dotarł do ust Marcji, wsunął ręce pod jej ramiona i uniósł ją z krzesła do pozycji stojącej, kierując się w stronę kanapy. Marcja w dalszym ciągu nie zrobiła z własnej inicjatywy żadnego zdecydowanego ruchu, bezwolnie tylko stawiała kroki za Cezarym.

Kółeczka w jej głowie obracały się jak opętane. Jakaś jej część chciała pójść na całość, zaszaleć, zatracić się, dać ponieść tej dzikiej chęci, jaka nią zawładnęła. Druga jej część, ta „uczciwsza", miała jednak przed oczami Jerzego – i Marcja czuła się rozdarta. W jednej chwili zrozumiała powiedzenie „i chciałaby, i boi się". Tak właśnie się czuła.

Do cholery, dziewczyno, myślała pospiesznie. Masz trzydzieści lat. Z kawałkiem. Więc nie odgrywaj świętej dziewicy i przestań się certolić.

Podjąwszy taką decyzję, odblokowała się i zaczęła oddawać pocałunki, dając się prowadzić w stronę tej kanapy.

Ale gdy już na tę kanapę opadli i gdy Cezary zabrał się do rozpinania guzików przy bluzce Marcji, zadzwonił telefon. Jak to w życiu...

– Przepraszam cię – poderwał się – ale to może być ze szpitala, muszę odebrać.

– Oczywiście. – Wstała z kanapy, zapinając porozpinane guziczki.

Tak, był to „szpitalny" telefon, choć nie tyle z samego szpitala, ile od pani doktor gastrolog.

– Tak, dobrze, już jadę – zameldował Cezary i odłożył słuchawkę. Na razie wybrał bowiem panią doktor, chciał z nią być przynajmniej do tego sylwestra. Marcja mu nie ucieknie, właśnie się przekonał, że jego czar też na nią działa.

– Przepraszam cię, ale muszę natychmiast jechać, coś się dzieje z moim pacjentem – powiedział. – Chodź, podrzucę cię do domu.

– Nie, przecież przyjechałam samochodem – odpowiedziała. – Nic się nie przejmuj, co się odwlecze, to nie uciecze, czyż nie? Spotkamy się po sylwestrze, wesołych świąt!

I – w zasadzie – każde z nich zadowolone, wsiadło do swojego samochodu i rozjechali się z tej niezbyt udanej randki.

*

Podczas Wigilii u Krzewicz-Zagórskich Stefania ogłosiła wielką nowinę. Otóż jej mąż, Jan, który był wybitnym astronomem, został zaproszony na rok do Stanów Zjednoczonych. Miał uczestniczyć w jakimś wspólnym programie badawczym, a został wybrany spośród wielu kandydatów, bo przedstawioną przez niego pracę uznano wręcz za rewolucyjną. Stefcia pękała więc z dumy, jednak chciała też zasięgnąć porady cioci, która – jak już wiadomo – grała pierwsze skrzypce w życiu całej rodziny.

– Bo widzisz, ciociu – opowiadała – Amerykanie zaprosili Janka z całą rodziną. Ale dzieci, wiadomo, nie przerwą studiów, nawet nie chcą o tym słyszeć. Ja mogłabym wziąć półroczny urlop bezpłatny, już się w pracy dowiadywałam. Angielski bym podszkoliła... Tylko z drugiej strony – zastanawiała się – tak dzieci same zostawić...

– Jakie dzieci, mamo? – zdenerwowała się Majka. – Tłumaczymy ci przecież z Tomkiem, że jesteśmy dorośli. On ma dwadzieścia dwa lata, a ja o dwa lata mniej. Nie zażywamy narkotyków, nie pijemy alkoholu, nawet nie palimy. Znasz naszych przyjaciół, wiesz, że to nie jest żadne patologiczne środowisko. Ciociu – prosiła panią Eustaszynę, będącą właściwie cioteczną babcią, ale przecież nikt nie ośmieliłby się zwrócić per „babciu" do pani Wini. – Powiedz mamie, żeby się uspokoiła i nie panikowała. Niech jedzie do tych Stanów i pilnuje tam taty, a my tu sami sobie damy radę doskonale.

Tomek w ogóle się nie odzywał, uznając, że Majka powiedziała wszystko, co należało powiedzieć.

– No wiesz, Stefanio – odezwała się najważniejsza osoba w rodzinie – właściwie to Majka ma rację. Przecież dzieci i tak nie mogą siedzieć całe życie z rodzicami. Rzeczywiście są już dorośli i teraz będą mieli szansę to udowodnić. W ogóle nie martw się nimi – kontynuowała. – Jestem pewna, że doskonale sobie dadzą radę. A gdyby co, to mają mnie. W każdej sytuacji im pomogę, to chyba jasne. Wiecie, prawda? – popatrzyła na Majkę i Tomka – że zawsze możecie się do mnie zwrócić. Poza tym teraz są te różne skajpy, fejsbuki, kamerki internetowe, telefony; możecie mieć bezpośredni kontakt, kiedy chcecie – tłumaczyła Stefanii, oszołomionej tymi „skajpami" i „fejsbukami", tak wytrząśniętymi z rękawa przez ciocię Winię. – A co ty na to, Janku? – zwróciła się do bezpośredniego sprawcy całego problemu.

– No cóż, Amerykanie potraktowali tę moją pracę prawie jak traktat „O obrotach sfer niebieskich", więc jestem bardzo dumny – zakomunikował pan Jan Kozłowski, którego w zasadzie właśnie to najbardziej obchodziło. O dzieci się nie martwił, bo w ogóle nie miał pojęcia o zagrożeniach współczesnego świata. Dla niego kto dorosły, to dorosły i już.

– Jakich znowu obrotach? – Pani Eustaszyna złapała się za głowę.

– Ciociu, nieważne – wtrąciła Marcja. – Najważniejsze, iż upewniłaś Stefcię, że w razie czego dzieciaki mogą na ciebie liczyć. Ja też jestem na miejscu, więc ty się, Stefka, niczym nie martw, tylko jedź do tych Stanów, skoro masz taką okazję. A my najwyżej na urlop do was przylecimy, jak już się tam zagospodarujecie. Prawda, dzieciaki?

– Ja ci dam „dzieciaki" – burknęła Majka, ale tylko tak, dla zasady, bo w gruncie rzeczy była zadowolona ze stanowiska rodziny. A pojechać, czemu nie? Sama już o tym pomyślała. Też jej się przyda podszlifowanie angielskiego.

– A więc postanowione – powiedziała ciocia Winia. – Kiedy wyjeżdżacie? – spytała.

– Dwudziestego piątego maja.

– To jeszcze zdążymy się spotkać przed waszym wyjazdem – ucieszyła się pani Eustaszyna. – A teraz, dzieci, pośpiewamy kolędy – zarządziła.

I śpiewali, bo spróbowaliby nie...

Choć tak naprawdę wszyscy bardzo to lubili.

*

W drugim dniu świąt, zgodnie z planem, Marcja z Jerzym wylegiwali się wygodnie na kanapie w dwudziestopięciometrowej kawalerce Jerzego, na Woli, przy Kasprzaka. Zjedli właśnie obiad, składający się ze schabu ze śliwkami oraz bigosu – „przedwojennego", jak mówili, naturalnie przygotowanego przez ciocię Winię, która taki bigos gotowała przez cały tydzień, dodając sobie tylko znane składniki i przyprawy. Wszystko to popili czerwonym barszczem, też własnoręcznie zrobionym przez ciocię, która kilka dni przed gotowaniem barszczu sama zakisiła buraki. I byli już tak objedzeni, że na świąteczny makowiec – oczywiście także dzieło cioci, a jakże! – nie mieli już miejsca.

Oglądali coś w telewizji, nawet nie bardzo zdając sobie sprawę z tego, na co patrzą. Po tym jedzeniu obydwoje byli rozleniwieni i senni.

Jerzy ledwo, ledwo zwlókł się z kanapy i poszedł do kuchni zaparzyć kawę.

Nie wiedział, co robić. W szufladzie biurka leżał, w pięknym pudełku od znanego jubilera, prześliczny pierścionek z brylantem, w kształcie gwiazdki, otoczonym drobnymi szafirami. Gdy tylko Jerzy go zobaczył, po prostu się w nim zakochał i nie mógł go nie kupić.

Kupił więc bez wahania, nie wiedział jednak, kiedy go wręczyć.

O tym, że się z Marcją pobiorą, był przekonany w stu procentach. Ta sprawa stanowiła constans w jego życiu. On sam założył, że będzie to w przyszłym roku. Kupią działkę, zaczną budować dom, założą rodzinę. Trochę się jednak martwił, bo w zasadzie stroną lepiej sytuowaną w ich związku była Marcja. Zdecydowanie lepiej. Nie mówiąc już o dotychczasowym mieszkaniu – jej trzy pokoje przy placu Wilsona były jakieś pięć razy więcej warte niż jego kawalerka przy Kasprzaka. I jeszcze te pieniądze za Mazury... A on miał tylko parę groszy oszczędności. I głupio mu było, czuł się jak nieudacznik. Dlatego wstrzymywał się z tym pierścionkiem. Rozważał propozycję kolegi dotyczącą pracy w prywatnej firmie. Tamten roztaczał przed nim wielkie perspektywy, ale Jerzy był pragmatykiem, nie bardzo wierzył w te wielkie i błyskawiczne kariery. Dlatego cały czas jeszcze się zastanawiał. Tu, gdzie pracował, pensję dostawał naprawdę niezłą i warunki pracy mu odpowiadały. Trochę sobie co miesiąc odkładał, żył oszczędnie, potrzeby miał niewielkie. Ale po sprzedaży tej mazurskiej działki – do „zasobów" Marcji nawet nie było czego przyrównywać. Wiedział, że ona nie przywiązywała do tego żadnej wagi. Powiedziałaby mu natychmiast, że to przecież nie jej zasługa, działka była taty, tak więc tych pieniędzy nie zarobiła i nie jest z nich dumna. Ma, bo tak się stało, choć wolałaby, żeby nie zaistniała przyczyna, dla której działkę sprzedała.

A gdyby zdecydowała się już związać swoje życie na stałe z Jerzym, w ogóle nie byłoby pieniędzy jej czy jego – byłyby to ich pieniądze. Znał Marcję na tyle, że miał pewność, iż tak właśnie by zareagowała na jego obiekcje. Jednak je miał, w końcu był facetem. I męska dominacja po prostu tkwiła w jego genach. Chociaż w zasadzie starał się jej nie zauważać...

Więc na razie zrobił tylko kawę, a pierścionek zostawił w spokoju, niech sobie jeszcze poleży w tej szufladzie. Może wręczy go, jak Marcja zechce kupować działkę, a może okazja sama się nadarzy.

– Pojechałabym na urlop do tych Stanów, chociaż na dwa tygodnie, bo na krócej się nie opłaca, ale jak pomyślę o wizie, to mi się niedobrze robi – powiedziała Marcja, myśląc o Stefanii. – Ale to wspaniale, że Jankowi tak się udało. On naprawdę jest bardzo zdolny, tylko na tej astronomii mało kto się zna, kurczę. Więc nikt go nie docenia.

– Ja doceniam – odpowiedział Jerzy. – Ba, podziwiam go nawet. Zrobić coś, żeby cię do Ameryki „zapotrzebowali", to duża sprawa. A po wizę i tak Majka z Tomkiem będą stali, więc jakoś sobie razem poradzicie. Nie chciałbym, żebyś wyjeżdżała, bo będę tęsknił, ale jak masz taką okazję, to może warto skorzystać – dodał, przytulając Marcję. – Ale zdążysz to dokładnie przemyśleć, przecież oni nawet jeszcze nie wyjechali. Więc teraz sobie tym głowy nie zawracaj, chodźmy spać.

– Nie mogę zostać u ciebie – odrzekła. – Zapomniałeś, że jutro trzeba iść do pracy? Muszę jechać do domu, bo nie mam tu żadnego ubrania.

– No tak, święta, święta i po świętach – błysnął oryginalnością Jerzy.

Rozdział siódmy

Kilka dni po rozpoczęciu się nowego, okrągłego, 2010 roku, w mieszkaniu państwa Krzewicz-Zagórskich zadzwonił telefon.

– Helou! – zaćwierkała pani Eustaszyna, podnosząc słuchawkę.

– Witam, witam miłą panią. Wszystkiego dobrego w nowym roku życzę. Tu Cezary Antonowicz – przywitał się pan doktor. – Czy możemy się umówić na wizytę, chciałbym wpaść do państwa i zbadać męża. Odpowiadałby państwu czwartek, gdzieś około osiemnastej?

– Oczywiście, świetnie, czekamy panie doktorze, do zobaczenia.

– Marcelinko, moje dziecko, musisz u nas być w czwartek przed szóstą po południu. Przyjdzie doktor Antonowicz, więc wiesz, że musisz mnie wspierać – przykazała telefonicznie pani Eustaszyna bratanicy męża.

Nie było sensu dyskutować z ciocią, Marcja sprawdziła więc tylko w kalendarzu, czy nie ma w czwartek jakiegoś spotkania, które musiałaby odwołać – na szczęście nie miała. Zadzwoniła do doktora Antonowicza.

– Cezary? Tu Marcja. Dzwonię, żeby cię uprzedzić, że otrzymałam przed chwilą rozkaz od cioci Wini.

Otóż muszę być w czwartek u nich, bo „pan doktor ma przyjść". Chcę cię uprzedzić, żebyś czasem nie pomyślał, że to szczególny zbieg okoliczności. A swoją drogą zdaje się, że ciocia chce nas wyswatać, jakoś przy innych wizytach lekarskich nie jestem im potrzebna. Więc się nie zdenerwuj.

– O, wyswatać, do głowy by mi nie przyszło! A kto by mnie tam chciał? Takiego czarusia-pracusia, który może się spotkać z dziewczyną tylko podczas wizyty lekarskiej.

– Cezary! – odparła Marcja ostrzegawczym tonem. – Ty jeszcze nie znasz cioci Wini! Więc naprawdę uważaj.

Pan doktor przyszedł punktualnie, jak zwykle. Drzwi otworzyła mu Marcja, porozumiewawczo wzruszając ramionami.

– Zapraszamy, zapraszamy! – wołała z pokoju pani Eustaszyna.

Panie, już bez specjalnych upomnień, przeszły do małego pokoju, a pan doktor w tym większym badał pacjenta. Coś wyraźnie mu się nie podobało, marszczył czoło i mruczał sam do siebie pod nosem.

– Bierze pan codziennie furosemid? – zapytał. – Nie ma pan duszności?

– No, tak jakby – przyznał pan Eustachy. – Rzeczywiście, ostatnio nieco mnie poddusza. A to lekarstwo już mi się skończyło i żona miała iść po recepty, ale wie pan, święta... Dla kobiety to najważniejsze. A już dla takiej, jak moja żona – szkoda słów.

– Czemu pan choćby bratanicy nie powiedział albo sam do mnie nie zadzwonił? Nie jestem zadowolony z tego, co tam u pana w płucach słyszę. Trzeba trochę

płynów z pana pościągać – powiedział pan doktor.
– Dobrze, że jest bratanica, to niech zaraz idzie do apteki recepty zrealizować, a tego furosemidu będzie pan chwilowo brał po dwie tabletki dziennie.

Badał pacjenta dalej, zmierzył mu ciśnienie – na lewej ręce, potem na prawej, a jeszcze ze dwa razy sprawdził puls – i znowu zaczął kręcić głową.

– Miewa pan takie uczucie kołatania serca? – spytał.

– Panie doktorze, panu też by kołatało serce, gdyby był pan żonaty – zażartował pan Eustachy, choć minę miał nietęgą. – No, dobrze, przyznaję, że ostatnio trochę gorzej się czuję, ale myślałem, że to wszystko przez to świąteczne zamieszanie, a jeszcze siostrzenica żony z mężem wyjeżdżają do Ameryki, dzieci zostają same w domu, więc moja żona zamartwia się, jak to będzie. Chociaż to już dorośli ludzie, jednak moja żona musi się zawsze czymś martwić. I człowiekowi to się udziela – opowiadał pan Eustachy.

– Przyjdzie pan jutro do mnie do szpitala, zaraz porozmawiam z pana bratanicą, żeby pana do mnie przywiozła. Założymy panu taki aparat, holter się nazywa, a następnego dnia przyjedzie pan znowu, to go zdejmiemy. I będę miał całodobowy zapis elektrycznej aktywności pana serca. Troszeczkę jego rytm mi się nie podoba, więc chcę to dokładnie sprawdzić.

Po zakończonym badaniu doktor Antonowicz zaprosił do pokoju obie panie, wręczył Marcji receptę i poprosił o jak najszybsze jej zrealizowanie – tak, żeby już od jutra rana pan Eustachy mógł zażywać furosemid – jedną tabletkę rano, drugą około piętnastej. Poprosił też Marcję, żeby przywiozła wujka jutro do szpitala, na oddział kardiologiczny, wytłumaczył, co to holter i dlaczego to badanie u pana Eustachego jest niezbędne. Powiedział także, że powinna tak sobie zorganizować czas w pracy, aby pojutrze móc wujka jeszcze raz przywieźć do szpitala, w celu zdjęcia z niego tej aparatury.

– A do pani mam trochę żalu, droga pani – zwrócił się do pani Eustaszyny – że nie zadzwoniła pani do mnie wcześniej z informacją, że mąż trochę gorzej się czuje.

– Przecież nic mi nie powiedział – zdenerwowała się, a pan Eustachy machał zza jej pleców do pana doktora, żeby ten lepiej już nic nie mówił.

Cezary zrozumiał to rozpaczliwe przesłanie.

– Dobrze już, dobrze, ale proszę wziąć pod uwagę, że męża teraz nie wolno w ogóle denerwować ani zatrudniać do żadnych prac domowych. Pojutrze, po analizie zapisów holtera będę wiedział coś więcej i natychmiast się z państwem skontaktuję.

Następnego dnia, w szpitalu, przed założeniem aparatury pan doktor wysłał jeszcze Eustachego na prześwietlenie płuc i powiedział, że wynik będzie miał jutro u siebie, więc jak przyjadą, żeby zdjąć holtera, to już będzie mógł coś powiedzieć.

– Bo widzisz – powiedział do Marcji – martwię się trochę. Wygląda mi na to, że po pierwsze, twój wuj ma zapalenie płuc, choć nie gorączkuje, więc nie jest tak źle, ale to drugie jest gorsze, bo najprawdopodobniej mocno rozwinęła się u niego arytmia. Nie mówiłem niczego ani jemu, ani – tym bardziej – jego żonie, żeby nie wprawiać ich w panikę. Wszystko się wyjaśni, mam nadzieję, po wynikach badań, być może jednak będzie potrzebna hospitalizacja. Na razie zatrzymaj to dla siebie i jutro czekam na was o tej samej porze. Trochę się obwiniam, bo powinienem już wcześniej założyć holtera twojemu wujkowi.

Niestety, podejrzenia doktora Antonowicza okazały się uzasadnione. Było i zapalenie płuc, i arytmia, dość zaawansowana. Tak więc pan Eustachy po zdjęciu aparatu holterowskiego od razu został pacjentem oddziału kardiologicznego. Położono go do szpitalnego łóżka, na razie w szpitalnej piżmie w biało-niebieskie paseczki i od razu podłączono kroplówkę z antybiotykiem.

Marcja pojechała do domu państwa Krzewicz-Zagórskich po niezbędne rzeczy: piżamę, przybory do mycia i golenia oraz różne drobiazgi. A także po coś do czytania i jakieś kabanosy.

Pani Eustaszyna, szalenie zdenerwowana, od razu chciała z nią jechać do tego szpitala, na szczęście Marcji udało się przekonać ciocię, żeby tego nie robiła.

– Ciociu, ja to wszystko zaraz wujkowi zawiozę, porozmawiam z nim, popytam, czy czegoś więcej nie potrzebuje – przekonywała. – A lekarze i tak jeszcze przecież nic nam nie powiedzą. Na razie muszą porobić dalsze badania i najlepiej im teraz nie przeszkadzać. A poza tym będę w stałym kontakcie z doktorem Antonowiczem, tak się z nim umówiłam.

No, chociaż jedna dobra rzecz z tego wynikła, pomyślała pani Eustaszyna. Będą w stałym kontakcie!

– Jutro, ciociu, około południa, zadzwonię do ciebie, to się umówimy, co dalej – ciągnęła Marcja. – Mam nadzieję, że czegoś się już dowiem. Więc teraz jadę do wujka, a ty się nie martw, wszystko będzie dobrze. Zadzwonię wieczorem, tylko teraz ty mi się nie rozchoruj

– poprosiła. – Żebym jeszcze o ciebie nie musiała się martwić.

Ucałowała ciocię i już jej nie było.

*

Pani Eustaszyna nie mogła sobie jednak znaleźć miejsca, chyba nigdy dotąd nie została sama w domu. Eustachy był z nią zawsze. Niby ją zapewniano, że ma się nie denerwować, ale – szpital to zawsze szpital... Nikogo zdrowego tam nie zatrzymują. Postanowiła więc wpaść do swojej najbliższej sąsiadki, mieszkającej tuż obok sześćdziesięciooośmioletniej Oleńki, której mąż zmarł rok temu po długiej chorobie. Sąsiadka bardzo ciężko to przeżyła, korzystała nawet z pomocy lekarza psychiatry, o czym pani Eustaszyna wiedziała, bo Oleńka dość często ją do siebie zapraszała na pogawędkę; nie bardzo umiała poradzić sobie z samotnością. Jej jedyne dziecko, syn, Konrad, od kilku lat mieszkał w Madrycie, tam skończył studia, tam miał świetną pracę i wspaniałą dziewczynę, z którą był już trzy lata, chociaż o ślubie, jak to młodzi teraz, na razie nie myśleli. Z bliższej rodziny pani Oleńka miała tylko młodszego brata, który, niestety, zawsze był szalenie zajęty, własną rodziną i własną firmą, więc widywali się sporadycznie. Na dodatek mieszkał we Wrocławiu.

Pani Eustaszyna uświadomiła sobie, że coś dawno sąsiadki nie widziała i zaniepokoiła się, czy tamta czasem nie zachorowała. Tym bardziej więc postanowiła do niej zajrzeć.

Oleńka jednak otworzyła drzwi i wyglądała całkiem zdrowo, choć miała nieco nieprzytomną minę.

– O, Winia – ucieszyła się. – Jak to miło, że wpadłaś, dawno się nie widziałyśmy. Siadaj, siadaj, już robię kawę. – Zakręciła się. – A może wypijemy po kieliszku czerwonego wina? – zaproponowała. – Ale opowiadaj, mów, co u ciebie? Jak tam Marcelina i Stefa?

– Dobrze, zaraz ci wszystko opowiem, tylko nie miotaj się tak, daj to wino i siadaj ze mną – zarządziła pani Eustaszyna.

I opowiedziała jej wszystko po kolei, począwszy od swojej wizyty w przychodni, interwencji pani minister, wizyty pana doktora Antonowicza, swoich nadziejach związanych z nim i z Marceliną – i wreszcie o tym, że Eustachy został w szpitalu, bo coś tam niepokojącego wynaleźli w jego sercu. Chyba. Bo jeszcze robią badania.

– O kurczę blade! – Na taką tylko reakcję mogła się zdobyć pani Oleńka po wysłuchaniu tego wszystkiego. – Nie martw się, będzie dobrze, Eustachy jest już pod fachową opieką, a to najważniejsze.

– No tak, mam nadzieję – odpowiedziała pani Winia. – A co u ciebie? Chyba już lepiej się czujesz, widzę to po twoich oczach.

Rozejrzała się po pokoju, bo miała wrażenie, że coś się tu zmieniło. I rzeczywiście – teraz dopiero spostrzegła, że został przemeblowany w ten sposób, iż pod oknem stanęło biurko, na którym znajdował się laptop, otwarty teraz i migający, a obok niego jeszcze jakieś urządzenie, chyba drukarka. Pani Eustaszyna także miała laptop, kupiony przez Marcelinę, ale drukarki nie, bo po prostu nie była jej potrzebna.

– Masz komputer? – zdziwiła się. – I nawet się nie pochwaliłaś? Przecież możemy do siebie mejle wysyłać, daj mi od razu swój adres.

Oleńka napisała adres na kartce i – zaczerwieniona jakoś – powiedziała:

– Bo widzisz, Winiu, muszę ci się do czegoś przyznać.

– Co, co, co? – od razu zaciekawiła się pani Eustaszyna. – Nie powiesz mi chyba, że na portale randkowe wchodzisz i poznałaś tam jakiegoś amatora wrażeń?

– Co? Och, nie! – zaśmiała się Oleńka. – Jak mogłaś coś takiego pomyśleć, przecież wiesz, jak przeżyłam śmierć Bronka i jak mi go brak do tej pory.

– A tak, przepraszam, rzeczywiście, głupia stara baba jestem – sumitowała się pani Winia. – No bo, widzisz, tak tajemniczo mi zapowiedziałaś jakąś rewelację, że tylko to mi do głowy przyszło.

– Piszę książkę – wyznała spłoniona Oleńka.

– O kurczę blade! – Tym razem pani Eustaszyny nie było stać na nic więcej.

– Bo widzisz, mój pan doktor psychiatra poradził mi, żebym znalazła sobie takie zajęcie, które zajęłoby moje myśli. Żebym cały czas o Bronku nie rozmyślała – tłumaczyła sąsiadka. – A Bożena, ta moja przyjaciółka, która mieszka w Berlinie, no wiesz, która; opowiadałam ci o niej, zasugerowała mi, żebym zaczęła pisać książkę. Bo koresponduję z nią do tej pory, choć już nie widziałyśmy się ze dwadzieścia parę lat, i ona ciągle mi powtarza, że te moje listy są tak barwne i opisowe, że powinnam książki pisać.

– O kurczę! – powtórzyła pani Eustaszyna.

– Pomyślałam sobie, że właściwie czemu nie – kontynuowała jej przyjaciółka. – No więc zaczęłam pisać i powiem ci, że chyba nawet całkiem dobrze mi idzie. Napisałam już prawie sto stron.

– A o czym to? – spytała zaintrygowana i nieco zazdrosna pani Eustaszyna.

Dowiedziała się, że książka jest o młodej dziewczynie, Franciszce, która zaraz po maturze, mieszkając w małym miasteczku nieopodal Łodzi, dostała z rady zakładowej skierowanie na wczasy do Świeradowa Zdroju. Pojechała na te wczasy i – poinstruowana przez doświadczone koleżanki z pracy, że tak się robi – próbowała dać łapówkę kierownikowi domu wczasowego, aby dostać pokój jednoosobowy. Kierownik pokoju jednoosobowego jej nie dał, bo miał tylko jeden, taki, który musiał być w każdej chwili do dyspozycji jakiejś ważnej figury, z ministerstwa na przykład. Ale Franciszka mu się spodobała – i to chyba bardzo – bo po dwóch dniach odstąpił jej swój służbowy pokój, a zanim turnus dobiegł końca, oświadczył jej się i po miesiącu wzięli ślub. Franciszka, która niedawno straciła oboje rodziców, sprzedała odziedziczony po nich domek z ogródkiem i sprowadziła się do Świeradowa Zdroju, gdzie Zenon, jej świeżo poślubiony mąż, mieszkał z mamą w dużym, ładnym, poniemieckim domu. Zenon okazał się starszy od Franciszki o dwadzieścia dziewięć lat, ale tej różnicy wieku wcale tak bardzo nie było widać. Był wysokim, szczupłym, przystojnym mężczyzną, rozwiedzionym – żona z synem, o rok młodszym od Franciszki – mieszkali w Opolu. Wszystkie pieniądze uzyskane ze sprzedaży swojego rodzinnego majątku Franka ufnie oddała mężowi, który postanowił otworzyć za nie pensjonat, co zresztą zrobił.

No i kiedy tak, w skrócie, Oleńka opowiadała Wini treść swojej książki, zadzwoniła komórka pani Eustaszyny.

– Ciociu, gdzie jesteś? – pytała zdenerwowana Marcja. – Dzwonię i dzwonię do domu, miałaś czekać na mój telefon, a ty nie odbierasz. Zaczęłam już się martwić.

– Ależ, dziecko, czemu? – zdziwiła się ciocia Winia.
– Przecież wiesz, że nie rozstaję się z komórką. Nie mogłam w domu usiedzieć, więc poszłam do Oleńki. Wyobraź sobie, że ona książkę pisze.

– Dobrze, ciociu, a nie chcesz wiedzieć, co z wujkiem? – nieco kąśliwie spytała Marcja.

– Przecież gdyby coś było źle, to już byś mi powiedziała? – odparła trzeźwo pani Eustaszyna. – Wiem, że jest pod dobrą opieką, wiem, że na razie i ty tam jesteś, więc się nie martwię. Chyba nie powinnam, prawda? – zaniepokoiła się jednak.

– Nie, nie, wszystko pod kontrolą – zapewniła ją szybko Marcja. – Właśnie dzwonię, żeby ci powiedzieć, że już wychodzę od wujka, jutro będzie więcej wiadomo, bo jeszcze jakieś dodatkowe badania robią. Więc skontaktujemy się jutro. Uściskaj ode mnie panią Oleńkę. Książkę pisze? No, no, jutro mi wszystko opowiesz, a teraz ściskam cię i jadę do domu, pa.

– Pa – pożegnała ją pani Eustaszyna i odwróciła się w stronę sąsiadki. – Wiesz, bardzo mi zaimponowałaś tą książką. Czy mogę przeczytać to, co już napisałaś? Daj mi kartkę, podam ci mój adres mejlowy, prześlij mi ten tekst, będę miała co robić wieczorem.

I poszła do domu, kręcąc głową z podziwem. Książkę pisze, po sześćdziesiątce, no, no!

*

Zapalenie płuc zostało wykryte w samą porę, dopiero w szpitalu pan Eustachy zaczął gorączkować, ale ponieważ wszystko już było pod kontrolą, niebezpieczeństwo udało się zażegnać.

Gorzej było z sercem pacjenta. Holter wykazał zaawansowaną arytmię, wymagającą dość zdecydowanego działania. Najlepszym rozwiązaniem byłoby wszczepienie stymulatora, ale ogólnodostępna służba zdrowia jest, jaka jest – i zapotrzebowanie na stymulatory przewyższa ich dostępność. Jednak doktor Antonowicz wiedział przecież, jak to się stało, że pan Eustachy został jego pacjentem. I choć kilka razy wbijano mu w głowę, że tamtego dnia, „tamtej osoby" w przychodni „w ogóle nie było", nie tylko on jednak wiedział, że była. Nie miał oczywiście pojęcia, jak to się stało, że tam się pojawiła, bo gdyby wiedział, w ogóle by się całą sprawą tak nie przejmował. I panem Eustachym także. Ale – ponieważ nie wiedział – był przekonany, że pacjent jest szczególny i jeśli on, Cezary Antonowicz, nie zrobi wszystkiego, co trzeba, będzie się miał z pyszna. I to nie tylko on, ale też całe szefostwo oddziału. W siłę sprawczą pani Eustaszyny wierzył jak w matematykę. Dwa plus dwa musiało dawać cztery, bez względu na okoliczności.

Tak więc chociaż Cezary wiedział, że nie wolno mu nikomu opowiadać o tym szczególnym dniu, w którym to w jego przychodni „kogoś nie było", jednak – po dogłębnym przemyśleniu całej sprawy – doszedł do wniosku, że pan Eustachy musi mieć wszczepiony stymulator – cóż, poza kolejką po prostu. A skoro tak, to należy opowiedzieć ordynatorowi wszystko, co mu wiadomo – i co kiedy się wydarzyło.

Tak więc zrobił. Pan ordynator opowieść doktora Antonowicza doskonale zrozumiał i pan Eustachy został zakwalifikowany do wszczepienia stymulatora, oczywiście po opanowaniu zapalenia płuc i ogólnym wzmocnieniu pacjenta.

Pan profesor sam osobiście powiadomił pielęgniarkę oddziałową, że zależy mu na tym, aby pan Krzewicz--Zagórski miał jak najlepszą opiekę, pod każdym względem.

Pan Eustachy natomiast o niczym w ogóle nie wiedział. Nie miał pojęcia, że jest „pacjentem szczególnym", jego małżonka bowiem o niczym mu nie powiedziała. Oświadczyła tylko, że „załatwiła" mu kardiologa, o czym sam się przekonał, od kiedy doktor Antonowicz zaczął przychodzić do niego do domu.

Pan Eustachy nie miał też pojęcia, co to jest stymulator i do czego służy. Nie orientował się także, że stan jego serca nie jest najlepszy, na razie wiedział tylko, że „ma coś z płucami" i był dość niezadowolony z metody leczenia, bo furosemid, obecnie podawany w kroplówkach, po antybiotyku, miał bardzo niewygodny skutek uboczny. Mianowicie – chory leczony tym specyfikiem musiał częściej, ba, dużo częściej niż inni korzystać z toalety. Na dodatek panu Eustachemu kazano oddawać mocz do specjalnego pojemnika, co było niezbędne do kontroli bilansu płynów, sporządzanego skrzętnie każdego wieczoru.

O tym, że będzie miał jakiś zabieg, na razie nikt mu nic nie mówił. Nie powiedziano tego także jego żonie, która odwiedzała męża codziennie.

Pierwsza wizyta pani Eustaszyny na oddziale kardiologicznym zapisała się w pamięci dyżurujących owego dnia pielęgniarek.

Do dyżurki, bez żadnego pukania ani jakiegoś tam „czy można?", wtargnęła z impetem, o jaki nikt nie podejrzewałby takiej drobnej postaci – nieznana starsza dama.

– Witam miłe panie. Eustaszyna Krzewicz-Zagórska jestem – przedstawiła się zaskoczonym siostrzyczkom. – Przyszłam się przywitać i przyniosłam paniom coś smacznego, bo macie tu ciężką pracę. I nikt o was nie dba, wiem, widziałam w telewizji. Włącz ten czajnik, moje dziecko. – Machnęła ręką w stronę najmłodszej z pielęgniarek. – Zrobimy sobie kawę, o, tu, przyniosłam, proszę. Jest rozpuszczalna, jest taka do zaparzania, jaką kto lubi. A tu jest śmietanka, tu mleko, też, co kto lubi. Dla mnie rozpuszczalną, czarną, dwie łyżeczki cukru, poproszę – zarządziła. – A tu są ciasteczka, sama je upiekłam, dwa rodzaje. I jeszcze tort czekoladowy od Bliklego.

Wszystkie pielęgniarki siedziały jak wmurowane, aż w końcu pierwsza ocknęła się oddziałowa.

– Ależ, proszę pani – odezwała się niepewnie. – Tu nie wolno wchodzić i przebywać osobom postronnym.

– Ja nie jestem żadna postronna. Ja jestem żoną waszego pacjenta, którym panie się opiekują. I wiem, że robicie to bardzo dobrze. A przyniosłam ciastka, żebyście siłę miały, moje drogie – wytłumaczyła im pani Eustaszyna, przeistaczając się swoim wypróbowanym sposobem w słabiutką i ledwo żywą starowinkę.

Nie miały więc sumienia jej wyrzucić. Może jakoś nikt z lekarzy akurat teraz tu nie zajrzy...

Zajrzał – doktor Antonowicz. Ale, ujrzawszy panią Eustaszynę, ucałował tylko szarmancko jej dłoń i mrugnął do pielęgniarek, które zrozumiały, że pan doktor miał już sposobność i zaszczyt poznać tę panią.

O tym, że jest to sposobność i zaszczyt dość szczególny, nie miały się nigdy dowiedzieć.

Pani Eustaszyna nawet była dość zadowolona, że jej małżonek wylądował na oddziale, pod opieką doktora Antonowicza. Wiedziała, że Marcelina, która jest przecież bardzo dobrym dzieckiem, codziennie przychodzi odwiedzać wujka, w związku z czym musi się często spotykać z doktorem Antonowiczem. Jeśli te spotkania do czegoś nie doprowadzą, to znaczy, że Marcelina w ogóle nie jest w typie pana doktora. Cóż, w takim przypadku już nic się nie da zrobić. Ale przecież Marcelinka jest tak śliczna i miła, że ten cały pan doktor musiałby być głupi, żeby jej nie chcieć. A na gamonia nie wyglądał. Pani Eustaszyna była więc dobrej myśli.

I któregoś dnia serce jej zatrzepotało z radości! Wchodząc bowiem w bramę szpitala, ujrzała, jak Marcelina wsiada wraz z panem doktorem do jego samochodu i odjeżdżają.

W szpitalu natychmiast się dowiedziała, że pana doktora Antonowicza już dzisiaj nie będzie.

No!, zacierała rączki ciocia Winia. Nareszcie.

Nie wiedziała, oczywiście, że Marcja już kilka razy spotkała się z panem doktorem, że dwa razy była u niego w domu – i chociaż na razie jeszcze do niczego nie doszło – mało brakowało właściwie.

Ale tym razem pan doktor tylko podrzucał ją na plac Wilsona. Był bowiem umówiony ze swoją gastrolożką, o czym Marcja oczywiście nie miała pojęcia. Powiedział jej, że dzisiaj przyjmuje pacjentów w przychodni, a że Marcelina też musiała skończyć pilny projekt, w zasadzie było jej to na rękę.

Cezary jednak tak zupełnie Marcji nie odpuścił. Gdy podjechali pod jej mieszkanie, zaczął ją całować i robił to tak zapamiętale i namiętnie, że o mały włos nie roztopiła się zupełnie w jego ramionach.

– O rany, przestań – wydyszała. – Widowisko z siebie robimy, popatrz, wszyscy do samochodu nam zaglądają.

Cezaremu było to obojętne. Pani doktor gastrolog mieszkała na Grochowie, z całą pewnością nie mogła być więc w tej chwili na placu Wilsona. Czekała wszak na niego u siebie w domu.

– No, nie wiem, co to będzie, jeśli w jakiś sposób nie wymyślimy, co tu zrobić, żebyśmy mogli spokojnie spędzić parę chwil tylko we dwójkę – powiedział pan doktor.

– Parę chwil? Spokojnie? – roześmiała się Marcja. – To nie jestem zainteresowana... Ale wymyśl coś, trochę już na to czekamy, prawda? – dodała, wysiadając z samochodu.

Pan doktor odjechał z uśmiechem.

Opanowano już zapalenie płuc i pan Eustachy był przygotowywany do zabiegu wszczepienia stymulatora. Sam ordynator pofatygował się z wyjaśnieniami, co czeka pacjenta, dlaczego musi przez to przejść i jak to wszystko będzie wyglądać. Zapewnił, że nie ma się czego bać, bo – po pierwsze – zabieg jest absolutnie bezpieczny i bezbolesny, po drugie – będzie go wykonywać jego najlepsza ekipa, a po trzecie – po wszczepieniu stymulatora jakość życia pana Eustachego generalnie się polepszy, będzie się lepiej czuł i wszystko wróci do normy.

Wszystkie te informacje pan Eustachy przekazał skrupulatnie małżonce, gdy przyszła do niego po południu. Pani Eustaszyna truchcikiem podreptała do swoich przyjaciółek – pielęgniarek, by skonsultować z nimi usłyszane wieści. Wierzyła bowiem gorąco, że właśnie pielęgniarki wiedzą, co kto robi najlepiej, i czy to wszystko, co powiedział pan ordynator, jest prawdą. Potwierdziły, że jest, więc była już całkowicie spokojna.

Cezary Antonowicz czuł się już nieco znudzony swoją lekarką z gastrologii, tym bardziej że na jego oddziale pojawiła się nowa pielęgniarka, która bardzo przypadła panu doktorowi do gustu.

Z panią gastrolog zakończył więc zażyłość bardzo umiejętnie, deklarując pozostanie w przyjaźni, co – o dziwo – zostało przyjęte spokojnie i ze zrozumieniem. Cezaremu do głowy by nie przyszło, że jego gastrolożka, jak ją nazywał, też już miała go całkiem dosyć. Nastawiła się teraz na znalezienie męża i ojca jej przyszłych dzieci, a wiedziała przecież, że kto, jak kto, ale doktor Antonowicz jest ostatnim z pretendentów do tych tytułów. A w przyjaźni mogą pozostać, czemu nie? I nawet od czasu do czasu co nieco pobaraszkować, bo całkiem przyjemnie im to wychodziło. Ale nic więcej.

O, takie zakończenia pan doktor Antonowicz uwielbiał – sympatyczne i bezkonfliktowe!

Teraz postanowił sobie, że nadszedł czas panny Marceliny. Uznał, że jest już gotowa – i rzeczywiście tak było.

Ponieważ widywała go – chcąc nie chcąc – codziennie, w szpitalu, podobał jej się coraz bardziej. Nie dosyć, że przystojny, to jeszcze męski, władczy, kompetentny, imponujący, uwielbiany przez inne kobiety. A chciał mieć ją – bo właśnie jej to oznajmił.

– Wiesz, mam cały wolny weekend, odbieram nadgodziny. Czy moglibyśmy uciec gdzieś z Warszawy – tak żeby nikt nas nie dopadł? Gdzieś, gdzie nie działają telefony i komputery...

– To nie wiem, chyba na biegun północny – zaśmiała się Marcja. – Albo do Timbuktu. Ale tu za zimno, a tam za gorąco. Poza tym wcale nie jestem pewna, czy tam telefony i internet nie działają. Jedźmy do jakiegoś Jadwisina na przykład, a telefony i laptopy możemy zostawić w domu, okej?

– Nawet bardzo okej! – ucieszył się Cezary. – Coś gdzieś wyszukam i jutro o szóstej rano podjeżdżam po ciebie. Spakuj przybory do mycia, jakiś ciepły sweter na wszelki wypadek – i to wszystko. Tylko żadnych piżam, dobrze?

– No, cóż, dobrze – roześmiała się Marcja, bo, skoro już się zdecydowała, nie zamierzała się certolić ani go kokietować.

Wiedziała, po co jadą, no i dobrze. Myśl o Jerzym upchnęła gdzieś głęboko w podświadomości. I jemu, i wujostwu oświadczyła, że wyjeżdża na integracyjny weekend z pracy. A że takie imprezy są teraz powszechne, przyjęli to ze zrozumieniem.

*

Cezary zamówił pokój dwuosobowy w jednym z ośrodków w Jadwisinie i w sobotę, jak obiecał, o szóstej rano dzwonił do drzwi Marcji.

– No, co ty, jeszcze jesteś niegotowa? – zapytał.

– Gotowa, ja jestem człowiek słowny i solidny. Jak szósta, to szósta. Torba, widzisz, spakowana – czekam na ciebie. Jadłeś śniadanie?

– Przecież ja jestem lekarz. Bez śniadania nigdy nie wychodzę z domu – oburzył się pan doktor.

Wsiedli więc w samochód i pojechali. Po jakiejś godzinie – korki były już od rana – dotarli na miejsce. Pokój bardzo im się spodobał, zaproponowano im śniadanie, uznali więc, że zjedzą troszeczkę. Potem wybrali się na spacer. Pogoda była piękna, ruszyli traktem spacerowym, zeszli nad zalew, posiedzieli na przystani, w końcu poszli na kawę i lody. Pan doktor kardiolog przymknął oko na cholesterol i pałaszował te lody, aż mu się uszy trzęsły. Tak im minął czas do obiadu, a po obiedzie wrócili do pokoju, uznając, że na razie dość się już naspacerowali. Obydwoje myśleli o tym, że nie na spacery tu przyjechali. Marcja cały czas była spięta i nieswoja, w zasadzie żałowała, że zgodziła się na tę eskapadę. Nigdy nie zdradziła Jerzego i choć uważała, że właściwie żadnych obietnic mu nie składała, czuła się dziwnie. Aż była zła sama na siebie.

Jak jakaś zaściankowa dziewica, uznała.

Do tej pory była przekonana, że raczej nie kocha Jerzego. Że są razem, bo im tak wygodnie. Teraz są, jutro może nie będą. Pomyślała jednak, że jakby to Jerzy jej taki numer wyciął, chyba by go zabiła.

No, ale nie musi wiedzieć, wmawiała sobie.

A jak się okaże, że z panem doktorem jest rewelacyjnie, to przecież z obydwoma naraz nie będzie „się przyjaźnić", jak to sobie eufemistycznie nazwała. Wierzyła, że chce być z Cezarym, bo się w nim zakochuje – albo wręcz już się zakochała. A z Jerzym rozluźni stosunki, tylko musi to zrobić jakoś mało drastycznie. Bo tak naprawdę to on na nic takiego sobie nie zasłużył.

Ale nagle przestała myśleć o Jerzym i jej dylematy szybciutko schowały się do kieszeni, bo Cezary wyszedł spod prysznica, owinięty tylko ręcznikiem i zaczął rozpinać z tyłu jej sukienkę, popychając lekko Marcję w stronę łazienki.

– Chodź, pomogę ci wziąć prysznic – zaproponował, a potem poderwał ją z podłogi i po prostu wniósł do łazienki.

Sukienka dziwnym sposobem spadła sama, bielizna także i raptem Marcja stała pod prysznicem, a pan doktor powolutku namydlał ją całą, od piersi począwszy. Im niżej schodziła gąbka, sprawnie obracana przez pana doktora, tym goręcej robiło się w tej łazience, choć lecąca z prysznica woda była zaledwie letnia.

W końcu Cezary znowu wziął ją na ręce i – bez wycierania – położył na łóżku. Sam też nie był suchy.

Powiódł palcem wzdłuż jej szyi, coraz niżej, śladem kropelek wody, aż wreszcie wszystkie te poczynania doprowadziły do tego, czym ta cała zabawa miała się skończyć.

Marcja spazmatycznie łapała powietrze, Cezary opadł przy niej i legł bez ruchu. Długo jednak nie leżał, bo teraz ona zaczęła kreślić palcami esy-floresy po jego ciele, schodząc powoli coraz niżej...

– Kobieto, czy ty mnie chcesz zabić? – wysapał.

– O, pan doktor taki słabowity? – zaśmiała się Marcja. – I nie mów do mnie „kobieto", bo to strasznie seksistowskie. A ja jestem przewrażliwiona!

– Tak jest, proszę pani – zgodził się potulnie. – Ale dobrze ci było?

– O do diabła, czegoś takiego się właśnie spodziewałam – zezłościła się Marcja. – Chociaż nie, nieprawda.

Miałam nadzieję, że aż tak przewidywalny i banalny nie będziesz. To najgłupsze pytanie, jakie facet może zadać w takiej chwili. Albo wiesz, jak było, albo nie. A jak nie wiesz, to i tak prawdy się nie dowiesz, bo która kobieta powie: „e, kiepsko!". Każda będzie przekonywać takiego pytającego, że było cudownie.

– Więc może sam się przekonam. – Cezary przytulił się do niej. – Ale po kolacji, bo teraz już nieżywy jestem, niestety.

– Faceci! – mruknęła Marcja i powróciła do swoich wyrzutów sumienia.

O matko, co ona ma zrobić? Nie była przekonana, że Cezary to ten jedyny dla niej. Jakoś nie bardzo wierzyła, że taki mężczyzna miałby się nagle ustabilizować, skoro do tej pory żył sobie jak ten ptaszek.

– A, zaraz, bo zapomniałam zapytać. – Stuknęła go łokciem w bok, bo jej się wydawało, że on zaczyna już zasypiać. – Żadna żona ci się po życiorysie nie plącze?

– Obecnie nie – odpowiedział trochę mrukliwym głosem, bo rzeczywiście już zasypiał i najchętniej właśnie to by teraz zrobił. Ale te kobiety nie odpuszczą przecież. Jakby jedynie żona mogła być przeszkodą. – Była jedna, ale się rozwiodłem, pięć lat temu. Dzieci nie mam. Narzeczonej aktualnie żadnej też nie – zameldował. – Zadowolona? Jeszcze coś chcesz wiedzieć?

– Tak, co będzie na kolację. – Marcja celowo obróciła wszystko w żart, ale zachowanie Cezarego coraz bardziej jej się nie podobało.

I tak im minął ten weekend – jedli, troszkę spacerowali, a głównie przebywali w łóżku. Marcji te zbliżenia dawały pełną satysfakcję, chociaż nie okazały się lepsze od seksu z Jerzym. Jakoś nie mogła tego Jerzego z głowy wyrzucić. Spychała myśli o nim w głąb mózgu, jednak uparcie wyłaziły na wierzch. Wiedziała już – i podświadomie, i świadomie zresztą także – że żadnej przyszłości z Cezarym nie planuje. Nie była z siebie zadowolona i nie miała pojęcia, jak dalej postępować, tym bardziej że przecież to lekarz jej wuja. Który akurat leżał u niego na oddziale, czekając na zabieg.

No nic, pomartwi się po powrocie z weekendu. Na razie postanowiła cieszyć się tym, co jest. Pogodą, przyjemnym pobytem, udanym seksem. Na wyrzuty sumienia i dalsze decyzje przyjdzie jeszcze czas.

*

Pani Eustaszyna chodziła tam i z powrotem po szpitalnym korytarzu. Jej mąż został zabrany na zabieg wszczepienia rozrusznika. Wszystko miało trwać mniej więcej półtorej godziny, więc zaprzyjaźnione pielęgniarki poradziły jej, żeby posiedziała sobie w kawiarni albo w ogóle wyszła ze szpitala i pospacerowała po szpitalnym ogrodzie, bardzo pięknym zresztą. Ale panią Eustaszynę nosiło i majtało, jak sama to określała. Miotała się więc po tym korytarzu, wypatrując Marceliny, która miała lada moment przyjechać, żeby czekać z ciocią na powrót wujka z zabiegu.

Pani Eustaszyna uparcie określała to wszczepienie rozrusznika mianem operacji. Zabieg, mówiła, trwa piętnaście minut. A coś, co trwa półtorej godziny, nie może być niczym innym niż operacją. Cóż, w pewnym sensie miała rację.

Przed zabiegiem-operacją pan ordynator zaprosił panią Eustaszynę do swojego gabinetu i starał się jej wytłumaczyć, na czym to wszystko polega.

Otóż zabieg wszczepiania stymulatora serca wykonuje pod kontrolą rentgenowską wyszkolony zespół lekarzy, którzy zajmują się leczeniem zaburzeń rytmu serca i przewodzenia jego impulsów. Jest całkowicie bezbolesny i robi się go w znieczuleniu miejscowym.

Przeważnie odbywa się to bez otwierania klatki piersiowej. Aby wszczepić stymulator jednojamowy, w miejscowym znieczuleniu nacina się skórę w okolicy podobojczykowej i do żyły wprowadza się elektrodę przez prowadnik do serca. Następnie mocuje się końcówkę elektrody i ustala warunki działania stymulatora.

To w największym skrócie próbował jej wyjaśnić ordynator, ale pani Eustaszynie i tak kręciło się w głowie. Wszystko jedno, jak to się odbywa, najważniejsze – żeby udało się to zrobić jak najlepiej.

– Mój zespół lekarzy wykonuje mnóstwo takich zabiegów. Mogliby robić to prawie z zamkniętymi oczami – tłumaczył pan profesor. – Więc naprawdę niech się pani nie martwi, mogę zaręczyć w stu procentach, że wszystko będzie w porządku i po dwóch–trzech dniach zabierze pani męża do domu.

Łatwo mu mówić „niech pani się nie denerwuje", myślała pani Eustaszyna, tuptając tam i z powrotem po korytarzu.

W końcu dojrzała Marcelinkę i rozpromieniła się na jej widok. Pomachała ręką i pośpieszyła w jej stronę.

– Ciociu, chodź, zjemy sobie po ciachu – powiedziała Marcja. – Doktor Antonowicz obiecał, że zadzwoni do mnie na komórkę, jak zabieg się skończy, to wtedy wrócimy na oddział. A teraz nie ma sensu chodzić tu po korytarzu i się denerwować. Poza tym, z tego, co mi opowiadał Cezary, wynika, że cała ta sprawa jest całkowicie bezpieczna. – Ugryzła się w język, bo jej się ten „Cezary" wyrwał, co zresztą ciocia natychmiast bezbłędnie wyłapała.

– Cezary? To już po imieniu jesteście? – Uśmiechnęła się promiennie.

– Skoro kazałaś mi codziennie z nim się kontaktować i wypytywać o wujka, jakoś samo tak wyszło – łgała Marcja, ile wlezie. – Nawet go na kawę zaprosiłam, żeby podziękować za opiekę nad wujkiem i ekspresowe załatwienie zabiegu. Wiesz, podobno na taki rozrusznik to dość długo się czeka. A wujek dostał go przecież błyskawicznie.

Mam nadzieję, że o tym Jadwisinie nikt się nie dowie, pomyślała, zaciskając kciuki na szczęście.

Wyciągnęła ciocię do szpitalnej kawiarni, gdzie były nawet czekoladowe lody Grycana, które pani Eustaszyna uwielbiała. Siedziały więc i rozmawiały o zbliżającym się wyjeździe Janka i Stefki Kozłowskich.

– A Majka i Tomek mają zamiar do nich lecieć zaraz po zakończeniu roku akademickiego. Będą się starać o wizę trzymiesięczną, chcieliby posiedzieć tam tak długo, jak mogą, czyli do końca września.

– A ty, moje dziecko? – zapytała pani Eustaszyna, myśląc o tak dobrze, jej zdaniem, rozwijającej się znajomości Marceliny z doktorem Antonowiczem. Gdyby jej ulubienica wyjechała do tych Stanów na dłużej, pana doktora z pewnością zaraz złowiłaby jakaś harpia, o, co do tego, to pani Eustaszyna była przekonana. Jak najmocniej.

– Ja w ogóle nie wiem, ciociu. – Marcja się skrzywiła. – Wiesz, szczerze ci powiem, że jakoś wcale nie mam wielkiej ochoty tam jechać. To znaczy, lecieć. Wiem, to niby okazja, ale mam mnóstwo zleceń, nie chciałabym stracić klientów. Poza tym muszę jakąś działkę pod Warszawą kupić za te mazurskie pieniądze. Akurat za miesiąc lokaty mi się kończą. I boję się, że ceny działek wzrosną, bo generalnie to one raczej nie spadają, kurczę. Zobaczę, może chociaż na dwa tygodnie się wyrwę, o ile dadzą nam wizy.

– A czy ty czasem, droga Marcelinko, dlatego nie chcesz wyjeżdżać, bo masz nadzieję na coś bliższego z doktorem Antonowiczem? – zapytała ciocia Winia.

W tym momencie oczy Marcji, niespodziewanie nawet dla niej samej, wypełniły się łzami.

– Oj, ciociu, przecież wiesz, że zawsze wszystko ze mnie wyciągniesz – szlochała.

Rzeczywiście – zawsze tak było. Marcja, już od lat młodzieńczych wychowywana bez mamy, nie zawsze chciała wszystko mówić tacie, choć był jej bardzo bliski. Ale ciocia zawsze znajdowała się „pod ręką". I chociaż jej charakterek był powszechnie znany w całej rodzinie, Marcelina stała się dla pani Wini kimś szczególnym. Po prostu zastępczą córką. Nie mniej drogą, niż gdyby była rodzoną. Ciocia zawsze i wszędzie brała jej stronę, często chodziła do szkoły, wykłócała się z nauczycielami, bo choć Marcelina uczyła się raczej dobrze, niemniej jednak czasami potrafiła sporo nabroić.

Ciocia oglądała i „szacowała" wszystkich chłopaków Marceliny, jednych akceptowała, innych nie. Jeśli zupełnie nie – Marcja natychmiast z tej znajomości rezygnowała. Opinii pani Eustaszyny ufała bez zastrzeżeń.

Miała do niej nawet większe zaufanie niż do Barbary, swojej najlepszej przyjaciółki.

Ciocine zarzuty w stosunku do „tego jej Jerzego" nie miały racjonalnego charakteru, bo trudno uznać za zarzut stwierdzenie, że ktoś jest za dobry. Albo zbyt poważny i nudnawy. A tak naprawdę nic więcej ciocia Winia nie miała mu do zarzucenia. Jerzy był pierwszym poważnym partnerem w życiu Marceliny. Pani Eustaszyna wiedziała, że między nimi jest coś więcej niż zwykła sympatia. Wiedziała, że są razem w każdym tego słowa znaczeniu. I choć, jako osobie religijnej, aczkolwiek bez przesady, nie bardzo podobało się wspólne życie bez ślubu, zdawała sobie przecież sprawę z tego, że takie czasy są teraz i młodzi nie zawsze od razu lecą do ołtarza. Najważniejsze, że Jerzy jest po prostu porządnym człowiekiem i pani Eustaszyna miała pewność, że nigdy tej jej prawie córki nie skrzywdzi.

A to, że ostatnio jej się zamarzyło, aby Marcelina zmieniła partnera i nawet tego nowego partnera – doktora Antonowicza – sama jej wybrała, świadczyło tylko o jej determinacji, chciała bowiem, jak każda matka, nawet ta zastępcza, żeby jej dziecko miało normalną rodzinę, żyło w dobrobycie i było szczęśliwe. A wydawało jej się, że Marcelina jakoś ostatnio zaczyna się od Jerzego oddalać i chyba jej się trochę znudził. Doktora Antonowicza uznała więc za idealnego następcę.

Tak się – na pierwszy rzut oka – pani Eustaszynie wydawało.

A teraz Marcelinka ryczy jej tu jak bóbr.

– O Boże, Boże, moje dziecko! – zawołała ciocia Winia. – Co się stało? Wszystko od początku mi tu natychmiast opowiadaj.

Więc Marcja opowiedziała. O wyprawie do Jadwisina, dwóch szalonych dniach i jednej nocy. A przede
wszystkim o tym, że bez przerwy myślała o Jerzym
i miała wyrzuty sumienia. I to wcale nie było takie
wspaniałe. A wyrzuty sumienia ma w dalszym ciągu.

– A kiedy się tak zastanawiam, ciociu – szlochała – to
wiesz, nie chcę stracić Jerzego. Możesz mi nie wierzyć,
ale wolę go od tego doktorka. I tyle! I co ja teraz mam
zrobić? – Przestała szlochać i już tylko pociągała nosem.
– Powiedzieć o tym Jerzemu, licząc na to, że mi wybaczy? I zapomni? Ja bym nie wybaczyła.

– No, niezły pasztet, kochanie, ale nie martw się, coś
wymyślimy. – Przytuliła ją pani Eustaszyna.

– Oj, ciociu, co ja bym bez ciebie zrobiła? – Marcja
pocałowała ją w policzek. W tym momencie zadzwonił
jej telefon. Spojrzała na wyświetlacz – Pan doktor Antonowicz – powiedziała, odbierając. – Dziękuję, już idziemy. Ciociu, właśnie skończyli, wszystko dobrze poszło,
za chwilę przywiozą wujka na oddział.

Poszły więc pośpiesznie i akurat zdążyły na moment,
gdy z windy wyjeżdżało łóżko z uśmiechającym się
do nich panem Eustachym.

Dwie pielęgniarki wjechały tym łóżkiem do pokoju
chorych, podsunęły je do tego, na którym dotychczas
leżał pan Eustachy, i poleciły:

– No, a teraz przetaczamy się na swoje łóżeczko.
Ostrożnie, o tak, ruchem węża – instruowały.

– Ruchem węża – powtórzył pan Eustachy i jak
prawdziwy, tresowany wąż boa (nieco przychudzony),
przesunął się z łóżka na łóżko.

– Pięknie panu poszło – skomplementowały go pielęgniarki i poszły, dodając jeszcze tylko, że na razie

123

pacjent powinien odpocząć i trochę sobie poleżeć, tylko nie na lewym boku.

– Ciociu, posiedź chwilkę, a ja spróbuję porozmawiać z lekarzami – powiedziała Marcja i poszła szukać Cezarego. Akurat stał na korytarzu, rozmawiając z pacjentem. Zobaczywszy ją, skinął głową, mówiąc „chwileczkę", Marcja stanęła więc z boku i spokojnie poczekała.

– Naprawdę wszystko dobrze poszło, możecie się nie martwić – oświadczył. – W końcu twojego wujka operował najlepszy zespół. Pacjent powinien sobie teraz odpocząć, zabierz więc ciocię do domu, niech nad nim nie siedzi, żeby miał spokój. Ja mam dzisiaj dyżur, więc będę czuwał i co pewien czas do ciebie zadzwonię. Ty nie dzwoń, bo wiesz, jak to jest na dyżurze, mogę nie mieć czasu, żeby rozmawiać. Ale zadzwonię na pewno. Zadzwonię też nawet bezpośrednio do cioci, więc wytłumacz jej to wszystko.

– Dzięki, to my już idziemy, a ja czekam na twój telefon.

Marcja ucałowała wujka, wzięła panią Eustaszynę pod rękę, powtarzając jej, czego się dowiedziała i wymaszerowały ze szpitala.

– Ciociu, wsiadaj, zawiozę cię do domu. A może najpierw do jakiegoś sklepu chcesz jechać?

– Nie, dziecko, dziękuję, wszystko mam – zapewniła ją pani Eustaszyna. – Tylko tak o tobie myślę, o tym, co mi opowiedziałaś. Może nie chcesz być teraz sama? Możesz u mnie przenocować, wiesz, że pokój wujka stoi pusty. Bo przecież Jerzego teraz raczej byś nie chciała oglądać. No, nie radzę ci w każdym razie. Musisz sobie to wszystko dobrze przemyśleć.

– Oj, tak, ciociu – zgodziła się z nią Marcja. – Przemyśleć muszę, ale za propozycję noclegu dziękuję, muszę jechać do domu, zmienić ubranie, jutro do pracy, wiesz przecież. Jeśli doktor Antonowicz do mnie zatelefonuje, to ja natychmiast do ciebie oddzwonię, a jeśli odezwie się do ciebie – to ty daj mi znać.

I na tym stanęło. Marcja odwiozła ciocię pod dom i pojechała do siebie.

Pani Eustaszyna kręciła się po pustym mieszkaniu i nie wiedziała, czym się zająć. Zmieniła pościel w pokoju męża, odkurzyła i tak czyściutkie mieszkanie i już zabrakło jej pomysłów. Czekała na telefon, ale nie dzwonił.

Wreszcie nie wytrzymała nerwowo i choć już było po dwudziestej, zadzwoniła po taksówkę i pojechała do szpitala.

Tylko rzucę okiem, co tam się dzieje, i zaraz wracam, postanowiła.

Weszła na oddział jak do siebie. Mimo późnej pory było jeszcze paru odwiedzających. W dyżurce pielęgniarek siedziała jedna z zaprzyjaźnionych siostrzyczek. Pani Eustaszyna najpierw podeszła więc do niej – wiadomo, pielęgniarki wszystko wiedzą najlepiej.

– Jak jest? – zaszeptała.

– Naprawdę wszystko w porządku. Najlepszym – odpowiedziała pielęgniarka. – W ogóle nie musiała pani przyjeżdżać. Mąż zjadł sobie kolację, a teraz czyta książkę. Przed chwilą do niego zaglądałam. Nie ma temperatury, nic go nie boli, jest całkiem zadowolony z życia.

– No to dobrze, to dobrze, moje dziecko – ucieszyła się pani Eustaszyna. – Wiesz, jakoś nie mogłam w domu wytrzymać. Ale teraz, jak mnie tak uspokoiłaś, to tylko na chwilkę zajrzę do męża i wracam do domu. Spokojnego dyżuru życzę, do zobaczenia. – Pożegnała się z pielęgniarką i poszła do pokoju, w którym leżał pan Eustachy.

Rzeczywiście wyglądał na zadowolonego z życia, czytał sobie „Przygody Tomka Sawyera" (skąd on to wziął?, zdziwiła się pani Eustaszyna), na stoliku stała szklanka wody. Zaczytany, w ogóle nie zauważył, że ktoś wszedł do pokoju.

– To ja – powiedziała cichutko pani Winia – chciałam tylko sprawdzić, jak się czujesz.

– O! – zdziwił się na jej widok. – Dobrze się czuję, świetnie, popatrz, doktor Antonowicz przyniósł Marka Twaina, czytam sobie.

Pani Eustaszyna, usłyszawszy nazwisko Cezarego, przypomniała sobie, jak ten mówił, że ma dyżur i będzie do niej dzwonił. Ponieważ wiedziała, gdzie jest pokój lekarzy – zaraz obok tego, w którym leżał jej małżonek – postanowiła zajrzeć do pana doktora, powiedzieć mu, że już nie musi dzwonić, bo ona tu jest i wszystko wie.

Wyszła więc z pokoju Eustachego i skierowała się w stronę pokoju lekarzy. Pukać pani Winia nie miała w zwyczaju. W końcu to nie mieszkanie prywatne. Otworzyła więc z rozmachem drzwi i... zamarła. Ujrzała pana doktora Antonowicza namiętnie całującego jakąś pielęgniareczkę chyba, sądząc po stroju. Tak namiętnie, że ani on, ani ta osoba płci żeńskiej, nie zauważyli, że ktoś otworzył drzwi.

Pani Eustaszyna szybko więc je zamknęła, w sumie bardzo zadowolona, że niczego nie dostrzegli. Musiała sobie obmyślić strategię działania.

A na razie pożegnała się z mężem, zadzwoniła do swojej korporacji po taksówkę i pojechała do domu. Już z domu zatelefonowała do Marceliny i oznajmiła jej, że była w szpitalu i że wszystko w porządku. Oczywiście o tym, co widziała, nic nie mówiła. Na razie.

Przemyślała całą sprawę porządnie i postanowiła, że o niczym Marcji nie powie, dopóki Eustachy jest w szpitalu. Potem zobaczy, jakie będą zalecenia co do dalszego postępowania. Jeśli doktor Antonowicz miałby w dalszym ciągu zostać lekarzem jej męża, nie powinna go do siebie zrażać. Może uda się przekonać Marcelinkę, żeby jednak nie spotykała się z Cezarym, ale nie mówiąc jej, co widziała. Chyba że sytuacja rozwinie się jakoś inaczej.

W każdym razie pani Eustaszyna czuła się niekomfortowo i nie mogła spać, co jej się rzadko zdarzało.

*

Ciocia Winia martwiła się też o swoją Marcelinkę, bo widziała, że jej stan psychiczny nie jest najlepszy. Wobec tego zdecydowała, że musi ją pocieszyć w najlepiej znany sobie sposób, a mianowicie – przygotowując coś pysznego do jedzenia. Ugotowała więc garnek wyśmienitego krupniku, który bratanica męża uwielbiała, i postanowiła pojechać do jej mieszkania – klucze przecież miała – i zawieźć krupnik. Uznała, że w ten sposób z pewnością poprawi samopoczucie Marcji. Zadzwoniła do niej do pracy, żeby ją o tym uprzedzić.

– Zjesz sobie talerz pysznej zupy, moje dziecko, to od razu humor ci się polepszy. Garnek przywieziesz mi przy okazji.

Wsiadła więc w metro – oj, co to za wspaniały wynalazek, dziesięć minut i już jest na placu Wilsona. A kiedyś tramwajem pół godziny się jechało.

Usiadła sobie, bo było sporo wolnych miejsc i wpatrzyła się w taki minitelewizorek, wiszący na ścianie wagonu. Wyświetlali na nim reklamy, śmieszne filmy, różne zdjęcia i informacje.

I raptem wrzasnęła na cały głos:

– Piętnaście niedźwiedzi, o matko! Ludzie, widzicie to? Wszystkie tu, w tym jednym przedziale!

Siedząca obok pani Eustaszyny kobieta trochę się odsunęła.

– No, niech pani patrzy! Zmieszczą się tu – pokazała palcem, choć wiedziała, że to niegrzecznie – wszystkie, w tym wagonie. Oj, niech pani na mnie nie patrzy, tylko na ścianę. Przecież tam piszą. To chyba trzeba by te wszystkie siedzenia zdemontować, bo inaczej aż piętnaście niedźwiedzi jednak tu nie wejdzie.

I pani Eustaszyna zaczęła odmierzać rękami gabaryty takiego niedźwiedzia, przesuwając go w wyobraźni po całym wagonie. Wyszło jej, że chyba jakoś by się zmieściły, jeśli nie byłoby siedzeń, oczywiście.

Teraz już nie tylko siedząca obok kobieta spoglądała na nią z dziwnym wyrazem twarzy. Z wielkim zainteresowaniem patrzyli wszyscy pasażerowie wagonu. Na nią, zamiast na ten telewizor na ścianie, w którym przed chwilą ukazała się taka informacja: „W Tatrach żyje tylko piętnaście niedźwiedzi. Wszystkie zmieściłyby się w tym wagonie metra. Co możesz zrobić, żeby im pomóc?". Ale informacja mignęła i teraz już wyświetlano całkiem coś innego, dlatego tylko pani Eustaszyna widziała oczami duszy te biedne niedźwiedzie, stłoczone w jednym wagonie metra. Wtedy przyszedł jej z pomocą jeden z pasażerów.

– Ta pani ma rację, ja też te niedźwiedzie widziałem. Nawet tak się zastanawiałem, jak i w czym można im pomóc. No bo żadnego telefonu ani adresu nie podali. A może podali, tylko nie zauważyłem? Ktoś z państwa zauważył?

Dyskusja się rozwinęła na całego; niestety, pani Eustaszyna musiała już wysiąść, a szkoda, bo także była ciekawa, jak można pomóc tym niedźwiedziom. Jakoś jej zapadły w serce.

*

Tymczasem pan Eustachy już całkiem doszedł do siebie, wszystko było w najlepszym porządku i wypisano go do domu.

– Teraz jest pan zarejestrowany w naszej przyszpitalnej poradni kardiologicznej, proszę z domu zatelefonować pod ten numer. – Pan ordynator, żegnając pacjenta, wręczył mu kartkę z numerem telefonu. – Wyznaczą panu termin wizyty i podadzą nazwisko lekarza, który będzie się panem opiekował. A jeśli nie będzie żadnych sensacji, to tylko raz w roku przyjdzie pan na kontrolę ustawień stymulatora. Oczywiście należy zażywać przepisane leki, ale tego to już będzie pilnował pana lekarz prowadzący. Na razie ma pan od nas recepty na trzy miesiące. Zdrowia życzę – i do widzenia – pożegnał się pan ordynator.

– Panie profesorze – odezwała się jeszcze pani Eustaszyna. – Nie mam dla pana żadnych „dowodów wdzięczności", poza zwykłymi, ludzkimi podziękowaniami.

Wiem i tak, że nic by pan od nas nie przyjął, ale powiem tylko, że przed wszystkimi naszymi znajomymi, a przede wszystkim tymi najszczególniejszymi, będę chwalić profesjonalizm i świetną pracę oddziału pod pana kierownictwem. Jeszcze raz bardzo dziękujemy za wszystko.

Pani Eustaszyna nie miała nic specjalnego na myśli, mówiąc o „najszczególniejszych" znajomych – ot, tak jej się po prostu powiedziało. Ale pan ordynator od razu pomyślał o pewnym dniu i pewnej osobie, której w tym dniu w pewnej przychodni „w ogóle nie było" – i poczuł się bardzo zadowolony, bo uznał, że tamta osoba o tym profesjonalizmie oddziału pod jego kierownictwem niebawem się dowie. Szalenie go to usatysfakcjonowało, więc z należytą atencją ucałował dłoń małżonki swojego szczególnego pacjenta i miło się pożegnał.

Państwo Krzewicz-Zagórscy zadzwonili do Marcelinki, że już może po nich przyjechać, bo Eustachego właśnie wypisują.

Okazało się, że przyjechał Jerzy, bo Marcelina miała spotkanie z projektantem i w żaden sposób nie mogła się z tego spotkania wywinąć. Jerzy natomiast, gdy go zapytała przez telefon, czy mógłby pojechać do szpitala po ciocię i wujka, zapewnił, że nie sprawi mu to kłopotu. Nawet był zadowolony, że może w pewien sposób się przysłużyć, ponieważ miał wrażenie, że Marcja ostatnio jakoś go unika. Tłumaczył to sobie jednak stresem spowodowanym pobytem pana Eustachego w szpitalu. Cieszył się więc, że wujka już wypisują i że wszystko dobrze się skończyło.

Bardzo był zdziwiony ciepłym powitaniem pani Eustaszyny. Oczywiście nie wiedział o tym, o czym ona wiedziała. A ciocia Winia coraz bardziej dochodziła do wniosku, że jednak ten Jerzy jest dla jej Marcelinki najlepszy. I postanowiła zmienić się w stosunku do niego. Ocieplić.

No i właśnie miała okazję.

– Jerzy, zostań, zjesz z nami obiad. Marcelinka obiecała, że przyjedzie, jak skończy to jakieś tam służbowe spotkanie – zaprosiła go. – Poczekasz na nią, na pewno się ucieszy.

– Dziękuję pani bardzo, może rzeczywiście zaczekam. I bardzo chętnie coś zjem.

O, taka postawa pani Eustaszynie się podobała. Bez żadnych ceregieli – jest głodny, to chętnie zje.

– I może przestań już do mnie mówić „proszę pani", bo przez to czuję się staro. Ciocia Winia jestem i tyle.

Jerzy o mało nie zemdlał. Nie miał pojęcia, czym sobie na taką łaskę zasłużył, ale skwapliwie z niej skorzystał.

– Dziękuję, ciociu Winiu, bardzo mi miło. Naprawdę. – Wstał, ukłonił się i ucałował dłoń „cioci". Akurat na tę scenę weszła Marcja i przyglądała się im obojgu z wielkim zdziwieniem.

A jeszcze jak usłyszała to „ciociu Winiu" w wykonaniu Jerzego, o mało nie spadła z krzesła.

O nic jednak nie pytała.

Zjedli obiad i wyszli z mieszkania Krzewicz-Zagórskich. Każde z nich przyjechało swoim samochodem, stali więc, czekając, kto pierwszy się odezwie i co zaproponuje.

Był koniec lutego – i, jak na luty, dzień bardzo przyjemny. Świeciło słoneczko, powietrze było suche.

– Może byśmy trochę się przeszli – zaproponowała Marcja. – Najadłam się jak bąk, a poza tym jestem jakaś zmęczona po tym spotkaniu. Musiałam przedstawić swój projekt, uzasadnić go i bronić, a teraz czuję się jak przekręcona przez maszynkę.

Poszli na Nowy Świat, wrócili Alejami Jerozolimskimi i Marszałkowską – samochody zostawili przy Jasnej, wykupiwszy wcześniej odpowiednie bilety parkingowe.

– Przepraszam, że ostatnio byłam taka trochę nieobecna – powiedziała Marcja. – Ale ten projekt mnie wykończył, no i codziennie jeździłam do szpitala. Zmęczona byłam. A w zasadzie jeszcze jestem. Teraz już zrobi się trochę lepiej, mam nadzieję. Ale nie gniewaj się, jeszcze przez kilka dni będę „nie do użytku". Muszę się porządnie wyspać i dojść do siebie. Zadzwonię, okej?

– Jasne, przecież rozumiem, wszystko w porządku – odpowiedział Jerzy, podprowadzając ją do samochodu i całując w policzek. – Jedź ostrożnie i wskakuj szybko do łóżka, żebyś porządnie odpoczęła. Masz w domu coś w lodówce czy może chcesz jeszcze wejść do „Sezamu"?

– Nie, nie, wszystko mam, pa, zadzwonię. – I Marcja pojechała.

Postanowiła, że nie będzie utrzymywać kontaktu z Cezarym. Ucieszyła się bardzo, gdy ciocia powiedziała, że wujka zarejestrowali w przyszpitalnej poradni i będzie miał tam swojego kardiologa. Cezary nie musi już więc przychodzić do wujka do domu i te kontakty jakoś same ustaną. W to, że będzie do niej szaleńczo wydzwaniał i prosił o spotkania, jakoś nie bardzo wierzyła. Po powrocie z Jadwisina do tej pory się nie odezwał. Dzwonił tylko późnym wieczorem w dniu zabiegu wujka, ale w zasadzie była to rozmowa niejako „służbowa", opowiedział o samopoczuciu pana Eustachego i nawet nie pożegnał się stereotypowym „całuję". Pewnie ktoś

słuchał. Marcja nie miała złudzeń co do tego, że nie jest w jego życiu tą jedną jedyną. Wściekła była tylko na siebie za ten Jadwisin, ale trudno, stało się, więc nie warto teraz szat rozdzierać. W końcu jest nowoczesną, dorosłą kobietą i koniec. Postanowiła, że Jerzemu o niczym nie powie, bo po co go ranić. Powiedziałaby, gdyby ten epizod znaczył w jej życiu coś więcej. Ale okazało się, że nie znaczył, a jeśli w ogóle – to raczej budził niesmak.

Musiała jednak trochę nabrać do tego dystansu. Dlatego na razie postanowiła, że z Jerzym też przez jakiś czas nie będzie się spotykać. Coś tam wymyśli, przepracowanie czy też zmęczenie. Na szczęście Jerzy przyjmował zawsze takie tłumaczenia; czasami już tak się zdarzało, że się nie spotykali, tylko wtedy naprawdę przyczyną był nadmiar pracy – niekiedy u Marcji, niekiedy u Jerzego, więc takie przerwy były naturalne i obydwoje to rozumieli.

Rozdział ósmy

Pani Eustaszyna miała nowy, całkiem niespodziewany, problem. Otóż jadła na śniadanie bułkę z białym serem i raptem poczuła w ustach coś twardego. Okazało się, niestety, że wypadła jej plomba z zęba.

– Eustachy – od razu znalazła winnego – co ty za ser kupiłeś? Złamałam ząb – jęczała.

– Na białym serze? – zdziwił się bardzo winowajca.

Cóż, pani Winia o zęby bardzo dbała, zadzwoniła więc natychmiast do swojego dentysty, który przyjmował w prywatnej, ekskluzywnej przychodni dentystycznej, mieszczącej się niedaleko mieszkania państwa Krzewicz-Zagórskich. Pani Eustaszyna chodziła tam już od wielu lat, robiła sobie koronki i różne wstawki oraz, oczywiście, plomby.

Zapisała się na następny dzień. Sprawa okazała się poważniejsza, niż się wydawało, bo okazało się, że ten ząb składał się w zasadzie już z samych plomb, w związku z czym tej, która wypadła, nie dało się uzupełnić, bo nie było jej do czego „przylepić". Pan dentysta kazał prześwietlić to, co z zęba zostało i bardzo był z rezultatu prześwietlenia zadowolony. Ząb miał bowiem wspaniały, całkiem zdrowy korzeń.

– Mamy tu naturalny podkład pod implant – ucieszył się pan doktor. – Będziemy robić koronkę, wspaniale się w tym miejscu osadzi.

No, dobrze, jak koronka, to koronka, pani Eustaszyna ufała swojemu dentyście bez zastrzeżeń. Niech robi, co musi. Pan dentysta robił więc, co musiał. Pootwierał kanały i chciał je na wszelki wypadek przeleczyć. Pani Eustaszyna, z pełnym zaufaniem do swojego stomatologa, siedziała – a właściwie na pół leżała – w fotelu dentystycznym, z ust wystawał jej charczący odsysacz śliny, a usta miała, oczywiście, szeroko otwarte. Oczy też. I raptem dojrzała w ręku pana dentysty jakąś przeraźliwie długą igłę. Odruchowo więc starała się zamknąć usta i najmocniej, jak mogła, zacisnęła oczy.

– Oczy może pani zamykać, choć nie wiedziałem, że aż taki brzydki jestem – zażartował pan doktor. – Ale buzię otwieramy szeroko, szeroko poproszę.

– Aae oo too ee? – wybełkotała pani Eustaszyna i wyjmując z ust odsysacz, powtórzyła – Ale co to jest?

– Które? – zdziwił się jej stomatolog.

– No to przerażające narzędzie, którym pan mnie chce dźgać?

– To? – Pan doktor spojrzał na przyrząd trzymany w ręku. – To nie jest do dźgania, przysięgam. Ja chcę tylko zmierzyć głębokość każdego kanału, żeby dokładnie wiedzieć, ile czego się tam zmieści. Proszę mi wierzyć, w ogóle nic pani nie poczuje, to nie jest żadna igła ani nic w tym rodzaju.

Pani Eustaszyna ostrożnie otworzyła jedno oko, potem drugie. Istotnie, to, co dentysta trzymał w ręku, było cienkie i wyglądało na zrobione z metalu, ale jakimś przedłużaczem łączyło się z niedużym pudełeczkiem z połyskującym ekranem.

– Nie iiigła, na pewno? – upewniła się drżącym głosem.

– Na pewno – przytaknął doktor, a stojąca obok asystentka, energicznie pokiwała głową.

Cóż, pani Eustaszyna otworzyła usta, musiała zaufać swojemu dentyście.

I rzeczywiście nic nie bolało, choć nie-igła została ostrożnie włożona do szeroko już otwartych ust pacjentki.

– Pik, pik, pik – powiedział stojący obok aparacik.

– Dobrze, bardzo dobrze – ucieszył się lekarz.

Czynność powtórzono jeszcze dwa razy.

– No i widzi pani – powiedział – nic nie bolało i wszystko w porządku. Już po strachu.

No więc pani Eustaszyna uspokoiła się trochę. Kanały zostały przeleczone i następnym krokiem miało być wmontowanie sztyftu pod tę koronkę.

– Pistolet poproszę – powiedział następnego dnia dentysta do pani Małgosi, swojej asystentki, bardzo gorliwej zresztą („Tak, Panie Doktorze, oczywiście, Panie Doktorze, tak jest, Panie Doktorze!"). Zwracała się do niego Dużymi Literami, co było słychać.

Pani Eustaszyna szybko podniosła ręce do góry – no cóż, wypadła jej plomba, to fakt, może za mało dbała o zęby, ale żeby zaraz... pistolet???

– Bardzo proszę, Panie Doktorze. – Pani Małgosia naprawdę przyniosła pistolet.

A dentysta zlekceważył ręce w górze pani Eustaszyny, wymierzył ów pistolet w jej biedny ząb i... wystrzelił!

Pani Eustaszyna nie wiedziała, czym, bo przecież nie mogła widzieć wnętrza swojej jamy ustnej, ale... nie zabolało. Przypuszczała, że było to coś w rodzaju utwardzacza, bo lekarz właśnie miał jej wmontować w ząb sztyft do tej porcelanowej koronki.

– Czy pani nie jest niewygodnie w takiej pozycji? – zapytał perfidnie (gdyż zapomniała opuścić ręce i trzymała je w pozycji: „nie strzelaj, poddaję się").

– A, nie, nie, panie doktorze, ja po prostu gimnastykuję kręgosłup, bo ten pana fotel jest niezbyt wygodny – odparła z godnością. Widziała jednak, że lekarz jej nie uwierzył.

No cóż, za to strzelanie do zęba zapłaciła całkiem niemałą sumę i musiała wyłożyć jeszcze więcej tytułem zaliczki na tę porcelanową koronkę. Zniżek dla emerytów jej dentysta nie uznawał, niestety.

Cóż, trzeba było bardziej dbać o zęby! I nie pozwolić sobie na żadne wypadanie plomb!

Ale w rezultacie pani Eustaszyna była zadowolona, bo ząb – a w zasadzie koronka – prezentował się bardzo dobrze. I mogła mieć pewność, że dobrze zainwestowała swoje pieniądze. Niemałe, bo niemałe, szczególnie na emerycką kieszeń, ale na zdrowie pani Winia pieniędzy nie żałowała.

No i załatwiła kolejny problem. Ech, życie...

*

Nadeszła wiosna, Marcji pokończyły się lokaty w bankach i postanowiła, że czas najwyższy na zakup tej wymarzonej działki pod Warszawą. Na razie postanowiła jeszcze nic nie mówić cioci, bo – jak znała panią

Winię – pewnie nie zdążyłaby się obejrzeć, a tamta jakąś okazję by wynalazła i jej, Marcji, pozostałoby tylko
zapłacić. Ona natomiast chciała tę działkę wyszukać
sama. Miała zamiar najpierw wytypować dwie albo
trzy, a potem ewentualnie skorzystać z porady Jerzego. Ciocię powiadomi na końcu, będzie musiała tylko
wymyślić taki sposób przekazania wiadomości, żeby
cioci się wydawało, że to ona wybrała ową działkę.
Ale w takich manipulacjach ciocią Marcelina miała już
wprawę.

Pochodziła więc po agencjach nieruchomości, ale
przede wszystkim czytała ogłoszenia w gazetach i bu-
szowała po internecie. W rezultacie wytypowała trzy
oferty, które wydały jej się najbardziej interesujące – jedną w Dziekanowie Leśnym, drugą w Dąbrówce, trzecią
w Białołęce Dworskiej. Powierzchnia i ceny były porów-
nywalne, najładniejsza była działka w Dąbrówce – ale
leżała najdalej, najbliżej znajdowała się ta w Białołęce,
tylko że Marcja chyba wolałaby coś dalej od Warszawy. Najciekawiej wyglądała ta w Dziekanowie Leśnym,
choć była najdroższa, jednak w zasięgu Marcji. Teraz
postanowiła zasięgnąć porady Jerzego, zadzwoniła więc
do niego i umówili się u niej w sobotę.

– O, świetnie, już się za tobą stęskniłem, dawno się
nie widzieliśmy.

Na wszelki wypadek zabrał ze sobą pierścionek, który już od kilku miesięcy leżał u niego w szufladzie biurka. Przemyślał sobie wszystko i postanowił, że w końcu
się odważy. Kwestie finansowe, które go nękały, z pewnością nie będą dla Marcji istotne. Gdyby mieli czekać,
aż on zgromadzi jakiś majątek, raczej nie pobraliby się
długo – albo wcale.

Jerzy zdecydował, że albo wóz albo przewóz, czas upływał, on coraz bardziej tęsknił do swojego dziecka – tym bardziej że najbliższemu przyjacielowi urodził się właśnie synek, który był po prostu cudowny. Jego – Jerzego – synek byłby jeszcze bardziej cudowny, a gdyby przyszła na świat córeczka, to w ogóle już doskonalszej istoty z całą pewnością nie znalazłoby się na całym świecie. Miał nadzieję, że Marcja będzie tego samego zdania.

Gdy przyjechał do jej mieszkania, na stole były porozkładane oferty, zdjęcia i wydruki z internetu. Zorientował się od razu, że Marcja wybiera działkę i ucieszył się, bo wyobraził sobie, że wiąże się to z postanowieniem założenia rodziny. Dobrze więc, że wziął ze sobą pierścionek.

Zaczęli przeglądać wspólnie te oferty i naprawdę trudno było się zdecydować. Każda z nich miała jakieś plusy i minusy. Na wstępie zrezygnowali z tej w Dąbrówce, uznając, że to jednak za daleko od Warszawy. Zastanawiali się nad Dziekanowem Leśnym i nad tą Białołęką. I tu, i tu w pobliżu był las. Działka w Białołęce była większa i chyba ładniejsza, a na dodatek tańsza, ale do tej w Dziekanowie był lepszy dojazd, no i w zasadzie Marcja wolała mieszkać pod Warszawą, a Białołęka to raczej Warszawa i – jako dzielnica – była trochę niemodna.

W rezultacie Marcja już z desperacji chciała losy ciągnąć, ale Jerzy – praktyczny, jak to inżynier – zadecydował, że pojadą obejrzeć wszystko na miejscu. Bo co to za takie kupowanie kota w worku – na podstawie opisu z internetu.

Ponieważ w ogłoszeniach były numery telefonów, od razu zadzwonili w oba miejsca i umówili się na oględziny niemal natychmiast – Dziekanów jeszcze w tę sobotę, Białołęka następnego dnia, w niedzielę.

– Jak to dobrze, że mam ciebie – powiedziała Marcja. – No, przecież w stu procentach masz rację, że trzeba to na własne oczy obejrzeć. Ja jestem taka w gorącej wodzie kąpana, że od razu przez telefon bym kupiła. A może ciocię ze sobą weźmiemy? – dodała. – Przecież wiesz, że ona nie odpuści i będzie musiała „sama zdecydować".

– Wiem, oczywiście, ale najpierw obejrzyjmy to sami, a potem – jak wybierzemy – to jakoś ciocią się pomanewruje – odparł Jerzy. – Przecież masz już wprawę.

W rezultacie, po oględzinach obu działek, wybrali tę w Dziekanowie Leśnym. Miała około tysiąca metrów kwadratowych, a więc odpowiadała im wielkością, dojazd był doskonały, jechało się przecież czteropasmową krajową „siódemką". Parę kroków od działki rozciągała się Puszcza Kampinoska, teren wokół był już dość dobrze zagospodarowany, właśnie rozpoczęto prace nad doprowadzaniem kanalizacji. Do przystanku autobusowego mieliby około trzystu metrów, co też było dodatkowym atutem, nie zawsze przecież można jechać samochodem, z różnych względów. Od centrum Warszawy – niecałe osiemnaście kilometrów. Idealnie.

Umówili się więc wstępnie z właścicielką, która nagle owdowiała i dlatego sprzedawała tę działkę po cenie – w zasadzie okazyjnej. Zdecydowała, że chce jej się pozbyć jak najprędzej, bo to miejsce przypominało jej zmarłego męża i nie mogła tego znieść. Mieli tam postawić dom, który w zamyśle był przeznaczony dla wnuczki. Sama jednak nie dałaby sobie z tym wszystkim rady, a syn – czyli ojciec tej wnuczki – w ogóle nie był zainteresowany budową. Wnuczka tym bardziej nie, miała bowiem dopiero dziewięć lat. Właścicielka postanowiła więc, że działkę sprzeda, a pieniądze wpłaci na jakąś korzystną lokatę albo dwie – i będzie sobie dokładać odsetki do emerytury. Miała jeszcze w perspektywie dziesięć lat pracy, więc przez ten czas trochę się uzbiera.

Powiedzieli właścicielce, że muszą jeszcze raz przyjechać na oględziny – ze swoją siedemdziesięcioośmioletnią ciocią, która zawsze uczestniczyła w najważniejszych wydarzeniach z życia rodziny, uzurpując sobie prawo decyzji w każdej sprawie, z takiego tytułu, że była seniorką rodu, choć ten ród aż tak liczny nie jest. Niemniej jednak, skoro nie chcieli doprowadzić do wielkiej obrazy, ciocię przywieźć musieli.

– Ale proszę się nie martwić, umiemy ją przekonywać – powiedziała Marcja. – Proszę tylko niczemu się nie dziwić i niczemu nie zaprzeczać, jak z ciocią przyjedziemy.

Wprawdzie właścicielka działki już się dziwiła, ale doszła do wniosku, że skoro w tej rodzinie tak jest, to jej nic do tego. Najważniejsze, że w zasadzie zawarli umowę.

– Możemy nawet pani jakąś zaliczkę wpłacić, żeby pani była pewna, że transakcja dojdzie do skutku – zaproponowała Marcja. – Rzecz w tym, że w tej chwili mamy przy sobie najwyżej tysiąc złotych, więc albo pani nam zawierzy i przyjmie od nas ten tysiąc, albo podjedziemy do banku i przelejemy pani kwotę, jaką pani zaproponuje.

– Nie, nie, wierzę państwu, tysiąc złotych wystarczy. Przecież to i tak tylko formalność.

– Oj, wpadło mi właśnie coś do głowy – powiedział Jerzy. – Wie pani, no już uczciwie się przyznamy, że wytypowaliśmy dwie działki, które wchodziły w grę. Po dogłębnym namyśle bardziej nam odpowiada ta pani – najlepszy dowód to ta nasza dżentelmeńska umowa i zaliczka, mała, bo mała, ale intencje się liczą, jak pani wie. Ale ciocię musimy przekonać. Ta druga działka jest w Białołęce Dworskiej. Mamy pewne obawy, że cioci tamta mogłaby się bardziej spodobać. A ciocia na ogół nie bierze pod uwagę czyjejś opinii. Ważne jest tylko to, co sama postanowi. Oczywiście, decydujące jest nasze zdanie i jesteśmy pewni, że ją przekonamy. Ale gdyby pani tak w pewnym momencie, gdy skieruję rozmowę na tę Białołękę, rzuciła jakąś uwagę, że tam jest przecież więzienie, byłoby świetnie.

– O, to idealny pomysł – poparła go Marcja. – Nam więzienie w sumie nie przeszkadza, tym bardziej że działka leży w dość dużej odległości od niego, ale na ciocię taki argument zadziała z pewnością.

– No, dobrze, skoro to ma pomóc, to się postaram – obiecała dotychczasowa właścicielka działki w Dziekanowie, zastanawiając się usilnie, jak to jest, że czyjaś ciocia – tylko ciocia przecież – może mieć tak decydujące zdanie w każdej sprawie.

Cóż, nie znała przecież pani Eustaszyny...

Pomysł Jerzego okazał się doskonały. Pan Eustaszyna, z premedytacją zawieziona najpierw na Białołękę, obejrzała działkę i uznała, że jej się podoba. Miała półtora tysiąca metrów kwadratowych, była bardzo kształtna, prawie równoboczna. Do lasu bliziutko, wokół już stało sporo domków jednorodzinnych, jeden ładniejszy od drugiego; teren zagospodarowany, dojazd dobry. No – i, co dla pani Eustaszyny najważniejsze – przecież to Warszawa. Ona, warszawianka z urodzenia, bardzo kochająca swoje miasto, nie wyobrażała sobie, że można zamieszkać gdzie indziej – choćby to było kilkanaście kilometrów od centrum. Wprawdzie dla takich „centralnych" warszawiaków, jak pani Eustaszyna prawa strona Wisły to ta gorsza Warszawa, zawsze jednak Warszawa. Więc pani Eustaszyna, jeszcze nie oglądając tej drugiej działki, w duchu zdecydowała, że będzie optować za Białołęką albo po prostu sama znajdzie jakąś inną propozycję. Na obrzeżach stolicy, zgoda, ale nie poza Warszawą.

Od razu, w tym samym dniu pojechali pokazać cioci działkę w Dziekanowie. Pani Eustaszynie, cóż – trzeba przyznać – ta działka też się bardzo spodobała. Tym bardziej że w sumie było stąd bliziutko do Warszawy, a klimat Dziekanowa jakoś wydawał się o wiele sympatyczniejszy niż ten białołęcki. Tyle że to jednak nie Warszawa... Tak więc pani Eustaszyna miała problem.

– Dzień dobry, jestem Konstancja Wilmońska – przedstawiła się właścicielka, wysiadłszy z samochodu. – Przepraszam za spóźnienie, ale wnuczka stłukła sobie kolano i musiałam je opatrzyć. To takie niespodziewane, miałam nadzieję, że zdążę, ale przyjechałam później, niż zamierzałam.

– Nic się nie stało, nie spóźniła się pani wcale, to my przyjechaliśmy wcześniej, pokazywaliśmy cioci działkę w Białołęce i jakoś tak szybko to poszło – odpowiedziała

143

Marcja. – To nasza ciocia, pani Jadwiga Krzewicz-Zagórska – przedstawiła ciocię.

– Zaraz, zaraz, Wilmońska? – zapytała pani Eustaszyna, krzywiąc się na tę „Jadwigę", no cóż w końcu tak miała, niestety, na imię. – Czy pani nie jest, moje dziecko, spokrewniona z Tadeuszem Wilmońskim z Żoliborza?

– Owszem, to mój teść, nieżyjący już niestety. Mój mąż, Andrzej, też nie żyje, zmarł nagle kilka miesięcy temu. Tak więc ród Wilmońskich podtrzymuje na razie tylko mój syn, Bartosz. Na razie – bo do tej pory mają tylko córkę, syn jakoś im się jeszcze nie trafił, choć chyba chcieliby. Ale wie pani, jak to jest z młodymi, praca teraz najważniejsza – odpowiedziała pani Konstancja. – A, przepraszam, czemu pani pyta o mojego teścia? Znała go pani może?

– Owszem, tak, dość dobrze go znałam – rozmarzyła się pani Eustaszyna. – Jak to się ludzkie losy plotą... Synowa Tadeusza! Mało brakowało, a moją synową mogłabyś być, moje dziecko. Z Tadeuszem chodziliśmy razem do szkoły, a potem, po wojnie, w tysiąc dziewięćset pięćdziesiątym drugim roku, spotkaliśmy się przypadkowo na ulicy i przez jakiś czas, jak to się wtedy mówiło, byliśmy w sobie zakochani. Jednak w rezultacie nic z tego nie wyszło, poznałam mojego Eustachego – i wybrałam jego. – A teraz takie spotkanie, proszę, proszę. Szkoda tylko... Moje serdeczne wyrazy współczucia z powodu śmierci męża, naprawdę mi przykro.

– Dziękuję – odparła pani Konstancja. – Też mi miło panią poznać. Mam nadzieję, że nasza działka się państwu spodoba, cieszyłabym się, gdyby poszła w dobre ręce. Ale, ale – czy ja dobrze słyszałam? Oglądali

144

państwo jakąś działkę w Białołęce? Bo jeśli tak, to muszę zapytać, chociaż to może zabrzmi, jakbym chciała konkurencji zaszkodzić – czy państwo brali pod uwagę, że w Białołęce jest więzienie?

– Ojejej, rzeczywiście – przestraszyła się pani Eustaszyna. – No to, moi drodzy, przesądzone, wybieram tę działkę, w Dziekanowie. O tamtym więzieniu w ogóle zapomniałam, a oprócz tego rzeczywiście, pani Konstancji będzie miło, że działka poszła w dobre ręce, a mnie będzie miło, że mamy działkę, która należała do syna mojego dobrego przyjaciela.

Pani Eustaszyna przesądziła sprawę, „wybierając" tę działkę i ciesząc się, że właśnie ją „będzie miała".

– A więc załatwione. – Marcja podała rękę pani Konstancji, mrugając do niej z uśmiechem.

*

Jerzy przez cały czas woził ten swój pierścionek w kieszeni i jakoś ciągle nie było sprzyjającej okazji, żeby nareszcie go wyjąć. Postanowił, że ostatecznie zrobi to, kiedy już Marcja zakończy tę sprawę, kupi działkę i będą rozważać, co dalej.

Na razie więc pudełeczko z pierścionkiem wylądowało z powrotem w szufladzie biurka. Marcja załatwiała sprawy związane z przeprowadzeniem transakcji. To znaczy – w zasadzie więcej załatwiania miała pani Konstancja, która musiała zgromadzić aktualne dokumenty: wypis z hipoteki, zaświadczenie z rejestru gruntów i wszystkie papierki, jakich zażądał notariusz. Marcja musiała tylko podpisać akt notarialny i przelać pieniądze.

Pewnego dnia zadzwonił Cezary. Nie odzywał się od tej wyprawy do Jadwisina i wypisania wujka Eustachego ze szpitala. A minęły już prawie dwa miesiące.

– Kociątko, dzień dobry – przywitał Marcję.

– Jakie „kociątko"? – rozeźliła się. – Nie pomyliło ci się, do kogo dzwonisz? Mówiłam ci przecież, że mnie takie seksistowskie głupoty denerwują. Poza tym daty ci się nie poprzestawiały? Pamiętasz, kiedy ostatni raz się widzieliśmy? A może znowu do Stanów Zjednoczonych wyjeżdżałeś? – sztorcowała go.

– Zaraz, chwileczkę – bronił się pan doktor. – Daj mi coś powiedzieć. W Stanach nie byłem, ale mówiłem ci przecież, że doktorat robię. Czy masz pojęcie, ile to pracy? Nie miałem czasu na spotkania, naprawdę.

– Jeśli uważasz mnie za grzeczne „kociątko", które potulnie czeka na wezwanie pana i władcy, to nie jesteś taki inteligentny, na jakiego wyglądasz – odpaliła Marcja. – Nie bądź taki pewny, że czekam i czekam na spotkanie z tobą. Mam wrażenie, że jakiś znak życia, trzyminutowy telefon od czasu do czasu aż tak bardzo by ci nie przeszkodził w tym doktoracie. A teraz co? Masz wolny wieczór, tak? I chętnie byś się ze mną spotkał?

– O, właśnie – rozpromienił się doktor Antonowicz. – Pomyślałem sobie, że może zrobiłbym jakąś kolację w sobotę wieczorem.

– Wiesz co, Cezary? – zdecydowała się Marcja. – Myślałam, że jakoś inaczej ci to wytłumaczę. Ale skoro już dzwonisz i masz trochę czasu, żeby mnie wysłuchać, to chcę ci powiedzieć, że dziękuję za propozycję. Tę i ewentualne następne. Nie nadaję się na „dochodzącą", a ponieważ uważam, że nasza znajomość do niczego więcej nie prowadzi, po prostu po przyjacielsku ją zakończmy.

Nie oznacza to, że od razu widziałam w tobie kandydata na męża, ale sądziłam, że przynajmniej przez jakiś czas będziemy się spotykać w miarę regularnie jak normalna para. Widzę jednak, że ty traktowałeś naszą znajomość zupełnie inaczej. I żeby było jasne – nie czuję do ciebie z tego powodu żadnych pretensji, naprawdę. To, co było, było miłe, ale na tym koniec. Dobrze? Mam nadzieję, że nie uznasz takiego postawienia sprawy za jakąś osobistą obrazę, bo bardzo bym tego nie chciała.

– Marcelinko, wiesz, bardzo żałuję, że tak zdecydowałaś. Cóż, to przynajmniej uczciwe postawienie sprawy – odpowiedział Cezary. – Rzeczywiście, ja się nie nadaję na stałego partnera. Jak wiesz, żonę już miałem i, niestety, nic z tego nie wyszło. Trudno więc, ściskam i życzę ci wszystkiego najlepszego. Ale jak się spotkamy przypadkiem, to na kawę pójdziemy, okej?

– Jasne, ja tobie też życzę wszystkiego naj-naj.

Uff, Marcji ulżyło. Zdradziła Jerzego, fakt, ale przemyślała sobie wszystko dokładnie i doszła do wniosku, że nie była to zdrada emocjonalna. A do fizycznej strony problemu postanowiła podejść jak mężczyzna. Ot, taki przypadkowy seks, jednak tylko seks i nic więcej. A jeśli nic więcej – i jeśli ta druga strona o niczym nie wie, to nie ma najmniejszego powodu, żeby się dowiedziała, bo nie byłoby w tym żadnego sensu. I kropka.

Od tego Jadwisina między Marcją a Jerzym nie doszło do żadnego kontaktu fizycznego. Mimo takiego, jak to sobie wmówiła, typowo „męskiego" podejścia do całej sprawy, nie było to dla niej takie łatwe. No cóż, cholera, zdrada to zdrada. I świadomość tego, co zaszło, uwierała ją dość mocno. Miotała się – jak to kobieta...

Postanowiła więc jakoś to wszystko przeczekać i doprowadzić do „zatarcia" wspomnień. Dlatego nie dopuszczała do sytuacji, w której mogłoby dojść do kolacji ze śniadaniem. A Jerzy nie był aż tak straszliwie napalonym samcem, który nie może wytrzymać bez seksu. Pozostawił teraz inicjatywę Marcelinie, uznając, że miała na głowie chorego wujka, kupno działki i jeszcze jakiś duży projekt w pracy, który ostatecznie musi dopracować. „Przeczekiwał" więc spokojnie to wszystko, wyjmując i chowając ten nieszczęsny pierścionek.

Ale w dniu podpisania aktu notarialnego, czyli w dniu nabycia działki w Dziekanowie Leśnym, postanowił rozwiązać sprawę.

– Musimy to uczcić i ustalić, co dalej – powiedział.

Marcja nie mogła z nim się nie zgodzić, tym bardziej że sama go przecież w całą sprawę kupna działki wciągnęła.

– Dobrze, zrobię jakąś uroczystą kolację, ale ciocię i wujka musimy też zaprosić – powiedziała, uważając sprytnie, że przecież Jerzy nie zostanie u niej na noc, skoro wieczorem będą państwo Krzewicz-Zagórscy.

Nie wzięła jednak pod uwagę tego, że po tej uroczystej kolacji Jerzy zaproponował, iż odwiezie ciocię i wujka do domu.

– A potem wrócę do ciebie – cicho szepnął jej do ucha, nie dając tym samym Marcji szansy na jakiś głośny sprzeciw.

Trudno, pomyślała Marcja, kiedyś ten moment musiał nadejść. Nie można przecież już na zawsze odstawić go od łoża, bo przecież jakoś musiałaby to wytłumaczyć.

Jerzy wrócił, gdy kończyła sprzątać po kolacji. Wszystko już było pozmywane, stół z powrotem ustawiony w kącie. Marcja właśnie miała wchodzić pod prysznic.

– Chodź, usiądź tu koło mnie na chwilę, odpocznij trochę, jutro przecież niedziela, nie musimy wcześniej wstawać – powiedział Jerzy, wtulając się w swój ulubiony kącik na kanapie.

Marcja usiadła obok, z głębokim stęknięciem.

– Wiesz co? Już się chyba stara robię, strasznie dużo nerwów mnie to wszystko kosztowało, rzeczywiście jestem zmęczona, ale bardziej psychicznie. Dobrze, że już wszystko poza mną. Będę cię jeszcze prosić o pomoc przy wyborze projektu i przy wszystkim, co związane z budową domu. Ale to przecież nie dzisiaj, na razie muszę odreagować. Najchętniej wyjechałabym na parę dni gdzieś na Mazury – ale, cóż, nie wyjadę – powiedziała płaczliwym tonem.

– Słuchaj, to żaden problem, wyszukam w internecie jakiś przytulny pensjonat i możemy jechać – ucieszył się Jerzy. – Ale czy ty będziesz w stanie? Przecież nigdy nie możesz się wyrwać z tej swojej pracy.

– Zrobię rozeznanie, chyba jednak taki tydzień odpoczynku dobrze by mi zrobił. Ale teraz chodźmy już spać.

– Zaraz – powiedział Jerzy. – Mam pewną sprawę, z którą zwlekam i zwlekam jak kto głupi, bo ciągle coś się dzieje. Ale chyba już przestało się dziać, więc czas najwyższy, żebym to wreszcie zrobił.

Wyjął z kieszeni pudełeczko z pierścionkiem, ujął dłoń Marcji i włożył jej to pudełeczko do ręki.

Zobaczyła „W. Kruk" i serce w niej zamarło. Co ona ma zrobić, o Chryste Panie...

– No, otwórz – poprosił Jerzy.

Marcja zrobiła to i aż westchnęła z zachwytu. Pierścionek był po prostu przepiękny. Szafiry, otaczające środkowy brylancik, miały dokładnie kolor jej oczu.

– Jerzy, ten pierścionek musiał kosztować majątek – a piękny jest tak bardzo, że aż dech mi zaparło. Ale nie mogę go przyjąć – oświadczyła i rozpłakała się.

– O rany, czemu płaczesz? Przecież mówisz, że ci się podoba. Dlaczego nie możesz go przyjąć? Nie chcesz za mnie wyjść? Przecież zawsze planowaliśmy, że kiedyś się pobierzemy – pytał zdenerwowany Jerzy. – No więc uznałem, że już nie ma na co czekać. Działka jest, budujemy dom i zakładamy rodzinę. Chyba, że mnie już nie kochasz. I nie chcesz. – Patrzył na nią z tysiącem znaków zapytania w oczach.

– Kooocham… – szlochała Marcja. – I chcęęęę… Ale zrobiłam coś okropnego i nie wiem, co teraz bęęędzie. Miałeś nic nie wiedzieć, ale wobec twoich oświadczyn nie mogę ci nie powiedzieć.

I opowiedziała Jerzemu o panu doktorze Antonowiczu, o swoim nim zauroczeniu i wreszcie o weekendzie w Jadwisinie.

– Wiem, że nie zrozumiesz, ale dla mnie to nic nie znaczyło. Czułam się po tym wszystkim okropnie i do tej pory sama nie mogę uwierzyć, że coś takiego zrobiłam. Ale zrobiłam i nic już teraz nie poradzę – opowiadała, łkając coraz bardziej. – Z Cezarym już zerwałam i więcej się z nim nie spotkam. Na szczęście wujek ma teraz innego kardiologa, w poradni przyszpitalnej. Tylko wiem, że to niczego nie zmienia. Rozumiesz więc, dlaczego nie mogę przyjąć tego pierścionka. – Wcisnęła mu w rękę pudełeczko. – I jeśli teraz w ogóle nie będziesz chciał mnie znać, też zrozumiem.

Jerzy siedział jak słup soli i chyba nawet nie mrugał oczami. Czynne miał tylko uszy, niestety. Nie mógł uwierzyć w to, co usłyszał. Miał do Marcji pełne, absolutne zaufanie. Usłyszał jednak, co usłyszał. Położył pudełko z pierścionkiem na stole, wstał i, nie mówiąc ani słowa, wyszedł.

Marcja wyjrzała przez okno i zobaczyła, że wsiadł do swojego samochodu i odjechał.

Nie płakała już, jak automat weszła pod prysznic i tarła całe ciało, aż zrobiło się czerwone i zaczęła odczuwać ból. Sprawiło jej to przyjemność.

Położyła się do łóżka i natychmiast zasnęła, choć myślała, że już w ogóle nie zaśnie.

Następnego dnia zadzwoniła do Barbary Szaniawskiej, swojej najdawniejszej i najlepszej przyjaciółki, z którą zdecydowanie za rzadko ostatnio się spotykała. Gdy Barbara odebrała telefon, Marcja zaczęła rozpaczliwie szlochać.

– Nie pytaj mnie, co się stało, teraz ci nic nie opowiem – wykrztusiła. – Dzwonię tylko po to, żebyś mi dała namiary, bo mówiłaś kiedyś, że znasz jakiś cudowny pensjonat w lesie nad jeziorem. A ja muszę na parę dni wyjechać. Odezwę się do ciebie i wszystko opowiem, jak wrócę.

Barbara, choć umierała z ciekawości, nie pytała o nic, dała jej tylko telefon do pensjonatu „Sosnówka", koło miejscowości Towiany na Kujawach, i wytłumaczyła, jak tam dojechać.

– Ale błagam cię, daj znać, jak dojedziesz, żebym się nie denerwowała, że coś ci się stało po drodze – poprosiła.

– Dobrze, dziękuję ci – i za pomoc, i za to, że o nic nie pytasz – odparła Marcja. – Zaraz oddzwonię do ciebie i powiem, czy będą mieli tam dla mnie teraz pokój i kiedy jadę.

Gdy zatelefonowała do „Sosnówki", okazało się, że pensjonat rozpoczyna działalność dopiero w czerwcu. Ale właścicielka, bardzo miła osoba – takie przynajmniej sprawiała wrażenie przez telefon – powiedziała, że jeśli Marcji nie będzie przeszkadzać pewien rozgardiasz „przedrozruchowy" i jeśli zniesie brak towarzystwa, to może przyjechać do pensjonatu na tydzień bez problemu.

– Jedzenie i tak sobie robimy, większość pokoi w zasadzie już mamy przygotowanych, tyle że poza nami, domownikami, nikogo nie będzie.

– I właśnie to bardzo mi odpowiada. Byłoby cudownie, gdyby mnie pani na ten tydzień przytuliła – ucieszyła się Marcja. – Jeśli można, przyjadę za dwa dni, i zostanę od środy do środy. Będę bardzo wdzięczna.

– Dobrze, czekamy na panią, zapraszamy serdecznie.

Marcja oddzwoniła do Barbary, powiedziała, kiedy wyjeżdża i kiedy wraca. Przyrzekła także, że po powrocie spotkają się na dłużej i wszystko opowie.

Teraz musiała jeszcze tylko zawiadomić ciocię Winię, że wyjeżdża. Miała nadzieję, że ciocia nie wymyśli jakiejś przeszkody. Zatelefonowała do niej na komórkę.

– Ciociu, chciałabym ci coś powiedzieć. Ale nie przez telefon i nie u ciebie w domu, bo pewnie będę płakać, a nie chcę denerwować wujka. Mogę po ciebie przyjechać i pojedziemy do mnie na ciastka?

– Będziesz płakać? – Pani Eustaszyna się zdenerwowała. – Oj, to niedobrze. Oczywiście, że spotkam się z tobą, moje dziecko, ale nie przyjeżdżaj po mnie, szybciej dotrę do ciebie metrem. Z tymi niedźwiedziami.

152

– Z jakimi niedźwiedziami? – zdumiała się ogromnie Marcja.

– Nieważne, ale wiesz, tam podobno też wszystkie świstaki z Tatr się zmieszczą, to bardzo ciekawe – powiedziała na wpół do siebie pani Eustaszyna.

– Ciociu, czy ty się dobrze czujesz? – zdenerwowała się Marcja.

– Bardzo dobrze, moje dziecko – odparła zdziwiona ciocia. – A, o tych świstakach pomyślałaś, wszystko ci wytłumaczę, nie zaprzątaj sobie teraz nimi głowy. Będę u ciebie za jakąś godzinę.

Przyjechawszy, na wstępie opowiedziała dokładnie Marcji o tatrzańskich niedźwiedziach i świstakach, których zostało już tak mało, że wszystkie mogą się zmieścić w jednym wagonie metra.

– To znaczy, w jednym wagonie niedźwiedzie, w drugim świstaki, wiesz, moja droga? I tak mi tkwią te zwierzątka w głowie, bo kazali się zastanowić, jak można im pomóc, a ja nie mogę nic wymyślić.

– Ciociu, poszukam w internecie, dobrze? Tylko nie dzisiaj, proszę cię. – Marcja roześmiała się wbrew sobie. – Kocham cię, ciociu, miałam płakać, a muszę się śmiać. Chyba jednak zaraz zacznę płakać.

Opowiedziała cioci o oświadczynach Jerzego, pokazała pierścionek, którego nie zabrał, i powiedziała, że wyjeżdża na tydzień na Kujawy. Jakoś udało jej się nie rozpłakać, choć kilka razy podejrzanie pociągnęła nosem.

– Jak wiesz, najpierw postanowiłam, że nic Jerzemu o Cezarym i tym Jadwisinie nie powiem. Jak to się mówi, czego oczy nie widzą, tego sercu nie żal – tłumaczyła. – Ale skoro on z tym pierścionkiem wystąpił, to uznałam, że muszę być uczciwa i wszystko mu wyklepałam. A teraz się zastanawiam, czy dobrze zrobiłam? I w ogóle chyba zaraz oszaleję!

– Sama nie wiem, moje dziecko, co o tym myśleć – powiedziała w zamyśleniu pani Eustaszyna. – Wiem tylko, że dobrze ci zrobi taki samotny wyjazd. Ale Jerzemu powiedz, gdzie będziesz, żeby się nie martwił. A tam przemyślisz sobie wszystko w ciszy i spokoju i może rozwiązanie samo ci wpadnie do głowy. Teraz dawaj te słodkości i może masz jakieś wino? Musimy czymś się pocieszyć – postanowiła ciocia Winia.

Jadły więc ciastka, a między nimi, na stole, leżało pudełeczko z przepięknym pierścionkiem, na który patrzyły obydwie, aż wreszcie Marcja zerwała się z krzesła, zamknęła pudełeczko, wyniosła do drugiego pokoju i schowała je do szuflady biurka. Nie wiedziała, że leżało już przez kilka miesięcy w podobnej szufladzie – tyle że innego biurka. Cóż, poleży sobie jeszcze trochę...

– Swoją drogą, pierścionek przepiękny. – Pani Eustaszyna westchnęła.

– Ciociu! – oburzyła się Marcja. – Na razie nie ma tematu, dobrze?

Dobrze, pomyślała ciocia, ale nic mi nie pomoże, znowu muszę wziąć sprawy w swoje ręce.

Do tego jednak, że wszystkie rodzinne sprawy są zawsze na jej głowie, pani Eustaszyna była już przyzwyczajona. Od wielu, wielu lat. I jej bliscy także.

*

Do drzwi mieszkania państwa Krzewicz-Zagórskich ktoś cichutko zapukał. Pani Eustaszyna usłyszała, bo była w kuchni, a słuch jak na swoje lata miała świetny. Wyjrzała przez wizjer; na korytarzu stała Oleńka.

– O, wejdź, wejdź, cieszę się, że wpadłaś, ale czemu pukasz?

– Bo wiem, że Eustachy już wrócił do domu, to przyszłam się z nim przywitać i zapytać o samopoczucie, ale nie wiedziałam, czy może czasem nie śpi, więc nie chciałam go ewentualnie obudzić.

– Chodź, chodź, Olusiu! – krzyczał pan Eustachy z pokoju. – Nie śpię, ja już całkiem zdrowy człowiek jestem, podreperowany i ulepszony elektronicznie.

– Jak to, elektronicznie? – zdziwiła się Oleńka, której zaraz wszystko opowiedziano o stymulatorach serca i całym pobycie sąsiada w szpitalu.

– No, ty, jako pisarka możesz teraz to wszystko w książce ukazać – powiedziała pani Eustaszyna. – A, właśnie, jak ci idzie? To, co mi przysłałaś mejlem, przeczytałam i bardzo mi się podobało. Ale przecież wiesz, bo ci natychmiast odpisałam. Nawet wysłałam ci propozycję jednego rozdziału do ewentualnego wykorzystania, gdybyś zechciała.

– Właśnie między innymi dlatego przyszłam – odparła świeżo upieczona „pisarka". – Bo chciałam ci powiedzieć, że ten twój rozdział bardzo mi się podobał i, jeśli rzeczywiście pozwalasz, włączę go do książki. Będzie to jej najlepszy fragment.

– Oj, oj, ty pochlebczyni – zaczerwieniła się z zadowolenia pani Eustaszyna. – Pewnie, że możesz go wykorzystać, po to przecież go wysłałam.

– I, wiesz co? – powiedziała Oleńka. – Właśnie skończyłam. I teraz tak się zastanawiam, czy potraktować tę książkę tylko jako ćwiczenie rehabilitacyjne, czy może ją do jakiegoś wydawnictwa wysłać?

– Z tym moim rozdziałem?

– Oczywiście.

– To się nie zastanawiaj – odparła pani Eustaszyna. – Tylko rozsyłaj do wydawnictw. Do wszystkich, jakie są. Książka jest świetna i na pewno ktoś zechce ją wydać. A teraz mów, co chcesz – kawę czy herbatę?

Rozdział dziewiąty

Marcja tchórzliwie wysłała Jerzemu mejlem informację, że wyjeżdża na tydzień na Kujawy. Podała nazwę i adres pensjonatu i zaznaczyła, że jedzie całkiem sama, bo chce odpocząć od ludzi, a także w ciszy i spokoju wszystko przemyśleć.

„Nie wiem, czy zauważyłeś, że zostawiłeś pierścionek – dodała. – Jest do twojej dyspozycji, możesz go sam zabrać, masz przecież klucze, leży w szufladzie biurka".

„Niech sobie leży, naprawdę nie jest mi teraz potrzebny. Jeśli uznasz, że koniecznie muszę go odebrać, zdążę to zrobić po twoim powrocie – odpisał Jerzy. – I chcę Ci jeszcze powiedzieć, że po Twoim powrocie będę miał dla Ciebie kilka projektów domów, do wyboru. Mam nadzieję, że nie odrzucisz mojej pomocy, bez względu na to, co się stało lub stanie. Życzę Ci miłego odpoczynku, odezwij się, kiedy uznasz za stosowne".

Marcja rozpłakała się dopiero teraz, po tej wiadomości od Jerzego. Ale płacz trwał krótko, wzięła się w garść, spakowała walizkę i była gotowa do wyjazdu.

*

„Sosnówka" oczarowała ją od pierwszej chwili. Już dojeżdżając na miejsce, Marcja wiedziała, że dobrze zrobiła, decydując się na pobyt tutaj. Przyroda była oszałamiająca, wszystko wokół zielone i chociaż to dopiero kwiecień, dookoła pachniało wiosną. Skręciła w sosnowy las i dotarła do pensjonatu. Wysiadła z samochodu i stanęła, wzdychając z zachwytu. Przed nią stał rozłożysty dworek, aż lśniący bielą ścian. Od frontu gości witały cztery kolumienki, podtrzymujące balkon. Kilka schodków prowadziło na dość rozległy ganek, z którego było wejście do środka. Drzwi właśnie się otworzyły i z domu wyszła jakaś młoda kobieta, ale przed nią wybiegła puszysta kula, złożona z mnóstwa czarnobiałej sierści i machającego szaleńczo ogona. Przypadła do Marcji i zaczęła przed nią się wdzięczyć, przysiadając na łapkach i podskakując do góry. Marcja ukucnęła i zaczęła tarmosić pieska za te jego piękne kudełki.

– Och, jaki ty śliczny jesteś! A jaki miły – zachwycała się w głos.

– Dzień dobry, to dziewczyna, to znaczy suczka, Szyszka ma na imię. Widzę, że już się przedstawiła. A ja jestem Anna Towiańska, właścicielka „Sosnówki"[*]. Miło mi panią powitać.

– Marcja jestem, jeśli można. Oficjalnie Marcelina Krzewicz-Zagórska. Ale wszyscy, poza moją ciocią, o której kiedyś opowiem, mówią do mnie Marcja.

– Świetnie, to chodź, pokażę ci pokój. Masz dużo bagażu?

[*] O pensjonacie „Sosnówka" i losach jego właścicielki oraz jej przyjaciół można przeczytać w książkach „Sosnowe dziedzictwo" i „Pensjonat Sosnówka" autorstwa Marii Ulatowskiej.

– Nie, jedną walizkę. Mówiłaś, że nikogo nie będzie, więc strojów specjalnych nie zabierałam.

Anna zaprowadziła Marcję na piętro, wskazała jej pokój i dała klucz.

– Jesteś głodna? – spytała. – Zresztą, jesteś czy nie, jak się rozpakujesz i trochę odświeżysz, zejdź na dół, do jadalni. Poznasz moich przyjaciół i pomocników, wypijemy kawę, a moja pani Irenka specjalnie na twój przyjazd upiekła swój popisowy placek drożdżowy z jagodami. Tym razem, niestety, jagody z mrożonki, ale ciasto tak samo pyszne, jak ze świeżymi. Świeże będą w lipcu.

I Marcja poznała panią Irenę Malinkę, pracownicę i prawą rękę właścicielki, oraz pana Dyzia – to jest Dionizego Bartczaka, jak się z namaszczeniem szarmancko przedstawił – pomocnika „do wszystkiego" i malarza artystę, o czym Marcja jeszcze nie wiedziała, ale wkrótce miała się przekonać. No i Jacka Koniecznego, a także jego braci, Tadeusza i Cześka, kończących remont pensjonatu, a właściwie przekształcanie dworku w pensjonat.

Między Anną i Jackiem wyraźnie iskrzyło, ale zachowywali się tak, jakby jeszcze o tym nie wiedzieli albo nie chcieli wiedzieć.

Jacek bardzo się Marcji podobał – trochę przypominał jej Jerzego, tym bardziej że też był inżynierem budowlańcem.

Przez pierwsze dwa dni zabierała fotelik turystyczny nad jezioro, które było zachwycające – gładkie, błękitne, otoczone lasem, obrośnięte szuwarami. Siadała sobie na którymś z pomostów przygotowanych dla wędkarzy i czytała książki. Albo po prostu wpatrywała się w ścianę lasu i połyskującą taflę wody. Pogoda – jak na kwiecień – była dość ładna, świeciło słońce. Oczywiście sweter okazał się niezbędny, ale przecież kąpać się Marcja nie zamierzała. A kiedy czuła, że zaczyna robić jej się chłodno, szła do pensjonatu, gdzie w jadalni zawsze stało na stole jakieś ciasto, a obok elektryczny czajnik oraz kawa i herbata.

Idąc nad jezioro, Marcja mijała niewielki pawilon w którym – jak się dowiedziała – miał swoje mieszkanie i pracownię pan Dyzio. Pani Irenka opowiedziała jej całą historię, Marcja patrzyła więc na malarza z wielkim szacunkiem i bardzo chciała obejrzeć jego obrazy. Nie miała jednak śmiałości go o to poprosić. Widziała tylko jeden obraz, wiszący w jadalni – dwór otoczony sosnami i brzózkami, a przed nim Szyszka, jak żywa.

Trzeciego dnia pobytu w „Sosnówce", schodząc nad jezioro, ujrzała rozstawione sztalugi obok Dyziowego pawilonu i samego twórcę, machającego pędzlem. Pogoda była prześliczna, niebo wprost lazurowe i niesamowicie przejrzyste powietrze. Nic dziwnego, że artysta wyszedł w plener. Pan Dyzio – o dziwo – stał odwrócony tyłem do jeziora i malował coś, co znajdowało się przed nim. Marcja nie mogła się powstrzymać; podeszła i spojrzała najpierw na obraz, a potem odszukała wzrokiem malowany obiekt. Serce jej się ścisnęło i zabrakło tchu w piersi. Przed nią, trochę na lewo od Dyzia, na niewielkim wzniesieniu, rosła samotna sosna. Tylko ta jedna. I właśnie tę sosnę malował pan Dyzio. Drzewo było jak przecięte piorunem na dwie części i wyciągało w niebo te swoje kikuty niczym łapska czarownicy. Kropka w kropkę jak jej ukochana sosna z mazurskiej posiadłości taty. Sprzedanej przez Marcję.

Stała i patrzyła, nie wiedząc nawet, że łzy lecą jej po twarzy jak groch.

Pan Dyzio dostrzegł kątem oka, że ktoś stoi za nim i odwrócił się, nieco rozeźlony. Nie lubił, gdy ktoś oglądał niedokończone dzieło. Dlatego przeważnie malował w pracowni. Ale dzisiaj było takie światło, że po prostu musiał wyjść na dwór.

Przeszła mu jednak natychmiast irytacja, gdy zobaczył łzy cieknące po twarzy pierwszego gościa pensjonatu.

Dzyzio miał bardzo wrażliwe serce, a już widoku płaczącej kobiety po prostu nie mógł znieść.

– Proszę pani! – zawołał. – Co się stało? Czy mogę jakoś pomóc? Och, proszę, niech pani nie płacze.

Marcja, która bardzo rzadko płakała, podeszła do Dyzia i wczepiła mu się palcami w koszulę, oblewając ją łzami.

– Nic się nie stało – wyszlochała. – Tylko ten pana obraz taki piękny. Identyczne, ale to naprawdę identyczne drzewo rosło na mazurskiej działce mojego taty. To było moje ukochane drzewo. Tata nie żyje, działka sprzedana. Dlatego tak się wzruszyłam i beczę. Na ogół tak nie histeryzuję, nie wiem, czemu właśnie teraz się rozkleiłam. Jakoś ostatnio mam kiepski nastrój. Bardzo przepraszam. – Zaczęła wycierać rękawem jego koszulę. – Zamoczyłam panu koszulę i zdenerwowałam pana.

– Nic się nie stało, proszę pani, naprawdę – powiedział Dyzio. – Niech pani zostawi tę koszulę, jej naprawdę nic nie zaszkodzi.

Marcja przyjrzała się koszuli. Rzeczywiście, mało co mogło jej zaszkodzić. Umazana była chyba wszystkimi kolorami, jakie istnieją w przyrodzie.

– No tak, koszuli nic już nie zaszkodzi, ale w malowaniu panu przeszkodziłam. Jeszcze raz przepraszam, to się więcej nie powtórzy. – I uciekła z fotelikiem pod pachą.

Usiadła na „swoim" pomoście wędkarskim, ale książki nie otworzyła. Była tak jakoś ogólnie rozstrojona, więc znowu zaczęła sobie cichutko pochlipywać. Straszna płaczka się ze mnie zrobiła, pomyślała, lecz wcale jej to nie pomogło, popłakiwała dalej.

– Kawa, ciastka – do wyboru dla mojego najlepszego gościa – usłyszała nagle za plecami i aż podskoczyła przestraszona.

To Anna, która dla swojego gościa – było nie było, pierwszego – nie miała dotychczas czasu, akurat teraz postanowiła to nadrobić. Ujrzała mokrą od łez twarz Marcji.

– Oj, zdaje mi się, że te ciastka przydadzą się na pociechę – powiedziała. – Chcesz pogadać, czy mam uciekać? – zapytała.

– Pogadać. – Marcja pociągnęła nosem. – Jeśli masz trochę czasu i cierpliwości.

– Mów, co jest? – Anna usiadła po turecku na pomoście i odłamała sobie kawałek przyniesionego ciastka.

Wtedy Marcja opowiedziała jej wszystko. O Jerzym, cioci Wini i chorobie wujka Eustachego, o Cezarym i weekendzie w Jadwisinie, o działkach – tamtej sprzedanej i tej kupionej, o oświadczynach Jerzego i swojej reakcji. Czego rezultatem był przyjazd do „Sosnówki".

– Ale przecież za kilka dni muszę wrócić. I co ja mam teraz robić? – Znowu zadrżały jej usta.

– Po pierwsze, nie zaczynaj znowu ryczeć – zarządziła Anna. – Co się stało, to się nie odstanie. Trudno.

Wydaje mi się, że ten twój Jerzy to opoka, której za nic nie możesz stracić. To facet na całe życie. I sądzę, że on to wszystko sobie przemyśli i ci przebaczy. Za dobry jest, żeby postąpić inaczej. I będziesz wobec niego miała dług do końca życia, bo to, że weźmiecie ślub, wydaje mi się absolutnie pewne. Kiedy ci przebaczy, nie wiem – kontynuowała. – Ale przebaczy, jestem o to dziwnie spokojna. A jak masz postąpić, samo ci się ułoży, jak wrócisz, zobaczysz. I wiesz, co? Teraz chodź, wsiadamy w samochód i trochę cię powożę po moich ukochanych kątach na tej ziemi kujawskiej.

W trakcie ich podróży Anna poopowiadała jej trochę o sobie, o tym, skąd się wzięła w „Sosnówce", odziedziczonej po dziadku, o którego istnieniu jeszcze do niedawna nie wiedziała; o tym, że jednocześnie pracuje w prywatnym wydawnictwie „Oczko", bo ma taką pracę, że może ją wykonywać wszędzie, pod warunkiem dostępu do internetu; o Grzegorzu, przystojnym weterynarzu z Warszawy, który obecnie mieszka i pracuje w Biskupcu Warmińskim, i z którym przez jakiś czas była związana, ale okazało się, że to nic poważnego. I zwierzyła się ze swojego nieśmiałego uczucia do Jacka Koniecznego, który – po tym, jak opuściła go żona – nie chce już uwierzyć żadnej innej kobiecie. Gadały ze sobą jak dwie najlepsze przyjaciółki, aż obydwie nie mogły uwierzyć, że tak sobie przypadły do gustu i czują się razem, jakby się znały od urodzenia.

– Jak to dobrze, że cię tu wiatry przygnały – powiedziała Anna. – Choć zdaję sobie sprawę, że nie przyjechałabyś, gdybyś nie miała tego swojego zmartwienia.

Więc teraz trochę mi głupio, bo wyszło tak, jakbym się cieszyła, że je masz.

– Wiesz, co? – odrzekła Marcja. – Moja wielkiej mądrości ciocia Winia, którą na pewno poznasz, powtarza zawsze, że nie ma tego złego, co by na dobre nie wyszło. Popatrz, kolejny raz się przekonałam, że ona zawsze ma rację. Bo choć mam kłopoty, poznałam ciebie i wiem, że się zaprzyjaźnimy. I będzie to przyjaźń na całe życie. A jeszcze ci powiem jedno – Marcja uścisnęła ją mocno – krótko cię znam, a wydaje mi się, że znamy się od zawsze. No, uwielbiam cię po prostu! Czuję, że nadajemy na tej samej częstotliwości. A teraz, kiedy tylko będziesz w Warszawie, pamiętaj, że jeśli się nie zameldujesz, to ci głowę urwę.

– Zamelduję, zamelduję, nie bój się, też cię kocham – roześmiała się Anna.

Rozdział dziesiąty

Pani Eustaszyna, zmartwiona wielce całą tą historią z oświadczynami Jerzego i następstwami, jakie z tego wydarzenia wyniknęły, postanowiła, że musi coś zrobić. Czuła się trochę winna, bo to właśnie ona poznała Marcję z Cezarym. Teraz jednak zaczynała doceniać Jerzego.

Chociaż – przecież nie byłaby sobą, gdyby tego nie zrobiła – postanowiła jeszcze troszkę go przetestować.

Tu należy zaznaczyć, że pani Eustaszyna miała trzy wielkie pasje – namiętnie kochała teatr, pod postacią sztuk wszelkich; była wielką admiratorką Adama Małysza i w związku z tym skoków narciarskich w ogóle, a z rzeczy najbardziej prozaicznych – wręcz uwielbiała bursztyny. W stanie surowym oraz przetworzone. Te „w przetworach" – najlepiej w połączeniu ze srebrem.

Jeśli chodzi o umiłowanie teatru – to jako wybitny teatrolog, za którego się uznawała, nie bez przyczyny zresztą, bo w teatrach warszawskich mało było premier, których pani Eustaszyna nie zaszczyciłaby swoją obecnością – absolutnie preferowała sztuki Szekspira. Znała i uwielbiała wszystkie, jakie udało jej się obejrzeć. Nawet „Króla Leara", chociaż zakończenie uważała za niesłychanie niesprawiedliwe.

Ostatnio jednak z przykrością ogromną, z uwagi na stan zdrowia małżonka, musiała nieco ograniczyć swoją aktywność teatralną. Ale teraz zdarzała się okazja – nie tylko pójścia do teatru, ale i „przetestowania" Jerzego. Miał to być jeden ze sprawdzianów, ale wcale nie najmniejszej wagi.

Otóż jeden z najlepszych teatrów warszawskich zdecydował się wystawić „Kupca weneckiego" Szekspira. Pani Eustaszyna musiała – po prostu musiała! – być na premierze.

Widziała już tę sztukę przed dwoma laty, kiedy wystawiał ją Teatr Ludowy w Krakowie, w marcu 2008 roku. Wyprawę do Krakowa, wraz z biletami na premierę i noclegiem, zorganizowała Marcja, w prezencie urodzinowym dla swojej ukochanej cioci Wini. Był to najlepszy prezent urodzinowy, jaki kiedykolwiek pani Eustaszyna dostała. A przedstawienie podobało jej się ogromnie i nie mogła się doczekać, kiedy będzie mogła zobaczyć tę sztukę ponownie, w innym teatrze. I oto taka okazja – a Marcji nie ma! Opłakuje własną głupotę gdzieś na Kujawach.

– Jerzy, mój miły, dzień dobry! Tu ciocia Winia. – Pani Eustaszyna zabrała się do dzieła. – Słuchaj, mam wielkie zmartwienie… – Usłyszał Jerzy przez telefon.

I natychmiast popłynęła opowieść o tym, jak to ona, ciocia Winia, kocha Szekspira; o tym, że zaraz będzie premiera jej ulubionej sztuki; a Marcja, która zawsze załatwiała bilety, pojechała sobie gdzieś do jakiegoś lasu; że Eustachy i tak by do teatru teraz nie poszedł i tak dalej, i tak dalej. Jerzy, który może i był safandułowaty, ale nie był przecież kretynem, od razu zrozumiał, że to właśnie on, Jerzy, ma załatwić dwa bilety na premierę sztuki Szekspira i pójść do teatru ze „swoją" ciocią Winią.

W zastępstwie Marcji, pana Eustachego czy kogokolwiek wreszcie.

Przytomnie dowiedział się jeszcze, co to za sztuka i który teatr ją wystawia.

– Ciociu – zapytał perfidnie – czy zrobisz mi ten zaszczyt i pójdziesz ze mną na tę premierę? Wiesz, ja też dość lubię Szekspira, a „Kupca weneckiego" nigdy nie widziałem.

– Naprawdę, drogi chłopcze? – zdziwiła się obłudnie pani Eustaszyna. – Poszedłbyś z taką staruszką?

– Ciociu – odpowiedział Jerzy, myśląc sobie: a co tam, jak perfidia, to perfidia – z jaką staruszką? Przecież mam iść z tobą, a ty będziesz najelegantszą i najprzystojniejszą kobietą na całej widowni.

– Hi, hi, hi – zachichotała pani Eustaszyna. – Już ja wiem teraz, dlaczego Marcja tak szaleje za tobą.

– Szaleje – mruknął Jerzy – ale nie za mną. Oszalała, że tak powiem, generalnie.

– Co mówisz, drogi chłopcze? Bo nie zrozumiałam.

Oczywiście pani Eustaszyna zrozumiała wszystko doskonale, słuch miała świetny. Ale postanowiła, że o sytuacji między Jerzym i Marcją porozmawia z nim bezpośrednio, nie przez telefon. Bo że porozmawia, to już postanowione. Musiała mu to i owo wyjaśnić i miała nadzieję, że jej się to uda.

– Nic, nic, ciociu – odparł Jerzy, który nie miał najmniejszego pojęcia o tym, do jakiego stopnia Marcja wtajemniczała ciocię w swoje prywatne sprawy.

Teraz stało przed nim trudne zadanie zdobycia dwóch biletów – i to na dobre miejsca – na premierę tego „Kupca weneckiego". Rozpoczął od internetu, jako że był przyzwyczajony do załatwiania w ten sposób wszystkiego, nawet rezerwacji i kupna biletów na jakikolwiek samolot do jakiegokolwiek miejsca na świecie.

Okazało się jednak, że zdobycie biletów na premierę tej sztuki, nie tylko dobrych miejsc, ale biletów w ogóle, jest już niemożliwe.

Coś takiego nigdy by mu nie przyszło do głowy; do tej pory, kiedy szli do teatru, wszelkimi „przyziemnymi" sprawami zajmowała się Marcja. Jerzy jedynie zwracał jej pieniądze i to też nie zawsze, bo czasami się upierała, że jest kobietą nowoczesną i nie tylko może sama za siebie zapłacić, ale również i jemu bilet zafundować. Na ogół jednak o takie sprawy się nie spierali. Raz płacił on, raz ona i nie było problemu.

Tym razem jednak Marcja wyjechała, a załatwienie biletów stało się jego zadaniem i Jerzy uczynił z tego sprawę honorową. Musi je zdobyć, choćby miał dokonać napadu z bronią w ręku na kasjerkę w teatrze. Na szczęście nie okazało się to konieczne, przypomniał sobie bowiem, że jego dobry przyjaciel ze studiów – chociaż inżynier – pracuje w Ministerstwie Kultury. I to na jakimś bardzo eksponowanym stanowisku. Po prostu miał – od czasów młodości zresztą – jakieś ciągoty polityczne i raptem się okazało, że do bardzo właściwej partii się zapisał. Co zaowocowało stanowiskiem administracyjnym, i to nie najgorszym, w ministerstwie.

Jerzy więc zadzwonił do niego, nie będąc wszakże pewnym, czy ów kiedyś dobry przyjaciel obecnie w ogóle zechce go sobie przypomnieć. Okazało się jednak, że nie tylko zechciał, ale nawet bardzo się z odnowienia kontaktu ucieszył – i poszli na piwo do jakiegoś pubu, skąd po pewnym czasie wracali do domów zaprzyjaźnieni po stokroć mocniej, przezornie maszerując na piechotę, obydwaj bowiem nie byli na tyle niemądrzy, żeby prowadzić po alkoholu, choćby wypili tylko piwo. No dobrze – kilka piw.

I obydwaj mieszkali na Woli, nie wiedząc o tym przez te kilka lat – więc dzielnie podążali sobie na tę Wolę, przebierając nieco niepewnie nóżkami, rozmawiając i wspominając jeszcze po drodze czasy studenckie.

– Słuchaj, stary – odważył się Jerzy. – Widzisz, mam dziewczynę, o której poważnie myślę. I teraz między nami trochę się pokiełpob... pobasi... pokiełbasiło, no! I widzisz, muszę to odpracować, chociaż nie ja zawiniłem.

– Hi, hi, hi – chichotał „stary", czyli Waldemar Bronowski – wiem, jak to jest z dziewczynami, wiem.

– No więc wymyśliłem, że muszę ciotce tej mojej dziewczyny, ciotce, która w zasadzie zastępowała jej matkę, przysługę wyświadczyć – kontynuował Jerzy. – A ciocia uwielbia Szekspira i wbiła sobie w głowę, że koniecznie musi być na premierze „Kupca weneckiego". Premiera za parę dni, a bilety nie do zdobycia. Nie mógłbyś jakoś pomóc, co? – Jerzy błagalnie złożył ręce. – O, tu, na tej ulicy przed tobą uklęknę – zadeklarował. A co mi tam, pomyślał, mogę klękać, byleby załatwił te bilety.

– Klękaj! – usłyszał od uradowanego przyjaciela.

Jerzy buchnął na kolana. I tak prawie nikogo na ulicy nie było, bo pora zrobiła się zdecydowanie bardzo późna.

– O kurczę, stary, wstawaj, przecież ja nie mówiłem serio. – Waldemar zaczął go podnosić, a że obydwaj mieli pewne kłopoty z utrzymaniem równowagi, o mały włos byliby się przewrócili – jeden i drugi.

Trochę ich jednak ta szamotanina orzeźwiła.

O Jezusie, pomyślał Jerzy, żeby mnie tak teraz Marcja zobaczyła, zrozumiałaby, ile dla mnie znaczy. Ale mimo wszystko chyba lepiej, że mnie nie widzi, uznał po chwili.

– Zadzwoń do mnie jutro, tak w południe – zakomunikował mu Waldemar. – Powiem ci, skąd masz odebrać te bilety. Ile ich potrzebujesz?

– Dwa – wystękał Jerzy. – Nie zapomnę ci tego, życie mi ratujesz.

I rzeczywiście – bilety czekały w kasie teatru, na nazwisko Jerzego. Miejsca najlepsze z najlepszych, w samym środku czwartego rzędu.

Pani Eustaszyna była wniebowzięta – tym bardziej, że jej ulubiona sąsiadka, Oleńka, również wielbicielka teatru, opowiadała, jak to „cała Warszawa" oczekuje premiery tej sztuki, a żadnych biletów na nią nie ma właściwie od dnia ogłoszenia, że takie przedstawienie się odbędzie.

W czasie przerwy ciocia Winia komplementowała więc Jerzego, aż się czerwienił.

– No, no, kochany, zaimponowałeś mi bardzo – powiedziała. – Zdobycie biletów na tę premierę podobno graniczyło z cudem. Jakże ty tego cudu dokonałeś?

– A, odnalazłem starego znajomego w Ministerstwie Kultury – wyznał, szczery jak zawsze, Jerzy.

– I Dziewictwa Narodowego – wyrwało się pani Eustaszynie zakończenie pełnej nazwy ministerstwa, o którym mówił Jerzy.

Akurat w tym momencie zabrzęczał dzwonek, obwieszczający koniec przerwy, widzowie przestali więc rozmawiać, kierując się ku swoim miejscom. I w tej nagłej ciszy owo „Dziewictwo Narodowe" pani Eustaszyny rozległo się bardzo wyraźnie. A ciocia Winia, trzeba przyznać, „głos miała niby dzwon", jak strażak z piosenki grupy Quorum*.

– Dziedzictwa, ciociu – szepnął Jerzy.

– Jakiego dziedzictwa? – nie zrozumiała pani Eustaszyna.

– Dziedzictwa Narodowego – tłumaczył jej Jerzy.

– Ministerstwo Kultury i Dziewictwa, tfu!, Dziedzictwa Narodowego.

– No, przecież mówię – zdziwiła się gromkim szeptem pani Eustaszyna, która w ogóle nie zdawała sobie sprawy z własnego przejęzyczenia.

Dookoła rozlegały się już chichoty, dyskretne wprawdzie, wszakże to premiera, publiczność była więc z pewnością kulturalna, głośno rżeć nikt nie zamierzał.

Jerzy, czerwony jak burak, pomyślał sobie, że każdy, kto to słyszał, z całego przedstawienia najbardziej właśnie owo „Dziewictwo Narodowe" zapamięta.

Niezależnie od wszystkiego nie tylko zdał pierwszy egzamin u „swojej" cioci Wini, ale na dodatek – zaliczył go śpiewająco. Po spektaklu pani Eustaszyna podziękowała pięknie za przyjemność, jaką jej sprawił, i zaprosiła

---

* Fragment piosenki „Ach, co to był za ślub" z tekstem Wojciecha Młynarskiego:
„...Nawet pan Mendelssohn
musiał przyznać, że pan młody
głos miał niby dzwon...".

go – w ramach owego podziękowania – na kawę i ciacho.

– Ale, wiesz, mam taką prośbę – powiedziała ta wytrawna intrygantka. – Marcja mnie prosiła, żebym jej kwiaty podlewała. A ja ostatnio mam jakieś kłopoty z chodzeniem, boli mnie kolano (w życiu jej nie bolało!). Czy w związku z tym mógłbyś jutro przyjechać po starą ciotkę (o matko, czy aby ja za bardzo się nie poświęcam?) i zawieźć mnie na plac Wilsona? Wypijemy sobie tam kawę i zjemy sernik. Rano go upiekę.

Cóż biedny Jerzy miał zrobić? Zgodził się oczywiście. Przecież był safandułowaty, prawda? Więc nawet nie potrafiłby się nie zgodzić. Nie miał pojęcia, biedaczek, co go czeka…

A czekała go wiwisekcja. Nie dosłownie, oczywiście, nie w rozumieniu chirurgicznym. Aczkolwiek kiedy już się zaczęła, sam nie wiedział, co by wolał.

– Jerzy, muszę z tobą poważnie porozmawiać – zakomunikowała mu na wstępie pani Eustaszyna. – Dlatego, widzisz, chciałam się z tobą spotkać w takim miejscu, w którym nikt nam nie będzie przeszkadzał. Słuchasz mnie?

– Oczywiście, ciociu, słucham uważnie. – Jerzy niespokojnie poprawił się na krześle, niepewny, co go czeka.

– To dobrze, moje dziecko, to dobrze, bo może o całe twoje przyszłe życie chodzi – zaczęła się rozpędzać ciocia Winia.

Jasny gwint!, zaklął w duchu Jerzy, zastanawiając się poważnie, czy po prostu nie uciec. Nie zrobił tego tylko dlatego, że znając panią Eustaszynę, po pierwsze, był pewny, że uciec mu się nie uda, a po drugie – nawet gdyby się udało, to jutro będzie musiał przechodzić przez to wszystko od początku.

Nałożył więc sobie na talerzyk kawałek sernika, nawiasem mówiąc znakomitego (niech choć coś z tego mam, pomyślał) – i całym sobą okazał gotowość słuchania.

– No więc, nie owijając w bawełnę, bo nigdy tego nie robię – ciągnęła pani Eustaszyna (to prawda, przyznał jej słuszność w myślach) – powiem ci, że wiem wszystko. Wszystko, co się zdarzyło między Marceliną a tym całym kardiologiem, i wszystko, co zaszło potem między Marceliną a tobą – oznajmiła prosto z mostu osłupiałemu Jerzemu.

Który pierwszy raz widział kobietę (to znaczy, teraz jej nie widział, chodziło o to, że w ogóle), mówiącą wszystko swojej raczej wiekowej cioci. Ale Marcja zawsze się różniła od innych kobiet, choć prawdę mówiąc, Jerzy zbyt wielkiej skali porównawczej nie miał.

– Powiem ci też, że nawet widziałam pierścionek – oznajmiła ciocia Winia. – I masz u mnie bardzo duży plus, bo pierścionek jest wręcz przepiękny. Nie może się zmarnować, prawda?

Jerzy siedział, trwając w stuporze i, zdaje się, nawet nie oddychał, nie mając na to możliwości, bo był całkowicie pogrążony w zdziwieniu.

Pani Eustaszyna zaś ciągnęła swój wywód:

– Rozmawiam z tobą, bo właśnie postanowiłam nie dopuścić do tego, żeby taki piękny pierścionek trafił w jakieś inne ręce. On jest wręcz stworzony dla Marcelinki. Tak, jak i ty, zresztą. Może się dziwisz, że tak uważam, wiem przecież, wszak głupi nie jesteś, że zdawałeś sobie sprawę z tego, iż na początku waszej znajomości nie byłam tobą zachwycona. Ale to tylko dlatego, że każda matka, a przecież wiesz, że zastępowałam Marcelinie matkę, chce dla swojego dziecka jak najlepiej. Wymarzyłam więc sobie królewicza z bajki, a ty, za przeproszeniem, jesteś tylko inżynierem, nie księciem.

I dalej popłynęła opowieść, której nie znała nawet Marcja: o „załatwieniu" kardiologa przez panią Eustaszynę, o jej zauroczeniu panem doktorem, którym to zauroczeniem po prostu na siłę zaraziła Marcelinkę.

– To ja wepchnęłam ją w ramiona tego Antonowicza, przyznaję. – Skruszona pani Eustaszyna opuściła głowę, robiąc zawstydzoną minę.

Dalej mówiła, jak to kontakty Marcelinki z doktorem długo były tylko znajomością – no, jakby „służbową". Z rozpędu wspomniała też o swoim wywiadzie, przeprowadzonym z panią salową w szpitalu i o tym, jak się ucieszyła, gdy zobaczyła, że Marcelina wsiada do samochodu doktora Cezarego.

Opowiedziała wszystko o operacji męża, o swoich wizytach w szpitalu, o „przyjaźni" z pielęgniarkami. I o dniu, w którym, oczekując na koniec zabiegu wszczepienia stymulatora panu Eustachemu, siedziały obie w przyszpitalnym parku, kiedy to Marcelinka opowiedziała swojej ukochanej cioci o tej całej wyprawie do Jadwisina.

Jerzy siedział i chyba w dalszym ciągu nie oddychał. W każdym razie nie poruszył się na pewno. Słuchał i zastanawiał się, do czego to wszystko ma doprowadzić.

A pani Eustaszyna dodała jeszcze coś – o czym Marcja też nie wiedziała – jak to pan doktor Antonowicz spędza dyżury i co widziała na własne oczy. Wygibasy z jakąś pielęgniareczką, tfu, tfu.

– Tak więc przekonałam się ostatecznie, że jednak książę z bajki nie zawsze jest lepszy od zwykłego inżyniera – oświadczyła samokrytycznie. – Przekonałam się, że jestem starą, głupią babą, która niepotrzebnie wtrąca się w nie swoje sprawy, za co bardzo, ale to bardzo cię przepraszam.

Wreszcie Jerzego odblokowało.

– Ciociu – odezwał się. – Po pierwsze, sama wiesz, że nie jesteś ani starą, ani głupią babą. Natomiast co do wtrącania się, to powiem tylko, że gdyby Marcja nie chciała, to nawet pięć wtrącających się osób nie zmusiłoby jej do aż tak zażyłych kontaktów z panem doktorem.

– Poczekaj, moje dziecko – przerwała mu pani Eustaszyna. Wstała i ruszyła do kuchni, by przynieść sobie szklankę wody, bo całkiem jej w gardle zaschło od tej przemowy. – Jeszcze nie skończyłam.

Tak podejrzewałem, pomyślał Jerzy, z premedytacją nakładając sobie drugi kawałek sernika, tym razem większy.

A wtedy „droga ciocia Winia” opowiedziała mu o wyrzutach sumienia Marceliny. O jej szczerym żalu z powodu swojej głupoty, bo tak właśnie określiła swój postępek. O wściekłości na samą siebie. O tym, jak mało znaczył dla niej cały ten incydent – bo to nie było nic innego, tylko błahy epizod. O uświadomieniu sobie, że to właśnie Jerzy jest mężczyzną, z którym chciałaby jednak spędzić całe życie. O jej rozpaczy na myśl, że być może sama tę możliwość unicestwiła. I o nieśmiałej nadziei, że skoro Jerzy jednak zostawił ten pierścionek, to może... kiedyś... przebaczy jej „to coś" i postara się o tym zapomnieć. I zbudują sobie wspólną przyszłość.

– Wiesz, z początku nawet w ogóle nie chciała ci mówić o tej głupocie, która jej się przydarzyła. Przyznam, że sama ją do tego namawiałam. Bo skoro stało się coś, co tak naprawdę nic nie znaczyło, to z jakiej racji owo nieistotne coś, czyli nic, ma złamać życie dwojga ludzi? No, powiedz sam, czy nie ma w tym rozumowaniu racji? – spytała go na koniec.

– Może rzeczywiście trochę racji w tym jest – przyznał Jerzy, nie uznając tego pytania za retoryczne. – Ale Marcja, jak sama ciocia wie, jest zbyt uczciwa, żeby zataić coś takiego. W naszym wspólnym życiu nigdy się nie okłamywaliśmy i bezgranicznie sobie ufaliśmy. Dlatego chociaż rozumiem cioci argumentację i cel tej przemowy, nie mogę w tej chwili zdecydować, co zrobię. Kocham Marcję, zawsze wiązałem z nią swoje dalsze plany życiowe i po prostu teraz nie umiem odnaleźć się w tym wszystkim. Dziękuję cioci za zmianę stosunku do mnie. Dziękuję za tę próbę pomocy, ale sam muszę to wszystko sobie przemyśleć. Chyba ciocia to rozumie?

– Oczywiście, drogie dziecko. – W oku pani Eustaszyny zakręciła się autentyczna (naprawdę!) łezka. – Mam też do ciebie prośbę, żebyś nie wspominał Marcelince, że w ogóle z tobą na ten temat rozmawiałam. A teraz, proszę, odwieź mnie do domu – zadysponowała.

O podlaniu kwiatów zapomnieli obydwoje.

Rozdział jedenasty

Tydzień w „Sosnówce" minął zbyt szybko. Następnego dnia rano Marcja miała wyjechać. Uregulowała więc rachunek, choć Anna nie chciała od niej wziąć ani grosza, ale Marcja się uparła. Pożegnała się z braćmi Koniecznymi, których bardzo polubiła, uściskała serdecznie panią Irenkę i poszła się pożegnać z Dyziem.

Zapukała do drzwi pawilonu i czekała, aż artysta jej otworzy. Nie otwierał. Był w pracowni, bo słyszała, jak coś szurało za drzwiami. Pomyślała więc, że jest na nią zły za ten incydent podczas malowania drzewa i za babskie łzy. Widocznie nie chciał mieć nic wspólnego z taką histeryczką.

Przykro jej się zrobiło, ale musiała uszanować decyzję artysty, odeszła więc od drzwi pawilonu i zaczęła iść w górę, do pensjonatu.

Raptem usłyszała za sobą głos zasapanego Dyzia.

– Proszę poczekać, przepraszam, że nie otworzyłem natychmiast, ale musiałem skończyć to pakować.

Wyciągnął przed siebie duży, kwadratowy przedmiot, starannie otulony szarym papierem.

– Przepraszam, że ten papier taki brzydki, ale nie miałem innego.

– Co to jest, panie Dyziu? – zapytała zaintrygowana Marcja.

– No, taka pamiątka ode mnie – zaczął się plątać Dyzio. – To ta sosna, która tak się pani podobała. Ode mnie, w prezencie – powtórzył.

– Ale jak to w prezencie? Przecież ja nie mogę tego przyjąć – wyjąkała Marcja. – To jest dzieło sztuki, warte dużo pieniędzy.

– Weź, bo Dyzio się obrazi. – Usłyszała za sobą głos Anny, która dostrzegła przez okno, że przy pawilonie coś się dzieje i przybiegła sprawdzić, komu w czym trzeba pomóc.

– No skąd, jak mogę się obrazić? Widocznie ta sosna wcale tak się pani nie podoba. A skoro coś się komuś nie podoba, to ja rozumiem, że ten ktoś tego nie chce – przedstawił swoją filozofię posmutniały Dyzio.

– Nie podoba? – Marcja rzuciła mu się na szyję. – W życiu nie widziałam piękniejszych obrazów. Nawet chciałam zapytać Annę, czy mogłabym kupić jakieś pana dzieło, żeby mieć prezent dla cioci. A za tę sosnę bardzo, ale to bardzo dziękuję. Będą mi zazdrościć wszyscy moi znajomi w Warszawie. Niech pan się nie zdziwi, jak zaczną napływać zamówienia. Anna pokazywała mi pana stronę w internecie.

– Dyziu – powiedziała Anna – przecież masz kilka gotowych obrazów dla galerii. Sprzedaj któryś naszemu gościowi.

– Oj, proszę, bardzo pana proszę – błagalnie złożyła dłonie Marcja.

W rezultacie kupiła obraz przedstawiający jezioro w wiosennej szacie, otoczone zielenią sosnowego lasu, z grupką kilkunastu brzózek z młodziutkimi zielonymi listkami. Musiała się przy tym wykłócać z Dyziem o cenę, bo uważała, że chce jej sprzedać swoje dzieło za bezcen, a przecież wiedziała, ile kosztują podobne oleje w Warszawie. Ot, choćby w Domu Handlowym „Sezam", znajdującym się obok wieżowca, w którym mieścił się „Sfinks", ulubiona restauracja Marcji, miała swoją minigalerię pewna malarka. Specjalizowała się głównie w kwiatach, choć malowała też obrazy o innej tematyce. Ceny Anna widziała prawie codziennie, a nie była to wcale najdroższa galeria w Warszawie.

Jednak Anna szepnęła jej cicho do ucha, żeby się nie sprzeczała z Dyziem, bo on najchętniej za darmo by przyjaciołom swoje obrazy rozdawał. Czego zresztą miała dowód.

Marcja z wielkim żalem wyjeżdżała z „Sosnówki".

– Aniu – spytała – czy we wrześniu mogę z ciocią przyjechać do ciebie na grzyby? Bo wiesz, nie mam już gdzie jeździć na grzyby. – Wyglądało na to, jakby miała zacząć płakać od początku.

– Uspokój mi tu się natychmiast – powiedziała Anna. – Patrz, Szyszkę denerwujesz.

Istotnie, Szyszka, wyczuwając – jak każdy pies – zmianę nastroju i smutek jednej z istot ludzkich, które polubiła, zaczęła cicho skomleć i przypadła do ziemi.

Marcja przykucnęła obok niej.

– No, już dobrze, cicho, sunieczko kochana, już nie płaczę. O matko, jaki to mądry pies – powiedziała do Anny.

– Bo mój! – zaśmiała się pani Szyszki. – A odpowiadając na twoje pytanie o wrzesień, powiem ci tylko, że zawsze będziesz u mnie mile widziana i zawsze znajdzie się dla ciebie pokój. Nawet nie musisz nas uprzedzać;

po prostu, jak będziesz chciała, to wsiadaj w samochód i przyjeżdżaj. A na razie obiecaj mi, że będziemy w stałym kontakcie, choćby mejlowym. Chcę wiedzieć, co z Jerzym – dodała, na co Marcja skinęła głową, przytuliła Szyszkę, a potem wsiadła do samochodu i odjechała.

Rozdział dwunasty

Jerzy był straszliwie skołowany. Kochał Marcję, ze wszystkich sił chciał jej przebaczyć... i, kurczę, nie mógł. Ale po rozmowie z „drogą ciocią Winią" zaczęło do niego docierać, że chyba jednak Marcji naprawdę na nim zależy, bo inaczej:

– nie opowiedziałaby wszystkiego cioci,

– nic nie powiedziałaby jemu,

– nie uciekłaby gdzieś na Kujawy, tylko zadzierałaby głowę, twierdząc, że przecież nic się nie stało,

– nie chciałaby oddać mu pierścionka, nawet jeśli nie byłby taki piękny (a był!).

Wypunktował sobie to wszystko – jak inżynier, który powinien mieć wszystko poukładane i logicznie powiązane.

I usiłował sobie wyobrazić życie bez Marcji.

Musiałby:

– znaleźć sobie kogoś innego – albo:

– zdecydować się na samotność – albo:

– skakać z kwiatka na kwiatek – albo:

– zmienić orientację seksualną.

Nic z powyższego zestawu nie wchodziło w rachubę. Na szukanie kogoś innego, takiego na stałe, nie miał ani czasu, ani ochoty, ani nawet możliwości – nie był specjalnie towarzyski, więc niby gdzie miałby kogoś poznać? Żadne randki w ciemno go nie interesowały. Znajomości doraźne odpadały – z różnych względów. Orientacji seksualnej zmienić już by chyba nie umiał, a zresztą nawet nie miał zamiaru sprawdzać. Pozostała mu więc tylko samotność. Ale przecież chciał mieć dzieci – no i, cholera, ten domek z ogródkiem. I psa. A będąc samotnym, nawet psa nie mógłby mieć. Może kota tak. Cóż, skoro wolał jednak psa... I całą resztę.

Ktoś kiedyś powiedział, że marzenia same się nie spełnią, trzeba im trochę pomóc.

Więc Jerzy postanowił, że będzie się trzymał swoich marzeń, a „wybryk" Marcji, czy jak tam by nazwać to, co się stało, zignoruje, zapomni, wybaczy. A jak wybaczy, to wybaczy – czyli że nigdy, przenigdy jej tego nie wypomni.

Postara się, żeby wszystko wróciło do normy. Naprawdę uwierzył, że każdy ma w życiu prawo do błędu, a najważniejsze jest to, jak zachowa się potem. Marcja popełniła błąd, ale natychmiast zdała sobie z tego sprawę i w rezultacie zachowała się uczciwie, jakkolwiek dziwnie by to brzmiało. Za tę uczciwość Jerzy uznał fakt, że po jego oświadczynach jednak wszystko mu opowiedziała i pozostawiła wolny wybór.

Poza tym – może to niemądre – ale uznał, że teraz Marcja bardziej go doceni, przekonała się bowiem, że mężczyźni są, delikatnie mówiąc, różni i niezbyt stali w uczuciach. A on, Jerzy, jest jak skała, kamień, opoka i diament. Otóż właśnie – jak diament. I ona ma ten diament docenić i przyjąć na całe życie – zresztą tak, jak to zawsze planowali.

182

Przemyślawszy sobie to wszystko, pojechał na działkę do Dziekanowa, miał już bowiem wybrane trzy projekty domów i chciał jeszcze raz dokładnie przyjrzeć się wszystkiemu, żeby zdecydować, który będzie najlepszy. Ostatecznie i tak miała zdecydować Marcja, ale Jerzy chciał jej ewentualnie coś zasugerować – choćby dlatego, żeby się przekonać, jak będzie reagowała na jego rady.

Trochę bał się jej powrotu – wracała jutro – bo nie wiedział, jak ona się zachowa. A może postanowiła po prostu z nim zerwać? A może przemyślała wszystko spokojnie i zdecydowała się jednak wybrać pana doktora? Mimo wszystko? A może pan doktor pojechał do niej na te Kujawy?

O, nie, tak nie będzie. Ma być uczciwie i spokojnie.

Zadzwonił do cioci Wini i spytał, czy mogliby jeszcze dzisiaj się spotkać.

– Bo jutro wraca Marcja, ciociu. A my nie podlaliśmy kwiatów – zakomunikował.

Pani Eustaszyna chętnie się zgodziła. Powiedziała, żeby po nią nie przyjeżdżał, bo sama spokojnie sobie dojedzie metrem. Będzie w mieszkaniu Marcji około szóstej po południu.

Jerzy się ucieszył. Postanowił przedstawić starszej pani swoje dopiero co wypracowane stanowisko i poprosić o dyskretną pomoc. Zresztą ciocia i tak musiała obejrzeć plany domków i jakiś zaakceptować. Już on się postara, żeby najbardziej spodobał jej się ten, który sam wybrał. Manewrować ciocią umiał, nauczył się tego od Marcji.

– Ciociu – oznajmił, gdy tylko rozsiedli się przy stole, podlawszy przedtem te nieszczęsne kwiaty, podeschnięte co nieco – podjąłem decyzję.

– No to mów, mów, mój kochany, przecież widzisz, że ledwo mogę wytrzymać z ciekawości.

– Droga ciociu, a czy ja cioci nie znam, czy co? – Jerzy się zaśmiał. – Mogę się założyć, że cały czas ciocia wiedziała, co postanowię. Kocham Marcję i chcę z nią być. Postanowiłem, że jej przebaczę – jeśli ona tam, na tych Kujawach nie podjęła decyzji za mnie. To znaczy, że woli jednak pana doktora albo nie chce nas obu i znajdzie sobie kogoś innego – kontynuował, a „droga ciocia" pilnie słuchała. – I tu mam do cioci taką prośbę, żeby ciocia Marcję po swojemu, delikatnie (hi, hi – pomyślał Jerzy, z delikatnością tarana, ale właśnie czegoś takiego teraz mi potrzeba) wybadała. Jeśli okaże się, że ona w dalszym ciągu jest zainteresowana przyszłością ze mną – ciągnął – to bardzo powoli i „bardzo łaskawie" jej przebaczę. Ale nie tak od razu, żeby czasem nie pomyślała, że już teraz wszystko jej będzie wolno, skoro raz jej się upiekło.

– Oj, dobrze, dobrze, drogi chłopcze – ucieszyła się pani Eustaszyna.

Tak właśnie miało być, więc znowu układało się wszystko po jej myśli. Ale gdyby nie jej taktowna interwencja i rozmowa z Jerzym, kto wie, jak by było, prawda?

– A teraz, droga ciociu – powiedział Jerzy – chciałem jeszcze poprosić o pomoc przy wyborze domu, który miałby stanąć w Dziekanowie. Wgrałem projekty do komputera Marcji, zaraz je cioci zaprezentuję i coś wybierzemy, dobrze?

I zaprezentował w taki sposób, że pani Eustaszyna bez wahania wskazała właśnie ten, który jemu najbardziej się podobał.

– Muszę przyznać, że ciocia ma świetny gust – oznajmił Jerzy, uśmiechając się pod wąsem (hipotetycznym, ponieważ wąsów jako takich nie miał). – Bo mnie się najpierw najbardziej podobał ten. ' – Wskazał któryś na chybił trafił. – Ale przekonała mnie cioci argumentacja, że w tym projekcie, który ciocia wybrała, jest bardzo ciekawe rozwiązanie połączenia kuchni z salonem (sam jej to pokazał) i że taras jest półkolisty, co sprawia, iż domek wygląda trochę jak dworek szlachecki.

Coś tam jeszcze poopowiadał, utwierdzając panią Eustaszynę w tym, o czym sama świetnie wiedziała, a mianowicie że jej gust, gust przedwojennej arystokratki przecież, nie ma sobie równych.

– Teraz tylko, kochana ciociu, będziemy musieli przekonać Marcję, żeby się zdecydowała na ten właśnie projekt.

– A, o to już ty się, drogi chłopcze, nie martw – zachichotała „kochana ciocia".

*

Po powrocie z „Sosnówki" Marcja została zaproszona do cioci Wini na obiad. Zapakowała więc kupiony od Dyzia obraz w bardziej efektowny papier i przyjechała na Marszałkowską. Ku swojemu zdziwieniu zastała tam też Jerzego, którego przecież o swoim powrocie nie powiadamiała.

– Zaprosiłam Jerzego – wyjaśniła ciocia – bo przecież obiecał ci pokazać kilka projektów domów na działkę w Dziekanowie. Więc chciałabym wziąć udział w tej waszej naradzie, bo świetnie wiecie, że ja się tym żywo interesuję. Bo kto wie, drogie dziecko – ciocia zaczęła pociągać nosem – czy ja na starość, po jak najdłuższym życiu Eustachego, gdyby jednak to jego Pan Bóg pierwszego do siebie zabrał, no więc, czy ja w takim przypadku nie musiałabym zamieszkać z wami...

Tego, że może nie być żadnego „z wami", oraz tego, że jeśli nawet, to może jednak „wy", czyli oni niekoniecznie marzyliby o stałej obecności drogiej cioci w swoim życiu, pani Eustaszyna zdawała się w ogóle nie brać pod uwagę.

Jak jednak mogli w takich okolicznościach zachować się ludzie mili, sympatyczni i dobrze wychowani, a tacy bez wątpienia byli i Marcja, i Jerzy?

– Ależ, ciociu! – odezwali się prawie chórem.

– Po pierwsze – Jerzy skinął głową w stronę Marcji, więc to ona kontynuowała – bardzo możliwe, że to my na starość będziemy potrzebowali twojej opieki, bo żadne z nas nie wątpi, że będziesz żyła jeszcze bardzo długo. A po drugie, u mnie, ciociu, gdziekolwiek zamieszkam, zawsze będziesz miała swój kącik i opiekę, gdybyś jej potrzebowała.

„U mnie", pomyśleli zgodnie ciocia Winia i Jerzy. Nie „u nas". Oj, niedobrze...

Spokojnie, wszystko po kolei, mitygowała się w duchu pani Eustaszyna i mrugnęła do Jerzego, żeby nic nie mówił. On zresztą nie zamierzał się odzywać, pozostawiając sprawę w rękach bardziej doświadczonej negocjatorki.

Po obiedzie pan Eustachy poszedł do swojego pokoju poczytać gazety, jak oznajmił, a kiedy już Marcja z Jerzym sprzątnęli ze stołu i błyskawicznie wszystko pozmywali, ciocia Winia zarządziła prezentację projektów.

O tym, że pani Eustaszyna już te projekty widziała i że obydwoje już jeden wybrali, Marcja nie miała pojęcia. Nie wpadło jej do głowy, że ciocia może być w takiej komitywie z „tym Jerzym". Nie miała jednak pojęcia o intrydze, jaką uknuli. Dla jej dobra, zresztą.

Oglądali więc te projekty i pani Eustaszyna, która też potrafiła manipulować, kim chciała, tak krytykowała wybrany wcześniej domek, że Marcelina doszła do wniosku, iż musi to być jednak najlepszy projekt.

– O, spójrz, ciociu – pokazała palcem pokój na parterze, z wyjściem na taras – to ewentualnie mógłby być twój pokój.

– No, czy ja wiem... – Ciocia kręciła nosem, aż zaniepokojony Jerzy kopnął ją leciutko pod stołem, obawiając się, że starsza pani w końcu naprawdę przekona Marcelinę, iż to zły model.

– Chociaż w zasadzie... – zreflektowała się pani Eustaszyna – ten pokój naprawdę mi się podoba. Dobrze, biorę go – zadecydowała.

Tym sposobem projekt został wybrany i Jerzy obiecał, że przystępuje do realizacji.

– Wpadnij jutro do mnie, dam ci wszystkie niezbędne pełnomocnictwa – zaprosiła go Marcja.

A potem już wszyscy, łącznie z wujkiem Eustachym, który przyszedł do stołu, zwabiony okrzykiem: „kawa i ciasto!", podziwiali obraz Dyzia, przywieziony przez Marcję, i słuchali jej entuzjastycznych opisów miejsca, w którym była.

– Ciociu, mam tam już stałe zaproszenie – ogłosiła Marcja. – Więc jeśli będzie niezła pogoda i jeśli zechcesz, pojedziemy tam sobie we wrześniu na grzyby.

*

Jerzy stawił się następnego dnia na placu Wilsona – po obiecane pełnomocnictwa. Ale z jego strony, głównym powodem tej wizyty miało być wyjaśnienie sytuacji, spowodowanej przez... właściwie przez kogo? Marcję? Ciocię Winię? Pana doktora? A może i jego, Jerzego, w końcu, bo niedostatecznie się Marcją zajmował, skoro spojrzała na innego?

Najpierw jednak pozałatwiali sprawy formalne. Jerzy jeszcze raz pokazał Marcji wybrany projekt, tym razem już w jej komputerze – wizualizacja przestrzenna spodobała jej się jeszcze bardziej.

– Wiesz, byłem drugi raz w Dziekanowie i mam już w głowie zarys, co gdzie będzie stało. Wybrałaś naprawdę najlepszy projekt. I chcę ci jeszcze powiedzieć, że w trakcie budowy można dokonać ewentualnych zmian – na przykład przesunąć trochę jakąś ścianę albo powiększyć jeden pokój kosztem innego.

– Pozostawiam to wszystko tobie. Mam do ciebie absolutne zaufanie, choć jesteś „tylko inżynierem", jak mawia moja nieoceniona ciocia Winia – powiedziała Marcja. – Choć, chwileczkę, już nie moja, a raczej nasza, bo widzę przecież, że ostatnio jakoś bardzo się zaprzyjaźniliście.

– Sam się temu dziwię – potwierdził Jerzy. – Ale przyznam, że cieszy mnie to, skoro w przyszłości ma z nami mieszkać – zażartował.

I zaraz spoważniał.

– Widzisz, skoro już mowa o przyszłości, to muszę ci coś powiedzieć – rozpoczął swoją długo i starannie przemyślaną w nocy przemowę. – Powiedz mi tylko najpierw, czy tam, na tych Kujawach, podjęłaś już decyzję za nas oboje. To znaczy taką, że jednak wybierasz pana doktora Antonowicza, a ja mogę być wyłącznie twoim znajomym i wykonawcą planów budowlanych.

– Jerzy! – Marcja spojrzała na niego z wyrzutem.

– Jeśli podjęłabym decyzję o związaniu życia z panem doktorem, jak go nazywasz, naprawdę nie zawracałabym ci głowy i w żadnym przypadku nie byłbyś wykonawcą moich planów budowlanych. Powiedziałabym ci natychmiast, głośno i wyraźnie o mojej decyzji, żeby nie było żadnych złudzeń. Z żadnej strony. I na pewno nie pozwoliłabym ci na żadne kontakty z ciocią. Jerzy – szepnęła – próbowałam wytłumaczyć ci przed wyjazdem, a właściwie przed swoją ucieczką, że ten incydent nic w moim życiu nie znaczył, choć w twoim – w naszym wspólnym – odbił się gromkim echem. Proszę, uwierz mi, że nigdy sobie nie wybaczę własnej głupoty i zawsze będę jej żałować. Proszę, uwierz mi, że najbardziej na świecie chciałabym wymazać te dni i sprawić, żeby tamto w ogóle się nie stało. Najbardziej na świecie pragnę tego naszego domku z ogródkiem, dwójki dzieci i psa. Naszych dzieci – moich i twoich. Kurczę, widocznie trzeba coś utracić, żeby to docenić – ciągnęła, a Jerzy słuchał i milczał, choć to przecież on miał przemawiać. W ich związku jednak zawsze dominowała Marcja, więc cóż, teraz też nie mogło być inaczej. – Wiesz, właścicielką tego pensjonatu na Kujawach, w którym byłam, jest prawie moja rówieśnica, Anna. Bardzo, naprawdę bardzo mądra osoba. Trochę więcej przeszła w życiu niż ja, ale otrząsnęła się ze złych wspomnień i buduje sobie wszystko na nowo. Anna powiedziała mi, nie gniewaj się, ale o wszystkim jej opowiedziałam, więc ona powiedziała mi, że ty na pewno mi przebaczysz. Bo jesteś za mądry i za dobry, żeby postąpić inaczej. Bo jesteś mocny, stabilny i odpowiedzialny. I jeszcze kazała mi zrobić wszystko, żeby cię przy sobie utrzymać, bo ludzi takich, jak ty, nie ma już wielu na tym świecie. No więc chciałabym bardzo, żeby jej słowa się spełniły i żebyś okazał się właśnie takim mężczyzną, jakiego obydwie w tobie widzimy. Wyrozumiałym na moją głupotę i na tyle mądrym, by wiedzieć, że gdy ktoś raz się sparzy, już więcej palca w ogień nie włoży. – Jerzy… – Marcja nabrała rozpędu i chciała wyrzucić z siebie to, co jej leżało na sercu. – Teraz pewnie w to nie uwierzysz; teraz może mnie nienawidzisz, a pomagasz mi tylko z życzliwości i solidności. Teraz moje słowa mogą ci się wydać śmieszne albo wręcz cię obrażają, ale chcę, żebyś wiedział, że kocham cię naprawdę. I choć zabrzmi to strasznie, wyznam ci jeszcze, że to, co się stało, pomogło mi zrozumieć, że jesteś tylko ty i nikt więcej. Tyle ci chciałam powiedzieć i dziękuję, że mnie wysłuchałeś. Uf!

Jerzy złapał się za głowę. Poczuł się ogłuszony i zbity z pantałyku.

– Marcja, kochanie, co to jest pantałyk? – zapytał.

– Co??? – pisnęła z niedowierzaniem. Wszystkiego się mogła spodziewać po swojej, przecież tak z serca wygłoszonej, przemowie, ale nie takiego pytania. – Co to jest pantałyk jako taki, to nie wiem. Wiem tylko, że jest takie powiedzenie „zbić kogoś z pantałyku", które oznacza: „wprawić w zakłopotanie, pozbawić pewności siebie, zbić z tropu". Tak się teraz przez ciebie czuję – dodała.

– Nie, to ja się tak czuję – odparł Jerzy. – Dlatego wypsnęło mi się to pytanie. A czuję się tak, bo to ja miałem wygłosić przemówienie. W zasadzie zamierzałem ci powiedzieć niemal to samo, co usłyszałem od ciebie: że kocham cię, chcę być z tobą mimo wszystko i chcę tego przeklętego domku z ogródkiem. I psa.

– Dlaczego przeklętego? – zdziwiła się.

– Jak mi będziesz przerywać, to nigdy nie skończymy tej rozmowy. Zgoda, nie przeklętego, tylko cudownego, naszego, tego tu, który ci wybuduję. I naszych wspólnych dzieci, które – jak wiesz – zawsze chciałem mieć. Jacka i Agatkę. Ale, widzisz, bardzo mnie zabolało to, co zrobiłaś. I choć staram się ci uwierzyć – nie, wróć – choć wierzę, że ta cała przygoda mało dla ciebie znaczyła, dla mnie znaczyła bardzo dużo, zapewniam cię. Mimo to jednak postaram się o wszystkim zapomnieć i umówmy się, że ten temat już nie istnieje – kontynuował Jerzy. – Ale umówmy się także, że na razie jestem po prostu właśnie wykonawcą twoich planów budowlanych. Otwórz konto w banku, daj mi do niego pełnomocnictwo i biorę się do roboty. Mogę cię zapewnić, że żadnej innej znajomości szukać nie będę, znasz mnie przecież, jestem beznadziejnie monogamiczny. I w tobie ogromnie zakochany. Muszę jednak trochę sam w sobie zwalczyć świadomość tego, o czym mamy już nie rozmawiać.

– Jerzy, będę na ciebie czekać do końca życia. – Marcja, żeby trochę przełamać lody, położyła rękę na sercu i zrobiła minę z błazeńskich filmów indyjskich, czy jakie tam teraz są najgłupsze. – A konto jutro otwieram, tylko chyba będziesz musiał iść ze mną, bo osoba upełnomocniana musi osobiście złożyć swój podpis.

Umówili się więc następnego dnia w banku i Jerzy pojechał do domu.

A Marcja zadzwoniła do cioci Wini i wszystko jej opowiedziała.

Rozdział trzynasty

Pani Eustaszyna nie posiadała się z radości. Wiedziała, że ten Jerzy to taki dobry chłopak. O tym, że safanduła i „tylko inżynier", już w ogóle nie pamiętała. A raczej nie chciała pamiętać. Nawet dziękowała Bogu za „safandułowatość" Jerzego, bardzo szeroko pojętą. Rozumiała pod tym określeniem – pod tym określeniem Jerzego – człowieka nie tyle trochę powolnego i mało ekspansywnego, ile raczej: dobrego, rzetelnego, poważnego i sumiennego.

Nie takiego, jak ten Cezary. Czaruś, psia kość! Uwodziciel młodziutkich pielęgniarek. Podlec jeden.

Ale zaraz?

Ma mu się upiec?

Nie ma tak dobrze!

Teraz, gdy Eustachy był już zarejestrowany w przyszpitalnej poradni kardiologicznej i dostał się pod opiekę bardzo miłej – a co najważniejsze – bardzo dobrej (właśnie zrobiła doktorat) pani doktor, pani Eustaszynie przestało zależeć na doktorze Antonowiczu. W jej głowie pojawiła się pewna myśl.

Rozważyła wszystko dogłębnie i postanowiła tę myśl przekuć w czyn.

Upiekła więc swój słynny sernik, kupiła kawę, która
– jak już wiedziała – najbardziej smakowała paniom pie-
lęgniarkom z oddziału kardiologicznego – i wczesnym
wieczorem pojechała do szpitala.

W dyżurce, ku radości pani Eustaszyny, siedziała najbardziej z nią zaprzyjaźniona siostra oddziałowa i jeszcze dwie siostrzyczki. Jedną z nich była właśnie ta, która wisiała na szyi doktorowi Antonowiczowi, gdy pani
Winia odwiedziła męża wieczorem po operacji. Wisiała
mu na szyi w pokoju lekarskim, w którym to lekarz dyżurny – a był nim wówczas pan doktor Cezary – powinien chyba oddawać się innym zajęciom niż uwodzenie
pielęgniarek. I to na dodatek po upojnym weekendzie
spędzonym z inną kobietą! Jej siostrzenicą! Pani Eustaszyna ucieszyła się niezmiernie, że tak dobrze trafiła, bo
obiecała sobie w duchu, że tyle razy pójdzie tam do tych
pielęgniarek, aż trafi na tę właściwą.

A tu – proszę, jak na zamówienie – ta właśnie jest!

– Dobry wieczór miłym paniom! – przywitała się
z siostrami pani Eustaszyna. – Przepraszam, że dopiero teraz się pojawiam, ale wiecie panie, jak to jest, gdy
ma się chorego mężczyznę w domu. Ale teraz już się
upewniłam na sto procent, że wszystko z moim mężem
w porządku. I to dzięki wam wszystkim. Do lekarzy
jednak nie będę z sernikiem leciała, pewnie nawet nie
mieliby czasu, żeby go zjeść. Paniom przywiozłam, o,
proszę, jeszcze ciepły, specjalnie upiekłam. A ty, moje
dziecko, chyba nowa jesteś? – zwróciła się do pielęgnia-
reczki Czarusia. – Chociaż mam wrażenie, że już cię
jednak gdzieś widziałam.

Siostra oddziałowa sama postawiła wodę na kawę.
Wiedziała, że nikogo z „góry" na dyżurze nie ma, mogą

więc sobie na ten pyszny, pachnący sernik i kawę z panią Eustaszyną pozwolić.

– O, wiem, gdzie cię widziałam, moje dziecko! – Pani Eustaszyna aż podskoczyła. – Ty pewnie jesteś żoną doktora Antonowicza, bo słyszałam, że on żonaty. Widziałam was w dniu operacji mojego męża, wieczorem, jak zajrzałam sprawdzić, jak on się czuje. I przeszkodziłam państwu w małżeńskich karesach, w pokoju lekarskim – przyznaję się, to ja byłam tą wścibską babą, która wlazła bez pukania. Ale zaraz wyszłam, nie przeszkadzając. Zresztą nie było potrzeby przeszkadzać, bo mój mąż czuł się dobrze, a doktora Antonowicza znam jako świetnego i bardzo skrupulatnego lekarza, mogłam więc być spokojna.

Młoda pielęgniarka bladła i czerwieniła się na przemian. Nic nie mówiła, bo też nie miała nic do powiedzenia. Każde słowo tylko by pogorszyło sytuację.

Natomiast siostra oddziałowa wykrztusiła:

– Doktor Antonowicz nie ma żony. To znaczy, miał, ale się rozwiódł kilka lat temu. No, moja droga – spojrzała na nieszczęsną „żonę pana doktora" – z tobą jeszcze sobie porozmawiam. Na razie bierz tacę i idź roznieść lekarstwa chorym.

Pani Eustaszynie zrobiło się trochę nieprzyjemnie. Nie chciała zaszkodzić tej biedaczce, przypuszczała, że była ona którąś z kolejnych ofiar pana doktora. Przypuszczała – ba, miała nawet pewność, że to już dawno przebrzmiała historia i dziewczyna może tylko się wstydzić – bądź, co gorsza, rozpaczać z tego powodu. A pani Winia chciała tylko jakoś skompromitować Czarusia, psia jego kostka.

Nieładnie to wyszło. Trzeba coś z tym zrobić, natychmiast.

– Siostro – zwróciła się do oddziałowej. – I siostro – zwróciła się do tamtej drugiej pielęgniarki, która też wszystko słyszała. – Mam do was bardzo wielką prośbę. Otóż ja, głupia stara baba, niechcący mogę złamać karierę zawodową dziewczynie, która może już mieć złamane coś innego, a mianowicie – serce. Bo przyznam się paniom, że mnóstwo takich historii słyszałam o panu doktorze Antonowiczu. Wiem jednak, że to naprawdę świetny i zaangażowany lekarz, oboje się o tym przekonaliśmy, ja i mój mąż. Natomiast jego sprawy prywatne nie powinny mnie w ogóle obchodzić. Nie mam pojęcia, co za diabeł mnie podkusił, żeby to powiedzieć. Po prostu nie lubię, jak kogoś gdzieś widziałam i nie mogę sobie przypomnieć, gdzie – ciągnęła przewrotnie pani Eustaszyna. – Więc, jak już sobie skojarzyłam, gdzie i kiedy widziałam to biedne dziecko, wygadałam się, choć powinnam sobie ten głupi jęzor odgryźć. I teraz naprawdę bardzo się martwię, że przez swoją głupotę dwojgu ludziom narobię kłopotów. Jeszcze pal diabli pana doktora, on sobie poradzi, ale zapłaczę się, jeśli ta dziewczyna będzie miała nieprzyjemności. Błagam panie, zapomnijcie o tej rozmowie. W ogóle mnie tu nie było, nic nie mówiłam, nic nie widziałam, a wy nic nie słyszałyście. Dobrze? Dobrze? – powtórzyła z drżeniem w głosie i zaczęła ocierać chusteczką oczy (całkiem suche, niestety). – A w ogóle gdzie ta panienka? Czy nie powinna już tu do nas wrócić?

Siostra oddziałowa podniosła się z krzesła i majestatycznie wypłynęła z dyżurki. Po chwili wróciła, ciągnąc za sobą czerwoną, zapłakaną młodą pielęgniarkę.

– Posłuchajcie obydwie – zwróciła się do koleżanek, a zarazem swoich podwładnych. – Na prośbę tej pani oświadczam, że dzisiaj w ogóle jej u nas nie było. Nie było, czyli o niczym nam nie mówiła. Nic nie słyszałyśmy i nic o postępkach żadnego lekarza nie wiemy. Czy to jasne? Rozumiemy się? – Spojrzała groźnie na obydwie. – A jak się dowiem, że jednak był jakiś przeciek, obie wylecicie z pracy. W ogóle nie będę dochodzić, która co i komu powiedziała, tylko – raz jeszcze powtarzam – wywalę obydwie. A potrafię znaleźć powód, możecie mi wierzyć. Pytam więc ponownie, zrozumiałyście, co powiedziałam?

Obydwie pielęgniarki skwapliwie kiwały głowami. Ta młodsza – bardzo ucieszona, ta starsza – wściekła jak wszyscy diabli, bo to ona była teraz właśnie ukochaną doktora Antonowicza i sądziła, że jest tą jedną jedyną.

– No to świetnie, częstujcie się proszę tym przepysznym ciastem. Bardzo pani za nie dziękujemy – zwróciła się szefowa pielęgniarek do pani Eustaszyny.

I bardzo mile sobie siedziały, popijając kawę i rozmawiając o tej podłej polityce i jeszcze podlejszych politykach – wszystkich podłych, jak leci, po kolei. Bo cóż z tego, że rządziły już wszystkie partie, skoro sytuacja w służbie zdrowia jest, jaka jest. I raczej się nie poprawi.

Siostra oddziałowa miała przyjaciółkę w Szpitalu Bielańskim. Ta przyjaciółka również była oddziałową na oddziale kardiologicznym. I niedawno narzekała, że jedna z jej pracownic, dobra pielęgniarka, chce odejść z pracy, bo mieszka na Górnym Mokotowie, a jazda przez całą Warszawę na Bielany zaczyna przekraczać jej siły. Tym bardziej że mąż zmienił pracę, w związku z czym każde z nich teraz jedzie w innym kierunku. A samochód mają jeden. Kto więc zabiera samochód? Cóż, raczej wiadomo, niestety.

Oddziałowa zadzwoniła więc do bielańskiej przyjaciółki. Przywitały się bardzo miło, poplotkowały chwilę o wspólnych znajomych, po czym siostra z Wołoskiej spytała:

– Czy w dalszym ciągu pracuje u ciebie ta pielęgniarka, która mieszka na Mokotowie? I chce odejść z pracy z tego powodu? Bo jeśli tak, to mam chyba dobrą propozycję.

I opowiedziała, że u niej pracuje dziewczyna, która – z powodu pewnego konfliktu – pragnie zmienić miejsce pracy.

– Nie pytaj mnie, co to za konflikt, nie roznoszę plotek. Mogę cię tylko zapewnić, że konflikt nie był zawodowy, a ta mała pracuje bardzo dobrze. Na dodatek – co ważne – jest dyspozycyjna, bo jeszcze młoda i nieobciążona rodziną – przekonywała. – Więc jak? Zamieniamy się?

Obie uznały ten pomysł za dobry, teraz pozostało im tylko porozmawiać z zainteresowanymi, które przecież na razie o takiej możliwości nic nie wiedziały.

Jednak – co chyba oczywiste – obydwie odniosły się do propozycji z entuzjazmem, tym bardziej że obie szefowe potrafiły jakoś przekonać „górę" i wynegocjowały dla zamieniających się pracownic troszkę lepsze warunki finansowe. Troszkę – bo po pierwsze, na więcej nie było szpitali stać, a po drugie, nie chciały, żeby nowo przybyłe od samego początku spotkały się z zawiścią koleżanek. Bezinteresowną oczywiście.

Na oddziale kardiologii przy Wołoskiej ta zamiana pielęgniarek przeszła prawie niepostrzeżenie. Lekarze byli tak zapracowani, że prawie nie zauważali, kto przy czym im asystuje. Ten najbardziej zainteresowany – doktor Antonowicz – nawet z tej zamiany był zadowolony, bo siostrzyczka, którą zainteresował się przez chwilę w czasie pobytu pana Eustachego w szpitalu, przestała go już pociągać i teraz nie mógł znieść jej cielęcego wzroku. Nie naprzykrzała mu się, o nie, nie – patrzyła tylko smutnymi oczami, a doktor Cezary nie lubił takiej żałoby. Najbardziej odpowiadała mu zasada: było miło i finito! Więc cieszył się bardzo, że płaczka i smutas zrobiła „finito", a jak i dlaczego, to już nie jego sprawa.

Jednak nasza nieoceniona siostra oddziałowa pomyślała, że właściwie to niesprawiedliwe, żeby po świecie chodziły takie okazy, jak pan doktor Cezary – i żeby wszystko uchodziło im na sucho.

Doktor Antonowicz – przyznawała to obiektywnie, nie tylko ona zresztą, w zasadzie wszyscy koledzy tak uważali – naprawdę był świetnym lekarzem. I lubił swoją pracę. Interesował się wszystkimi nowościami; jak mógł, tak poszerzał swoją wiedzę, czytał fachowe artykuły w prasie angielsko- i francuskojęzycznej. Robił doktorat. Miał uznanie, naprawdę zasłużone, kierownictwa, jeździł za granicę, zapraszano go – imiennie – na różne sympozja, gdzie często wygłaszał referaty. Słowem – gwiazda! Jednak, jak wszystkie gwiazdy, był megalomanem. A na dodatek wyglądał jak gwiazdor. Filmowy!

No – i czy to sprawiedliwe? Jeden ma wszystko, a inny... nieco mniej...

I te biedne dziewczyny... Bo siostra oddziałowa widziała już niejedno.

Lekarki z różnych oddziałów, nagle ogromnie zainteresowane kardiologią. Jakoś tak dziwnie się składało, że ta kardiologia budziła największe zainteresowanie, gdy dyżurował doktor Antonowicz.

Pacjentki – i to w różnym wieku – dawno wypisane z oddziału, przychodzące na konsultację do pana doktora. Choć miały przecież przyszpitalną przychodnię kardiologiczną...

A także córki, siostry, ciocie i znajome pacjentów pana doktora...

Cóż, póki to nie kolidowało z jego obowiązkami – a jakoś nie kolidowało – siostra oddziałowa uważała, że to nie jej sprawa. Na szczęście sama była na wdzięki doktora Cezarego odporna, w domu bowiem miała własny okaz mężczyzny. Taki, który jej ze wszech miar odpowiadał.

I tyle.

Teraz jednak, po incydencie wywołanym niechcący (hi, hi, hi!) przez panią Eustaszynę, siostra oddziałowa uznała, że pan doktor nieco przebrał miarkę i trzeba mu trochę tego przystojnego nosa utrzeć.

Nie bardzo jednak wiedziała, co by tu takiego zrobić, przecież nie chciała mu zaszkodzić, szczególnie w oczach przełożonych, ani go ośmieszyć. Przypomniały jej się szkolne lata i różne mniej lub bardziej udane kawały, jakie uczniowie robili sobie nawzajem – i raptem – wpadła na pomysł. Wydrukowała na kartce, dużymi literami, na ogólnodostępnej drukarce, napis: „UWAGA! PODRYWACZ PIELĘGNIARECZEK. I NIE

TYLKO!". Wyczekała, aż pan doktor oznajmił, że idzie do stołówki na obiad, i zdołała sprytnie – udając, że przypadkiem ktoś ją na niego popchnął – przymocować mu tę kartkę na plecach.

Pan doktor przemaszerował więc przez dwa szpitalne korytarze, odstał swoje z tacą po obiad, zjadł ten obiad i wrócił na oddział, nieświadomy, czemu słyszy za sobą zduszone chichoty, a mijający go ludzie przyglądają mu się dziwnie rozweseleni.

Gdy wrócił na oddział, chichoty się wzmogły, aż w końcu ktoś najżyczliwszy zdjął mu tę kartkę z pleców i oddał, mówiąc:

– Oj, naraziłeś się którejś, stary, uważaj teraz.

Pana doktora o mało jasny szlag nie trafił. Dobrze, że jego ostatnia ofiara już tu nie pracowała, bo padłoby na nią – a ta, którą teraz obstawiał, była nim jeszcze oczarowana, więc jej nie podejrzewał. Nie wiedział, że długo już taka zachwycona nie będzie, widziała bowiem przecież cały incydent z udziałem pani Eustaszyny i zbierała się w sobie, żeby wykreślić ze swojego życia doktora Antonowicza. Oczywiście od razu wiedziała, że ta kartka to pomysł siostry oddziałowej, ale nie miała zamiaru nikomu pisnąć ani słowa na ten temat.

A o historii z kartką bardzo szybko dowiedział się cały szpital, choć trzeba uczciwie przyznać, że ta sprawa nie dotarła do nikogo z szefostwa. Mimo wszystko jakaś solidarność w zawodzie obowiązuje.

Ale jeszcze długo, długo na widok pana doktora Cezarego koledzy, a szczególnie koleżanki, i to nie tylko z jego oddziału, chichotali, mrugając do siebie. „I nie tylko…", cytowali z upodobaniem.

Po tym wszystkim notowania doktora Antonowicza wśród płci pięknej wyraźnie spadły, szczególnie w kręgu pielęgniarek.

Niestety, trzeba przyznać, że nie na długo. Pamięć ludzka bywa bowiem krótka i zawodna, a pośród płci pięknej zdarza się sporo, wstyd powiedzieć, jednostek niezbyt mądrych. Cóż, takie życie, jakby westchnęła pani Eustaszyna.

Ona zresztą też się dowiedziała o całej tej historii. Dręczona bowiem wyrzutami sumienia wobec tamtej młodej pielęgniarki, postanowiła jeszcze raz zajrzeć do szpitala, żeby sprawdzić, co się dzieje. Swoim zwyczajem poszła tam późnym popołudniem, przezornie sprawdziwszy przedtem przez telefon, którego dnia po południu siostra oddziałowa będzie miała dyżur. Tak więc pani Eustaszyna znowu upiekła swój sernik, co na szczęście bardzo lubiła robić, i zjawiła się w tym dniu w dyżurce. Siostra oddziałowa wykorzystała chwilę, gdy były sam na sam i wszystko – ze szczegółami – gościowi opowiedziała. Nawet cieszyła się bardzo, że wreszcie może pochwalić się komuś tym pomysłem, bo bardzo była z siebie dumna, a przecież w szpitalu nie mogła nikomu się do tego przyznać.

Pani Eustaszyna jej nie rozczarowała. Najpierw uśmiała się potężnie, potem pochwaliła zamianę pielęgniarek, a na koniec potężnie wyściskała zachwyconą siostrę, gratulując mistrzowskiej intrygi.

– Ach, co tam – skromnie spuściła oczka szefowa białego personelu. – Intrygi to się robiło w szkole, przecież pani sama doskonale to pamięta.

Obydwie były sobą zachwycone.

Pani Eustaszyna ucieszyła się, że tej dziewczynie nic się nie stało – i szczerze mówiąc, ucieszyła się także, że doktorowi Antonowiczowi tyle się dostało, ile dostało. Bo tak naprawdę nie chciała mu zrobić wielkiej krzywdy. W końcu, no cóż, był kobieciarzem, ale przecież tych wszystkich dziewczyn do niczego nie zmuszał. Same się do niego pchały i stały w kolejce. Razem z Marcją, niestety!

Więc sobie korzystał, a niby dlaczego nie?

Ale – sąd sądem, a sprawiedliwość musi być po naszej stronie – w związku z tym dobrze, że choć trochę został ośmieszony. Bo chociaż małe kuku mu się należało.

Absolutnie!

Rozdział czternasty

Zbliżał się termin wyjazdu Stefanii i Janka do Stanów Zjednoczonych. Pani Eustaszyna postanowiła wydać pożegnalny obiad, do przygotowania którego znowu zaangażowała biedną Marcję.

– Marcelinko, kupiłam piękną polędwicę wołową. Zrobimy wspaniałe zrazy. Właściwie polędwicy żal na zrazy, ale co tam, raz można zaszaleć, przynajmniej będą się w ustach rozpływały.

No więc Marcja zawijała te zrazy pod dyktando cioci Wini, wiedziała przecież, że nie ma innego wyjścia. Nawet zaczynała lubić takie kucharzenie.

– Czemu tak dużo tych zrazów? – spytała.

– No, my, to znaczy Eustachy, ty i ja, Stefcia z rodziną – i Jerzy – wyliczała ciocia. – To przecież osiem osób. Cały stół. To ile, według ciebie, ma być tych zrazów? Przecież wiesz, że Tomek i Jerzy co najmniej po dwa zjedzą.

– Ciociu! – Marcja pokręciła głową. – Dlaczego zaprosiłaś Jerzego? Jeszcze pomyśli sobie, że wywieramy na niego jakąś presję. Przecież opowiedziałam ci, jaka jest między nami umowa. Teraz buduje mi dom w Dziekanowie i do tego nasze kontakty się ograniczają.

A kiedy – lub jeśli – będzie gotów na więcej, sam mi o tym powie.

Marcja prawie płakała ze złości. Ta jej ciocia!!! Zawsze musi wszystkimi dyrygować i we wszystko się wtrącać.

Pani Eustaszyna zauważyła, że Marcelinka jest autentycznie wściekła. Bo rzeczywiście, nie najlepiej to wyszło. No ale stało się, przecież teraz nie odwoła zaproszenia. Tym bardziej że i Stefka, i Janek, a także Majka i Tomek bardzo Jerzego lubią. O, właśnie, ma argument!

– Marcelinko, kochanie – powiedziała łagodnie – zrozum, że cała rodzina Stefci nie wie, co się wydarzyło. Cóż więc odpowiedziałybyśmy, gdy zapytali: „Gdzie Jerzy, dlaczego go nie ma?". Przecież wykręt z rodzaju „ma grypę" nie wchodzi w grę. Wszyscy wiedzą, że Jerzy nigdy nie choruje, a zresztą wszyscy wiedzą także, że nawet gdyby miał cholerę i czarną ospę, nic by go nie powstrzymało przed przyjściem tam, gdzie i ty będziesz.

– No, już dobrze, dobrze, ciociu – chlipnęła Marcja. – Ale gdyby miał cholerę lub czarną ospę, nie przyszedłby na pewno, z obawy, że może mnie zarazić – zauważyła przekornie, śmiejąc się już do cioci, na którą nie sposób było się gniewać!

– Jerzy… – konspiracyjnym szeptem zaszemrała w telefon pani Eustaszyna. – Wiesz, Marcelina była niezadowolona

– Co ciocia mówi? – spytał Jerzy. – W ogóle cioci nie słyszę. Proszę powtórzyć, ale trochę głośniej – poprosił.

– A dobrze, oczywiście – powiedziała normalnym głosem pani Eustaszyna. – Zapomniałam, że Marcelinka poszła już do domu.

– A co, Marcji coś się stało? – przerwał jej Jerzy, wyraźnie zaniepokojony.

– Oj, bądźże cicho – fuknęła pani Eustaszyna. – Jak mi tak będziesz ciągle przerywał, kochany chłopcze, to nigdy się nie dowiesz, co chcę powiedzieć.

– Już nic, droga ciociu... – zaczął Jerzy i ucichł natychmiast.

– No więc chciałam ci tylko powiedzieć, że Marcelinka była bardzo niezadowolona, kiedy się dowiedziała, że ciebie też zaprosiłam na ten obiad w niedzielę. Powiedziała, że pomyślisz, iż chcemy wywierać presję na ciebie – oznajmiła „droga ciocia". – No więc mówię ci to, żebyś nie pomyślał czasami o jakiejś presji, choć ja, owszem, zamierzam ją wywierać. Bo chcę, żebyście, do licha, zakończyli już to wszystko i żeby było jak dawniej. Tylko czasem nie mów o niczym Marcelinie, a w ogóle tej rozmowy nie było. Czekamy na ciebie w niedzielę.

Jerzy śmiał się sam do siebie. O ileż życie byłoby smutniejsze bez tej ich kochanej cioci Wini!

Obiad udał się doskonale. Jakżeż by zresztą mogło być inaczej? Zrazy z polędwicy wołowej!

Atmosfera była jednak nie najweselsza, bo po pierwsze, goście pamiętali, że to obiad pożegnalny. Stefania i Janek wyjeżdżali przynajmniej na rok. Po drugie, nawet niewtajemniczeni, to znaczy wszyscy poza panią Eustaszyną, dostrzegli, że między Marcją a Jerzym jest jakoś inaczej. Nikt o nic nie pytał, goście byli przecież kulturalnymi ludźmi, ale Stefcia nie wytrzymała i pod byle pretekstem pobiegła za ciocią do kuchni.

– Ciociu? – szepnęła jej do ucha. – Czy Marcja z Jerzym się pokłócili? Bo jakoś tak dziwnie się do siebie odnoszą.

– Jak „dziwnie"? – spytała pani Eustaszyna, chcąc zyskać na czasie.

– Tacy są wobec siebie uprzedzająco grzeczni, aż nienormalnie.

– Zdaje ci się, moje dziecko, wszystko jest dobrze – powiedziała uspokajająco ciocia. – Przecież gdyby coś było nie tak, już ja bym chyba o tym wiedziała, nie sądzisz?

– No wiem, dlatego pytam – odparła Stefa.

– Co wy tam robicie w tej kuchni, tak długo? – zawołał Eustachy. – Czekamy na ciasto!

No, choć raz ten mój mąż się na coś przydał, pomyślała pani Eustaszyna.

– Już idziemy, już! – odkrzyknęła, wręczając siostrzenicy paterę z ciastem. Sama niosła tacę z filiżankami kawy.

Ustalono, że dzieci przyjadą na trzy miesiące, gdy tylko skończy się rok akademicki, a Marcja przynajmniej na miesiąc – tak, żeby przylecieć z Majką i Tomkiem albo z nimi wracać.

– Muszę sobie w pracy wszystko posprawdzać i poustawiać – powiedziała Marcja. Jerzy wpatrywał się intensywnie w sernik cioci Wini i wydłubywał z niego jakąś rodzynkę, która uparcie wydłubać się nie dawała.

Ustalono także, że Tomek zdobędzie formularze wizowe dla wszystkich i posprawdza, co tam trzeba dołączyć – jeśli w ogóle coś trzeba. Nikt z nich jeszcze nie starał się o wizę do Stanów i nie mieli pojęcia, co gdzie się załatwia. Stefka i Janek byli w tej dobrej sytuacji, że wszystko zrobił za nich uniwerek. Oni mieli tylko wsiąść do samolotu.

Gdy już każdy z każdym się pożegnał, Jerzy, ociągając się nieco, zapytał:

– Marcja, może cię odwieźć do domu? Widziałem, że wino piłaś, więc... – Zawiesił głos.

– Tak, tak... – zaczęła pani Winia i szybko ugryzła się w język. – Tak, tak, drogi Eustachy – sprytnie rozpoczęła raz jeszcze – popatrz, kto by pomyślał, że Janek karierę zagraniczną zrobi. No, no... na dodatek w Ameryce!

Ale Marcja, nie zwracając uwagi na ciocię, kiwnęła głową do Jerzego.

– Dobrze, odwieź mnie, rzeczywiście piłam wino. Nawet nie pomyślałam, że mam wracać samochodem. Choć w zasadzie mogłabym pojechać metrem – powiedziała.

– Ale jakim metrem, moje dziecko! – zaoponowała ciocia Winia, natychmiast przestając udawać, że nie słucha. – Popatrz, tu masz zapakowane zrazy i kawał ciasta. W metrze wszystko ci się rozpadnie.

– Tak, żadnym metrem, z chęcią cię podwiozę – odezwał się Jerzy, biorąc od pani Eustaszyny popakowane garnki.

– A to dla ciebie – powiedziała podejrzanie serdecznie ciocia i podejrzanie serdecznie, nie wywierając żadnej presji, pocałowała Jerzego w policzek.

Marcja z westchnieniem wzniosła oczy ku niebu. Nie powiedziała jednak nic. Po co?

– Kiedy chcesz wyjechać? – spytał Jerzy, podjeżdżając pod dom, w którym mieszkała.

– Wejdziesz na chwilę? – zapytała i zaraz dodała: – Nie, nie, przepraszam, w zasadzie nie mam żadnej konkretnej sprawy.

– Marcja, daj spokój – odparł Jerzy. – Nie przesadzaj z tym dystansem. Pewnie, że wejdę, pogadamy sobie chwilkę, o wszystkim i o niczym. Poza tym jako dżentelmen muszę ci te ciocine deputaty wnieść na górę – zażartował.

– A, tak, prawda, przecież sama bym tego nie udźwignęła – powiedziała z uśmiechem. – Ciocia, jak już kogoś czymś obdarzy, to istotnie jest tego dość sporo. A zrazy pyszne – wiem nie tylko dlatego, że jadłam, ale również dlatego, że sama je robiłam. Oczywiście pod światłym przewodnictwem...

– Ty robiłaś te zrazy? – z lekka zdziwił się Jerzy, wiedząc przecież o awersji Marcji do kuchni.

– Nie dziw się tak, nie znasz cioci? Za punkt honoru sobie postanowiła, że nauczy mnie gotować. A głównym celem tej nauki ma być chęć zaimponowania przyjaciółkom. Moim przyjaciółkom, oczywiście.

Weszli do mieszkania. Marcja schowała ciocine jedzenie do lodówki i bez pytania zrobiła herbatę. Taką, jaką Jerzy lubił. Czarną, mocną, bez cukru. Dla siebie zaparzyła zieloną, bo ostatnio piła tylko taką. Podobno zawiera antyoksydanty, które stanowią doskonałą broń i świetne zaopatrzenie całego układu odpornościowego w walce z najróżniejszymi zagrożeniami. A Marcja ostatnio czuła się zagrożona. Jakoś ogólnie.

– Wiesz, chętnie poleciałabym z dzieciakami zaraz na początku lipca. Bo staram się tak poukładać sobie pracę, żebym mogła – odpowiedziała na pytanie Jerzego, zadane jeszcze w samochodzie. – Tylko że nie mam już miesiąca urlopu, trochę wykorzystałam na pobyt w „Sosnówce". Ach, jak tam pięknie, chciałabym, żebyś... – Marcja ugryzła się w język. – Chodź, coś ci pokażę. – Pociągnęła go za rękę do sypialni.

Na ścianie naprzeciwko łóżka wisiał przepiękny obraz Dyzia. Była to sosna „stara czarownica", prawie identyczna z tą, która rosła na mazurskiej działce taty Marcji.

– O, nasza sosna – powiedział Jerzy i też ugryzł się w język. Sosna była „nasza", bo mieli bardzo przyjemne wspomnienia związane z miejscem, w którym rosła. Poza tym, choć z bólem serca i po stokroć przepraszając drzewo, wyryli na niej „M+J".

– Nie, to sosna z „Sosnówki". A obraz namalował Dyzio. Dionizy Bartczak, ten artysta, którego obraz przywiozłam też cioci. – I Marcja raptem znowu zamieniła się w płaczkę.

– Co się stało? – wystraszył się Jerzy i odruchowo przytulił ją mocno do siebie, scałowując łzy, które leciały ciurkiem.

Wyswobodziła się delikatnie z jego objęć.

– Przepraszam – szepnęła. – Jakoś zawsze tak reaguję na widok tej sosny. Tak bardzo tatę mi przypomina...

– To ja przepraszam – szepnął Jerzy i w tym momencie wpadła mu do głowy, jego zdaniem, genialna myśl. Tak, tak, zrobi to, choćby nie wiem co! Musi tylko poprosić o pomoc drogą ciocię Winię. Ale zrobi to!

– Chodź, pokażę ci w internecie stronę Dyzia – powiedziała Marcja, jakby nie zauważając jego przeprosin. Ale słyszała je i w zasadzie była na niego zła. No bo przecież przepraszał za to, że ją pocałował. – Stronę Dyzia zrobiła Anna, ta właścicielka „Sosnówki" – dodała, jak gdyby nigdy nic.

Jerzy oglądał obrazy pana Bartczaka i był pod wielkim wrażeniem. A kiedy jeszcze Marcja opowiedziała mu Dyziową historię, wrażenie to objęło wszystkich mieszkańców „Sosnówki". Naprawdę chętnie by tam pojechał i poznał całe towarzystwo. Samo miejsce też wydawało się cudowne.

Ale powoli. Najpierw musi zrealizować pomysł, który przed chwilą wpadł mu do głowy i który w dalszym ciągu uważał za najlepszy ze swoich pomysłów. Musiał jednak poczekać, aż Marcja wyjedzie.

– To ja lecę, pa – pożegnał się. – Odezwę się, bo będzie mi potrzebna twoja decyzja co do kominka. I koniecznie daj znać, kiedy lecisz do Stanów.

Rozdział piętnasty

Do drzwi mieszkania państwa Krzewicz-Zagórskich ktoś zapukał. Pani Eustaszyna od razu wiedziała, że to Oleńka, ich najbliższa sąsiadka. Tylko ona pukała, inni normalnie używali dzwonka.

– Chodź, chodź, siadaj, kawę zrobię, porozmawiamy sobie.

– A Eustachemu nie będziemy przeszkadzały? – Pani Oleńka ustawicznie obawiała się, że sąsiadowi coś się stanie, popsuje mu się ten stymulator na przykład albo coś gorszego. Po śmierci męża okropnie się wszystkim przejmowała i do każdego problemu zdrowotnego u kogokolwiek ze znajomych podchodziła jak do najpoważniejszego objawu śmiertelnej choroby.

– Nie, no co ty, on świetnie się czuje – powiedziała pani Eustaszyna. – Teraz go nie ma w domu, wyobraź sobie, poszedł na jakąś wystawę do Zachęty.

– Sam? – zdumiała się niepomiernie pani Oleńka, pamiętając o sercowych dolegliwościach męża przyjaciółki.

– No, sam, mnie się jakoś nie chciało – odrzekła pani Eustaszyna. – Przestań tak się bez przerwy zamartwiać, przecież ci mówiłam, że on bardzo dobrze się czuje.

Nawet tydzień temu robili mu wszystkie badania krwi i świetnie wyszły. A stymulator pracuje jak szwajcarski zegarek, więc lekarze zapewniają, że w ogóle nie ma żadnych problemów. Ale mów, co tam u ciebie? Jak tam książka?

– No właśnie między innymi w tej sprawie przyszłam – wyszeptała zarumieniona sąsiadka. – Bo, wiesz, skończyłam już tę książkę, ze trzy razy ją przerabiałam, tu skracałam, tam rozszerzałam i teraz już mogę powiedzieć, że na pewno jest gotowa. I teraz chcę ją porozsyłać do różnych wydawnictw, ale mam dwie prośby do ciebie.

– No mów, mów – domagała się wielce zaintrygowana pani Eustaszyna.

– No więc po pierwsze, to mam tu wydrukowany tekst „Przygód Franciszki", bo tak nazwałam roboczo tę książkę, od imienia głównej bohaterki. Wiesz, na wydruku lepiej się to czyta niż w komputerze. Oczy tak nie bolą. I chciałam cię poprosić o przeczytanie i ocenę. Ale takie uczciwe, bez fałszywego kadzenia, dobrze?

– Oleńko – sapnęła pani Eustaszyna – jak długo mnie znasz?

– No – zastanowiła się pani Oleńka – chyba jakieś czterdzieści lat, prawda?

– Właśnie, mniej więcej. No i powiedz mi, czy w tym czasie słyszałaś, żebym ja komuś kadziła, podlizywała się lub była przesadnie uprzejma bez potrzeby?

– Nie, przepraszam. – Przyszła sławna pisarka opuściła głowę.

– No, już dobrze. – Pani Eustaszynie żal się zrobiło sąsiadki, wiedziała, że Oleńka zawsze była bardzo wrażliwa, a ostatnio zrobiła się wręcz przewrażliwiona. Ale z empatii jej to wybaczała. – A jaka jest ta druga prośba? – spytała.

Pani Oleńka wyciągnęła z siatki spięty ogromnym spinaczem plik zadrukowanych kartek.

– No, to jest ta książka, spójrz na stronę tytułową.

Pani Eustaszyna spojrzała i... zdębiała.

Stało tam, jak byk: „Przygody Franciszki", napisały: Aleksandra Brzeska i Jadwiga Krzewicz-Zagórska.

– Przepraszam, że moje nazwisko jest na pierwszym miejscu, ale pomyślałam, że tak powinno być alfabetycznie – powiedziała pani Oleńka i dodała: – I to jest ta moja druga prośba. Żebyś się zgodziła na umieszczenie tu swojego nazwiska. Bo przecież gdyby nie ten twój rozdział, dość długi zresztą, książka miałaby całkiem inny kształt. Twój rozdział był po prostu kluczowy. I od razu ci powiem, uprzedzając twoje ewentualne protesty, bo znam twój takt i skromność (pani Oleńce nawet nie drgnął głos, gdy to mówiła, naprawdę tak myślała) – że jeśli nie zgodzisz się na to, żeby tu było i twoje nazwisko, to ja też książkę po prostu od razu wrzucam do pieca.

– A gdzie ty tu piec znajdziesz? – odruchowo zareagowała pani Eustaszyna, której zwilgotniały oczy i głos się nieco załamał.

– Gdzieś jakiś znajdę, nie martw się – odparła stanowczo sąsiadka. – No więc, jak, zgadzasz się?

Pani Eustaszyna rzuciła się przyjaciółce na szyję, o mało nie przewracając jej razem z krzesłem.

– Wiesz, co? Jeszcze nikt nigdy mnie tak nie uhonorował, powiem ci. A tyle lat żyję – dziwiła się. – Jestem zachwycona i zaszczycona, naprawdę. Bardzo ci dziękuję.

– To znaczy, że się zgadzasz? – Pani Oleńka wolała się upewnić. – Wobec tego uciekam, a ty zabieraj się do czytania. Z niecierpliwością czekam na twoją opinię. Oczywiście jeśli uznasz, a umówiłyśmy się, że powiesz szczerze, że książka jest nic niewarta, razem poszukamy jakiegoś pieca, do którego ją wrzucimy.

I poszła.

A pani Eustaszyna przeniosła się na fotel i rozłożyła wydruk na kolanach, myśląc przez chwilę, kto z jej znajomych ma piec, w którym ewentualnie (ale tylko ewentualnie!) można by tę książkę spalić. Jakby co...

W trakcie czytania jednak przestała się nad tym zastanawiać, bo powieść bardzo jej się spodobała. Naprawdę. Oczywiście najlepszy był rozdział napisany przez panią Eustaszynę, ale w sumie całość okazała się całkiem dobra. I ciekawa, i miejscami dowcipna, niekiedy też smutna, z wartką akcją i ciekawie zarysowanymi postaciami. Tylko to zakończenie... O, nie, ona, współautorka książki przecież, nie dopuści do takiego zakończenia.

Niedopowiedzianego.

Co to w ogóle za dylemat – usunąć ciążę czy nie? Usunąć tylko dlatego, że mąż, stary piernik, leń cholerny, twierdzi, że ma już jedno dziecko, a na drugie jest za stary? To nie trzeba było się żenić z młodą dziewczyną, psiakrew!

O, nie, to zakończenie musi zostać zmienione, tak żeby wszystkim się spodobało. Otóż dobrze, biedna Franciszka zgodzi się na usunięcie ciąży pod naciskiem męża, którego beznadziejnie i niezmiennie kocha. Pójdzie na zabieg, ale w rezultacie do aborcji nie dojdzie. Bo tymczasem syn pana Zenona, przebywający w pensjonacie z narzeczoną, przypadkiem usłyszy (nie, nie podsłucha – przypadkiem usłyszy) rozmowę ojca z młodą żoną. I domyśli się, gdzie i po co poszła Franciszka. Na dodatek sama.

Chłopak rzuci się na ojca, po prostu z pazurami, i przemówi mu do rozsądku. Wtedy pan Zenon zrozumie, że właściwie jednak chce mieć to drugie dziecko – a może będzie dziewczynka? Zatem w te pędy pobiegnie za żoną i wyciągnie ją z gabinetu ginekologicznego dosłownie w ostatniej chwili. I wiecie, co? Rzeczywiście urodzi się dziewczynka!

A Franka przekona się, że Wicio, syn jej męża z pierwszego małżeństwa, nie jest wcale taki straszny, jak o nim myślała.

O, właśnie tak będzie. I ona, współautorka, zaraz takie właśnie zakończenie napisze.

Ach – i jeszcze ten tytuł. Zupełnie, zdaniem pani Eustaszyny, nieodpowiedni.

Tytuł ma coś obiecywać, sugerować, zapowiadać. Kryć jakąś tajemnicę...

A co zapowiada tytuł „Przygody Franciszki"? Jakąś bajkę dla dzieci? Nie, tytuł trzeba zmienić koniecznie.

Co by tu wymyślić?, zastanawiała się pani Eustaszyna. I raptem wpadła na genialny pomysł. Oczywiście, idealny tytuł powieści! „A jeśli byłaby dziewczynka ..." – cudownie, prawda?

Dla przyzwoitości zadzwoniła do sąsiadki i opowiedziała jej o tych zmianach. Pani Oleńka odniosła się do nich z wielkim entuzjazmem.

Pan Eustachy, po powrocie z Zachęty pełen wrażeń, nie miał, niestety, komu ich przekazać, bo jego żona siedziała w fotelu z jakimś grubym plikiem zadrukowanych kartek na kolanach i tylko machała ręką, żeby nie przeszkadzał.

– Nie ma obiadu? – zdziwił się ogromnie, bo taka sytuacja nie zdarzyła się w ich małżeństwie chyba nigdy.

– Są tam kotlety mielone, w lodówce, odgrzej sobie. I mnie też możesz, przy okazji. I obierz kartofle, i ugotuj, i zrób sałatkę z pomidorów – dyrygowała pani Eustaszyna. – A mnie nie zawracaj głowy, widzisz chyba, że jestem bardzo zajęta.

– Ale co ty robisz, kochanie? – grzecznie spytał zdziwiony małżonek, na co pani Winia tylko rzuciła mu groźne spojrzenie i machnęła ręką w stronę kuchni.

Poszedł więc zdobywać nowe doświadczenia. Mistrzem kucharskim nie był pewnie ze czterdzieści lat. Ale, co tam, w imię szczęścia małżeńskiego zgadzał się na wszystko. A zresztą – głodny był i tyle!

W efekcie ziemniaki nieco rozgotował i okazały się niesłone, bo skąd mógł wiedzieć, że soli się wodę, sądził, że albo są słone same z siebie, albo posypuje się je solą na talerzu. Kotlety trochę przypalił, bo nie wiedział, że lepiej odgrzewać je na ciepłym tłuszczu, a nie w zimnym oleju. Za to sałatka z pomidorów wyszła rewelacyjnie i nawet wiedział, że należy ją posypać drobno pokrojoną cebulką. W ogóle się nie skaleczył i nic sobie nie zrobił.

Jego ukochana żona zjadła, co przed nią postawił, nawet nie zauważając tak drobnych usterek, jak niesłone ziemniaki i przypalony kotlet.

Czytała i pisała do pierwszej w nocy. Kiedy skończyła, natychmiast zatelefonowała do Marceliny.

– Marcelinko, kochanie…

– O matko, ciociu, co się stało? Już do was jadę! – wykrzyknęła Marcja.

– Nie, nie, dziecko, nie ma potrzeby, chcę ci tylko coś powiedzieć – zdziwiła się ciocia Winia wzruszona tą gotowością natychmiastowego przyjazdu.

– Ciociu, a czy ty wiesz, która jest godzina? – spytała Marcja.

– Nie, nie patrzyłam na zegarek – odpowiedziała ciocia. – Mam bardzo ważną wiadomość. Ale rzeczywiście, już późno – zreflektowała się. – Kochanie, bardzo cię przepraszam, naprawdę nie wiedziałam, że to już pierwsza w nocy. Śpij sobie, śpij, moje dziecko, porozmawiamy jutro.

Tak, teraz to „śpij sobie, moje dziecko", pomyślała Marcja, zła i ubawiona jednocześnie. Czy ktoś ma taką ciocię, jak ona?

Swoją drogą ciekawe, co znowu ta ciocia Winia wymyśliła. Bo że pomysł jest rewelacyjny, w to Marcja nie wątpiła.

*

Następnego dnia, po pracy, wcześniej ustaliwszy to z ciocią telefonicznie, Marcja stawiła się na Marszałkowskiej. Z pewnym niedowierzaniem ujrzała, że tym razem nie ma Jerzego.

A więc tym razem nie chodzi o moje plany matrymonialne? No, to bardzo ciekawe... – pomyślała, sondując ciocię, która nie chciała pisnąć ani słowa przed zakończeniem obiadu.

Później, gdy Eustachy poszedł już do drugiego pokoju, czytać te swoje gazety, ciocia postawiła kawę na stoliku, wskazała Marcji fotel, a sama usadowiła się obok, na drugim. W ręku trzymała gruby plik zadrukowanych kartek.

– Marcelinko, kochanie, napisałam książkę – oznajmiła. O tym, że właściwie książkę napisała pani Oleńka, a ona, Eustaszyna, tylko co nieco dodała, na razie nie mówiła. No, przecież to mało istotne, prawda?

– Co zrobiłaś, ciociu? – Marcja o mały włos nie wylała całej kawy na siebie, podnosiła bowiem właśnie filiżankę do ust, gdy usłyszała ten komunikat.

– Przecież mówię, że napisałam książkę – zirytowała się ciocia. – Właściwie napisałyśmy ją razem – ja i Oleńka – przyznała po chwili, bo przecież i tak na okładce były dwa nazwiska. A ile i co która napisała, tego z pewnością nikt nie będzie dochodził. – Mówiłam ci, pamiętasz chyba, że Oleńka pisze książkę. Wtedy, jak Eustachy leżał w szpitalu.

– No, owszem, mówiłaś, pamiętam – zaczęła bąkać Marcelina. – Ale ja zrozumiałam, że to pani Oleńka pisze, a nie ty.

– A, bo widzisz, rzeczywiście zaczęła pisać Oleńka – tłumaczyła pokrętnie pani Eustaszyna. – Tylko potem tak mnie prosiła o pomoc i wsparcie, że zdecydowałam się na współpracę i w rezultacie napisałyśmy obie. Ona kawałek, ja kawałek – i wyszła z tego książka. Chyba udana. I zaczynamy rozsyłać ją po wydawnictwach, mam nadzieję, że ktoś zechce to wydrukować – mówiła przyszła sławna pisarka. – Ale, wiesz, dziecko, nie przypuszczałam, że na starość jeszcze takie stresy będę przeżywać. Wydadzą czy nie wydadzą – oto jest pytanie – zachichotała wielbicielka Szekspira.

– Mogę to przeczytać, ciociu? – z prośbą w głosie zapytała Marcja, wyciągając rękę po gruby plik kartek, który ciocia ściskała w objęciach.

Ciocia jeszcze mocniej przytuliła wspólne sąsiedzkie dzieło do piersi.

– A jak ci się nie spodoba? – wyszeptała, cała w rumieńcach.

– Ciociu, a tobie się podoba?

– No, tak, owszem, ale widzisz, moje dziecko, ja przecież mogę nie być obiektywna – szepnęła jeszcze ciszej.

– Ty? Nieobiektywna? – nieco obłudnie zdziwiła się Marcja, chcąc podtrzymać ciocię na duchu, bo widziała, że dopadły ją już twórcze niepokoje i przeżywa tę sprawę dość mocno.

– No, skoro tak twierdzisz – uspokoiła się nieco pani Eustaszyna, podając jej wydruk. – Ale przysięgnij mi tu, że powiesz mi prawdę, tylko prawdę i szczerą prawdę.

– Tak mi dopomóż Bóg – zakończyła Marcja i ze słowami: – To ja lecę i czytam – poderwała się z fotela i już jej nie było.

*

Anna Towiańska ze złością spojrzała na telefon. Miała ochotę cisnąć aparat na trawę – ale co by to zmieniło? I tak musiała jechać do Warszawy, choć bardzo, ale bardzo jej to teraz nie odpowiadało. Jednak – tak prawdę mówiąc – ostatnio wyjazdy z „Sosnówki" prawie nigdy jej nie odpowiadały. Każdą chwilę swojego życia oddawała teraz swojemu ukochanemu pensjonatowi i wszelkie inne rzeczy, które zmuszona była robić, bardzo jej w tym przeszkadzały. I złościły.

Niestety, pracy – tej zawodowej, w wydawnictwie – rzucić nie mogła, bo w jej sytuacji liczył się każdy dodatkowy grosz. Pensjonat na razie raczej bardziej przypominał odkurzacz wsysający pieniądze niż fontannę, która tymi pieniędzmi chciałaby tryskać.

Piotr Żętycki, współwłaściciel i szef wydawnictwa „Oczko", w którym pracowała, zażyczył sobie jej natychmiastowej obecności w Warszawie, ponieważ jeden z autorów napisał nową książkę i oświadczył, że będzie współpracował tylko z Anną. Nie było w tym żadnych podtekstów, po prostu świetnie się dogadywali przy poprzedniej książce, która odniosła spektakularny sukces i autor, nie bez racji zresztą, przyznawał tu spore zasługi redaktorce.

Cóż, Piotr twierdził, że nowa książka jest ciekawa i dobrze rokuje, trzeba tylko trochę przy niej popracować, a szczegóły chcieliby – i Piotr, i autor – omówić z Anną bezpośrednio, nie przez internet.

Anna złapała więc w dłoń wzgardzony przed chwilą telefon i zadzwoniła do Małgosi, mieszkającej w Warszawie najlepszej przyjaciółki, u której zawsze się zatrzymywała.

– Witam cię, moja kochana – usłyszała, bo przecież Małgosi wyświetliło się, kto dzwoni. – Właśnie zdobywamy małą pętlę bieszczadzką. A co u ciebie?

– O, to dupa – wymknęło się Annie. – Sorry, ale ja właśnie jutro muszę być w Warszawie i chciałam cię zaszczycić swoją wizytą.

– Nic z tego tym razem, niestety – powiedziała Małgosia. – Ale, miła moja, pisałam ci w mejlu, że jedziemy w te Bieszczady.

– Kurczę, teraz sobie przypominam – odrzekła z westchnieniem Anna. – Nic to, pojadę do Wiesi. Miłego wędrowania wam życzę. Odezwij się po powrocie, poopowiadasz, jak było.

Anna już chciała dzwonić do Wiesi, ale przypomniała sobie Marcelinę – Marcję, która była u niej w kwietniu i z którą tak szybko znalazły wspólny język. Marcja jakoś się nie odzywała, to znaczy napisała zaraz po przyjeździe do Warszawy, że z Jerzym na razie zawarli zawieszenie broni, pierścionka nie odebrał, ale też wyraźnie się nie zdeklarował. Teraz dom na jej działce buduje.

I w zasadzie to wszystko, co Anna wiedziała. A była ciekawa, co dalej. Postanowiła więc zadzwonić do Marcji – miała zresztą nawet przykazane, że gdyby kiedykolwiek musiała przyjechać do Warszawy, to ma się meldować, bo Marcja ma spore, trzypokojowe mieszkanie i zawsze może ją ugościć.

Więc teraz Anna postanowiła sprawdzić, jaką moc mają takie urlopowe przyrzeczenia. I usłyszała entuzjastyczny pisk z drugiej strony.

– Kiedy będziesz? O której mniej więcej? Wiesz, jak do mnie trafić?

– Marcja, dziewczyno, zapomniałaś już, że ja jestem warszawianką? Miałabym nie wiedzieć, jak trafić na plac Wilsona? – roześmiała się Anna. – Tylko nie szykuj żadnego obiadu, pójdziemy sobie do jakiejś knajpy, ja stawiam – zapowiedziała.

– O, to już mnie uszczęśliwiłaś, bo ja i kuchnia to dwa przeciwieństwa – przyznała się Marcja. – Choć moja kochana i nieoceniona ciocia Winia bez przerwy stara się mnie nauczyć kucharzenia. Coś tam już nawet dzięki niej umiem przygotować, ale serdecznie tego nie znoszę.

Za to robię pyszne kanapki, więc kolację i śniadanie masz, jak w hotelu sześciogwiazdkowym.

– A są takie? – zdziwiła się Anna. – Myślałam, że najwięcej może być pięć gwiazdek.

– Nie mam pojęcia – odrzekła Marcja. – Ale u mnie śniadania i kolacje są sześciogwiazdkowe, sama się przekonasz.

Czekając na przyjaciółkę – umówiły się w „Sfinksie", w wieżowcu przy Świętokrzyskiej – Marcja przypomniała sobie, że przecież Anna pracuje w wydawnictwie. Musi ją więc zainteresować dziełem cioci i pani Oleńki. Trzeba szczerze przyznać, że książka naprawdę jej się spodobała, Marcja czytała ją przez całą niedzielę. Widziała drobne usterki, ale sama nie chciała się wtrącać. Przecież doświadczony redaktor sobie z nimi poradzi. Najważniejsze, żeby wydawcy dostrzegli potencjał w tej opowieści. O tym musi z Anną pogadać. Nie, żeby zaraz miała lansować tę powieść w swoim wydawnictwie – choć jeśliby się zainteresowali, to byłoby cudownie – ale żeby uczciwie powiedziała, czy ta rzecz w ogóle nadaje się do wydania.

Anna, o dziwo, odniosła się do tego projektu bardzo entuzjastycznie.

– Wiesz, skoro tobie się spodobało, to sądzę, że i mnie się spodoba – powiedziała. – Ale byłaby sensacja wydawnicza – takie dwie starsze panie – debiutantki! Nasz naczelny szef potrafi wypromować tego typu perełki. Myślę, że byłby zachwycony.

I sięgnęła po telefon.

– Zadowolony ze spotkania? – spytała. – Nie, nie autor, tylko ty. Mój naczelny szef, od którego zależy wielkość mojej premii – zażartowała, dobrze wiedząc, że spotkanie wypadło świetnie, umowę zawarto zgodnie ze wszystkimi życzeniami wydawcy, a i autor nie miał powodów do narzekań. – Wiesz, dzwonię, bo chyba mam kolejny hit. To znaczy, mamy hit. Otóż moja przyjaciółka przyniosła mi do oceny powieść, którą napisały dwie debiutantki. Z których jedna ma siedemdziesiąt osiem lat, choć oczywiście się nie przyznaje, a druga jest tylko o dziesięć lat młodsza – opowiadała Piotrowi. – Ale książka jest świeża, dobrze napisana i ma interesującą treść. Prześlę ci mejlem, sam sobie przejrzyj. A ja przeczytam ją jeszcze raz, bardzo dokładnie – i pogadamy.

– Kiedy ty zdążyłaś ją przeczytać, przecież ledwo przyjechałaś do Warszawy, a przed dwiema godzinami wyszłaś od nas, z redakcji? – zapytał z niedowierzaniem Piotr.

– No, dobrze, przyznaję, że całej jeszcze nie czytałam, ale przejrzałam ją biegiem i przeczytałam fragmenty. Sam wiesz, że najczęściej to wystarczy, żeby się zorientować, czy w ogóle warto się zajmować jakimś tekstem. Tym warto, zapewniam cię. Chyba przekonałeś się już nieraz, że mam nosa. Więc spróbuj sam przejrzeć tę książkę, dobrze? – poprosiła go.

– No, dobrze, dobrze, ale nic nie obiecuj, poczekaj na mój sygnał.

– Taa jest, szefie! Odmeldowuję się – zakończyła rozmowę Anna.

– O matko! – westchnęła Marcja. – Możesz przeze mnie stracić pracę!

– Jeszcze raz zapytam: czy ta powieść ci się spodobała?

– Taa jest! – zaśmiała się Marcja.

– A więc nie ma sprawy. Jakoś dziwnie mam zaufanie do twojego gustu czytelniczego, widziałam, co czytałaś w „Sosnówce". Ja lubię takie same książki. A teraz mów, co z Jerzym, i w ogóle opowiadaj wszystko. – Anna rozsiadła się wygodnie, ale kelner akurat przyniósł zamówione dania.

Zdecydowały więc, że na babskie pogaduchy będzie czas wieczorem, przy tych sześciogwiazdkowych kanapkach Marcji. Teraz jadły obiad i paplały o niczym. Jeśli niczym można nazwać politykę. Okazało się, że obydwie były „jednomyślne" i miały identyczne poglądy na to, co się aktualnie działo w kraju. A działo się, działo, miały więc co krytykować i na co się oburzać.

Po obiedzie Anna uznała, że koniecznie musi wpaść na kawę do swojej warszawskiej rodziny. O Wiesi oraz Bogusiu i jego żonie, Janinie, szczegółowo opowiadała Marcji w „Sosnówce", nie musiała więc teraz tłumaczyć, do kogo idzie. A ponieważ ta kawa była u Wiesi, mieszkającej na Bielanach, to do Marcji, na plac Wilsona, miała potem po prostu dwa kroki. Umówiły się więc na wieczór i każda ruszyła w swoją stronę.

Marcja, skoro była już tak blisko, postanowiła wpaść na chwilę do cioci. Chciała oddać jej wydruk i przesłać mejlem tekst na swój komputer. A także na adres mejlowy Anny. Już ona sama przekaże powieść panu Piotrowi. Gdyby „Oczko" zainteresowało się tą propozycją, redaktorem prowadzącym książki byłaby oczywiście Anna.

Na wieść o rozpoczęciu kariery pisarskiej pani Eustaszyna wpadła w popłoch, a następnie w ekstazę.

– Oleńka, Oleńka! – Waliła w ścianę do sąsiadki, która, usłyszawszy, przybiegła natychmiast, strasznie zdenerwowana, myślała bowiem, że coś się stało Eustachemu i Winia potrzebuje pomocy.

Pan Eustachy wychylił się jednak ze swojego pokoju pogodnie uśmiechnięty i pomachał dłonią, sygnalizując zadowolenie z jej wizyty. W istocie zawsze się cieszył, gdy ktokolwiek do nich przychodził, bo wtedy mógł sobie spokojnie czytać gazety, nieodrywany od lektury nieustannym: „Eustachy, a czy wiesz …" – po czym płynęła opowieść jego żony o sprawach, o których nie miał pojęcia – i nawet mieć nie chciał.

– OMatkoświętaPrzenajświętsza! – wysapała jednym tchem pani Oleńka. – Ale mnie wystraszyłaś. Co się stało?

– Nic takiego, pani Oleńko, proszę, niech pani siada – uspokoiła ją Marcja. – Nie zna pani cioci? Przecież ona na wszystko reaguje tak emocjonalnie. Chociaż przyznać muszę, że tym razem jest to uzasadnione. Mam bardzo dobre wieści. Otóż powieścią pań zainteresowało się wydawnictwo „Oczko". Jest niezbyt duże, ale wydaje sporo dobrych i poczytnych tytułów. A najważniejsze to zaistnieć na rynku. Gdy już książka pań ukaże się w księgarniach i czytelnicy się na nią rzucą, to o następną wydawcy po prostu będą się bić, zobaczycie.

– Ale my nie mamy następnej – wyszeptała zmartwiona pani Oleńka, do której tylko to na razie dotarło.

– Ty się nie martw o następną książkę, martw się o tę – wysyczała pani Eustaszyna, nieco zirytowana reakcją sąsiadki. Ale, zaraz, dziecko – zwróciła się do Marceliny. – Przecież my w ogóle nie wysyłałyśmy książki do tego wydawnictwa. Wiem, bo sama to robiłam. Wyszukałam parę kontaktów w internecie.

– Ciociu droga – powiedziała Marcja – a od czego masz mnie? Mówiłam ci, że macie rozesłać do wszystkich wydawnictw, a ty „parę kontaktów...". A dołączyłaś chociaż ten tekst promocyjny, który ci napisałam?

– No, nie jestem pewna. Chyba tak, coś tam dołączałam – wystękała pani Eustaszyna.

– O matko, ciociu! Zrób kawę, dobrze? A ja tymczasem podziałam troszkę w twoim komputerze. – I posłuchaj, gdyby jakiekolwiek wydawnictwo coś wam odpowiedziało, sama nic nie rób, po prostu prześlij natychmiast tę wiadomość do mnie, dobrze?

– Dobrze, dobrze, oczywiście, moje dziecko – posłusznie przytaknęła jedna z przyszłych sławnych autorek, a druga siedziała bez słowa, kiwając z oszołomieniem głową.

I stał się cud – bo, cuda się zdarzają, trzeba im tylko trochę pomóc. Całemu zespołowi „Oczka" książka „A jeśli byłaby dziewczynka..." bardzo się spodobała. Redakcja postanowiła ją wydać i przeznaczyć spore środki na promocję. Stół w EMPiK-u, plakaty w księgarniach, wywiady w programach radiowych i reklama w internecie. Krótkie wzmianki w pismach kobiecych – słowem, promocja na całego. Owszem, pochłonie to trochę pieniędzy, wspólnicy o tym wiedzieli. Ale uznali, że naprawdę warto. Nie dosyć, że powieść jest dobra (Anna ją przecież wycyzeluje), to jeszcze takie autorki... Przebiją wszystkie tytuły na rynku!

Machina ruszyła, powieść miała się ukazać na początku przyszłego roku.

A tymczasem panie autorki otrzymały jeszcze oferty wydania swojej powieści z dwóch innych wydawnictw. Z dumą odpisały: „Dziękujemy bardzo, ale książka ma już wydawcę".

Mało nie pękły z tej dumy obydwie.

– Ciociu – powiedziała Marcja – teraz musicie się zabrać do pisania następnej powieści. Nie możecie poprzestać na jednej.

*

Majka i Tomek polecieli do USA. Ich rodzice byli już tam od maja i nie mogli się doczekać przyjazdu dzieci.

Młodzi Kozłowscy nastali się w kolejce przed ambasadą Stanów Zjednoczonych, ale rezultat był pomyślny, wszyscy dostali wizy, nawet półroczne. Marcja, niestety, mogła przylecieć do nich dopiero w sierpniu, teraz musiała trzymać rękę na pulsie, została bowiem mianowana agentem literackim świeżo upieczonych autorek.

Państwo Kozłowscy ulokowali się w New Haven, w stanie Connecticut, bliziutko Uniwersytetu Yale, który zaprosił pana Jana. Wynajęto im domek, jakich tam wiele, dla Amerykanów zwyczajny, dla nich obojga wręcz niewiarygodny. W Warszawie, wraz z dwójką dzieci, mieszkali sobie w trzech pokojach, a całe ich mieszkanie miało pięćdziesiąt cztery metry kwadratowe. Im to wystarczało, nawet byli nim zachwyceni. Ale teraz, tu – w tym New Haven – po prostu nie umieli się odnaleźć. A domek, jak na warunki amerykańskie, w zasadzie był skromny. Ot, pięć sypialni na górze, salon i gabinet na dole. Duża kuchnia, dwie łazienki, dodatkowa ubikacja, garaż, garderoba. Ogródek wielkości chusteczki do nosa. Oczywiście amerykańskiej chusteczki – zaledwie osiemset metrów kwadratowych.

Tak więc miejsca było tyle, że i Marcja, i dzieciaki, spokojnie mogli tam się zmieścić. Do Nowego Jorku jechało się dwie godziny pociągiem, ale cóż to za problem dla młodych ludzi? Tata Jan podwoził ich samochodem na dworzec, wsadzał w pociąg, a sam jechał do pracy. Mama Stefa była z nimi w Nowym Jorku kilka razy, ale w końcu jej się znudziło. Jeździli więc sami i oglądali, zwiedzali, łazili, jeździli metrem i autobusami, chłonąc wszystko dookoła, zachwyceni i nienasyceni.

Gdy w New Haven zjawiła się Marcja, Majka i Tomek mogli już służyć za przewodników po Nowym Jorku. Oboje byli nim oszołomieni i trwali w uwielbieniu dla wszystkiego, co tam widzieli. Aktualnie.

Marcja może mniej – dostrzegała też kloszardów, żebraków, biedaków, a przede wszystkim ogromny tłum ludzi, wielojęzycznych, wielokolorowych, różnych nacji. Nie była tą mieszaniną zachwycona. Jakoś ją to wszystko denerwowało i przytłaczało.

Ulubionym jej miejscem stał się Central Park. Przerażał ją Harlem, irytował Greenpoint. Bardzo podobała jej się Statua Wolności i Brooklyn Bridge. Polubiła też Empire State Building i oczywiście wjechała na dach tego „domeczku". Koniecznie chciała to zrobić, tam bowiem spotkali się główni bohaterowie jej ukochanego filmu „Bezsenność w Seattle".

Wszyscy poszli obejrzeć miejsce, w którym do czasu zamachów z jedenastego września 2001 stały wieżowce World Trade Center – i pokłonili się z wielkim szacunkiem duchom ludzi, którzy tam zginęli. Obejrzenie terenu było naprawdę niesamowitym przeżyciem.

Zwiedzali najróżniejsze miejsca, zdając sobie sprawę z tego, że na poznanie Nowego Jorku pewnie nie wystarczyłoby nawet kilka miesięcy, a oni tyle nie mieli. Szczególnie Marcja. W zasadzie nie wiedziała, czy lubi Nowy Jork, czy nie. Dla niej było to miasto kontrastów – można je uwielbiać lub go nienawidzić, ale nikt nie mógłby pozostać na nie obojętny. Marcja zdawała sobie sprawę z tego, że widzi wszystko tylko z wierzchu. Cóż, na oglądanie miała tylko miesiąc. Majka i Tomek zostawali nieco dłużej, ale oni, młodsi, odbierali to, co widzieli, inaczej. Podziwiali wszystko i najchętniej zostaliby tu na dłużej. Obydwoje. Zaczęli się zastanawiać, czy nie można by jakoś przenieść się tu na studia. Cóż, teraz wszystko jest możliwe. Rodzice obiecali, że się zorientują, choć zachwyceni tym pomysłem nie byli. Póki oni tu mieszkali, to jeszcze, jeszcze. Ale dzieciaki same? W Nowym Jorku? Cóż, nieważne, że syn i córka są już dorośli. Dzieci to dzieci i już. Zawsze!

Chociaż – w ostatnich latach Nowy Jork znalazł się w pierwszej dziesiątce najbezpieczniejszych miast w Stanach Zjednoczonych[*]. Co więcej, miasto stało się bezpieczniejsze w ciągu ostatniego dziesięciolecia. Mimo wszystko, zdaniem nie tylko rodziców Majki i Tomka, ale i Marcji, ranking bezpiecznych miejsc w Stanach Zjednoczonych miał się nijak do bezpieczeństwa w ich ukochanej Warszawie. Choć nigdy nie twierdzili, że w Warszawie jest bardzo bezpiecznie...

Państwo Kozłowscy nie martwili się jednak zbytnio, znali bowiem swoje dzieci i wiedzieli, że łatwo się do wszystkiego zapalają, ale nieco gorzej bywa

[*]   Według *City Crime Rankings*, 9 wydanie, 2003.

z realizacją zamierzeń. O, gdyby tak ktoś to za nich załatwił... To albo cokolwiek innego. Rodzice i tak byli bardzo zdziwieni, że Majka i Tomek sami załatwili wizy.

Niech więc sobie latają po tym Nowym Jorku i zachwycają się nim do woli. A potem wrócą do Warszawy, na swój Mokotów – i też będą zachwyceni.

A Marcja – po głębokim zastanowieniu – uznała, że są tylko dwa miasta na świecie, do których zawsze chce wracać.

To czeska Praga i polski Gdańsk.

Nowy Jork – niekoniecznie... Była, trochę widziała i starczy.

Rozdział szesnasty

Był początek sierpnia 2010 roku.

Marcja wyleciała do Stanów Zjednoczonych, dzieciaki już tam były. Sprawy wydawnicze obu przyszłych pań pisarek zostały załatwione, mogła więc spokojnie wyjechać.

Pani Eustaszyna poczuła się bardzo osamotniona i stwierdziła, że chyba nie ma co robić. A był to stan dla niej nieznośny.

Siedziała więc i wymyślała, co by tu...

Od osiemnastego do dwudziestego pierwszego sierpnia miała zaplanowany wyjazd do Gdańska, przecież musiała być – jak co roku – na Jarmarku Dominikańskim. Tyle że co roku jeździła tam z mężem, a w ubiegłym roku wybrali się we czwórkę – pani Winia, Eustachy oraz Marcja z Jerzym. W tym roku Eustachy odmówił wyjazdu, uznając, że to dla niego zbyt męczące, Marcji nie było, Jerzego przecież nie mogła prosić. Namówiła więc swoją koleżankę-współautorkę. Oleńka nawet chętnie na ten wyjazd przystała, nigdy na Jarmarku Dominikańskim nie była, więc chciała choć raz go zobaczyć. Panie podjęły nawet bohaterską decyzję, że w obie strony polecą samolotem, bo ktoś im opowiadał, że jechał do Gdańska prawie siedem godzin pociągiem, ponieważ coś tam robią z torami i podróż trwa teraz bardzo długo.

Pani Eustaszyna była podekscytowana, jako że – wstyd przyznać – ale w całym swoim, nie najkrótszym przecież życiu jeszcze nigdy samolotem nie leciała. Pani Oleńka natomiast latała, nawet wiele razy. Miała przecież syna w Madrycie i – za życia męża – oboje latali do Hiszpanii przynajmniej raz w roku. A częściej – dwa razy. Ale z kolei nigdy nie leciała żadnym rejsem krajowym. Przed każdą z pań było więc coś nowego.

Marcja, jeszcze przed wyjazdem do Stanów, kupiła im przez internet bilety i ku zdziwieniu obu podróżniczek okazało się, że wcale nie wyszło to dużo drożej niż przejazd pociągiem. Cała tajemnica tkwiła w tym, że im wcześniej kupowało się bilety, tym były one tańsze. Potem z każdym dniem cena rosła.

No tak, ale do wyjazdu – a właściwie wylotu – pozostały jeszcze przeszło dwa tygodnie. Tak więc pani Eustaszyna, pomna „rozkazu" swojej Marcelinki, zaczęła obmyślać intrygę nowej książki. Bohaterką chciała uczynić pewną Gdańszczankę, usilnie poszukującą męża. A że Trójmiasto znała dość dobrze – i można powiedzieć, że problemy związane z poszukiwaniem męża nie były jej obce – miała nadzieję, że książka jakoś tam im się napisze. Im – bo przecież miała zamiar pisać wspólnie z Oleńką. Wszystko sobie omówią i ustalą podczas pobytu w Gdańsku. Nawet może uda im się trochę materiałów zebrać. I nieco lokalnego kolorytu przyswoić.

Tak więc obmyślała sobie nową fabułę, aż tu raptem któregoś dnia zobaczyła w gazecie zapowiedź rozpoczynającego się Letniego Grand Prix w skokach narciarskich. Pani Eustaszyna, gorąca wielbicielka Adama

Małysza – wieloletnia wielbicielka – aż podskoczyła z radości.

Och, jak to cudownie, pomyślała. Muszę sobie naszykować odpowiedni zapas jogurtowych „śmiej-żelków". Od tego paskudztwa, jak nazywał żelki pan Eustachy, jego żona ostatnio po prostu była uzależniona.

– Co ci w nich tak smakuje? – dziwił się nieustająco.

– Przecież to takie gumowate, że nawet trudno pogryźć.

– No wiesz, mój drogi – tłumaczyła mu. – Jeden lubi czekoladę, a drugiemu... nogi się pocą – wytrząsnęła jak z rękawa jedno z powiedzonek, których zawsze miała w tym rękawie cały zapas, najrozmaitszych, na najróżniejsze okazje.

Pana Eustachego zatkało. Zaczął się zastanawiać i wyszło mu, że mimo wszystko wolałby jednak czekoladę – czyli te żelki – niż spocone nogi, skoro miałby tylko taki wybór.

Pani Eustaszyna nie miała jednak zamiaru zastanawiać się nad tym, co wolałby jej małżonek, żelki ona jadła, nie on – i nic mu do tego.

Tak więc w sobotę, siódmego sierpnia, wyrzuciła męża do drugiego pokoju, żeby jej nie przeszkadzał – Eustachy bowiem, dziwak jeden, wcale nie podzielał narciarskiej pasji żony – i obłożona tymi żelkami, włączyła telewizor. Ku swojemu niezadowoleniu zobaczyła, że to konkurs drużynowy, a spodziewała się indywidualnego. W Adama Małysza wierzyła jak w Zawiszę, w całą drużynę raczej nie. No, ale zaczęło się, to popatrzy.

I – o święty Panie Boże! – było na co patrzeć. Nie wiedzieć jakim cudem nasza drużyna, złożona z Adama Małysza, Dawida Kubackiego, Krzysia Miętusa i Maćka

Kota wygrała drużynowy konkurs skoków w Hinterzarten! Wygrała! Zdobyła pierwsze miejsce! To przecież niewiarygodne. Pani Eustaszyna dostała palpitacji serca, podskoczyło jej ciśnienie i sama również zaczęła podskakiwać. Coś takiego nie zdarzyło się jeszcze nigdy w życiu ani w historii skoków narciarskich. A pani Winia dobrze się na skokach znała, lepiej niż niejeden sprawozdawca sportowy. Z większością komentatorów dyskutowała zawzięcie przed telewizorem, bo myliły im się nazwiska zawodników, długość skoków i inne informacje, co przyprawiało panią Eustaszynę o napady wściekłości.

Takie coś więc to po prostu sensacja! Pierwsze miejsce! Na dodatek następny z ulubieńców pani Eustaszyny, Kamil Stoch, właśnie w tym dniu brał ślub. Pomyślała, że lepszego prezentu koledzy nie mogli mu zrobić. Nawet machali przed kamerami kartką, na której napisali: „Kamil i Ewa – sto lat!".

Pani Eustaszyna nie miała z kim się podzielić swoją radością. Wpadła do pokoju Eustachego, ale mąż spojrzał na nią niezbyt przytomnym wzrokiem i w ogóle nie zrozumiał wagi tej informacji. Machnęła więc na niego ręką – ot, przypadek beznadziejny. Jedynie Marcelinka rozumiała jej narciarską pasję – ale cóż, Marceliny nie było. Ale od czego są telefony – pani Eustaszyna wyciągnęła okulary oraz kartkę, na której zapisane były wszystkie informacje o amerykańskim miejscu zamieszkania Stefci i jej rodziny, wraz z numerem telefonu oczywiście. I mozolnie – bo tych cyfr było dużo więcej niż w telefonach warszawskich – wybrała jakoś ten amerykański numer.

Ktoś się odezwał.

– Halo, halo! – krzyczała, jak mogła najgłośniej, żeby na pewno ją usłyszeli tam, za tym oceanem. – Kto mówi? – dopytywała się usilnie.

– Ciociu, to ty? – Usłyszała wreszcie głos Stefci. – Boże, co się stało? Coś z wujkiem, tak?

– Nie, dlaczego? – zdziwiła się pani Eustaszyna. – Czy jak ja do was dzwonię, to zaraz musiało się coś stać? Choć rzeczywiście, stało się. Stało się coś, czego nie było jeszcze nigdy w życiu. No, cud, cud po prostu.

– Jaki cud, ciociu? – dopytywała się Stefania. – O czym ty w ogóle mówisz?

– Ach – zezłościła się pani Eustaszyna – ty i tak tego nie zrozumiesz. Daj mi do telefonu Marcelinkę.

– Ciociu, czy ty wiesz, która u nas jest teraz godzina?

– Nie wiem i nic mnie to nie obchodzi. Muszę rozmawiać z Marceliną – domagała się ciocia.

– No właśnie usiłuję ci wytłumaczyć, że u nas jest teraz pora przedpołudniowa i ani Marcji, ani dzieciaków nie ma w domu. Są, jak zwykle, w Nowym Jorku.

– Ojej, jejku, to fatalnie. Przecież tobie nie będę tłumaczyć, co się stało – i tak tego nie zrozumiesz.

– Ale, ciociu, na pewno nic złego? Na pewno wszystko w porządku? – dopytywała się zaniepokojona Stefcia.

– W jak najlepszym – zapewniła ją pani Eustaszyna i rozłączyła się, wielce niezadowolona.

Marcja zadzwoniła do niej dopiero następnego dnia. W sobotę wrócili bowiem późno do domu i pora już była nieodpowiednia na telefon do Warszawy, choć Stefcia coś o jakimś cudzie opowiadała. Marcja jednak, znając ciocię, żadnym cudem nie miała zamiaru się przejmować. Gdyby naprawdę coś się stało, to nie mówiłaby o żadnych cudach, tylko wyjaśniłaby od razu, o co chodzi.

A w niedzielę, usłyszawszy w telefonie głos Marcji, ciocia wrzasnęła tylko:

– Nie przeszkadzaj mi teraz, Adaś będzie skakał, wygrywa konkurs! – i się rozłączyła.

Marcja od razu wiedziała, co się dzieje. Weszła w internet i sprawdziła, jak sobie radzą Polacy. Gdy zobaczyła wyniki, zrozumiała i wczorajszy telefon cioci, i jej słowa o cudzie, i dzisiejszą ekscytację. Ach, ta ciocia Winia, drugiej takiej nie ma na całym świecie.

*

A w tym czasie w Warszawie Jerzy dzielnie budował dom. Właściwie nie w Warszawie, tylko w Dziekanowie Leśnym. Choć to tak blisko Warszawy, że za kilka lat z pewnością Dziekanów stanie się jej dzielnicą, tak, jak było z Włochami lub Ursusem na przykład (choć to całkiem inna strona Warszawy).

Cały czas myślał o pomyśle, na który wpadł, gdy Marcja pokazywała mu obraz Dyzia, wiszący teraz w jej sypialni. Mówiła, że kiedy się budzi i widzi przed sobą tę sosnę, od razu dzień wydaje jej się piękniejszy.

Jerzy wymyślił więc, że ubłaga nowych właścicieli mazurskiej działki pana Marcelego, żeby pozwolili mu odkupić i zabrać ukochaną sosnę Marcji. Tę, na której były wyryte inicjały „M+J". Tę, o której myśląc, Marcja płakała. Znalazł w internecie firmę, ogłaszającą, że potrafi przeprowadzić akcję wykopania, przewiezienia i posadzenia każdego drzewa we wskazanym miejscu. Zapewniali, że mają niemal stuprocentową skuteczność

236

w tego rodzaju przedsięwzięciach, dysponują odpowiednimi koparkami i platformami do transportu – jednym słowem dawali gwarancję, że wszystko się powiedzie. Tym bardziej jeśli chodzi o sosnę, bo to wytrzymałe drzewo.

Wykopali już nawet odpowiedni dół na działce Marcji i odpowiednio go nawozili. Jerzy rozpoczął przygotowania, był bowiem pewny, że uda mu się przeprowadzić ten plan.

Musiał tylko poprosić o pomoc panią Eustaszynę, ponieważ mazurską działkę kupili jej znajomi.

– Dzień dobry, droga ciociu, tu Jerzy – zadzwonił do niej. – Przepraszam, że tak długo się nie odzywałem, ale jestem ogromnie zajęty. Chcę zrobić jak najwięcej przed powrotem Marcji ze Stanów. A w ogóle, jak cioci samopoczucie? Co nowego słychać? – pytał, nie wiedząc, jak się wprosić na jakąś kawę, bo przez telefon nie chciał mówić o swoim pomyśle.

A pani Eustaszyna – całkiem przypadkiem – znalazła jeszcze jedną osobę, która dotąd nie wiedziała o jej sukcesach pisarskich. O, koniecznie trzeba więc wszystko opowiedzieć Jerzemu, bo przecież to niemożliwe, żeby on, już prawie członek rodziny, nie wiedział o tak ważnej sprawie.

– Jerzy, jak miło, że dzwonisz. Wpadnij na jakąś kawusię, porozmawiamy, muszę ci coś opowiedzieć.

– A co takiego, ciociu? – zainteresował się Jerzy.

– Hi, hi, hi – chichotała zadowolona pani Eustaszyna. – Nic nie powiem przez telefon, czekam na ciebie jutro po południu, około piątej. Może być ta godzina?

– Oczywiście, ciociu, stawiam się jutro.

Jerzy był zaintrygowany tą zapowiedzią. Oczywiście od razu pomyślał, że to coś dotyczy Marcji. Miał nadzieję, że ciocia nie zamierza mu oznajmić, iż Marcja poznała jakiegoś milionera w Nowym Jorku i wychodzi tam za mąż.

Trzeba przyznać, że trochę się denerwował. Następnego więc dnia, punktualnie o piątej po południu, zadzwonił do drzwi państwa Krzewicz-Zagórskich.

– O, Jerzy, miło cię widzieć – powiedział pan Eustachy, otwierając mu. – Dobrze, że przyszedłeś. To wy sobie tu rozmawiajcie, a ja idę poczytać gazety.

Jak zwykle.

– Siadaj, siadaj Jerzy. – Pani Eustaszyna już niosła z kuchni talerz ze wspaniale pachnącym kotletem schabowym z kapustą i tłuczonymi ziemniakami. – Na pewno nie jadłeś obiadu, a nawet jeśli jadłeś, to nie taki. Więc jedz, proszę, a ja ci w tym czasie będę opowiadać, co się w moim życiu zmieniło.

I pełna dumy, zasłużonej zresztą, opowiedziała Jerzemu wszystko o powstaniu książki, o wydawnictwie „Oczko", które się tą książką zachwyciło, o podpisaniu umowy i rozpoczętej już promocji.

– W internecie na Facebooku już o nas pisali. Marcja nam stronę założyła i już mamy kilka osób, dopytujących się bez przerwy, kiedy książka się ukaże.

– Och, ciociu, naprawdę? – ucieszył się Jerzy. – Cóż za wspaniała wiadomość, bardzo gratuluję, bardzo, naprawdę. Ale czemu dopiero teraz się o tym dowiaduję? Czy może mi ciocia tę książkę przesłać mejlem, przeczytam ją sobie?

– A, bo wiesz, wszystko tak szybko poszło – tłumaczyła się pani Eustaszyna. – Najpierw dzieciaki wyjeżdżały, potem Marcja, no i tak jakoś wypadło. Ale nie obraź się, nie wyślę ci elektronicznej wersji książki. Chciałabym wręczyć ci egzemplarz autorski z indywidualną dedykacją. Na razie i tak nie masz czasu na czytanie.

– Właśnie, droga ciociu, skoro już mowa o moim braku czasu i budowie domu, to mam wielką prośbę.

I Jerzy opowiedział „drogiej cioci" o swoim planie przesadzenia sosny. Wyjaśnił, że wpadł na ten pomysł po tym, jak zobaczył obraz Dyzia, wiszący w sypialni Anny. Mówił, jak się rozpłakała, bo z taką samą sosną, rosnącą na działce jej taty, łączyło się wiele miłych wspomnień.

Opowiedział też, że znalazł wykonawców swojego zamiaru. Teraz trzeba tylko uprosić nowych właścicieli działki, żeby zgodzili się na całe to przedsięwzięcie.

– I, ciociu, pomyślałem, że ciocia mi pomoże – poprosił. – Bo przecież to cioci znajomi tę działkę kupili, łatwiej więc będzie cioci z nimi rozmawiać niż mnie, całkiem obcemu człowiekowi. A chciałbym zdążyć z tym przed powrotem Marcji ze Stanów.

Panią Eustaszynę ten pomysł zachwycił. Uznała, że większego dowodu uczucia Jerzy nie mógł objawić i że – robiąc to – chce pokazać, że wybacza Marcji i definitywnie pragnie z nią związać swoje życie.

Zapytała go o to wprost, a on potwierdził.

– Tak, ciociu, przemyślałem wszystko dokładnie, miałem na to trochę czasu, szczególnie teraz, kiedy Marcji nie ma. Wciąż boli mnie to, co zrobiła, ale stało się i bardziej bym cierpiał, rozstając się z nią, niż po prostu pozostawiając to wszystko za sobą. Było, stało się i tyle. Postanowiłem, że nie będę do tego wracać i ciocię poproszę o to samo. Nie rozmawiamy o tym, dobrze?

– Oj, dobrze, kochany chłopcze, dobrze – ucieszyła się pani Eustaszyna. – Miałam nadzieję, że tak się stanie i codziennie się o to modliłam. Do świętego Antoniego.

– A dlaczego do niego właśnie? – zapytał szczerze zadziwiony Jerzy. – To raczej święty Juda Tadeusz byłby właściwszy, bo on od spraw beznadziejnych.

– To nie jest sprawa beznadziejna – obruszyła się pani Eustaszyna. – Do świętego Antoniego, żeby wam pomógł odnaleźć zagubioną miłość. On przecież jest od rzeczy zagubionych, nie?

– Moja miłość nigdy się nie zagubiła – szepnął Jerzy, ściskając panią Eustaszynę. – Ciociu, kocham cię! – powiedział.

A ona już dzwoniła do swojej przyjaciółki, Ewy, której córka z mężem kupili działkę pana Marcelego.

– Dzień dobry, Ewuniu, kochanie – zaśpiewała do słuchawki. – Jak dobrze, że cię zastałam, bo myślałam, że może jesteś na Mazurach.

– A, rzeczywiście, trafiłaś idealnie, bo właśnie pojutrze tam jadę. Cała rodzina jest w posiadłości, ja przyjechałam tylko na trzy dni, bo miałam od miesiąca umówioną wizytę u ortopedy – wiesz, te moje kolana... Ale jest lepiej, dużo lepiej – mówiła pani Ewa.

– Och, to rzeczywiście cudownie się składa – ucieszyła się pani Eustaszyna. – Mam do ciebie wielką prośbę. Koniecznie muszę się z tobą jutro spotkać, jeszcze przed twoim wyjazdem na Mazury. Posłuchaj, to prawie sprawa życia lub śmierci.

Zaintrygowana pani Ewa oczywiście nie mogła odmówić i ustaliły, że spotkają się następnego dnia w „Coffee Heaven", bo zawsze się tam umawiały. Pani Eustaszyna natychmiast przedstawiła przyjaciółce prośbę Jerzego, opowiadając nieco okrojoną wersję prawie rozstania pary Marcelina-Jerzy i o jego pomyśle, który pomoże mu odzyskać miłość Marcelinki. No, tak w przybliżeniu.

Pani Ewa bardzo życzliwie zareagowała na historię miłosną, której szczęśliwe zakończenie zależeć mogłoby od jednego drzewa.

– Oczywiście, że ich uproszę. Uważaj sprawę za załatwioną. Zadzwonię do ciebie natychmiast po przyjeździe do Adrianopola.

– Gdzie? – zdziwiła się pani Eustaszyna.

– No, Irena z Tadeuszem tak nazwali tę posiadłość, bo Adrian to imię ich synka. Ładnie, prawda?

– Ślicznie – przytaknęła pani Eustaszyna, w duchu krzywiąc się okropnie. O Jezusie, pomyślała, Marceli w grobie się przewraca. Ale wszystko jedno, najważniejsze, żeby się zgodzili na prośbę Jerzego.

I właściciele Adrianopola zgodzili się oddać sosnę. Poprosili tylko, żeby nie zostawić im jakiejś okropnej dziury w ziemi. Jerzy, powiadomiony o ustaleniach, zadzwonił do firmy, która miała tę akcję przeprowadzić, i uzgodnili, że w miejscu wykopanej sosny posadzą inne drzewo. Pracownicy firmy obiecali, że zajmą się wszystkim, co Jerzy skwapliwie przekazał cioci Wini, a ona – swojej przyjaciółce Ewie.

Cała ta dość skomplikowana operacja została bardzo sprawnie i pomyślnie wykonana. Trochę to oczywiście Jerzego kosztowało, ale zapłaciłby i trzy razy tyle. Był zachwycony. Sosnę posadzono w takim miejscu, żeby była widoczna z okna sypialni Marcji. Teraz pozostało tylko oczekiwać na rezultat. Drzewo mogło się jednak nie przyjąć, ponieważ przygotowania do jego przesadzenia powinny trwać dłużej i w zasadzie taka „przeprowadzka" wymaga bardziej starannych poczynań. Ale Jerzy dostał amoku, a pani Eustaszyna razem z nim. Sosna musiała już rosnąć w ogrodzie, gdy Marcja wróci ze Stanów. A do jej powrotu pozostał już tylko tydzień z kawałkiem. Tak więc przez dwa tygodnie przed zabraniem z Mazur sosna była w sposób fachowy przygotowywana do przeprowadzki – okopywana, obwiązywana specjalną siatką; odpowiednio przycięte korzenie zostały nasączone specjalistycznymi preparatami. Firma, zajmująca się tym przedsięwzięciem, już po ulokowaniu drzewa w nowym miejscu twierdziła, iż jeśli po tygodniu nie będzie oznak, że się nie przyjęło, wszystko powinno być w porządku. Sosna znowu została porządnie opalikowana, nawieziona i była obficie podlewana codziennie. Firma sama o to dbała, pracownicy przyjeżdżali oglądać drzewo każdego dnia i każdego dnia byli lepszej myśli.

Co więc było do zrobienia, Jerzy zrobił.

Dom już stał, na dachu leżała nawet dachówka. Pozostało teraz wykończenie wewnątrz. Trochę Jerzy już porobił, dom był już skanalizowany i okablowany, zelektryfikowany, wykonano już nawet łącza telefoniczne. Na dole i na piętrze robiono teraz łazienki, kafelki Marcja wybrała jeszcze przed wyjazdem. Kuchnia była już skończona, kompletnie gotowa do użytku.

No i... skończyły się pieniądze. Te, które Marcja uzyskała ze sprzedaży mazurskiej działki, i suma odziedziczona po ojcu. To znaczy wszystko, co przelała na specjalne, „budowlane" konto.

Jerzy naprawdę nie wiedział, co ma robić. Był zdecydowany sprzedać swoją kawalerkę na Woli, nie chciał jednak tego robić bez uzgodnienia z Marcją. Musieli ostatecznie zdecydować, czy układają sobie życie razem, czy jednak nie.

Zresztą obawiał się, że kwota, jaką uzyskałby ze sprzedaży swojego mieszkanka, nie wystarczyłaby na wszystko. Nie było jeszcze podłóg, poza kuchnią, ani drzwi wewnętrznych, nie mieli kominka, ściany nie zostały otynkowane, nie mówiąc już o meblach i innych rzeczach. Do wykończenia pozostał także garaż i tak zwane pomieszczenie gospodarcze. Poważnej pracy i zapewne poważnej gotówki wymagał także ogród, w miejscu którego – poza sosną – były na razie góry, doły i chaszcze.

Jerzy zwierzył się z tego kłopotu pani Eustaszynie, która chyba po raz pierwszy w życiu nie miała gotowego rozwiązania.

– Wiesz, co? – powiedziała. – Ja teraz jadę na trzy dni do Gdańska, na Jarmark Dominikański. Z Oleńką, moją sąsiadką, współautorką książki. A właściwie, masz pojęcie? – pochwaliła się – lecimy samolotem. Tam i z powrotem. Okazało się, że dzięki wcześniejszej rezerwacji biletów taki lot nie będzie wiele droższy od jazdy pociągiem, a wyobraź sobie, w jedną stronę leci się efektywnie czterdzieści minut. Natomiast pociąg jedzie teraz prawie siedem godzin, bo jakieś remonty torów robią. Więc zastanowimy się wszyscy razem, jak wrócę, bo Marcelinka przyleci chyba tydzień po mnie.

– Ciociu, no brawo! Gratuluję pomysłu – zachwycił się Jerzy. – Kiedy i o której ten lot? Bo ja oczywiście zawiozę panie na lotnisko, a po powrocie odbiorę.

– O, zrobiłbyś to, mój kochany? – ucieszyła się pani Eustaszyna. – To cudownie.

Rozdział siedemnasty

I raptem pani Eustaszyna już wiedziała, co zrobi. Ale na razie nic nikomu nie powie – i tak cały pomysł musi rozwinąć i zrealizować samodzielnie. A w Gdańsku wszystko sobie jeszcze przemyśli.

Na Jarmark Dominikański jechała – jak co roku – bo uwielbiała wszelkiego rodzaju bibeloty, stare cudeńka i dziwactwa, a przede wszystkim – bursztyn. Jednak nie taki bursztyn w wisiorkach albo broszkach – to mogła kupić wszędzie. Jej chodziło o bursztyn w postaci innej niż biżuteria. W ubiegłym roku na przykład udało jej się „upolować" przepiękną żabę z bursztynu. W domu dopiero odkryła, że na spodzie wyryte były maleńkie cyferki 1933. Sądziła, że to data wykonania tej rzeźby, a wykonano ją okazjonalnie i ktoś otrzymał ową żabkę w prezencie. Figurka była wielce oryginalna i każdy ją podziwiał, a ci, którzy widzieli datę, zastanawiali się, czy ta żaba była z Gdańska, czy z Danzig?

W tym roku więc pani Eustaszyna też zacierała ręce na myśl o polowaniach na jarmarku. Martwiła się tylko terminem wyjazdu – zawsze jeździła w pierwszym tygodniu imprezy, ponieważ była zdania, że na początku zdarza się najwięcej okazji, a pod koniec wszystko, co ciekawsze, jest już wykupione.

Nie mogła jednak wyjechać na początku sierpnia, gdyż obydwie z Oleńką załatwiały jeszcze jakieś tam ostatnie szczegóły w wydawnictwie. Sławne pisarki mają przecież wiele obowiązków, niestety.

– Och, nie martw się – pocieszyła ją przyjaciółka. – Jeśli coś tam, na tym jarmarku, dla ciebie było przeznaczone, to na pewno na ciebie poczeka. A pod koniec wszystko potanieje, bo każdy będzie chciał sprzedać to, co przygotował.

– Masz rację – zgodziła się pani Eustaszyna – co ma być, to będzie. A to, co chcę kupić tym razem, kupię na pewno – dodała tajemniczo i za nic nie chciała wyjaśnić, o co chodzi. – Wytłumaczę ci wszystko na miejscu – obiecała.

*

Jerzy, sapiąc z wysiłku, wytargał z samochodu dwie opasłe walizy, które – choć, trzeba przyznać, że na kółkach – ważyły, oj, ważyły całkiem sporo.

– Ciociu, co panie tu mają? – zapytał zziajany. – Przecież jedziecie tylko na trzy dni.

– Po pierwsze, prawie na cztery, drogi chłopcze – wyjaśniła mu pani Eustaszyna. – A po drugie, nie wiesz, że kobieta musi być przygotowana na każdą ewentualność? Poza tym zobacz, jaka jest pogoda.

Pogoda była w zasadzie całkiem niezła, ale – oczywiście – jutro na przykład mogła być już całkiem inna. Owszem, Jerzy to rozumiał, naprawdę.

– Sam więc widzisz, że musiałyśmy wziąć i ciepłe rzeczy, i letnie, bo może się ociepli, a może się ochłodzi – i takie, jakby tu powiedzieć, pośrednie. A także...

– Dobrze, dobrze, ciociu, przepraszam, że zapytałem, rzeczywiście niezbyt dobrze znam się na kobietach, wiesz przecież – przerwał Jerzy prawie niegrzecznie. – Ale wytłumaczysz mi to później, teraz musimy się odprawić, mam nadzieję, że nie będą panie miały nadbagażu.

– Co to jest „nadbagaż"? – zdenerwowała się ogromnie pani Eustaszyna. – Dlaczego nikt mi nic wcześniej nie powiedział? A jak będzie ten nadbagaż, to co? – dopytywała się, truchtając obok Jerzego, który po sprawdzeniu, gdzie odprawia się pasażerów lecących do Gdańska, podążał w stronę tych stanowisk, ciągnąc za sobą walizy.

– Nie martw się, nie mamy nadbagażu – powiedziała pani Oleńka, obeznana z lataniem z racji częstych podróży do Hiszpanii i z powrotem. – Miałybyśmy, gdyby nasze walizki ważyły więcej niż dwadzieścia kilogramów każda, a na pewno tyle nie ważą. A przynajmniej moja jest lżejsza, ważyłam ją przed wyjściem z domu, wyszło mi trochę ponad siedemnaście kilo. A twoja wygląda na mniejszą, więc na pewno wszystko będzie w porządku.

I rzeczywiście, nadbagażu nie było, odprawa poszła w miarę sprawnie, choć kolejki wyglądały na bardzo długie, obsługa lotniska jednak wiedziała przecież, co i jak robić. Po piętnastu minutach Jerzy wrócił więc do obu pań, dzierżąc w dłoni dwie karty pokładowe.

– Musimy się stawić przed bramką numer pięć, ale mamy jeszcze sporo czasu, bo przyjechaliśmy godzinę za wcześnie – zakomunikował.

Obie panie śmiertelnie obawiały się korków, wypadków, przebudowy drogi, objazdu jako takiego

246

i wszelkich innych fatalnych przypadków, przez które mogłyby się spóźnić, a do tego za nic nie chciały dopuścić. Jerzy natomiast zgadzał się na wszystko, co mu polecono.

– Mnie już dalej nie wpuszczą. Bramka numer pięć jest, o, tam, jak już panie przejdą obok tego pana przy tym stanowisku i przez taką bramkę...

– Wiemy, wiemy, to znaczy ja wiem – przerwała mu pani Oleńka. – Już teraz sobie świetnie poradzimy. Ja naprawdę wiem, co robić dalej.

– Na pewno wiesz? – koniecznie chciała wiedzieć pani Eustaszyna.

– Na pewno.

Jerzemu pozwolono więc odjechać, co skwapliwie uczynił, upewniwszy się jeszcze tylko, czy na pewno ma przyjechać po obie panie w ustalonym wcześniej dniu.

– Ciociu, zadzwońcie do mnie, jak już wylądujecie w Gdańsku, żebym był spokojny, dobrze? – poprosił.

– Dobrze, oczywiście. Och, jaki to dobry chłopiec – wzruszyła się pani Winia.

– A ja myślałam, że ty go właściwie nie bardzo lubisz – powiedziała dość zdziwiona Oleńka.

– Ja? Nie lubię? – zdziwiła się jeszcze bardziej jej przyjaciółka. – Bardzo go lubię i mocno trzymam kciuki, żeby wreszcie doszło do ślubu. Jak Marcja wróci z tych Stanów, będę musiała się do tego zabrać, bo czas już najwyższy.

Pani Oleńka przezornie porzuciła temat, wskazując ich bramkę.

– O, popatrz, stamtąd zabiorą nas do samolotu. Ale mamy jeszcze dużo czasu, może sobie na jakąś kawę pójdziemy?

– Nie, nie, dziękuję, wolę tam spokojnie posiedzieć.

Pani Eustaszyna chłonęła wszystko, co działo się na lotnisku, fascynował ją ludzki tłum, który przelewał się sprawnie z miejsca na miejsce i podążał za głosami rozlegającymi się co chwilę gdzieś z sufitu. Na „telewizorkach" wiszących przy numerach bramek wyświetlały się numery lotów i aktualne rozkłady jazdy.

– Ale, popatrz, przy tej naszej bramce zapowiadają zupełnie inny lot – zdenerwowała się bardzo.

– Przecież mówię ci, że mamy jeszcze dużo czasu.

Pani Eustaszyna wolała jednak usiąść przed tą bramką i z zafascynowaniem wpatrywała się w ekran z aktualnymi informacjami. Wreszcie się doczekała, że wyświetlono: „Warszawa-Gdańsk, numer lotu... godzina...".

Poderwała się z miejsca, ciągnąc Oleńkę za rękę.

– Już, już, chodźmy! – pośpieszała przyjaciółkę.

– Poczekaj, jeszcze nie wywołali naszego lotu, zapowiedzą przez głośniki, że pasażerowie lotu o tym numerze proszeni są o zgłoszenie się przed bramką numer pięć. Wtedy pójdziemy.

– Ale tam już kolejka się ustawia, popatrz – machała ręką pani Eustaszyna.

– Nie szkodzi, niech stoją, przecież wszystkich wpuszczą, a miejsca są numerowane, więc nie musimy się pchać.

– Słusznie – uspokoiła się pani Winia, lecąca samolotem Pierwszy Raz w Życiu. Było to dla niej ważne wydarzenie, nic więc dziwnego, że je tak bardzo przeżywała.

Zresztą pani Eustaszyna wszystko bardzo przeżywała.

W końcu zapowiedziano ich lot i zaproszono pasażerów do wejścia. Miły damski głos przeprosił, że pasażerowie zostaną dowiezieni do samolotu autokarem, wszyscy więc do tego autokaru wsiedli i zaczęli jechać po lotnisku, aż wreszcie podjechali do samolotu. Był to nieduży samolot, embraer 175 – taki, jaki rząd polski zamierzał kupić lub wyczarterować dla polskich vipów, co oznajmiła przejętej pani Eustaszynie obeznana w temacie pani Oleńka. Były tylko dwa rzędy foteli, po dwa z każdej strony przejścia, bardzo wygodnie. Obie panie siedziały na miejscach obok skrzydła. Pani Eustaszyna poprosiła Oleńkę, żeby pozwoliła jej siedzieć przy oknie, chciała bowiem wszystko widzieć. Z wielkim zainteresowaniem odsłuchała instrukcji i obejrzała prezentację stewardes, najpierw odchyliła sobie fotel, a potem – pouczona przez stewardesę, że podczas startu i lądowania fotele powinny znajdować się w pozycji pionowej, szybko wyprostowała oparcie z powrotem.

I... samolot ruszył. Najpierw jechał sobie po lotnisku, niczym samochód, skręcał w lewo, w prawo (to się nazywa „kołuje", wyjaśniła pani Oleńka), aż wreszcie nabrał takiego przyspieszenia, że pani Eustaszynie zatkały się uszy – i oderwał się od ziemi. Po chwili światełka „zapiąć pasy" zgasły, ale pani Eustaszyna wolała ich nie odpinać. Odchyliła tylko fotel, żeby lepiej widzieć ziemię przez okno, które było trochę cofnięte w tym ich rzędzie.

– O matko! – westchnęła. – Lecimy. Lecę samolotem! – Kuksnęła Oleńkę w bok.

– No, lecisz, ja też lecę, wszystko w porządku – uspokajała ją sąsiadka.

– O, jakie małe domki! – komentowała pani Eustaszyna. – O, rzeka! To Wisła chyba. Ale taka wąziutka
i jakaś szara. A teraz pod nami same obłoczki. Jakie ładne – zachwycała się. – Wypiętrzone i takie bielutkie. Jak
Spitsbergen, popatrz.

Raptem nasza Pierwszy Raz w Życiu Lecąca Pasażer-
ka ze zgrozą zauważyła, że skrzydło, dotychczas trzy-
mające się prosto, ni z tego, ni z owego zaczęło mocno
przechylać się w górę.

– Zobacz! – Szturchnęła Oleńkę. – Spadamy! – krzyknęła głośno. – Skrzydło się przechyla, o święty Boże!

– Cicho bądź – syknęła zażenowana przyjaciółka.
– Nie spadamy, tylko po prostu samolot skręca, uspokój się.

– Jesteś pewna? – zapytała pani Eustaszyna teatralnym szeptem, słyszalnym jednak prawie w całym samo-
locie, w którym po tym okrzyku „spadamy" zrobiło się
dość cicho.

Do naszych podróżniczek podeszła stewardesa, pro-
ponując im, jak zresztą wszystkim pasażerom batonik
i sok pomarańczowy albo wodę. Tymczasem skrzydło
się wyprostowało, więc pani Eustaszyna odzyskała spokój. Nawet pomyślała, że ten samolot jakoś tak wolno
leci, pewnie będzie opóźniony.

Wtedy usłyszała gong, a po nim głos:

– Dzień dobry państwu, mówi Jan Kowalski, kapitan.

A mówiłam, że spadamy, zdenerwowała się od razu
pani Eustaszyna, spodziewając się komunikatu o kata-
strofie.

– Chciałem powiedzieć naszym miłym pasażerom
– ciągnął kapitan – że osiągnęliśmy właśnie pułap ośmiu

tysięcy metrów i lecimy z prędkością siedmiuset kilometrów na godzinę. Za chwilę zaczniemy obniżać lot i za dwadzieścia minut lądujemy w Gdańsku, gdzie jest teraz bardzo ładna pogoda, temperatura dwadzieścia pięć stopni Celsjusza. Dziękuję państwu za wspólny przelot.

– Co on powiedział? – zaszeptała do Oleńki pani Eustaszyna. – Siedemset kilometrów na godzinę? A wydaje się przecież, że ten samolot tak wolno się przesuwa, prawda?

W tym momencie za oknami zrobiło się całkiem biało, co wyglądało tak, jakby ktoś cały samolot oblał mlekiem. I troszeczkę nimi zatrzęsło. Ale po chwili wylecieli z tego mleka i turbulencje ustały. Pani Eustaszyna nawet nie zdążyła się przestraszyć. Zresztą poczuła się już doświadczoną „lotniczką" i postanowiła, że od tej pory będzie podróżować tylko samolotem. Żadne pociągi. Prawie nie skończyła tej myśli, gdy poczuła, jak koła dotknęły twardego podłoża i samolot już mknął po lotnisku. Koniec podróży!

Następnym krokiem był odbiór bagażu i podróż taksówką do hotelu „Heweliusz" – a co, jak szaleć, to szaleć! Obie panie lubiły wygodę i nie zamierzały na sobie samych oszczędzać. Był to ich jedyny urlop w tym roku, więc pozwoliły sobie na wszelkie luksusy. Chciały mieć blisko na Stare Miasto i już. I blisko do dworca, bo zamierzały wybrać się przynajmniej do Sopotu. Uznały, że takie trzy dni to zdecydowanie za mało, ale w przyszłym roku, jak zarobią krocie na książce – to zaszaleją przynajmniej przez pięć dni. Tak postanowiły.

*

Pierwszego dnia po przylocie pochodziły tylko trochę po gdańskiej Starówce, odkryły, że na Długim Targu jest „Sfinks"; restauracja, którą obydwie uwielbiały, zjadły więc pyszny obiad. Weszły oczywiście do Bazyliki Mariackiej, podziękować za szczęśliwy lot i poprosić o udany pobyt. Co do powrotu – to nie zamierzały od razu wszystkim Panu Bogu głowy zawracać. Jeszcze zdążą.

Przechadzały się po Starym Mieście w tym przeogromnym, gwarnym tłumie ludzi i wcale nie miały wrażenia, że jarmark się kończy. Liczba straganów i rozmaitość wszystkiego była oszałamiająca. Pani Eustaszyna przyjeżdżała tu od kilku lat i co roku jej się wydawało, że na czas trwania Jarmarku Dominikańskiego Gdańsk jakoś przedziwnie się rozszerza i powiększa. Bo co roku tych straganów było więcej. I ludzi też.

Tego pierwszego dnia chodziły tak „poznawczo". Choć mimo wszystko pani Eustaszyna wypatrywała wszelkich przedmiotów z bursztynu. Przedmiotów, nie biżuterii. Bursztynowej biżuterii miała w domu już kilka kilogramów i całkiem jej to wystarczało.

Po obejrzeniu „Kupca weneckiego" zapadło jej w pamięć to, jak ojciec Porcji, o której rękę starają się różni książęta, określił sposób wyboru przyszłego męża dziewczyny.

Otóż przygotował trzy szkatułki i w jednej z nich znajdowała się miniatura przedstawiająca jego córkę. Ten z konkurentów, który wskaże, gdzie jest portrecik, ożeni się z Porcją.

Cóż, wielki dramaturg, wiadomo, miał najróżniejsze pomysły.

A pani Eustaszyna, wielbicielka Szekspira, wymyśliła sobie, że kupi Marcji jakieś trzy pudełeczka, najlepiej inkrustowane bursztynem i też urządzi jej po powrocie taką loterię. Z tym, że już się postara o to, żeby w każdej szkatułce było imię Jerzego. Potem zrobi takie szacher--macher, że Marcja się nie połapie.

Kochana ciocia Winia miała pomysły nie gorsze od swojego mistrza, prawda? A szacher-macher zapewne umiała robić lepiej.

Następnego dnia bardzo wcześnie, czyli po śniadaniu, gdzieś tak około dziesiątej, obie przyjaciółki pobiegły na jarmark, na polowanie. Pani Oleńce było wszystko jedno, chciała kupić cokolwiek, bez konkretnego wskazania, co to ma być, wiedziała tylko, że ma to być coś przepięknego i oryginalnego.

Pani Eustaszyna natomiast musiała – po prostu musiała, bo inaczej cała jej intryga by się rozpadła – kupić trzy szkatułki.

Chodziły, chodziły – i jak to na jarmarku, wszędzie było „mydło i powidło". Na razie nic oryginalnego nie wpadło im w oczy, a nogi już zaczynały się buntować. Doszły więc do Motławy i szły wzdłuż niej, w stronę Żurawia i Targu Rybnego, rozglądając się, gdzie by tu usiąść i zjeść coś smacznego. A także napić się kawy. Takich miejsc widziały mnóstwo, tylko że, niestety, wszędzie były tłumy. Nie mogły znaleźć wolnego stolika, a koniecznie chciały siedzieć na wolnym powietrzu, nie w sali.

Raptem Oleńka się zatrzymała. Wypatrzyła drobną osobę, wokół której ze wszystkich stron kłębił się tłum kobiet, wydzierających sobie coś z rąk. Podeszła bliżej, popatrzyła i... też zapragnęła wydrzeć im z rąk to, co oglądały.

Tu bowiem trzeba powiedzieć, że pani Oleńka gorliwie zbierała wszelkie ozdoby i przedmioty, na których był motyw liścia. Miała w domu dywan w delikatne listki, dobrane kolorystycznie zasłony z wytłaczanym liściastym wzorem; miała „ciasteczkowy" zestaw w listki oraz mnóstwo różnych „listkowych" ozdóbek, w tym także biżuterii. A teraz przed nią stała kobieta, która sprzedawała małe obrazki namalowane na najprawdziwszych liściach. Zasuszonych i jakoś zawerniksowanych. Na każdym takim liściu był jakiś widoczek albo po prostu drzewo. Każdy obrazek oprawiony był w passepartout i małą ramkę.

Oleńce udało się złapać w swoje drapieżne dłonie trzy takie obrazki.

– Po ile one są? – spytała.

Gdy usłyszała, że po dwadzieścia złotych, myślała, że się przesłyszała.

– Po ile? – powtórzyła z niedowierzaniem, chwytając tymczasem jeszcze dwa liście.

– No, po dwadzieścia złotych, ale, jakby pani wzięła wszystkie, to mogę trochę opuścić – powiedziała drobna kobiecina.

– Nie trzeba! – prawie krzyknęła pani Oleńka. – Biorę wszystkie! I mogę wziąć jeszcze kilka, jeśli pani ma. A nic mi pani nie będzie opuszczać, bo to i tak jest za darmo – ekscytowała się, przyciskając swój skarb do piersi.

– Niestety nie mam więcej, sprzedałam już wszystkie.

Artystka wzięła od Oleńki sto złotych za ostatnie obrazki i odeszła bardzo zadowolona. Ale bardziej zadowolona była ich nabywczyni. Odwróciła się, żeby pokazać swoją zdobycz pani Eustaszynie i raptem stwierdziła, że jej sąsiadka, przyjaciółka i współautorka nagle gdzieś zniknęła. Przeraziła się bardzo, bo Gdańsk znała słabo, w ogóle nie wiedziała, gdzie się znajduje w tej chwili i za żadne skarby nie trafiłaby sama do hotelu.

Schowała więc obrazki do torby, wyciągnęła telefon komórkowy i zaczęła dzwonić do pani Eustaszyny. Ta na szczęście odebrała natychmiast.

– O matko, gdzie ty jesteś? – gorączkowała się pani Oleńka.

– No, tu, tu, przed twoim nosem siedzę przecież – usłyszała. – Macham do ciebie, chodź, już ci kawę zamówiłam.

Pani Oleńka z wielką ulgą spojrzała przed siebie i istotnie ujrzała panią Eustaszynę, siedzącą dosłownie naprzeciwko, w kawiarni, pod parasolem. Na stoliku stały dwie filiżanki kawy oraz talerzyki z ciastkami.

Pani Oleńka pochwaliła się swoją zdobyczą i spotkała się z odpowiednim uznaniem przyjaciółki, która z niejaką zazdrością patrzyła na radość swojej towarzyszki – jako że sama jeszcze nic nie kupiła.

Ale nie należy przecież tracić nadziei, pokrzepiły się więc i odpoczęły trochę, po czym ruszyły dalej. Doszły do Targu Rybnego, gdzie zgromadziły się najciekawsze stoiska całego Jarmarku, tu bowiem stały stragany ze starociami. Stragany – to właściwie za dużo powiedziane, w większości były to po prostu raczej stanowiska – ludzie porozkładali, co tam kto przyniósł, po prostu na ziemi, na rozmaitych kocach lub papierach. Dużo było najróżniejszych militariów z czasów drugiej wojny światowej, ale pani Eustaszyna nie była nimi zainteresowana. Poza tym wiedziała, że większość to podróbki. Na jarmark przyjeżdżało wielu Niemców, którzy szukali pamiątek z Wolnego Miasta, z okresu, gdy Gdańsk nazywał się Danzig. Rzeczy oryginalnych nie było już prawie wcale – po tylu latach? Czasami jakiś wnuczek znalazł coś u babci na strychu, ale jeśli coś takiego się trafiło, znikało natychmiast albo leżało – bo było tak horrendalnie drogie, że nawet najgorliwszy zbieracz pamiątek nie decydował się na taki wydatek. Pani Eustaszyna wiedziała o tym co nieco, bo miała kiedyś znajomego – a właściwie jej mąż go miał, choć to jakby to samo – który zbierał takie różności i każda wizyta u niego w domu była prawie wyprawą do muzeum – tyle tego miał. Tyle że on zbierał te rzeczy od przeszło pięćdziesięciu lat, a kiedyś można było kupić oryginały i to niezbyt drogo.

Wśród tych stanowisk ze starociami też było „mydło i powidło", jak wszędzie, ale raptem bystre oko pani Eustaszyny wypatrzyło podłużne metalowe pudełeczko z rycinami po bokach, i herbem Gdańska, wykonanym właśnie z bursztynu, na wierzchu. W środku miało wyściółkę z czegoś w rodzaju filcu, służyło więc najprawdopodobniej do przechowywania drobnej biżuterii. Nawet było niebrzydkie, w związku z czym pani Eustaszyna nabyła je, targując się zawzięcie. Jedną szkatułkę już więc miała.

Drugą znalazła jakieś pół kilometra dalej. Szły już obydwie z Oleńką, ledwo powłócząc nogami, nasze dzielne panie zmęczyły się bowiem dość mocno i marzyły już tylko o obiedzie.

Właśnie wypatrzyły jakąś restaurację i było im wszystko jedno, jaka ona jest, chciały tylko natychmiast usiąść i cokolwiek zjeść. Skierowały się więc w tamtą stronę, miały jeszcze tylko przejść na drugą stronę ulicy, gdy pani Eustaszyna, mimo wszystko patrząc pod nogi, zobaczyła drugą szkatułkę, którą się zainteresowała. Ta, dla odmiany drewniana, przepięknie inkrustowana, miała zameczek z bursztynu. Trochę dziwne to było połączenie, ale źle nie wyglądało. Kwota, jaką chciał sprzedawca, też okazała się przystępna, a jeszcze oczywiście, jakżeby inaczej, pani Eustaszyna, targując się zawzięcie, zdołała znacznie obniżyć cenę wywoławczą szkatułki.

Zdobyła więc już dwie – a na szukanie trzeciej na razie nie miała siły.

Teraz obiad, potem panie planowały krótki odpoczynek, może nawet drzemkę, w hotelu, a następnie zamierzały pojechać do Sopotu. Z całego pobytu został im bowiem jeszcze tylko jeden dzień, jutrzejszy – pojutrze natomiast wracały do Warszawy. Niestety.

– Popatrz, są tu świeże ryby. To znaczy smażone, ale prosto od krowy, nie jakieś mrożonki – entuzjazmowała się pani Eustaszyna, gdy już rozsiadły się przy stoliku i każda miała w ręku kartę.

– Od krowy? – spytała niepewnie pani Oleńka, do której dopiero po chwili dotarło, że to chyba taki żart.

– Od krowy, czy z morza, wszystko jedno – powiedziała z wyższością autorka wyszukanych metafor. – Nie bądź taka dosłowna, bo to nudne. Przecież jesteś pisarką. I zresztą nie zawracaj mi tu teraz głowy innymi sprawami, tylko czytaj menu. Flądra, makrela, smażone śledzie. Jezusie kochany, a my wczoraj jak głupie obiad w „Sfinksie" zjadłyśmy! Nie wiem, co wybrać.

257

Pani Oleńka, która nie była aż tak wielką amatorką ryb – jeśli chciała zjeść rybę, to kupowała sobie jakiś mrożony filet w sklepie, smażyła na patelni i też jej to smakowało – nie pojmowała entuzjazmu swojej sąsiadki. Ani jej rozterek.

– Flądra ma chyba dużo ości. Makrelę je się wędzoną. A śledzie w oleju. Ewentualnie można w śmietanie, jak ktoś woli – perorowała. – A nie ma tam jakiegoś filetu z morszczuka? Albo – o, tak, z pangi? Panga najlepsza.

– Wiesz co, Aleksandro? – wyszeptała pani Eustaszyna, a mówiła szeptem, bo dookoła przy wielu stolikach siedzieli ludzie i nie chciała, żeby słyszeli, że przyszła tu, do tej wspaniałej restauracji, z jakąś idiotką, która chce zamawiać pangę. – Nie odzywaj się w ogóle, w hotelu ci wytłumaczę, co to jest panga, gdzie ją hodują i czym karmią. A teraz zamów sobie, co chcesz, tylko nic już nie mów. Do mnie nic nie mów.

„Aleksandro"?! Chyba przez całe czterdzieści lat ich znajomości pani Eustaszyna nie zwróciła się tak do swojej przyjaciółki. Pani Oleńka może i miała właśnie tak na imię, ale nikt, po prostu nikt (z wyjątkiem nielicznych oficjalnych sytuacji w jakichś urzędach) tak do niej nie mówił. Zawsze, od małego dziecka, od samego urodzenia, była dla wszystkich Oleńką. Zresztą nawet nie wyglądała na Aleksandrę. Absolutnie wyglądała na Oleńkę.

Teraz więc spoglądała na siedzącą naprzeciwko panią Winię, zapomniawszy zamknąć otwarte ze zdziwienia usta. Już miała się odezwać, ale w porę sobie przypomniała, że absolutnie jej tego zakazano, w związku z czym postanowiła się obrazić. Ma się nie odzywać, to dobrze. Nie będzie.

I rozpoczęła studiowanie menu, w którym były zachwycające dania. Placek węgierski, papardelle z pieczoną kaczką, chrupiące żeberka na sosie rozmarynowym, nowozelandzkie kotleciki jagnięce, stek wołowy marynowany... ach, to dopiero dylemat!

Nie wiedziała, co to papardelle, a nie chciała pytać, bo przecież miała zakaz odzywania się. A poza tym pokaże wszystkim, że jest kobietą światową i właśnie te papardelle zamówi.

– Co ty wzięłaś? – zdziwiła się pani Eustaszyna, sama decydując się na smażoną makrelę z ziemniakami i zestawem surówek.

– Kaczkę, słyszałaś chyba. – Oleńka zdecydowała się jednak odezwać, mimo zakazu. I mimo tej „Aleksandry", która najbardziej ją ubodła.

– No, kaczkę, to wiem, ale co to są te papa... coś tam? Zamawiałaś, jakbyś codziennie to jadła.

I pani Oleńka, która miała anielski charakter i w ogóle nie potrafiła się gniewać, zaniechała obrażonego nadymania się i przyznała cicho, iż nie ma pojęcia, co zamówiła i nie może się doczekać, żeby zobaczyć to swoje danie.

Bardzo były rozczarowane obydwie, gdy tajemnicze papardelle okazały się zwykłym szerokim makaronem w kształcie wstążki.

– Człowiek uczy się przez całe życie – powiedziała pani Eustaszyna i wyciągnęła z torebki notes oraz długopis, zapisując poznaną przed chwilą nazwę makaronu. – W Warszawie zaproszę Ewę z mężem na obiad i podam im takie papardelle z kaczką. Albo z kurczakiem, po co mam się na kaczkę wysilać. Założę się, że nie będą wiedzieli, iż jedzą papardelle.

Zadowolone z posiłku, odpoczęły nieco w hotelu – proszę, jakie to ważne, gdzie się mieszka – może w tym „Heweliuszu" nie jest najtaniej, ale za to wszędzie blisko. Następnie wystroiły się w najwytworniejsze ubrania, jakie wzięły, i powędrowały na dworzec; tam wsiadły w szybką kolejkę miejską (najlepszy trójmiejski wynalazek) – i po przejechaniu kilku przystanków znalazły się w Sopocie.

Pani Eustaszyna była tu w zeszłym roku – jako się rzekło, regularnie przyjeżdżała do Gdańska – ale pani Oleńka ostatnio była w Trójmieście bardzo, bardzo dawno. Właściwie jako dziecko – no, młodzież w zasadzie. Gdańsk aż tak się nie zmienił, ale Sopotem była zszokowana. Może nie całym, oczywiście, natomiast ulica Bohaterów Monte Cassino, a szczególnie okolice mola, wprawiały jej szczękę „w bezustanne opadanie". Sama nie wiedziała, czy jej się tu podoba, czy nie. Jak większość starszych osób, była dość konserwatywna, więc przynajmniej na początku na wszelkie zmiany reagowała negatywnie. Ot – choćby jakaś restauracja „Tivoli", znajdująca się teraz w miejscu, w którym za czasów, gdy Oleńka bywała w Sopocie, był wspaniały bar mleczny.

– Komu taki bar przeszkadzał? – złościła się.

– Oj, kobieto! – ofuknęła ją pani Eustaszyna. – Kto teraz jada w barach mlecznych?

– No... studenci? – zastanowiła się pani Oleńka.

– Studenci, hi, hi, hi – wyśmiała ją przyjaciółka. – Studenci teraz mają trzy razy więcej pieniędzy od ciebie. A przecież i ty do barów mlecznych nie chodzisz.

– No, niby tak – zgodziła się pani Oleńka. – Ale był tu, a teraz go nie ma. To ja tak nie chcę.

Jednak okolice mola spodobały im się bardzo, obydwóm. Niestety, gdy zaczęły iść po nim na sam koniec, raptem zatrzymały się i z niedowierzaniem patrzyły na prawą stronę, gdzie zamiast bocznej odnogi tego drewnianego „spacerownika" z morza sterczały tylko jakieś kikuty palików.

A i do samego końca dojść nie można, bo zagrodzone.

– Patrz, nawet mola rozkradają – zawołała pani Oleńka, jakoś mocno rozzłoszczona na większość zmian w Sopocie.

– Nie, proszę pani – odezwał się cicho starszy mężczyzna, który też spacerował po molo i, idąc za paniami, usłyszał jej uwagę. – W ubiegłym roku, w październiku, był tu wielki sztorm i molo zostało bardzo uszkodzone. Nawet istniała obawa, że nie uda się go w ogóle oddać do użytku.

– Przepraszam – pokajała się pani Oleńka. – Nie wiedziałam. Ale co za szczęście, że jednak choć ten kawałek, po którym idziemy, zdołano odremontować.

– Dziękujemy za informację – odezwała się pani Eustaszyna. – Pan tutejszy, prawda?

– No, prawie, do niedawna mieszkałem w Redłowie. Kiedyś pływałem jako kucharz na statkach handlowych, teraz jestem już na emeryturze i mieszkam z córką w Warszawie – wyjaśnił ich rozmówca. – Ale często tu przyjeżdżam, bo po prostu kocham ten kawałek świata. Mam tu taką „rodzinę zastępczą", która zawsze mnie gości. Miło mi panie poznać, Stanisław Szyngweld się nazywam. – Nowy znajomy ukłonił się uprzejmie.

Panie też się więc przedstawiły, wyciągając do ucałowania ręce, widziały bowiem, że pan Stanisław, jako człowiek starej daty, tego oczekuje.

I rozstali się, życząc sobie nawzajem wszystkiego najlepszego.

– Może jeszcze się spotkamy, ja tu często przyjeżdżam – powiedział jeszcze pan Stanisław.

– Bardzo by nam było miło, ale już jutro wracamy do Warszawy – odrzekła pani Oleńka zmartwionym tonem, a pani Eustaszyna pokiwała tylko głową.

– Wpadłaś mu w oko – powiedziała do przyjaciółki, gdy pan Stanisław oddalił się już na taką odległość, że na pewno nie mógł nic usłyszeć.

– Oj, hi, hi, hi, przestań opowiadać głupstwa – rozchichotała się pani Oleńka.

Pospacerowały jeszcze po molo, przyglądając się z wielkim szacunkiem każdej ocalonej ze sztormu lub wyremontowanej deseczce. Też kochały ten kawałek świata i chyba by się zapłakały, gdyby miał zniknąć, odejść w przeszłość, poddać się sztormowi – lub zostać zniszczony obojętnie w jaki sposób.

W nieco zwarzonych humorach, bo zmartwiły się stanem mola, wróciły do Gdańska i już cokolwiek zmęczone poszły do hotelu.

Następnego dnia znów wyruszyły na obchód stoisk Jarmarku Dominikańskiego, bo pani Eustaszyna musiała przecież znaleźć jeszcze jedną szkatułkę dla Marceliny. O tym, żeby kupić coś mężowi, w ogóle nawet nie pomyślała. Pomyślała natomiast o Jerzym, ale nie umiała dla niego wymyślić prezentu. Była jednak przekonana, że pomysł rodem z „Kupca weneckiego" na pewno mu się spodoba.

Chodziły i chodziły – i, niestety, nie mogły nic znaleźć. Ale pani Eustaszyna przecież nie z tych, którzy się poddają. Posadziła Oleńkę w kawiarni nad Motławą i przykazała biedaczce czekać cierpliwie.

– Wypij sobie kawę i zjedz jakieś lody – zadysponowała – a ja jeszcze po Mariackiej się przelecę.

Wiedziała, oczywiście, że na Mariackiej jest mnóstwo sklepików i stoisk z wyrobami z bursztynu. Najdroższymi wyrobami, niestety. Ale skoro dzisiaj nic nie znalazła na jarmarku, Mariacka – ze swoimi atrakcjami – jawiła jej się jako ostatnia szansa.

I nie pomyliła się, oczywiście. Znalazła szkatułeczkę – dzieło sztuki. Malutka – ot, jak na pierścionek zaręczynowy, cała z bursztynu, wykonana ręcznie, z certyfikatem. Zapłaciła za nią naprawdę majątek, nie żałowała jednak. Ostatecznie miała jedną bratanicę – no, bratanicę męża, ale przecież to tak jakby własną. Zresztą Marcelinka była dla niej kimś szczególnym od wielu lat. Poza tym – czuła się poniekąd odpowiedzialna za zawirowania w prywatnym życiu tych dwojga. Za wszelką cenę więc postanowiła to naprawić. I chyba dobrze jej szło, jeśli wziąć pod uwagę to, co osiągnęła u Jerzego. Oczywiście w ogóle nie przyszło jej do głowy, że postanowienia Jerzego były jego prywatnymi i samodzielnymi decyzjami. Uznała, że to wzięcie Jerzego pod opiekę dało właśnie taki efekt. I to właśnie dzięki niej Jerzy doszedł do wniosku, że kocha Marcelinkę i chce z nią być. A popełnione grzechy (raptem ten jeden!) jej przebaczy i zapomni.

Niemniej jednak trzeba jeszcze spowodować, żeby Marcelinka taką postawę Jerzego zaakceptowała.

Wszystko na jej, Eustaszyny, głowie. Ale poradzi sobie, jak zawsze...

I z rozpędu kupiła jeszcze dwie niewielkie butelki z nalewką na bursztynie. „Bursztynówka" – było napisane na etykietach i rzeczywiście na dnie pływały maleńkie kawałki bursztynu. Do butelek przytwierdzone były ulotki, z których wynikało, iż codzienne spożywanie kilku kropelek takiej nalewki stanowi antidotum na wszelkie nieszczęścia tego świata. W ten oto sposób pani Eustaszyna miała prezenty dla najważniejszych mężczyzn swojego życia – Eustachego, męża, a także Jerzego, przyszłego męża. Nie jej, oczywiście, tylko siostrzenicy.

*

Tymczasem Jerzy wciąż się martwił.

Konto, które Marcja otworzyła na pokrycie wydatków związanych z budową domu, osiągnęło stan zerowy. Niestety, materiały budowlane kosztowały coraz więcej i więcej. Drożał transport, drożała robocizna. Drożało wszystko.

A on, Jerzy, nie miał konta, kurczę! To znaczy miał tam jakieś parę groszy, ale to nie wystarczy na wiele.

Marcja wracała za dziesięć dni, więc teoretycznie mógł czekać, zawieszając prace – i tak przecież budowa w tym roku się nie skończy. Ale źle się czuł, mając do dyspozycji i wydając tylko i wyłącznie pieniądze Marceliny.

Oczywiście, wiedział, że w założeniu miał to być jej dom. Wiedział, że chociaż relacje między nimi nieco już się polepszyły, to w dalszym ciągu nie ustalili ostatecznie nic pewnego w sprawie swojej – ewentualnie wspólnej (oby!) przyszłości.

Jerzy mógł podjąć dwa kroki – po pierwsze, sprzedać swoje mieszkanie; po drugie, wziąć kredyt. Przemyślał obydwa warianty i nie mógł się na żaden zdecydować. Gdyby sprzedał kawalerkę, na upartego mógłby zamieszkać w Dziekanowie, jeden pokój, na parterze, już wyszykował. Ułożył panele (wiedział, że Marcja woli klepkę, ale tę jedną podłogę przeboleje, po prostu wyszło taniej), wstawił tapczan, biurko, regał z kilkoma książkami, telewizor i laptop. Antenę satelitarną zainstalował już dawno, a internet miał bezprzewodowy.

Kuchnia była skończona, łazienki też już działały. Mieszkać można, zresztą Jerzy już tam kilka razy został na noc. Co innego jednak sporadyczne noclegi, a co innego postawienie Marcji przed faktem dokonanym – mieszkam tu, bo nie mam gdzie.

Wzięcie kredytu było wyjściem ostatecznym, bardzo nieopłacalnym. Naprawdę wolałby sprzedać mieszkanie – jednak taką decyzję mógł podjąć, gdy już się wyjaśni jego (ich – wspólna?) przyszłość. Nawet poszperał trochę w internecie i dowiedział się ze zdziwieniem, że za te swoje dwadzieścia pięć metrów kwadratowych mógłby dostać całkiem ładną sumę. No, wcale nie tak mało. Był przyjemnie zaskoczony. Ale skoro drożało wszystko – drożały też mieszkania. Akurat to Jerzego ucieszyło.

Około czternastej w sobotę Jerzy stawił się na lotnisku, oczekując na powrót „swoich" podróżniczek z Gdańska. Samolot już przyleciał, wylądował, pasażerowie, targając większe bądź mniejsze toboły, wychodzili na zewnątrz, a obu pań nie było. Co jest? Spóźniły się na samolot? Zabłądziły? A może postanowiły dzisiaj nie wracać?

Ale przecież by go powiadomiły... A, prawda, Jerzy wyciągnął telefon i wstukał numer cioci Wini. Miał nadzieję, że nie zapomniała włączyć komórki po wyjściu z samolotu, bo jakoś w to, że nie przyleciały, nie wierzył.

– Halo, Jerzy? – Usłyszał zdyszany głos pani Eustaszyny.

– No tak, ciociu, to ja – odpowiedział. – Gdzie panie są? Może potrzebna jakaś pomoc?

– Nie, nie, już w porządku, zaraz wychodzimy. – I rzeczywiście Jerzy ujrzał obie podróżniczki, ciągnące za sobą swoje wielkie walizki. Podbiegł więc, by uwolnić panie od bagażu.

– A, bo wiesz, Jerzy, było takie małe zamieszanie z bagażem. Ustawiłyśmy się nie przy tym stanowisku, co trzeba. I te wszystkie torby wyjeżdżały i wyjeżdżały, tylko naszych nie było – opowiadała pani Eustaszyna. – No więc poszłam się popytać i taki miły pan mi powiedział, że bagaż z naszego lotu wyjeżdża gdzie indziej. Na szczęście nasze walizki akurat jechały sobie na taśmie, więc zdążyłyśmy je zabrać. W Gdańsku jakoś łatwiej nam to poszło. Tam było tylko jedno stanowisko odbioru bagaży – dodała. – Ale nie martw się, chłopcze (Jerzy wcale nie zamierzał tego robić), generalnie jesteśmy bardzo zadowolone i wszystko w porządku.

Odwiózł więc obie na Marszałkowską, a potem zaprosił je jeszcze – wraz z panem Eustachym – na obiad do „Sfinksa".

– Panie chyba są zmęczone nieco podróżą i w ogóle całą wycieczką, w domu pewnie do jedzenia nic nie ma, nie pozwolę więc, żeby moja ukochana ciocia (łatwo mi poszło, pomyślał) musiała się teraz zabierać do gotowania.

„Ukochana ciocia", bardzo wzruszona, dała się zaprosić, a jej mąż i pani Oleńka też nie protestowali.

Siedzieli więc sobie, jedli obiad, a obie panie na wyścigi opowiadały o swoim pobycie w Trójmieście. Najbardziej były przejęte stanem sopockiego mola.

– A czy panie wiedzą, że władze Sopotu chcą sprzedać molo? Albo przynajmniej wydzierżawić, pod warunkiem, że dzierżawca wykona kompletny remont – opowiadał Jerzy. – Jednak chyba do tej pory nie znalazł się chętny, a miasto nie ma pieniędzy na remont.

Panie bardzo się tym przejęły – niestety, nawet gdyby policzyć przyszłe zyski z ich książki, zapewne nie uzbierałyby sumy potrzebnej na dzierżawę. A tym bardziej na kupno lub choćby remont mola. Miały jednak nadzieję, że jakieś wyjście w końcu się znajdzie.

Pani Eustaszyna umówiła się z Jerzym na następny dzień, bardzo chciała bowiem opowiedzieć mu o swoim makiawelicznym planie „trzech szkatułek", a poza tym niezmiernie interesowała się przecież stanem budowy. No i chciała mu wręczyć bursztynówkę, żeby wiedział, że i o nim w Trójmieście myślała.

Ulubieniec „swojej drogiej cioci" przyjechał po śniadaniu (była niedziela, nie szedł więc do pracy) i – autentycznie wzruszony prezentem – zawiózł ją do Dziekanowa.

Pani Eustaszyna nie była tu już ze dwa tygodnie, nie widziała więc nawet przesadzonej sosny. Zachwyciła się nią bardzo i ucieszyła, że drzewo nie okazuje żadnych oznak choroby.

– Wygląda na to, że się przyjęła, prawda? – spytała.

– Firma, która ją przesadzała, twierdzi, że tak – odpowiedział Jerzy. – Ale jeszcze przyjeżdżają ją doglądać i coś tam wstrzykują w ziemię. Mówią jednak, że wszystko w porządku. Mam nadzieję, że tak jest, bo inaczej chyba bym się załamał.

– Wszystko będzie dobrze, nie martw się – pocieszyła go pani Winia. – Posłuchaj, na jaki pomysł wpadłam w Gdańsku.

I opowiedziała mu o trzech szkatułkach. Jerzy natychmiast zrozumiał, o co chodzi, był przecież na „Kupcu weneckim" z panią Eustaszyną.

– A Marcja piątego września ma urodziny, wtedy więc wręczymy jej te szkatułki. Trzeba tylko jakoś tak to urządzić, żeby do dnia urodzin nie zajrzała do Dziekanowa i nie zobaczyła sosny – powiedziała ciocia. – Będę się musiała porządnie rozchorować...

– Ciociu – Jerzy się zamyślił – a wie ciocia, o czym pomyślałem?

– Nie, drogi chłopcze, aż tak dobrze jeszcze cię nie znam, więc nie wiem – odparła. – Ale mogę się założyć, że niewiele czasu minie, a na takie pytania będę odpowiadała twierdząco. Na razie mogę tylko się założyć, że spodoba mi się to, o czym pomyślałeś, mów więc.

– Bo tak myślę... myślę... – dukał Jerzy. – Kochana ciociu... myślę…

– Nie jąkaj mi się tu, tylko mów, bo się rozeźlę – skrzywiła się pani Eustaszyna.

Jerzy za nic by nie chciał, żeby „kochana ciocia" się rozeźliła. Szybko więc opowiedział, o czym myśli.

– No, widzisz, chłopcze – ucieszyła się jego wspólniczka w intrygach – wiedziałam, że spodoba mi się to, co wymyślisz. Doskonały pomysł. Naprawdę!

Po omówieniu akcji „trzy szkatułki" powrócili do tematu, który był mniej sympatyczny – do kwestii pieniędzy.

Jerzy opowiedział pani Eustaszynie, że z jego strony wchodzi w grę albo sprzedaż mieszkania, albo wzięcie kredytu. Wyjaśnił także, że nie chce nic robić bez uzgodnienia z Marcją planów na przyszłość. Pani Eustaszyna całkowicie zrozumiała jego rozterki. Ale w jej głowie zaczęła kiełkować pewna myśl, na którą wpadła już przed wyjazdem do Gdańska. Teraz jej się ten pomysł przypomniał. Nic nie powiedziała jednak, musiała się bardzo poważnie zastanowić. No i – w zasadzie – porozmawiać z Eustachym, choć i tak wiedziała, że taka konsultacja to tylko formalność. Czasami wszakże pani Eustaszyna lubiła udawać spolegliwą żonę.

Rozdział osiemnasty

W ostatnim dniu sierpnia Jerzy znowu pojechał na lotnisko – tym razem po Marcję. Nie czekał długo, pojawiła się jako jedna z pierwszych, ciągnąc za sobą tylko jedną walizę.

– Wiesz, masz mniej bagażu niż ciocia Winia, kiedy leciała na trzy dni do Gdańska. – Przywitał ją cmoknięciem w policzek.

– Przecież znasz mnie – odpowiedziała Marcja. – Ja zawsze mam ze sobą dwie bluzki i dwie pary spodni. Po co mi więcej?

– Nawet w Nowym Jorku? – Jerzy się roześmiał.

– Szczególnie w Nowym Jorku – zawtórowała mu Marcja. – Ale gdzie ciocia? Byłam pewna, że z tobą przyjedzie.

– No – Jerzy aż się skręcał w środku, mówiąc, co miał przykazane powiedzieć – ciocia trochę chora. Ale nie martw się – dodał natychmiast – tylko przeziębiona. Niemniej wiesz przecież, że dla cioci katar to straszna choroba. Więc leży w domu pod kocem i jęczy. Pan Eustachy zamknął się w swoim pokoju, a ja im robię zaopatrzenie. Ty masz przykazane stawić się u nich natychmiast, jak tylko odeśpisz podróż i zmianę czasu.

Marcja natychmiast więc zadzwoniła do cioci, poużalała się nad nią odpowiednio i obiecała, że następnego dnia przyjedzie. Przezornie wzięła sobie tyle urlopu, żeby mieć jeszcze dwa dni na złapanie rytmu po powrocie do domu.

A ciocia chciała ją przetrzymać do urodzin, jak ustalili z Jerzym, bo sosna, wraz z trzema szkatułkami, miała być przecież niespodzianką.

Tak więc gdy tylko Marcja następnego dnia po przyjeździe zjawiła się u cioci, ta obarczyła ją tyloma obowiązkami, oczywiście z gotowaniem obiadu włącznie – że biedaczka nie wiedziała, za co się najpierw złapać.

– Dziecko, przepraszam cię bardzo, że tyle ci zrzucam na głowę. Ale wiesz, że Eustachy nic nie zrobi, a nikogo poza tobą nie mam – chlipnęła ciocia. – Choć, muszę przyznać, że Jerzy bardzo mi we wszystkim pomagał.

Marcja machnęła ręką.

– Ciociu – powiedziała – wiesz, nic ci z tych Stanów nie przywiozłam. Nikomu zresztą nic nie przywiozłam. Bo tam wszystko takie jakieś... kiczowate, mówię ci. Nie znalazłam nic oryginalnego, a przecież nie chciałam ci przywozić czegoś tak głupiego, jak na przykład miniatura Statuy Wolności.

I dalej zajmowała się ciocią i wujkiem, i nie swoim mieszkaniem – biegła do nich zaraz po pracy, a do siebie jechała tylko wieczorem, żeby się przespać i przebrać w czyste rzeczy.

A przecież bardzo chciała i dom obejrzeć, i z Jerzym ostatecznie porozmawiać. Miała nadzieję, że postanowił jej przebaczyć i że w tym domu zamieszkają razem.

Jednak ciocia nie odpuszczała i każdego dnia czuła się „kiepsko, moje dziecko, no, kiepsko", choć Marcji się wydawało, że widywała już ją w gorszym stanie.

W końcu usłyszała:

– Chciałabym, moja kochana, wyzdrowieć ostatecznie do twoich urodzin, bo umyśliliśmy z Jerzym, że urządzimy ci przyjęcie w Dziekanowie.

Wtedy pojęła ostatecznie „chorobę" cioci i tylko Jerzemu pogroziła palcem, na co on bezradnie rozłożył ręce, co zresztą Marcja doskonale zrozumiała.

Przecież kiedy ciocia Winia coś wymyśliła, to tak być musiało. Dawno się tego nauczyła. Widocznie Jerzy też!

A tak naprawdę rozchorował się pan Eustachy. Kaszlał i kichał, aż trzęsły się szyby w mieszkaniu.

– Eustachy, mój drogi, no naprawdę. – Zatroskana żona weszła do jego pokoju, ściskając w dłoniach tacę, na której stał pękaty kubek. Unosił się z niego mocny aromat. Tak mocny, że poczuł go nawet pan Eustachy swoim zapchanym od kataru nosem.

– Co to tak machnie? – zapytał. Z tym zapchanym nosem nie mógł mówić wyraźnie.

– No naprawdę – kontynuowała małżonka. – Nie kichaj tak mocno, bo ci ten twój rozrusznik wypadnie. A pachnie herbata malinowa z kropelką rumu, najlepsze lekarstwo na przeziębienie.

Pan Eustachy odruchowo złapał się za miejsce, w które wszczepiony był stymulator serca, sprawdził i ucieszył się, że wszystko jest na swoim miejscu.

Na przyniesiony przez żonę napój spojrzał z ukosa, bo nie bardzo wierzył w jej domowe recepty, zdecydowanie wolał lekarstwa z apteki. Nie miał tylko nic przeciwko rumowi, ale lepiej byłoby po prostu wychylić kieliszek czystego trunku, bez żadnych dodatków.

– Herbata malinowa, też coś – prychnął pod nosem (zakatarzonym), ale wiedział przecież, że nie warto podejmować dyskusji z żoną. W ogóle, a już szczególnie wtedy, gdy człowieka boli głowa, pieką oczy, szczypie w gardle i generalnie ma nie najlepsze samopoczucie. Wypił więc tę żoniną miksturę prawie duszkiem, spocił się natychmiast jak mysz, zwinął w kłębek pod kocem i oznajmił, że teraz sobie trochę pośpi.

– Muszę się wyleczyć do urodzin Marcelinki – postanowił i chciał jeszcze coś powiedzieć małżonce, lecz tej już w pokoju nie było.

A pan Eustachy, kochający wujek, chciał tylko poinformować żonę, że w razie, gdyby jednak nie wyzdrowiał do tych urodzin, to jego osobisty prezent dla bratanicy stoi oparty o ścianę za fotelem w pokoju.

Długo myślał nad tym, co podarować Marcji na te urodziny, jego zdaniem szczególne, bo pierwsze w nowym domu. Wiedział tylko, że powinno to być coś, co się przyda właśnie w domu, lub... przyozdobi ten dom. I pomysł sam mu się nasunął, w zasadzie zaraz po tym, jak Marcja przywiozła z „Sosnówki" obrazy pana Dionizego Bartczaka – jeden dla nich, jeden dla siebie. Tak, pomyślał, kupię jej obraz. Ale taki warszawski, żeby pamiętała, skąd pochodzi. I zaraz zaśmiał się, bo w wyobraźni usłyszał już komentarz małżonki.

– Eustachy, mój drogi – sapnęłaby jego żona. – Cóż to znaczy, skąd pochodzi? Czy nasza Marcja wyprowadza się do jakiegoś obcego kraju? Obcego miasta? Czy sądzisz, że ja w ogóle pozwoliłabym, żeby nasza najbliższa i najdroższa krewna zamieszkała daleko od nas?

I takie tam, śmiał się dalej. W duchu oczywiście, bo z panem Eustachym jeszcze nie było tak źle, żeby miał gadać sam do siebie. Albo śmiać się głośno.

Obraz, dobrze. Warszawski, też dobrze. Ale – to znaczy, jaki? Co ma być na tym obrazie? Co jest najbardziej warszawskie? Pałac Kultury? Syrenka? Rynek Starego Miasta? Nie mógł się zdecydować. Postanowił więc – było to oczywiście jakiś czas temu, jeszcze przed owym fatalnym zaziębieniem – że pochodzi po różnych galeriach i pogląda wystawione tam obrazy, może coś mu wpadnie do głowy.

Rozpoczął poszukiwania i z dnia na dzień był bardziej zmartwiony. Po pierwsze, nie zdawał sobie sprawy, że te obrazy są takie drogie. Po drugie, artyści malowali przeważnie krajobrazy, kwiaty, portrety lub bohomazy ogólne. Widoków warszawskich nie było. Ale któregoś dnia usłyszał w tramwaju rozmowę dwóch wyelegantowanych pań, jedna z nich opowiadała tej drugiej, że: „Wszystko, kochana, tam można dostać. I starocie jako takie, i meble, i obrazy, i co tam chcesz".

Pan Eustachy, ostatnio wyczulony na słowo „obrazy", nadstawił ucha, ale panie rozmawiały już o jakimś Leszku, który znalazł sobie pewną zdzirę i tak dalej.

Nie wytrzymał więc.

– Bardzo panie przepraszam, że ośmielam się zabrać głos. Eustachy Krzewicz-Zagórski się nazywam – przedstawił się grzecznie zdziwionym damom. – Usłyszałem, doprawdy niechcący, że panie rozmawiały przed chwilą o jakimś interesującym miejscu, w którym wszystko można kupić. Między innymi także obrazy. A tak się składa, że ja właśnie poszukuję pewnego obrazu, na szczególną okazję – wyjaśniał dokładnie. – I dlatego pozwoliłem sobie na zwrócenie się do pań, pragnąłbym zapytać, co to za miejsce i jak tam można trafić – zakończył pan Eustachy, kłaniając się grzecznie. Zakończył w samą porę, bo zagadnięte panie właśnie wysiadały. Szybko więc, bez wdawania się w dłuższą dyskusję, wyjaśniły mu, że rozmawiały o targu staroci na Kole.

– Czynne w soboty i niedziele, od rana do popołudnia. Każdy taksówkarz pana zawiezie.

Zadowolony pan Eustachy wybrał się więc na Koło w najbliższą sobotę, usiłując wyjaśnić małżonce, gdzie jedzie i po co, ale pani Winia, zajęta (jak zwykle) jakimiś swoimi sprawami, pokiwała tylko głową na znak, że słyszy i powiedziała: „dobrze, dobrze", co oznaczało, że po pierwsze, w ogóle nie wie, o co chodzi, po drugie, nie interesuje jej to w najmniejszym stopniu, po trzecie, ważne jest tylko to, żeby mąż stawił się w domu na obiedzie, nie zakłócając ustalonego porządku.

Chodził więc sobie pan Krzewicz-Zagórski po tym targu staroci na Kole i nadziwić się nie mógł różnorodności oferowanych tam towarów. Istotnie, było tu wszystko. Od staroci: srebrnych łyżeczek, cukiernic, żelazek z duszą, samowarów po białą broń i odznaczenia wojskowe. Oraz ciuchy. I meble. I garnki, talerze, szklanki, brytfanny, patelnie...

A także – obrazy.

Pan Eustachy skrupulatnie oglądał tylko te ostatnie. Znalazł i pomnik Syrenki, i Pałac Kultury, i pomnik Chopina w Parku Łazienkowskim. Niczym się jednak nie zachwycił. Już miał wracać do domu, z nosem zwieszonym na kwintę, gdy nagle ujrzał przed sobą coś, co bardzo mu się spodobało. Artysta namalował Most Poniatowskiego. Na pewno z czasów przedwojennych, bo ulica była brukowana, a strojów maszerujących przez most osób z pewnością nikt by nie uznał za współczesne. Kolorystyka, styl obrazu i temat, jak najbardziej warszawski, zdaniem pana Eustachego były wspaniałe. Kupił więc ten obraz bez targowania się, czym tak bardzo zdumiał sprzedającego, że ten niemal już sam chciał dyskutować z nabywcą o obniżce ceny. Niczego takiego jednak oczywiście nie zrobił, zachwycony dobrym klientem.

Lecz bardziej zachwycony był pan Eustachy, który wracał do domu z obrazem pod pachą, prawie śpiewając pod nosem. To znaczy – śpiewałby, gdyby nie został tak starannie wychowany. Śpiewanie na ulicy nie mieściło się w kanonie tego wychowania.

*

Wreszcie nadszedł ów wielki dzień – na szczęście była to niedziela, więc i Marcja, i Jerzy mieli mnóstwo czasu. Pani Eustaszyna przed tą niedzielą konspiracyjnie spotkała się z Jerzym, bardzo zresztą przejętym – żeby nie powiedzieć – wręcz roztrzęsionym. Powkładali coś do wszystkich szkatułek.

W sobotę wieczorem u Jerzego w domu zadzwonił telefon.

– Jerzy, mój dhogi – wychrypiało w słuchawce. – Wiesz, jestem ochropnie zachacharzony i nie pojadę z wami do Dziekanowa. Ja nawet bym pojechał, ale Winia mi zabroniła. Mówi, że wszystkich pozakażam i że mam siedzieć w domu. Marcelince już powiedziałem, że mnie nie będzie, ale mam do ciebie phośbę. Bo

widzisz, ja mogę spać rhano, jak tu przyjedziesz, a Winia
zapomni, więc chciałbym, żebyś zabhał mój phezent. To
obhaz, jest zapakowany w szahy papieh i stoi za moim
fotelem. Wejdź i zabierz go, dobrze?

– Oczywiście, proszę się nie martwić, zapamiętałem
i wszystko załatwię. Zdrowia życzę, panie Eustachy, do-
branoc.

W niedzielę rano Jerzy podjechał więc na Marszałkowską, po ciocię Winię. Obraz został zabrany i następnie pojechali na plac Wilsona, po Marcję, kupiwszy
jeszcze w „Sezamie" – gdzie na dole jest kwiaciarnia
– piękny bukiet herbacianych róż. Marcja najbardziej
lubiła róże – i wszystkie kwiaty polne. Jednak wiązanek
z kwiatów polnych nie było.

Marcja wyglądała przez okno i zobaczywszy parku-
jący samochód, zawołała:

– Już schodzę!

Jerzy wysiadł jednak z auta i machając bukietem,
pokazał, że chce go zanieść na górę. Ciocia została
w samochodzie. Obraz oczywiście też, bo Jerzy wiedział, że to prezent tak trochę na urodziny, a tak trochę
do nowego domu. Wyjaśnił mu to pan Eustachy jeszcze
wczoraj, w trakcie tej swojej zachrypionej przemowy
telefonicznej.

– Marcja, kochanie, wszystkiego najlepszego. – Złapał ją w objęcia w drzwiach mieszkania. – Nie masz
pojęcia, jak się za tobą stęskniłem – wyznał. – Wiem,
że powinienem poczekać na całą naszą rozmowę, ale
nie mogę już wytrzymać. Porozmawiamy, oczywiście,
bo chyba trzeba – jednak powiem ci tylko, szybciutko,

bo tam ciocia na dole w samochodzie czeka, że kocham cię i chcę być z tobą na zawsze. I tyle na razie – a teraz chodźmy. – Pociągnął ją za sobą.

– Poczekaj, wariacie, przecież muszę te kwiaty wstawić do wazonu – śmiała się Marcja. – A skoro sam zacząłeś, to powiem ci bardzo szybciutko, że i ja cię kocham, i chcę z tobą być na zawsze. Szczegóły będziemy uzgadniać później, cieszę się, że rozpocząłeś składanie życzeń urodzinowych od tego właśnie, co najbardziej chciałam usłyszeć.

– No, już myślałam, że do łóżka tam na górze poszliście – przywitała ich rozzłoszczona ciocia. – Siedzę tu i siedzę w tym samochodzie, jak jakiś gwizdek.

Jerzy z Marcją spojrzeli na siebie i zaczęli zwijać się ze śmiechu. Och, ta ciocia!!!

– Ciociu? – Marcja prawie płakała ze śmiechu. – Jak gwizdek???

– No, chyba tak teraz młodzież mówi, słyszałam w tramwaju – zmieszała się pani Eustaszyna.

Ruszyli.

W Dziekanowie byli po dwudziestu minutach. Od frontu sosny nie było widać, rosła tak, żeby Marcja mogła ją widzieć każdego ranka zaraz po przebudzeniu, z okna sypialni. A sypialnia mieściła się z tyłu – miała okno z widokiem na Puszczę Kampinoską. A teraz jeszcze – na „ich" sosnę.

– O, jest już ogrodzenie – cieszyła się Marcja. – I czynna brama do garażu! – Patrzyła z radością, widząc, jak Jerzy wyciąga pilota i brama sunie do góry.

– I jeszcze parę rzeczy też już jest – powiedział Jerzy. – Obejrzysz wszystko po kolei. Ale najpierw muszę ci wręczyć prezent od wujka. Pan Eustachy, jak wiesz, jest mocno przeziębiony i zobowiązał mnie do prze-transportowania tego szczególnego dla niego, i dla cie-bie, jak ma nadzieję, podarunku. Mam ci powiedzieć, że to podarunek nie tylko na urodziny, ale i do nowego domu. Poczekaj chwilę, zaraz przyniosę to z samocho-du. – A ciocia niech przypilnuje, proszę, żeby nasza ju-bilatka nie ruszyła się na krok z miejsca, w którym stoi.

– Ależ oczywiście, drogi chłopcze. – Ciocia Winia skinęła głową.

– „Drogi chłopcze"? Nie ruszać się z miejsca? Co wy kombinujecie? – Jubilatka zwróciła się z pytaniami do cioci, ale ta tylko uśmiechnęła się tajemniczo, szep-cząc: – Niespodzianka, niespodzianka.

Jerzy wrócił po minucie, wręczył Marcji prezent od wujka i dopilnował, żeby rozpakowała paczkę. Ob-raz podobał się wszystkim, nawet cioci, która mamro-tała coś sama do siebie, ale niewyraźnie, a zapytana, co mówi, nie chciała rozwijać tematu. Prawda była taka, że małżonka pana Eustachego była zachwycona jego pomysłem i chwaliła męża pod niebiosa. Jednak, żeby aż wypowiadać te pochwały głośno, o nie, co to, to nie.

Marcja sama zresztą już wychwalała wujka pod nie-biosa i dziękowała mu bardzo gorąco przez telefon za-raz po rozpakowaniu obrazu.

– Załatwione? – spytał Jerzy, gdy zakończyła rozmo-wę. – No to teraz najważniejsza niespodzianka. – Wycią-gnął z kieszeni jedwabny szal, wyszukany zresztą w sza-fie Marcji. – Odwróć się – poprosił.

– O matko, to musi być nie lada niespodzianka! – Marcja się uśmiechnęła, a ciocia Winia już podskaki-wała z uciechy.

Jerzy ostrożnie poprowadził Marcję pod rękę na tyły domu i ustawił twarzą do sosny.

– Gotowa? – zapytał.

– No, szybko, zdejmujcie ten szal, bo już się doczekać nie mogę – dyrygowała pani Eustaszyna.

Jerzy rozwiązał końce.

Marcja spojrzała przed siebie i... zamarła. Przed nią rosła sobie, jak gdyby była tu od zawsze, sosna z jej wspomnień i snów.

Stała i patrzyła. I nie mogła nic powiedzieć. W końcu wykrztusiła:

– Taka sama...

– Podejdź bliżej! – nalegała ciocia, wciąż podskakując.

Marcja podeszła – „M+J" było tam, gdzie zawsze.

– Jerzy? – zapytała z drżeniem w głosie. – To nasza sosna? Naprawdę? Ta sama, prawdziwa?

Jerzy pokiwał głową, a ciocia opadła na ławeczkę, stojącą nieopodal, zmęczona tym całym podskakiwaniem. No, żeby tak się zachowywać w jej wieku! Ale patrząc na minę Marcelinki, uznała, że warto było.

A Marcja oczywiście zaczęła płakać. Ostatnio łzy napłynęły jej do oczu na widok podobnej sosny. A teraz miała przed sobą nie podobną, tylko TĘ sosnę.

– Przypuszczałem, że tak będzie – powiedział Jerzy. – No, zrób tu, człowieku, przyjemność kobiecie – zażartował, a Marcja już mu wisiała na szyi i krzyczała na cały głos:

– Kochasz mnie! Kochasz! Chcesz mnie mimo wszystko!

– A czy ja teraz coś takiego powiedziałem? – w dalszym ciągu żartował uszczęśliwiony.

– No, proszę – powiedziała do siebie pani Eustaszyna – przecież ten Jerzy jest całkiem dowcipny. Zawsze wiedziałam, że fantastyczny z niego mężczyzna.

Jerzy i Marcja usłyszeli, bo jak już pani Eustaszyna coś mówiła do siebie czy do kogoś innego, to słyszał to każdy w promieniu kilometra.

Padli sobie w ramiona, ale zrobili to przy cioci, ją też obejmując uściskiem.

– No, cieszę się dzieci, że się cieszycie – odezwała się ciocia. – Ale, Marcelinko droga, to nie koniec niespodzianek. Ja też mam dla ciebie prezent, tylko wejdźmy do domu, bo tu już trochę chłodno się zrobiło.

Tak naprawdę bardzo chłodno nie było, ale intryga szkatułkowa, na którą teraz nadszedł czas, wymagała obecności wszystkich w kuchni.

Weszli więc do środka i Marcja aż westchnęła, widząc tę kuchnię już taką piękną, kompletnie urządzoną i wykafelkowaną. A na stole stał półmisek ze sławetnym sernikiem cioci Wini, a obok ciasta przygotowane do kawy filiżanki. Elektryczny czajnik tylko czekał na włączenie i Marcja podeszła do niego, by to zrobić. Jednak ciocia ją powstrzymała.

– Jeszcze nie pora na jedzenie – orzekła. – No przecież mówię, że mam dla ciebie prezent, więc poczekaj, aż go dostaniesz.

Z głębi swojej przepastnej torby wyciągnęła pokaźny pakunek i wręczyła go Marcji, która z zaciekawieniem wyjęła spośród warstw papieru trzy szkatułki.

– Oj, ciociu, jakie śliczne! – zachwyciła się. – Nie wiem, która najładniejsza. I wszystkie z bursztynem. Założę się, że z Jarmarku Dominikańskiego je przywiozłaś.

– Ale w jednej z nich jest coś ode mnie – wyjąkał Jerzy. – Musisz tylko zgadnąć, w której.

Marcja od razu złapała tę malutką, całą z bursztynu, najładniejszą.

Otworzyła.

W środku rzeczywiście coś było. Zwinięta w rulonik karteczka. Rozwinęła ten rulonik.

– „Wyjdziesz za mnie? – przeczytała. – Pierścionek leży w pierwszej od góry szufladzie szafki przy lodówce".

Marcja zwinęła karteczkę z powrotem w rulonik i stała nieruchomo.

Wpatrzone w nią były dwie pary oczu. Jerzy i ciocia oczywiście wiedzieli, co tam jest napisane. Jerzy przekonał panią Eustaszynę, żeby trochę zmodyfikować jej „pomysł szkatułkowy" i – zamiast imienia Jerzego, w szkatułce znalazło się właśnie to pytanie. Znalazł swój pierścionek zaręczynowy, który Marcja usiłowała mu zwrócić, a którego nie zabrał – w szufladzie biurka. Zresztą sama mu napisała w mejlu, przed wyjazdem do „Sosnówki", że pierścionek tam leży i Jerzy może go w każdej chwili wziąć, jeśli zechce. I dziś pierścionek znowu leżał w szufladzie, jednak teraz – w szufladzie szafki kuchennej w Dziekanowie.

Marcja starannie włożyła karteczkę z powrotem do szkatułki, zamknęła wieczko i odstawiła ją na stół.

Jerzy i pani Eustaszyna nie oddychali, stojąc niczym dwie żony Lota.

A Marcja zrobiła powoli krok w stronę lodówki... i nagle nabrała przyspieszenia. Szybko otworzyła szufladę, wyjęła już znane jej pudełeczko z napisem „W. Kruk" i podeszła do Jerzego.

– Włożysz mi go? – spytała, otwierając pudełeczko. Wyciągnęła ten śliczny, prześliczny pierścionek i podała Jerzemu.

Ten złapał pierścionek, ale zamiast wkładać go Marcji na palec, wziął ją w objęcia, prawie podrzucił do góry, a następnie skoczył ku pani Eustaszynie, ją także obejmując. Podrzucać się nie ośmielił, choć w tej chwili przypomniało mu się, jak ciocia Winia przed chwilą podskakiwała, i uśmiechnął się szeroko.

Raptem zdał sobie sprawę z tego, że trzyma pierścionek, wypuścił więc z objęć ciocię (która już z powrotem oddychała) i podszedł do Marcji.

– Więc wyjdziesz za mnie? – upewnił się jeszcze. – Tak?

– No, ciociu, czy to nie głuptas? – roześmiała się Marcja, łapiąc go za tę rękę z pierścionkiem i podsuwając palec, na którym wreszcie ów pierścionek się znalazł.

– Dziecko! – oburzyła się ich najukochańsza ciocia. – Czyż nie wiesz, że mężowi miłość się należy i szacunek? Więc żebym nie słyszała więcej o żadnych głuptasach, dobrze?

– Ale, ale – przypomniało się nagle Marcji. – A co byś zrobił, gdybym wybrała inną szkatułkę? – spytała Jerzego.

Jej ukochany mrugnął konspiracyjnie do cioci i otworzył pozostałe szkatułki. Identyczne papierowe ruloniki były w każdej...

*

– Dobrze, dzieci – zarządziła pani Eustaszyna. – Teraz więc, gdy najważniejsze poza nami, siadamy do stołu. – Mamy jeszcze jedną sprawę do omówienia – powiedziała.

I – razem z Jerzym – przedstawili Marcji sytuację finansową budowy, a właściwie całkowity brak jakichkolwiek finansów na dalsze wydatki w tej chwili.

Jerzy przedstawił swoje dwa pomysły – sprzedaż jego mieszkania lub wzięcie przez niego kredytu.

– Myślę, że sprzedaż mieszkania jest lepszym rozwiązaniem, bo kredyt w dzisiejszych czasach to samobójstwo – orzekła Marcja. – I tak przeprowadzimy się przecież tutaj, a jeszcze mamy mieszkanie na placu Wilsona.

– To teraz posłuchajcie mnie, moi drodzy. – Ciocia Winia poprawiła się na krześle i przedstawiła swoją propozycję, którą bardzo dokładnie przemyślała. I omówiła z mężem, który oczywiście na wszystko się zgodził.

A więc pani Eustaszyna wymyśliła, że sprzedadzą swoje mieszkanie, to na Marszałkowskiej, a sami zamieszkają u Marcji, na placu Wilsona.

– Tam są trzy pokoje, moje dziecko, więc jeden byłby wyłącznie do twojej dyspozycji, gdybyś któregoś dnia chciała się zatrzymać w Warszawie – tłumaczyła jej ciocia. – A ze sprzedaży obu mieszkań, Jerzego i naszego, uzbierałaby się całkiem ładna sumka. Wystarczyłoby nie tylko na perfekcyjne wykończenie Dziekanowa, ale może jeszcze odłożyć by się coś dało. A po naszym najdłuższym życiu mieszkanie na placu Wilsona w dalszym ciągu byłoby twoim kapitałem na starość – zakończyła ciocia Winia.

– Ciociu. – Marcja rzuciła się jej na szyję. – Jesteś najukochańsza, naprawdę. Ale nie mogę się na to zgodzić. Zapomniałaś o Stefci i dzieciakach? Po waszym

284

najdłuższym życiu, nawet gdybyście chcieli mi coś zapisać – to przecież im się należy co najmniej połowa.

Pani Eustaszyna skonfundowała się nieco. Rzeczywiście, całkiem zapomniała o swojej siostrzenicy i jej rodzinie. No – co z oczu, to z serca – proszę, jak się sprawdzają mądrości ludowe!

Ale przecież w życiu się nie przyzna, że o czymkolwiek zapomniała...

– Nie zapomniałam, moje dziecko, ale mam jakieś przeświadczenie, że oni już z tych Stanów nie wrócą. – Wykręciła kota ogonem. – A nawet gdyby wrócili, to przecież już ty byś ich nie ukrzywdziła, prawda? Jakoś byście się tam dogadali.

– Ciociu. – Marcji przyszedł nagle do głowy świetny pomysł. – Wiesz, może znalazłoby się inne rozwiązanie.

I wytłumaczyła, o czym myśli. A pomyślała ewentualnie o wzięciu kredytu, przeprowadzeniu państwa Krzewicz-Zagórskich na plac Wilsona oraz wynajęciu ich mieszkania. W takim miejscu – Marszałkowska, róg Świętokrzyskiej – dwa pokoje z kuchnią, czterdzieści dwa metry kwadratowe, naprawdę można uzyskać niezłą sumę z wynajmu. Nie miała w tej chwili pojęcia, ile, ale od czego internet? Z całą pewnością wiedziała natomiast, że niemało.

– I wiesz, ciociu, z pieniędzy za wynajem waszego mieszkania spłacalibyśmy raty kredytu, a mieszkanie w dalszym ciągu byłoby wasze – tłumaczyła Marcja. – To byłoby tak, jakbyś nam je podarowała dwa razy. Teraz – mnie i Jerzemu – bo mielibyśmy pieniądze na raty, a ewentualnie potem Stefanii, żeby było sprawiedliwie. A co do ich pozostania w Stanach, to się mylisz – dodała. – Dzieciaki, owszem, zachwyciły się i zachłysnęły

Nowym Jorkiem, na początku. Potem chyba trochę zaczęło im przechodzić, a kiedy poznali parę osób, młodych ludzi pracujących tam, i zrozumieli, na czym rzeczywiście polega amerykański wyścig szczurów, postanowili jednak wrócić do swojego kraju, na swój ukochany Mokotów. I wracają w końcu września, a Stefka, wyobraź sobie, przyjeżdża z nimi.

– Jak to? – zdziwiła się pani Eustaszyna. – A Janek?

– Janek zostaje do końca kontraktu – tłumaczyła Marcja. – Ale Stefci zaczęło się tam po prostu nudzić. Chce już wrócić do pracy, kontaktowała się z urzędem i wszystko już uzgodniła. A Jankowi nic się tam samemu nie stanie – i tak całymi dniami przesiaduje na uczelni.

Pani Eustaszynie pomysł z wynajęciem ich mieszkania w zasadzie dość się spodobał. Chciała tylko wiedzieć, co z meblami. Nie były jakieś bardzo cenne, ale były jej, bardzo się do nich przywiązała i nie chciałaby, żeby ktoś obcy je zniszczył.

– O to się nie martw – powiedziała Marcja. – Przecież my większość rzeczy z placu Wilsona zabierzemy do Dziekanowa, więc te wasze meble przewiezie się do mojego mieszkania. A na Marszałkowską kupimy jakąś kanapę i kilka regałów w Ikei, bo tam są tanie. Natomiast twoją kawalerkę rzeczywiście trzeba będzie sprzedać – zwróciła się do Jerzego, który siedział cicho, słuchając z uśmiechem, jak dwie najważniejsze kobiety w jego życiu snują plany, obejmujące także jego życie. Oczywiście, nie pytając go o zdanie. Ale dlaczego miałyby pytać, przecież nigdy tego nie robiły. I jakoś mu to zawsze odpowiadało.

– A wiesz, nawet w zasadzie mam już kupca – odezwał się, nareszcie dopuszczony do głosu.

– Siostrzenica kolegi z pracy dostała się na studia w Warszawie. Jej rodzina mieszka pod Ożarowem, mają tam jakąś prywatną firmę i postanowili kupić córeczce mieszkanie. Na początek takie małe właśnie. Nawet już to moje oglądali i bardzo im odpowiada. Tylko chcieliby je kupić zaraz – ciągnął Jerzy. – Powiedziałem im jednak, że wstrzymam się z odpowiedzią do połowy września – bo przecież musiałem poznać twoją decyzję co do naszej przyszłości. Pieniądze mogę więc mieć już za kilka dni, a mieszkać będę w tym pokoju na parterze, nocowałem tu kilka razy i całkiem mi było wygodnie.

– Mieszkać możesz na placu Wilsona, dopóki nie wykończymy przynajmniej głównej sypialni i salonu. Tam ci też będzie wygodnie – zadecydowała Marcja.

– Oj, jak dobrze to wszystko obmyśliliście – ucieszyła się pani Eustaszyna. – To ja sobie teraz pojeżdżę do Ikei, a może i w inne miejsca, pooglądam meble. Rekonesans zrobię.

Pani Eustaszyna takie „rozpoznania" uwielbiała. I uwielbiała, jak coś się działo w jej życiu. A teraz znowu trochę się podzieje, prawda?

Koniec budowy, przeprowadzka do nowego domu. Będzie musiała pomyśleć o urządzeniu kilku przyjęć – z okazji opuszczania mieszkania przy Marszałkowskiej, z okazji przeprowadzki na plac Wilsona, no i największa feta – „parapetówka" w Dziekanowie.

Tak, tak, pani Eustaszyna będzie miała co robić.

– Marcja! – zawołał Jerzy.

Odpowiedziała mu cisza.

Obejrzał się przez ramię i spostrzegł, że nie ma jej w pokoju. Wyjrzał więc przez okno – oczywiście stała przed swoją ukochaną sosną, wpatrując się w nią z uwielbieniem.

– Mogę się założyć, że wszystko jej opowiada – szepnął.

I miał rację – a właściwie miał rację w połowie. Bo Marcja opowiadała wszystko ojcu. Oczywiście – to znaczy, chyba oczywiście – nie wierzyła w duchy, ale gdyby tak założyć, że istnieją, to Marcja postawiłaby wszystko na to, że duch jej taty mieszka w tej sośnie. Szczególnie teraz.

– Porcja! – zawołał Jerzy. Pani Eustaszyna prychnęła podejrzanie.

– Marcja! – poprawił się natychmiast.

Marcja weszła do domu.

– Porcja? – spytała.

– Och, przepraszam, język mi się poplątał, bo jak wybierałaś to pudełko, to jakoś tak „Kupiec wenecki" mi się przypomniał.

– „Kupiec wenecki"?! – Marcja otworzyła usta ze zdumienia.

Jerzy? Szekspir? Porcja? O matko!

Pani Eustaszyna diabolicznie chichotała w chusteczkę.

Wszystko ułożyło się tak, jak sobie zaplanowała...

No, ale przecież zawsze tak było!

Rozdział dziewiętnasty

– Bo widzisz, moja droga, mam *vyborny napad*. – Pani Eustaszyna machała palcem, tłumacząc Marcji, co miała zamiar zrobić.

A ilekroć ciocia Marcji uważała, że ma świetny pomysł, zawsze mówiła to po czesku, była bowiem zachwycona logicznością tego języka. A poza tym, cóż, niech wszyscy wiedzą, to znaczy słyszą, że ona, Eustaszyna, zna nie tylko język polski.

Cała rodzina była zachwycona tym czeskim tłumaczeniem i nikt z Krzewicz-Zagórskich, ani z Kozłowskich nie mówił, że ma pomysł. Każdy miał *napad*.

– Każdy świadomy człowiek powinien systematycznie wykonywać badania kontrolne. Łatwiej wyleczyć każdą chorobę, gdy ją się w porę zdiagnozuje – oznajmiła pani Eustaszyna swojej siostrzenicy.

Marcja się uśmiechnęła. Jak widać, ciocię już nosiło, a że ostatnio dość często obracała się w środowisku medycznym, nic dziwnego, że jej najnowszy *napad* znowu wiązał się z medycyną.

– Ciociu, czy coś cię boli? – spytała, jednak trochę zaniepokojona, bo napad napadem, ale wolała mieć pewność, że cioci nic nie dolega. – Co ci jest? – drążyła.

– Dlaczego zaraz ma mnie coś boleć? A co to, czy ja jakaś hipochondryczka jestem? Na nic nie jestem chora i nic mnie nie boli, dziecko – obruszyła się ciocia. – Ale chcę, żeby tak zostało i dlatego jutro idę do lekarza. – I nie patrz na mnie jak na zniedołężniałą staruszkę, która nie wie, co mówi – zezłościła się, widząc dziwną minę Marceliny. – Mówię przecież, że jestem człowiek świadomy. Idę zażądać skierowania na wszystkie badania. Profilaktycznie. Muszę sprawdzić parametry, ot co. Ba!

Tak więc następnego dnia pani Eustaszyna znowu wmaszerowała po kilku schodach do pewnej przychodni przy Próżnej. Przy ladzie oczywiście stała kolejka. Ale sokole oko rejestratorki wypatrzyło starszą panią, która pewnego pamiętnego dnia odwiedziła ich przychodnię z panią „mi...chalską". Pamiętała całą rozmowę, pamiętała prośbę swojej najwyższej zwierzchniczki, której to wtedy, w tym dniu, „w ogóle w przychodni nie było" – i pamiętała też, że następnego miesiąca otrzymała wyższą niż zazwyczaj premię. Nie miała tylko pojęcia, że to absolutny zbieg okoliczności, kończył się kolejny okres sprawozdawczy i administracja dysponowała większą kwotą do rozdzielenia dla całego personelu. Pani Kasia z rejestracji była jednak święcie przekonana, że na wysokość owej gratyfikacji miała wpływ wizyta pani „mi...chalskiej".

Teraz więc rzuciła się w kierunku pani Eustaszyny i chwyciwszy ją pod ramię, podprowadziła do stojącego w rogu krzesła.

– Proszę wygodnie usiąść i powiedzieć mi, co miłą panią do nas dzisiaj sprowadza. – Dygnęła przed przybyłą. – Ja zaraz wszystko załatwię.

A tak narzekają na państwową służbę zdrowia, pomyślała ze zdziwieniem pani Krzewicz-Zagórska, uśmiechając się z wdzięcznością do pani Katarzyny Jankowskiej, której imię i nazwisko odczytała na plakietce przypiętej do fartucha.

– No więc, pani Kasiu, pomyślałam sobie, jako osoba dostatecznie uświadomiona medycznie, że lepiej zapobiegać, niż leczyć, prawda? – spytała i, nie oczekując odpowiedzi, mówiła dalej: – I postanowiłam zrobić sobie wszystkie badania. Ale powiedziano mi, że muszę mieć jakieś skierowania od lekarza rodzinnego, w związku z czym przyszłam, żeby o takie skierowania aplikować.

Rejestratorka, przytłumiona tym uświadomieniem medycznym i aplikowaniem pani... o święci pańscy, jak ta pani się nazywa, nie pamiętam, oszaleję, nie pamiętam, co tu zrobić. Wpadła w panikę i uświadomiła sobie, że natychmiast musi wytłumaczyć któremuś z lekarzy, że absolutnie konieczne jest wystawienie – od ręki – skierowań na wszystkie badania, jakie tylko istnieją, może jedynie z wyłączeniem badania PSA... Jeśli tylko się dowiem, komu... na jakie nazwisko, o cholera, zwariuję, męczyła się strasznie biedaczka, aż raptem wpadła na genialny pomysł (nie wiedząc wszakże, że miała *napad*).

– Proszę tu chwilkę posiedzieć, ja zaraz wyjmę pani kartę, zaniosę lekarzowi i sprawę załatwimy. Potrzebny mi tylko pani dowód ubezpieczenia, to znaczy legitymacja z ZUS-u, jeżeli pani ma ją przy sobie, bądź dowód osobisty – taki oto był pomysł pani Katarzyny, dzięki któremu za chwilę miała się dowiedzieć (przypomnieć sobie), jak brzmi nazwisko tej szczególnej pacjentki. Pani Eustaszyna bez protestu wyjęła z torebki portfel, wyciągnęła z niego swoją legitymację emeryta i pytając, czy to wystarczy, podała ją pani Jankowskiej.

Dalej wszystko już poszło sprawnie i po paru minutach pani Krzewicz-Zagórska, nie musząc nawet odwiedzać lekarza, trzymała w ręku pokaźny plik skierowań na przeróżne badania.

– To jest skierowanie na badanie krwi – tłumaczyła jej pani rejestratorka. – Przyjdzie pani do nas jutro, do gabinetu numer dwa, na czczo. A tu dodatkowo pojemniczek na próbkę moczu... – I tak oto po kolei wytłumaczyła oszołomionej nieco pacjentce, gdzie ma się stawić – i kiedy – w celu wykonania badania EKG, pomiaru ciśnienia, badania dopplerowskiego i ogólnego badania USG jamy brzusznej.

– A na wizytę lekarską zapraszamy z wynikami. Proszę do mnie zadzwonić. – Tu pani Jankowska podała Szczególnej Pacjentce kartkę z wykaligrafowanym numerem telefonu i swoim nazwiskiem. – Ustalimy dogodny dla pani termin.

Wszystkie badania wykonano sprawnie i wyniki były zadowalające. Z jednym wyjątkiem. Bowiem gdy pani Eustaszyna ułożyła się już na kozetce i rozpoczęło się badanie USG, wykonująca je lekarka chrząknęła cicho i zakomunikowała coś nieoczekiwanego:

– Od razu muszę pani powiedzieć – rzuciła się głową do przodu – że ma pani kamienie w pęcherzyku żółciowym. Tak, tak – mruczała, przesuwając jakimś przyrządem po brzuchu pani Eustaszyny – o, tu widać wyraźnie, jeden nawet dość spory i kilka okruchów.

– Jakie kamienie? Ja mam kamienie? – Osłupiałej pani Wini ten komunikat skojarzył się wstępnie z drogocennymi kamieniami i w pierwszej chwili w ogóle do niej nie dotarło, o czym mówi osoba, siedząca przy komputerze i rozmazująca jej po brzuchu jakiś zimny żel. – Nie mam, niestety, żadnych kamieni – oznajmiła kategorycznie, bo przecież ten jakiś tam mały brylancik, który tkwił w pierścionku zaręczynowym, od dawna nienoszonym i przechowywanym w pudełeczku z rodowymi precjozami, jak mawiała o swoich klejnotach ich właścicielka, nie mógł się chyba kwalifikować do miana „kamienie". Jeżeli już, to kamyk najwyżej.

– Kamienie żółciowe, mówię przecież. W pęcherzyku – oznajmiła „osoba". – Czy nie miała pani żadnych bóli podbrzusza? Kłucia tu na dole, w prawym boku? Ucisku?

– Żadnych bóli nie miałam. I nie mam – odpowiedziała stanowczo pacjentka, nieco przytłoczona tym pęcherzykiem, o którego istnieniu w ogóle dotąd nie miała pojęcia.

– Cóż, widocznie ułożenie kamieni jest takie, że na razie nie wywołują żadnych dolegliwości. Ale trzeba usunąć pęcherzyk, bo ta dogodna obecnie dla pani sytuacja może lada chwila się zmienić. Więc nie ma na co czekać.

– Dobrze, proszę usuwać w takim razie – zgodziła się zrezygnowanym głosem pani Eustaszyna.

Zdziwiła się jednak, usłyszawszy, że w celu owego usuwania musi się udać do szpitala, ponieważ jest to zabieg chirurgiczny i nie może być wykonany ot, tak, od ręki, na lekarskiej kozetce.

Ale i tu pomocy udzieliła niezastąpiona pani Katarzyna Jankowska, która usłyszawszy, w czym problem, poszła do zatrudnionego w przychodni chirurga, wytłumaczyła mu całą sytuację, opowiadając oczywiście wszystko, od ministerialnej wizyty poczynając. Chirurg zrozumiał doskonale i przyjął szczególną pacjentkę z należytymi honorami. Przedstawił jej spodziewany przebieg operacji – zabiegu, jak mawiają chirurdzy – polegającej na laparoskopowym usunięciu pęcherzyka żółciowego, nie wspominając o ewentualności jakiegoś niepowodzenia, w którym to przypadku operację trzeba wykonać metodą tradycyjną. Tym będą się martwić w szpitalu. Wziął na swoje barki całą rejestrację szpitalną i ryzyko ominięcia kolejki oczekujących pacjentów. Był święcie przekonany, że w przeciwnym wypadku będzie miał do czynienia z Kimś Ważnym, a wszystkich ważnych, bez względu na stopień ich ważności, bał się panicznie.

Pani Eustaszyna miała więc teraz oczekiwać w domu na telefon, powiadamiający ją o terminie stawienia się w szpitalu.

– To jakieś dwa, trzy dni, droga pani, nie więcej – uspokajał ją chirurg. – Na szczęście ma pani komplet niezbędnych badań, w szpitalu więc tylko oznaczą grupę krwi i wszystko pójdzie błyskawicznie.

– Cóż, jak trzeba, to trzeba – odważnie przytaknęła Szczególna Pacjentka. – Tylko proszę o tej sprawie nie rozmawiać z nikim innym u mnie w domu. Wyłącznie ze mną.

Pani Eustaszyna, jako dobra żona, postanowiła, że nie powie nic małżonkowi o tej całej operacji. Mąż ma chore serce, po co więc go denerwować. Trzy dni, cóż to jest, pomyślała. Marcelinka ją zawiezie, przywiezie, odwiedzi i nikt więcej nie musi o niczym wiedzieć.

Eustachemu powie, że jedzie z wizytą do starej przyjaciółki, mieszkającej w Łodzi. O tym, że nie miała w Łodzi żadnej przyjaciółki, mąż nie miał przecież pojęcia.

– O, proszę, tu będzie pani najwygodniej. – Pielęgniarka wprowadziła panią Eustaszynę do jednoosobowego pokoju z małym korytarzem i łazienką. – Prawie jak w hotelu – dodała. – Tu jest przycisk, gdyby pani czegoś potrzebowała, proszę zadzwonić, zaraz ktoś przyjdzie. A tu stoi czajnik, ale już do jutrzejszego ranka proszę nic nie jeść i nie pić. Jutro zabieg.

– Operacja – sprostowała odruchowo pani Eustaszyna, zdenerwowana deprecjonowaniem tego, co ją czeka. – Z narkozą przecież, tak?

– Tak, tak, operacja. Z narkozą – zgodziła się pielęgniarka, poinstruowana o ważności Tej Pacjentki i pouczona, żeby we wszystkim się z nią zgadzać i uprzyjemniać jej pobyt. – Ale proszę się nie martwić, będzie panią operował nasz najlepszy chirurg. A zresztą u nas wszyscy są doskonałymi specjalistami.

– Ależ oczywiście, oczywiście, moje dziecko, ale wiesz ty, co? – Pani Eustaszyna powiodła wzrokiem po tym przydzielonym jej „prawie hotelowym" pokoju i nie spodobało jej się to, co zobaczyła. Dlaczego tu nikogo nie ma? A z kim ona będzie rozmawiać? Czy prosiła o salę jednoosobową? Nie prosiła, prawda? Więc jej nie chce – i tej treści komunikat przekazała nieszczęsnej pielęgniarce, żądając natychmiastowego przeniesienia do sali z jakimiś miłymi paniami.

– Ale przecież... Tak, oczywiście, proszę chwilę poczekać, zaraz postaram się załatwić wszystko zgodnie z pani życzeniem.

Załatwianie trwało niezbyt długo, bo znalezienie osoby, która zechciała zamienić swoje miejsce w sali wieloosobowej na izolatkę było dość proste. Panią Eustaszynę zaprowadzono do pokoju, w którym stały cztery łóżka – jedno, wolne, w rogu pod ścianą, było do zagospodarowania. Z pozostałych wpatrywały się w nowo przybyłą trzy pary oczu.

– Dzień dobry – zdecydowała się jedna z pacjentek.
– Witamy i zapraszamy. Czy możemy w czymś pomóc?
– Na razie w niczym, bardzo dziękuję, kochanie – odrzekła z uśmiechem pani Eustaszyna. – I pani też dziękuję. – Odprawiła pielęgniarkę, uradowaną tym, że wszystko w porządku.

Rozlokowała się na łóżku i zaczęła uważnie oglądać całą salę oraz swoje towarzyszki niedoli. Obok niej leżała młoda kobieta, mniej więcej w wieku Marcelinki. Naprzeciwko stały dwa łóżka, z jednego wyzierało zaciekawione oblicze pacjentki w wieku nieokreślonym, mogła mieć lat czterdzieści, ale i sześćdziesiąt; twarz miała pooraną zmarszczkami, lecz żywe i bystre oczy spoglądały dość młodo. I tak cię zaraz odpytam, pomyślała pani Eustaszyna, na razie kontynuując lustrację współtowarzyszek szpitalnej przygody. Na czwartym łóżku siedziała szczupła dziewczyna, tak na oko dwudziestoletnia, w dresie z napisem „Wisła Ustronianka". Machała nogami i uśmiechała się sympatycznie do pani Eustaszyny. Od niej zacznę, pomyślała i rozpoczęła indagację.

– Wisła? Czy to oznacza, że mieszkasz, moje dziecko, w miejscowości Adasia Małysza? – Rozsiadła się wygodniej na łóżku i poprawiając poduszkę pod plecami, mówiła dalej: – Bo ja, musisz wiedzieć, jestem wielką fanką naszego skoczka. Bardzo dobrze się znam na tej dyscyplinie sportu, mogłabym być sędzią, ale czy to kobietę ktoś dopuści? – I kontynuowała, nie czekając na odpowiedź. – Nazywam się Eustaszyna Krzewicz-Zagórska. Jutro będę miała operację wycięcia woreczka żółciowego. Podobno mam tam kamienie. To znaczy na pewno mam, bo pan doktor chirurg, który będzie mnie operował, podobno najlepszy w tym szpitalu, nie chciał się oprzeć na jednym badaniu USG i zażądał powtórzenia. Zrobiono mi więc drugie, tu, w tym szpitalu – zalewała informacjami swoje szpitalne koleżanki. – I potwierdziła się diagnoza z pierwszego. Uważam więc, że pan doktor niepotrzebnie naraził Narodowy Fundusz Zdrowia na dodatkowe koszty, bo przecież to drugie badanie nie było potrzebne.

– Ale, gdyby się tak zastanowić – udało się wtrącić pani z sąsiedniego łóżka – to mogło jednak tak być, że to pierwsze badanie coś tam przekłamało. I wtedy fundusz zdrowia byłby narażony niepotrzebnie na koszty pani operacji, a pani byłaby niepotrzebnie narażona na wszystkie nieprzyjemności związane z operacją.

– Jakie nieprzyjemności? – zdenerwowała się pani Eustaszyna. – Czy taka operacja to coś nieprzyjemnego? Nikt mi tego nie powiedział. Ale rzeczywiście masz rację, moje dziecko, mogłoby tak być, jak mówisz. Co robisz? To znaczy, gdzie pracujesz? Bo widzę, że znasz się na medycynie.

– Trochę – zaśmiała się młoda kobieta z sąsiedniego łóżka. – Mieszkam w Kraśniku Lubelskim i jestem laryngologiem. Mam jakieś skomplikowane i rzadkie schorzenie wątroby, nie chcę się teraz wdawać w szczegóły. Przysłali mnie tutaj, ponieważ ta klinika gastroenterologiczna specjalizuje się w leczeniu takich przypadków, jak mój. A co do operacji, która panią czeka, proszę się nie martwić, to nic skomplikowanego. Za dwa dni pójdzie pani do domu.

– Skoro tak mówisz, moje dziecko – uprzejmie zgodziła się pani Eustaszyna, całkiem zadowolona z tej informacji.

I tak sobie miło gawędziły wszystkie cztery aż do dwunastej w nocy. Pani Winia wiedziała już wszystko o swoich sąsiadkach – ile która ma lat, gdzie mieszka, co jej jest, kto przychodzi w odwiedziny.

Trzecia pacjentka ogromnie ją zaskoczyła, oznajmiając:

– A ja to, kochana pani, aż z Towian jestem. To takie miasteczko nad Gopłem, w którym…

– Wiem! – przerwała jej pani Krzewicz-Zagórska. – Znam Towiany. To znaczy, eee, ja sama to właściwie jeszcze nie, ale moja Marcelinka, to znaczy bratanica męża, tam była, głównie w „Sosnówce", czyli w pensjonacie. Ale mamy tam jechać na grzyby, to i do Towian przyjadę. Napisz mi szybko, moja droga, swój adres na karteczce, odwiedzę cię z pewnością.

Mieszkanka Towian przycichła i schowała się z głową pod kołdrę, lecz po chwili wysunęła głowę, widocznie zrobiło jej się za duszno. Odwróciła się bokiem do ściany i udawała, że śpi.

Pani Eustaszyna na razie jej odpuściła. Oj, jakie tu ciekawe towarzystwo, pomyślała. A ta głupia pielęgniarka chciała mnie wpakować do jednoosobowej sali, zirytowała się. Dobrze, że się nie zgodziłam.

I zaczęła dalej wypytywać dziewczynę z Wisły. Adam Małysz interesował ją zdecydowanie bardziej niż Towiany czy Kraśnik Lubelski.

Mieszkanka Wisły, Monika Malinowska, miała jakąś skomplikowaną dolegliwość wątroby. Robiono jej badania i nawet rozważano możliwość przeszczepu.

– Takie dziecko? – zachłysnęła się pani Eustaszyna, patrząc na Monikę ze zgrozą. – Jezus Maria, jakie to straszne – zajęczała.

Ale Monika nie chciała, żeby się nad nią użalano. Z pewnością właściwą młodym ludziom ufała, że wszystko będzie dobrze i nie zamierzała się martwić. Poza tym lekarze wytłumaczyli jej, że napięcie szkodzi wątrobie, więc się nie denerwowała.

Skierowała rozmowę na najbezpieczniejszy temat i zaczęła opowiadać, co było jej wiadome o najznamienitszym mieszkańcu rodzinnego miasta.

Pani Eustaszyna dowiedziała się sporo o swoim idolu narciarskim, wiedziała już dokładnie, jaki ma dom, jak wygląda jego żona i córka; jak wyglądają i co porabiają jego rodzice; w którym miejscu znajduje się muzeum, prowadzone przez panią Izabelę Małysz i co tam się znajduje.

– Wszystkie trofea? – zachwyciła się wielbicielka naszego mistrza skoków narciarskich. – I stare narty? Koszulki, w których skakał? To znaczy, te, no, kombinezony? Muszę kiedyś tam pojechać i dotknąć tego wszystkiego.

I z takimi marzeniami usnęła, zupełnie nie myśląc o czekającej ją operacji, bo śniła o odwiedzinach w małyszowym domu.

– Ależ, droga Izo – pouczała żonę pana Adasia – rosół trzeba gotować bardzo powoli, nie pozwalając, aby się zagotował. Powinien tylko perkotać. Inaczej będzie mętny, a rosół przecież musi być klarowny.

Pani Iza dziękowała wylewnie pani Eustaszynie i dzięki temu nasza pacjentka obudziła się w doskonałym nastroju i w dobrym humorze oczekiwała na planowaną operację.

Przedtem jednak wyegzekwowała adresy i numery telefonów od wszystkich pań, z którymi leżała. Ta z Towian też podała jej te informacje, po prostu nie miała innego wyjścia. Oczywiście wszystkie sąsiadki zostały również zaszczycone możliwością zapisania sobie wszelkich danych pani Krzewicz-Zagórskiej.

Tak to już jest w szpitalach. Przynajmniej w tych, w których bywała pani Eustaszyna. Zważywszy, że w swoim życiu była w szpitalu aż jeden raz. Właśnie teraz.

*

– Marcelinko, to ty? – krzyczał w słuchawkę pan Eustachy. – Halo, halo, źle cię słyszę, gdzie ty jesteś, kochana?

– Wujku, co się stało? – wystraszyła się Marcja. Wuj prawie nigdy do niej nie dzwonił. – Jestem w pracy, a w tej chwili jadę właśnie do śródmieścia na obiad z klientem. Źle słychać, bo jadę samochodem i mam otwarte okno.

– Winia zaginęła – oznajmił grobowym głosem pan Eustachy.

– Ciocia? – zdziwiła się Marcja. – Jak to, zaginęła? Leży przecież … – przerwała szybko, przypominając sobie, że pan Eustachy nic nie wie o operacji swojej żony. I ma nie wiedzieć. Wujek wie, że ciocia pojechała do… kurczę, gdzie ona pojechała? O cholera, nie pamiętam, zmartwiła się Marcja.

– Gdzie leży? Co ty mówisz, kochanie? – zdenerwował się pan Eustachy.

– Nie mówię, że gdzieś leży – wykręcała się Marcja. – Źle słychać, wujku. Mówię, że przecież pojechała do swojej koleżanki, do Nieświeży. – Marcji kołatało się po głowie, że ciocia kiedyś opowiadała o kimś z Nieświeży. Nie, nie – raczej z Nieświeża. Ale z Nieświeży lepiej brzmiało, podobniej do słowa „leży" i łatwo mogła wmówić wujkowi, że się przesłyszał.

– Wiesz co, dziecko? – zirytował się pan Eustachy. – Może lepiej przyjedź do mnie po tym obiedzie, bo ja się denerwuję. Winia miała jechać do Łodzi, a ty mówisz o jakiejś Nieświeży. Coś mi tu kręcisz. Co to w ogóle jest, ta Nieśwież? I gdzie to jest? W życiu o czymś takim nie słyszałem.

– To zamek Radziwiłłów, wujku, teraz leży na Białorusi, przed wojną należał do Polski. I chyba to ten Nieśwież, nie ta Nieśwież – wyjaśniła odruchowo Marcja, łapiąc się za głowę, gdy usłyszała, w jaką opresję się wpakowała przez swoje gapiostwo. – Wujku, nie mogę teraz rozmawiać, jadę samochodem, będę wieczorem, na razie pa. – Rozłączyła się, zła na siebie. Głowę miała zaprzątniętą czekającym ją spotkaniem i w ogóle nie myślała podczas rozmowy z wujem. Wieczorem będzie musiała się nagimnastykować, żeby wszystko odkręcić.

– Na Białorusi? – Osłupiały pan Eustachy w ogóle nie usłyszał, że Marcja się rozłączyła. – A po co ona pojechała do tych Radziwiłłów? I dlaczego nic mi nie powiedziała? – dziwił się. – Ja przecież też chętnie bym ich odwiedził. To oni teraz na Białorusi mieszkają? – Chyba nie usłyszał, że Nieśwież dawniej był polskim miastem.

Pan Eustachy nie zdenerwował się nawet, że Marcelina przerwała rozmowę i na długo pogrążył się we wspomnieniach z młodości. Pamiętał opowieści ojca, Mariana Krzewicz-Zagórskiego, urodzonego w 1895 roku w podkrakowskich Balicach, który często opowiadał o księciu Hieronimie Mikołaju Radziwille. Pamiętał nawet – bo w dzieciństwie śmieszyło go to niepomiernie – że ów książę był herbu Trąby.

Państwo Krzewicz-Zagórscy mieszkali przed wojną w Krakowie i jeśli mieli wówczas jakieś kontakty z Radziwiłłami, mały Eustachy tego nie zapamiętał. Podczas wojny i później też mieszkali w Krakowie, ale po wojnie księcia Hieronima nie było już wśród żywych. Więc żadnym sposobem obaj panowie znać się nie mogli. Jednak pan Eustachy był święcie przekonany, że każdy jego krakowski czy podkrakowski krajan (żywy czy też nie – nawet jeśli już zmarł, to żyje przecież jakaś jego rodzina) to dobry znajomy i zły był na żonę, że sama pojechała w te odwiedziny.

Marcji, która zgodnie ze złożoną obietnicą odwiedziła wuja wieczorem, bardzo trudno było mu wytłumaczyć, że po pierwsze, chodzi o zupełnie innych Radziwiłłów, a po drugie, ciocia w ogóle nie pojechała do żadnych Radziwiłłów.

– Wujku, do koleżanki z Łodzi, tłumaczę ci przecież, pojechała. Nie pamiętam nazwiska, w końcu to ty powinieneś znać koleżanki cioci, nie ja – wiła się, w duchu trochę zła na tę swoją najdroższą ciocię, która ciągle wplątywała ją w najrozmaitsze przedziwne sytuacje.

Tego, że kiedykolwiek powiedziała cokolwiek o Nieświeżu, w ogóle się wyparła.

– Do Łodzi, wujku, cały czas to mówię. W ogóle mnie nie słuchasz.

– Ach, do Łodzi – rozjaśnił się pan Eustachy, przyzwyczajony do tego „w ogóle mnie nie słuchasz", bo były to słowa, które słyszał często od swojej małżonki. – No tak, w Łodzi mieszka przecież... mieszka... – Zasępił się ponownie, bo za nic nie mógł sobie przypomnieć, kto w tej Łodzi mieszka. No i nic dziwnego, bowiem w Łodzi nikt nie mieszkał.

To znaczy, owszem, w Łodzi mieszka ponad siedemset tysięcy ludzi, ale pośród nich nie było żadnej koleżanki pani Eustaszyny – a jeśli nawet, to pani Eustaszynie nic o tym nie wiadomo. Panu Eustachemu tym bardziej.

Pani Winia powiedziała, że wybiera się do Łodzi, bo akurat to miasto przyszło jej do głowy, a ponadto Łódź znajduje się dość blisko Warszawy, łatwo więc jej było wytłumaczyć mężowi, że doskonale sobie poradzi, jadąc tam sama.

– Eustachy – mówiła przekonująco. – To tylko jakieś półtorej godziny jazdy pociągiem. Marcelina zawiezie mnie na dworzec, wsadzi do wagonu i zanim zdążę przeczytać „Politykę", już będę musiała wysiadać. A z dworca odbierze mnie przecież koleżanka. – Nie pofatygowała się nawet, żeby tej koleżance wymyślić jakieś imię, wiedziała przecież doskonale, że Eustachemu jest wszystko jedno, a poza tym – i tak pewnie słucha jednym uchem, jak zwykle. Ważne, żeby zakonotował sobie, iż jego żona wyjeżdża we wtorek, a w czwartek będzie z powrotem w domu.

No i pan Eustachy zakonotował to sobie w pamięci.

– Ale, widzisz, Marcelinko, przecież już piątek, a Wini nie ma. Porwał ją ktoś? No bo gdyby miała przedłużyć pobyt, zadzwoniłaby przecież.

Właśnie, piątek, Marcja sama zdenerwowała się okropnie. Zawiozła panią Eustaszynę do szpitala we wtorek, w środę ciocia miała mieć operację i zgodnie z zapewnieniami lekarzy najpóźniej w piątek powinna zostać wypisana do domu. Umówiły się, że pani Eustaszyna zadzwoni do niej i powie, o której będzie można ją z tego szpitala odebrać. Nie zadzwoniła.

– Wujku, jakie porwał, no co ty? Po pierwsze, nie ma żadnego powodu do porywania cioci, każdy wie, że nasza rodzina nie ma nadmiaru gotówki, więc okup, jaki moglibyśmy zapłacić, byłby mizerny. Nie wart zachodu. A po drugie, czy ty sobie wyobrażasz kogoś, kto ośmieliłby się porwać ciocię? Nie chciałabym być w skórze porywaczy, chyba sam rozumiesz.

O tak, pan Eustachy rozumiał. Zachichotał, wyobrażając sobie porywaczy, uciekających w panice przed jego żoną, która tłukła złoczyńców parasolką.

– No dobrze – spoważniał – Więc gdzie ona jest? I dlaczego nie daje znaku życia? Wiesz, nawet dzwoniłem do niej na ten diabelski telefon, ale ktoś odbiera i mówi, że abonent niedostępny. W ogóle nie mogę się dogadać – irytował się pan Eustachy.

– Bo, wujku... – zaczęła Marcja, ale machnęła ręką.

Pan Eustachy z założenia był na bakier z telefonami komórkowymi, zdecydowanie odmówił używania czegoś takiego i nigdy do nikogo na komórkę nie dzwonił. Skoro więc teraz spróbował dzwonić do żony na komórkę, świadczyło to o jego wielkiej desperacji.

*

Pani Eustaszyna stała na rynku w Wiśle i rozglądała się niepewnie dookoła. Nie była pewna, czy umówiła się z tą przemiłą żoną pana Adama u nich w domu czy też w muzeum z trofeami.

Skąd się tu wzięła?

Otóż przyjechała samochodem ze swoją współtowarzyszką z sali, tą z ciężką chorobą wątroby. Dziewczynę wypisano w piątek na tak zwaną przepustkę. Przyjechał po nią ojciec, samochodem. Może samochód nie był najwygodniejszym środkiem lokomocji na tak długą podróż, ale Monika – dziewczyna z Wisły – tak bardzo chciała jak najszybciej być w domu, że uprosiła tatę, aby ją zabrał. Gdyby miała jechać koleją, musiałaby czekać aż do wieczora, na pociąg sypialny – nie, nie chciała czekać, wolała choćby najdłuższą podróż, ale żeby tylko już wyjść ze szpitala i jechać z ojcem do domu.

Z wielkim zdziwieniem ujrzała przed sobą, pod bramą, oczekującą w pełnej gotowości swoją, powiedzmy, koleżankę z sali.

– O, jesteś już, moje dziecko – ucieszyła się starsza pani. – Czekam tu i czekam. To który to samochód?

Monika odruchowo wskazała ręką granatowe auto ojca, podjeżdżające właśnie do miejsca, w którym stały obydwie panie. Z samochodu wysiadł wysoki, sympatycznie wyglądający mężczyzna – „miły młody człowiek" w ocenie pani Eustaszyny, dla której młody był każdy, kto wyglądał choć odrobinę młodziej od jej męża (od niej też, ale tego głośno nie mówiła). Spojrzał na córkę i pytająco uniósł brwi, przenosząc wzrok na jej towarzyszkę.

– Tato, to pani Krzewicz-Zagórska. – Zwyciężyło dobre wychowanie Moniki. – Ona…

– Witam, witam miłego pana – przerwała jej pani Eustaszyna, wyciągając rękę takim gestem, że ojcu Moniki nie wypadało uczynić nic poza ucałowaniem tej dłoni.

– Córka poprosiła mnie o towarzystwo w podróży, ponieważ ja też wybieram się do Wisły. Wahałam się trochę, czy skorzystać z tej propozycji, ale widzę, że podjęłam właściwą decyzję. Pan wygląda na bardzo interesującego mężczyznę, a więc zapewne podróż będzie bardzo przyjemna i ekscytująca. W doborowym towarzystwie i czas szybciej zleci, i droga będzie bardziej urozmaicona.

Ojciec znowu spojrzał na córkę, ale ta zrobiła minę, mówiącą: „Później ci wszystko wytłumaczę". Ukłonił się więc uprzejmie, otwierając przed swoją niespodziewaną pasażerką tylne drzwi samochodu.

– Proszę ulokować się tu jak najwygodniej. Tam, z boku, leży taka mała poduszka, może zechce pani podłożyć ją sobie pod plecy? – zaproponował.

Lekko osłupiała Monika usiadła przy ojcu, przypięła się pasami i pomyślała: a, co tam, najważniejsze, że jadę do domu.

A pani Eustaszyna z ukontentowaniem rozsiadła się z tyłu; z tą poduszką pod plecami było jej całkiem wygodnie.

Dobrze, że zdecydowałam się przyjąć zaproszenie pani Izy. Odwiedzę całą rodzinę i obejrzę wszystkie trofea Adasia. Może dostanę nawet jakąś pamiątkę? – rozmyślała zadowolona.

Cóż, usunięcie pęcherzyka żółciowego u Najważniejszej Pacjentki okazało się przedsięwzięciem trochę skomplikowanym, jako że jelita pani Eustaszyny zapętliły się wokół tego organu i wyłuskanie go zajęło nieco więcej czasu niż zazwyczaj. Chirurg za punkt honoru postawił sobie wykonanie tego zabiegu metodą laparoskopową i robił, co mógł, żeby mu się to udało. Potrzeba było jednak trochę więcej czasu, toteż anestezjolog musiał zwiększyć dawkę narkozy, żeby przypadkiem pacjentka nie obudziła się za wcześnie.

Wszystko powiodło się doskonale. Z jednym wyjątkiem, o którym nikt nie wiedział. Otóż tam, na stole operacyjnym, pani Eustaszyna kontynuowała swój sen o wizycie w domu państwa Małyszów, w trakcie której zaprzyjaźniła się serdecznie z całą rodziną i otrzymała stałe zaproszenie, ważne na wieczność. A gdy już została wybudzona z narkozy, możliwość wyjazdu do Wisły dalej tkwiła w jej świadomości. Ta dodatkowa dawka narkozy, jaką otrzymała w trakcie operacji, wywołała chwilową amnezję, objawiającą się tym, że pani Winia w ogóle nie myślała o powrocie do domu; jej celem nadrzędnym stały się właśnie odwiedziny u Małyszów.

Chirurgicznie wszystko było w porządku i rankiem następnego dnia pani Eustaszynie usunięto dreny. Została też przewieziona z sali intensywnego dozoru do tej ogólnej, czteroosobowej. O tym, że u Najważniejszej Pacjentki zaistniała chwilowa amnezja, nikt nie wiedział, bo pani Winia prawie wcale się nie odzywała, a na pytania odpowiadała logicznie.

– Boli?
– Nie boli.
– Jakiś dyskomfort?
– Ależ skąd, wszystko w porządku.

307

Pacjentkę zostawiono więc w spokoju, choć – gdyby był tam ktoś, kto choć trochę ją znał, zaniepokoiłby się mocno tą jej wyjątkową małomównością.

A pani Eustaszyna – gdy usłyszała, że Monika w piątek rano wybiera się na przepustkę do domu i że przyjeżdża po nią tata – od razu „usłyszała" też serdeczne zaproszenie do towarzyszenia dziewczynie w podróży.

– Naprawdę będzie mi bardzo miło, jeśli zgodzi się pani z nami jechać. Przecież i tak miała pani odwiedzić państwa Małyszów, więc to doskonała okazja – mówiła Monika, niestety, tylko w głowie pani Eustaszyny, ale ona o tym nie wiedziała. Gorzej, że nie miała o tym pojęcia także Monika, która jednak dowiedziała się dość szybko, zaraz rano, ujrzawszy u swego boku panią Eustaszynę. Najważniejsza Pacjentka po prostu włożyła sukienkę, leżącą sobie spokojnie, złożoną w kostkę, w szafce przy łóżku – i niezauważona przez nikogo wyszła ze szpitala.

Co było dalej, wiemy… Dobre wychowanie… i tak dalej. W rezultacie pani Eustaszyna stała właśnie na rynku w Wiśle i nie wiedziała, w którą stronę ma iść.

Może trzeba było jednak skorzystać z propozycji taty Moniki, który chciał mnie zawieźć na samo miejsce, dumała. Dlaczego właściwie uparłam się, żeby tu wysiąść? – pytała samą siebie. Odpowiedzi nie było.

Ale co tam, nie z takich opresji pani Eustaszyna wychodziła cało. Koniec języka ma każdy, prawda?

– Przepraszam panią – zatrzymała przechodzącą kobietę. – Którędy dojdę do muzeum pana Małysza?

– A to tu, prosto, potem trochę w lewo – machnęła ręką przed siebie zapytana. – Jakieś dziesięć minut spacerkiem, niedaleko.

308

Cóż, komu niedaleko, temu niedaleko, pani Eustaszyna jednak zasapała się trochę, bowiem z rynku do galerii Małyszów jest jakiś kilometr drogi. A nie należy zapominać, że jeszcze tego ranka ta tak dzielnie maszerująca drogą starsza dama leżała w szpitalnym łóżku.

*

– Ciocia? – Marcja z wahaniem wsłuchiwała się w czyjeś „halo, halo", dolatujące z telefonu.

Dzwoniła na komórkę cioci, ale najpierw długo nikt nie odbierał, a teraz usłyszała czyjś głos, który wszakże nie brzmiał znajomo. Głos cioci nie był to na pewno. Zapytała jednak, żeby jakoś rozpocząć rozmowę.

– Eee, dzień dobry, tu Lucyna Bielska – zabrzmiało w telefonie. – Przepraszam, że odebrałam, ale ten telefon dzwoni i dzwoni; trochę nas to denerwuje.

– A gdzie właścicielka telefonu? – spytała Marcja.
– Mówi Marcelina Krzewicz-Zagórska, siostrzenica właścicielki. – Siostrzenica czy bratanica męża, teraz to mało ważne, pomyślała Marcja. Chodzi o to, żeby się dowiedzieć, gdzie ta ciocia. – Proszę pani, czy coś się stało? Czy ciocia gorzej się poczuła? Miała do mnie zadzwonić i powiedzieć, kiedy można będzie odebrać ją ze szpitala. I nie dzwoni. Wczoraj usiłowałam się z nią porozumieć, ale wychrypiała tylko, że nie może rozmawiać, bo boli ją gardło. Ten ból gardła to chyba po narkozie, prawda? To znaczy po tej rurze, która...

– Proszę pani – przerwała jej osoba, którą bombardowała pytaniami i swoją relacją. – Widzi pani, bo właśnie... właśnie...

– Co właśnie? – zdenerwowała się Marcja. – Co z ciocią? No, proszę mi szybko powiedzieć, bo się martwię.

– No właśnie... nikt nie wie – zdołała wykrztusić pani Bielska. – Gdzieś zniknęła. A telefon zostawiła na szafce.

– Jak to, zniknęła? W szpitalu? Zginęła? Przewieziono ją na inny oddział? Do innej sali?

– Nie, nigdzie jej nie przewieziono. Jej, no... nie ma jej i tyle. Najlepiej niech pani tu przyjedzie, bo cały szpital na rzęsach chodzi i meksyk jest po prostu.

– Meksyk? No dobrze, już jadę.

Marcja rozłączyła się i szybko wyszła z domu. Był już wieczór, ciocia zniknęła, wujek szalał z niepokoju, Jerzy wyjechał na jakąś konferencję do Poznania. I co? I oczywiście znowu wszystko na jej głowie!

– Zaczynam już mówić jak ciocia – zaśmiała się cicho, ale zaraz spoważniała, bo sytuacja była co najmniej dziwna.

W szpitalu rzucili się na nią: ordynator, oddziałowa, lekarz dyżurny i chirurg, który wykonywał operację. Poza lekarzem dyżurnym wszyscy powinni być już w domu, czy gdzieś tam, poza szpitalem oczywiście. Ale przecież ZAGINĘŁA NAJWAŻNIEJSZA, SZCZEGÓLNA PACJENTKA. W szpitalu zapanowało pandemonium.

– Gdzie ciocia?

– Gdzie pani ciocia?

Zderzyli się pytaniami i popatrzyli na siebie bezradnie – no tak, nikt nie wiedział.

Marcja wystąpiła z pretensjami pod adresem personelu szpitala, ale po chwili umilkła. Przecież żadna awantura nie miała sensu. Jeśli ciocia postanowiła

zniknąć, z pewnością nikt nie umiałby jej w tym prze-
szkodzić. Więc żal jej się zrobiło tych biedaków w szpi-
talnych kitlach – a gdyby jeszcze wiedziała, że w ich
oczach zniknięcie Tej Pacjentki jest tragedią wieszczącą
kres ich karier zawodowych...

Wspólnie ustalili, po rozmowie z chorymi z sali,
w której leżała pani Eustaszyna, że ostatnio widziano ją
na obchodzie lekarskim, gdy na pytanie: „jak się pani
czuje?" – odpowiedziała, że bardzo dobrze.

– I nic więcej nie powiedziała? – Marcja bardzo się
zdziwiła. – Wiecie państwo, to do mojej cioci niepodobne, ona nigdy nie kończy przemowy jednym zdaniem,
tylko w każdej kwestii wygłaszała tych zdań kilka. Nawet zapytana o godzinę, zrobiłaby wywód od wynalazcy
zegarka począwszy.

– A kto wynalazł zegarek? – zainteresowała się pani
z Towian.

– Jakiś Chińczyk – odpowiedziała automatycznie lekarka z Kraśnika Lubelskiego.

– Podobno któryś z papieży – odrzekł jednocześnie
ordynator.

– Ludzie, no co wy? – zezłościła się pielęgniarka
oddziałowa, a Marcja dostała napadu głupawki i chichotała, nie mogąc się uspokoić – No, widać, że ciocia
tu była. To rozmowa w jej stylu – wykrztusiła, patrząc
przepraszająco na chirurga, któremu jakoś było najmniej do śmiechu.

I wtem zadzwonił telefon komórkowy Marcji.

– Ty mi mów natychmiast, co się dzieje – zażądał
w telefonie pan Eustachy. – Żebym ja znowu musiał
z tobą przez ten mały wynalazek rozmawiać, okropność
– złościł się.

– Wujku – sprostowała odruchowo Marcja. – Telefon komórkowy to wcale nie taki mały wynalazek. To wynalazek epokowy. Ale, mów, co się stało – zorientowała się, że gada jakieś niepotrzebne głupstwa.

– Ano stało się to, że dzwoniła do mnie Winia i żąda podania jej numeru twojego tego epokowego wynalazku, bo ona nie pamięta, a musi do ciebie zadzwonić. I w ogóle nie rozumiem, co się dzieje. Winia kłóci się ze mną i mówi, że absolutnie nie zaginęła i nie odwiedza Radziwiłłów; a w sumie to w ogóle nie wiem, gdzie ona jest i zaraz oszaleję.

Marcja pomyślała, że sama chyba zaraz oszaleje.

– Co ty, wujku, z tymi Radziwiłłami? Przecież tłumaczyłam ci już, że to jakieś nieporozumienie, a ciocia jest w Łodzi. I czy masz...

– Ja tylko zażartowałem – przerwał jej pan Eustachy obrażonym tonem. – Ale nie wiem w dalszym ciągu, gdzie jest, bo jej głos wcale nie brzmiał tak, jakby dzwoniła z Łodzi.

Zażartował? Jej wujek Eustachy zażartował? I to chyba nawet dwa razy, bo ten tekst o głosie nie z Łodzi to też chyba żart, nie? I na dodatek przerwał jej wpół zdania? Oj, niedobrze...

– Wujku, znasz mój numer telefonu komórkowego, przecież właśnie teraz sam do mnie zadzwoniłeś – zaczęła tłumaczyć Marcja, ale pan Eustachy jej przerwał.

– Dziecko, przecież wiesz, że ja nigdy do nikogo na te komórki nie dzwonię. Więc nie znam numerów. Do ciebie zadzwoniłem, bo w szufladzie komody leży kartka, na której Winia wypisała różne cyfry i imiona. Wyczytałem, że „Marcelina, komórka, nacisnąć trójkę".

Nacisnąłem i na szczęście się odezwałaś. Do Wini się dzwoni, naciskając szóstkę, ale jej telefon…

– Już wiem, wiem, wujku, rozumiem. – Tym razem Marcja mu przerwała. – Masz coś do pisania pod ręką? Podyktuję ci szybko mój numer telefonu, bo ciocia chyba do ciebie zaraz zadzwoni, więc lepiej, żeby nie było zajęte. Wiesz, jak szybko się denerwuje.

I podała panu Eustachemu numer swojej komórki, z niedowierzaniem słysząc, że coś tam w tle bulgocze, a wujek jakby przełykał i następnie pomrukiwał do siebie: „ułani, ułani, malowane dzieci".

– Już zapisałem, no to pa!

To pa? No tak, ułani, ułani, pewnie wujek po prostu trzasnął sobie kielicha albo dwa z tej zgryzoty.

Po piętnastu minutach, najdłuższych w życiu Marceliny Krzewicz-Zagórskiej, ponownie zadzwoniła jej komórka. Na wyświetlaczu widniał jakiś nieznany numer.

*

Pani Eustaszyna z nabożeństwem oglądała gablotki, w których pyszniły się trofea Adama Małysza. Ale po kilku minutach zaczęła się rozglądać. Gdzie ta Iza? Chyba tu się z nią umówiła? A może miała iść do nich do domu? Zaczęła się zastanawiać i stwierdziła, że przecież nie zna adresu. No tak, ci młodzi, skrzywiła się z niesmakiem. Nawet umówić się porządnie nie umieją. Co tu teraz zrobić?

Postanowiła kogoś popytać. Tylko że… nikogo w zasięgu wzroku nie było. Nikogo poza jakąś staruszką w kącie, wymachującą z zapałem szydełkiem, spod którego w rekordowo szybkim tempie pojawiła się okrągła koronkowa serwetka. Pani Eustaszyna wpatrzyła się z zafascynowaniem w tę – chyba – jakąś ludową artystkę, jak pomyślała.

– O, jak pani szybko to robi – zagaiła. – I jakie to śliczne. Ja tak nie umiem.

– Toć to nic trudnego – odparła artystka – A ot, tak mi palce same migają.

– No widzę, widzę – przymilała się pani Eustaszyna.

– A nie wie pani, kiedy Iza przyjdzie? To znaczy, pani Iza – poprawiła się elegancko.

– Iza? Iza Małyszowa? – upewniła się zapytana. – Iza dzisiaj nie przyjdzie. Ona tak często tu nie przychodzi.

– Jak to, nie przyjdzie? – oburzyła się fanka pana Adama. – Przecież kazała mi przyjechać – tłumaczyła. – Umówiła tu się ze mną.

– A, to ja tam nie wiem – odpowiedziała kobieta. – To idźcie, paniusiu, na górkę, gdzie sklep jest i mama Izy tam rządzi. Z modnom odzieżom.

– Na górkę? To znaczy, gdzie? – zapytała zdezorientowana pani Eustaszyna, zrozumiawszy, że czeka ją teraz wyprawa na Baranią Górę. A ona jest w dość kiepskiej, niestety, kondycji.

– A ot, tam, nad galeryją sklep pobudowany. Na stryszku.

W końcu pani Eustaszyna pojęła, co i gdzie. Wdrapała się na piętro, weszła do sklepu i zdarzyło jej się coś pierwszy raz w życiu. Nie mogła się dogadać.

Znajdująca się w sklepie kobieta nie dosyć, że nie powiedziała, czy jest mamą pani Małyszowej, czy nie, to na dodatek zaprzeczyła kategorycznie, jakoby Iza miała komuś kazać tu przyjeżdżać i w ogóle z kimś się umawiać. Tłumaczyła, że Iza na nic nie ma czasu i nigdy z nikim się nie umawia. Zachowywała się bardzo grzecznie, nieuprzejmości nie można jej było zarzucić, o nie. Zatroszczyła się także o samopoczucie pani Eustaszyny i zrobiła herbatę, do której podała jakieś rozpływające się w ustach drożdżowe babeczki.

– A skąd pani jest? – spytała grzecznie. – Bo przecież nie z Wisły, ja tu wszystkich znam, to wiem. Na wczasy pani przyjechała?

– Nie na wczasy, mówię przecież, że pani Iza mnie zaprosiła – zaczęła jeszcze raz tłumaczyć Eustaszyna i raptem jakby coś jej kliknęło w głowie. Przypomniała sobie, że miała operację, odruchowo pomacała się po brzuchu, ale wszystkie opatrunki były na swoim miejscu i nie odczuwała żadnego bólu ani innych niedogodności. Poza ogólnym skołowaceniem. – Ja... – spróbowała wytłumaczyć wszystko od początku, ale wciąż nie umiała sobie przypomnieć, skąd tu się wzięła i co właściwie tu robi. – Głosy jakieś słyszałam – powiedziała w końcu. – Podczas operacji. Bo, widzi pani... – i rozpoczęła opowieść, jak to ją, panią Eustaszynę operowano, i że w trakcie zabiegu rozmawiała z panią Izą Małysz, i że teraz już nie jest taka pewna, czy pani Iza naprawdę ją zaprosiła, czy to może lekarze w trakcie operacji coś na ten temat mówili. W ogóle niczego już nie była pewna, pamiętała tylko, że przyjechała tu samochodem.

– Z taką młodą dziewczyną, Moniką. I jej ojcem. Zna ją pani, prawda?

Okazało się, że niestety – jednak pani ze sklepu nie znała wszystkich z Wisły, bo nie wiedziała, o jaką Monikę chodzi.

Ale pani Eustaszyna się nie poddawała. Zaczęła szukać w torebce telefonu komórkowego, postanawiając zadzwonić do bratanicy męża i polecić, żeby Marcja po nią przyjechała. Telefonu nie było, leżał sobie przecież na szafce w szpitalu. Ale od czego sztuka perswazji? Ciocia Winia bez trudu zdołała przekonać panią ze sklepu, że musi zadzwonić. Tamta natychmiast więc udostępniła swój telefon tej nieco dziwnej klientce (klientce? Chyba nie, przecież nic nie kupiła).

*

Marcja oczywiście po ciocię pojechała, dotarła na miejsce około szóstej rano (wyruszyła bardzo późnym wieczorem, lubiła jeździć nocą). Ciocia ulokowała się w przytulnym pensjonacie poleconym jej przez panią ze sklepu nad Galerią Małyszów. Spała jeszcze smacznie, gdy do drzwi pokoju ktoś zapukał. Nie otworzyła i spała dalej.

– Proszę pani! – Marcja zeszła na dół, do recepcji, w której siedziała na krześle mocno zaspana pracownica, obudzona przed chwilą przez przyjezdną. – Czy ma pani może zapasowy klucz do tego pokoju? Bo pukam tam i pukam, ale ciocia nie otwiera. Może śpi, mam nadzieję, ale trochę się niepokoję, bo widzi pani, trzy dni temu ciocia przeszła operację i może jakoś... – Zawiesiła głos, patrząc z nadzieją na recepcjonistkę (a może nawet była to sama właścicielka?).

Pani z recepcji wstała, potrząsnęła głową, zrzucając z siebie resztki snu; zdjęła z tablicy jakiś klucz i z niezadowoloną miną skinęła na Marcję.

– Nie udostępniamy kluczy osobom niezameldowanym w pokoju, ale tym razem zrobię wyjątek. Pójdę z panią na górę, proszę za mną.

Na górze użycie zapasowego klucza okazało się jednak niepotrzebne, ponieważ ponowne pukanie (pukanie? – łomotanie!) do drzwi spowodowało, że te otworzyły się z impetem i stanęła w nich pani Eustaszyna w piżamie w ogromne pomarańczowo-zielone koła.

– Czy ja zamawiałam budzenie? Nie zamawiałam, prawda? – syknęła, przecierając oczy. – Więc o co... – Nie dokończyła, widząc przed sobą Marcję. – Ach, to ty, moje dziecko. Nie mogłaś później przyjechać? Chyba powinno ci wpaść do głowy, że o tej porze to ja jeszcze śpię.

Marcelina podziękowała pani z recepcji skinieniem głowy i wzruszyła ramionami, wznosząc oczy ku niebu. Pani zrozumiała ten niemy komunikat – może sama miała podobną ciocię? – chociaż nie, takiej cioci nie miał nikt – i odeszła, klapiąc po schodach spadającymi z nóg kapciami.

– Ciociu, śpij sobie, ja też ze dwie godziny się prześpię, bo jechałam całą noc. – Uściskała staruszkę i ułożyła się, jak mogła najwygodniej, na czymś w rodzaju sofy, które to coś stało pod oknem. – A piżamkę masz śliczną – dodała z uśmiechem.

– Phi – prychnęła pani Eustaszyna. – Śmiej się, śmiej, była ta i jeszcze jedna, w różowe słonie. Więc wybrałam tę. I musiałam jeszcze kupić... – rozpędziła się, ale zobaczyła, że Marcelina już śpi, dała więc sobie spokój z wyjaśnianiem okoliczności zakupu piżamy.

Po jakichś dwóch minutach – tak się wydawało Marcji – naprawdę upłynęły trzy godziny i czternaście minut; o tym, ile czasu minęło, skwapliwie poinformowała ją ciocia, tarmosząc ją za ramię.

– Wstawaj, moja droga, idziemy zjeść obiad i jedziemy do domu.

Tak więc się stało, a po drodze do Warszawy obie panie miały sporo czasu, żeby uzgodnić wspólną wersję wydarzeń. Pani Eustaszyna już całkowicie odzyskała pamięć i teraz była swoją przygodą szalenie rozbawiona.

– Radziwiłłowie? – chichotała. – Ułani? – Trzymała się za brzuch, przytrzymując trzęsące się opatrunki. – Mężczyźni! – Pokiwała głową.

Ustaliły, że trzymają się wersji odwiedzin koleżanki w Łodzi i już. Jerzy też miał wiedzieć tylko tyle. Marcja jednak wyjątkowo tym razem nie dotrzymała tajemnicy i opowiedziała mu całą historię. Mieli z tego powodu bardzo przyjemny wieczór, bo rozbawiony Jerzy zawsze był o wiele bardziej, powiedzmy, romantyczny, niż Jerzy zrównoważony i spokojny.

A historia „łódzko-wiślanej wyprawy" pani Eustaszyny powoli odeszła w zapomnienie, życie rodziny obfitowało bowiem w następne, równie ekscytujące wydarzenia.

Rozdział dwudziesty

Na początku października odbył się ślub w „Sosnówce" – a właściwie dwa śluby – Anny i Jacka oraz pani Irenki i Dyzia. Marcja oczywiście była zaproszona, nie tylko z Jerzym, ale i z ciocią Winią – a nawet z wujkiem Eustachym, gdyby zechciał przyjechać. Jednak w rezultacie nie pojechali, bo przez ten pobyt w Stanach Zjednoczonych Marcja narobiła sobie trochę zaległości w pracy. Musiała się z nimi niezwłocznie uporać, w końcu z tego żyła. A bez niej taki wyjazd nie miał sensu.

Potem było zamieszanie z nieco pośpiesznym meblowaniem tej części domu w Dziekanowie, która już nadawała się do zamieszkania, następnie ciocia wymagała asysty przy różnych wizytach w Ikei, planowała przecież przeprowadzkę ze swoimi meblami na plac Wilsona, a swoje mieszkanie chciała umeblować na wynajem. Po naradzie rodzinnej zdecydowano jednak, że wszystkie przeprowadzki odbędą się wiosną, bo ciocia chciała tegoroczne święta spędzić jeszcze spokojnie w swoim domu. Na razie więc Jerzy sprzedał swoje mieszkanie – nabywca tylko czekał na decyzję – w związku z czym jakieś tam pieniądze były. Nawet całkiem niezłe.

Wobec takiego stanu rzeczy pani Eustaszyna postanowiła jechać na grzybobranie.

– Dziecko drogie – zwróciła się do Marcji – suszone grzyby mi się kończą, a przecież nie będę kupować. Mówiłaś, że masz stałe zaproszenie na Kujawy, do tego pensjonatu prowadzonego przez twoją koleżankę, a naszą redaktorkę. Może pojedziemy tam na parę dni, właśnie teraz, póki jeszcze jest ładna pogoda?

Marcja ułożyła więc sobie pracę tak, żeby móc wyjechać na tydzień, Jerzemu też się udało załatwić kilka dni urlopu – i zadzwoniła do Anny.

– Jak tam, młoda mężatko? – zapytała. – Czy jesteś w stanie przyjąć nas na cztery, pięć dni, bo cioci zachciało się grzybobrania. A ja z wielką przyjemnością zobaczyłabym się z wami wszystkimi.

Anna aż pisnęła z radości.

– Tak się cieszę! – krzyczała w telefon. – Poznam Jerzego, prawda? I twoją słynną ciocię Winię? Już nie mogę się doczekać! Przyjeżdżajcie jak najprędzej, zaraz poproszę Dyzia, żeby poszedł grzyby podlewać, niech na wasz przyjazd urosną!

Wujek Eustachy wyjazdu odmówił.

– Przecież nie mogę się schylać, więc grzybów nie nazbieram.

Na szczęście pani Oleńka obiecała, że przez te parę dni odpowiednio zadba o sąsiada.

– Z wielką przyjemnością – powiedziała. – To dla mnie przyjemność, że będę miała dla kogo gotować. I że jestem komuś potrzebna.

Obydwoje z Eustachym bardzo się lubili, toteż obydwoje byli z takiego rozwiązania zadowoleni.

Tak więc w pewną środę, w pierwszej połowie października, trzyosobowa ekipa poszukiwaczy grzybów wyruszyła do „Sosnówki". Zajechali około południa, bez żadnych przygód.

Oczekiwał ich komitet powitalny, a na stole stało jeszcze ciepłe ciasto drożdżowe pani Irenki.

Poza nimi nie było już żadnych gości, wszyscy wyjechali po weselu, nawet warszawska rodzina Anny.

Ciocia Winia, mogąc wybierać i przebierać, jak śmiała się Anna, wybrała sobie pokój na parterze, zaraz przy bibliotece, a Marcja z Jerzym rozlokowali się obok.

*

Grzyby zbierali wszyscy, również gospodarze, którzy chcieli, aby mili goście wyjechali ze sporą porcją drogocennego suszu. Suszarnia działała na okrągło, ponieważ w lesie otaczającym pensjonat w tym roku grzyby obrodziły.

Największą entuzjastką grzybobrania ni z tego, ni z owego okazała się raptem pani Eustaszyna. Pokochała je, nie wiedzieć czemu, akurat właśnie, tu i teraz. W „okresie mazurskim", jak mawiała Marcja, zbieranie grzybów w ogóle cioci nie interesowało. Żądała tylko od wszystkich, którzy jeździli w jesiennym czasie na działkę pana Marcelego, żeby te grzyby przywozili. I przywozili, a jakże! Spróbowaliby nie!

Teraz jednak ciocia chodziła na grzyby kilka razy dziennie, a asystował jej Jerzy – Marcja bowiem musiała się nagadać z Anną. Miały przecież tyle tematów: śluby, opowieści Marcji o pobycie w Stanach oraz o tym, co działo się po powrocie... No i – rzecz chyba najważniejsza – ciąża Anny.

– Wiesz? – mówiła Anna. – Jeszcze nie wiadomo, ale kobiety w mojej rodzinie w zasadzie rodzą dziewczynki. I każda ma na imię Anna. Babcia była po prostu Anną, mama – Anusią, a ja – Aneczką. Więc gdyby i nam urodziła się dziewczynka, zgadnij, jak będzie miała na imię?

– No, nie wiem, doprawdy – droczyła się z nią Marcja. – Niech pomyślę... może Anna?

– Tak, Anna, Anisia.

– O matko – rozczuliła się Marcja i pomyślała sobie, że w zasadzie czas najwyższy, żeby i jej – to znaczy jej i Jerzemu – jakaś Anisia się urodziła. To znaczy Agatka. Ewentualnie Jacek.

Nie wiedziała, że to myśl prorocza...

Na razie jednak zbierali te grzyby, póki były. Najbardziej pracowity okazał się Jerzy, który, nie narzekając, dzielnie towarzyszył kochanej cioci, zbierając wypatrzone przez nią okazy.

– O, popatrz, to chyba prawdziwek – wskazywała pani Eustaszyna, a Jerzy schylał się posłusznie we wskazanym miejscu, gdzie istotnie rósł piękny jadalny grzyb. Raz był to prawdziwek, raz podgrzybek, raz maślaczek – dla cioci zawsze prawdziwek, a dla Jerzego po prostu grzyb. Zbierali tylko te, które nie miały blaszek. Potem i tak zawsze cały zbiór podlegał weryfikacji dokonywanej przez Marcję, którą tata doskonale wykształcił w tym zakresie i świetnie znała się na grzybach. Czasami więc z ciocinego koszyczka wyrzucała kilka goryczaków.

Ale generalnie – duetowi „ciocia Winia" (kochana ciocia Winia) i „drogi Jerzy" – zbieranie grzybów szło nieźle.

Pani Eustaszyna kroczyła powoli ścieżką, rozglądając się dookoła. Aż tu raptem...

– Zakalec, zakalec! – wrzasnęła dziko i nie oglądając się za siebie, popędziła pod górę, do pensjonatu.

Bardzo zdziwiony Jerzy podążył za nią, zupełnie nie wiedząc, o co chodzi; biegł jednak za ciocią, pełen obaw, aby się nie przewróciła. Sadziła bowiem przed siebie jak – nie przymierzając – nastolatka.

– Zakalec! – Wpadła do pensjonatu i osunęła się na najbliższe krzesło w holu.

Z kuchni wyjrzała zdenerwowana pani Irenka.

– Jaki zakalec? Gdzie? No przecież bardzo ładnie wyrosło, proszę, niech pani zobaczy, jakie puszyste. – Podtykała pani Eustaszynie pod nos świeżo upieczony placek z malinami.

– Niech pani zabiera ten placek, przecież nie o cieście mówię! – prawie płakała ogromnie zdenerwowana i zadyszana ciocia Winia. – Tam, w lesie, na ścieżce! Pełzł, wił się, ze dwa metry miał. No, wąż, mówię przecież.

Anna, która usłyszała jakieś zamieszanie, wyszła z biura i też opadła na krzesło, dusząc się ze śmiechu.

– Padalec – powiedziała. – Irenko, pani Eustaszyna zobaczyła padalca, rozumiesz?

– Rozumiem. – Pani Irenka przezornie zniknęła w kuchni, zabierając ze sobą placek.

– Gdzie ten placek? – upomniał się honorowy gość pensjonatu. – Na pociechę chociaż kawałek poproszę. I kawę ze śmietanką. Z czego tak się śmiejecie? – zezłościła się nagle. – Przecież mówię, że padalec. Przestraszyłam się tylko, bo takiego ogromnego nigdy nie widziałam.

– Ależ wcale się nie śmiejemy – zapewniła ją Anna. – To tylko taki nerwowy odruch, z radości, że się nic pani nie stało. A kawę i ciasto już podajemy.

*

Przez te parę dni wspólnym wysiłkiem udało się uzbierać naprawdę sporo grzybów – tak że po wysuszeniu okazało się, że wystarczy nie tylko na najbliższe święta.

– Ale to nie oznacza, że w przyszłym roku nie przyjedziecie? – przestraszyła się Anna, bardzo już zżyta i zaprzyjaźniona z Marcją. – Przecież będziecie musieli zobaczyć naszą córeczkę! Albo syneczka – zreflektowała się natychmiast. – I panią też bardzo zapraszam, ciociu Winiu, jeśli mogę tak się do pani zwracać – odważyła się poprosić panią Eustaszynę właścicielka „Sosnówki".

– Ależ oczywiście, drogie dziecko, nawet sama miałam ci to zaproponować – wzruszyła się nowo mianowana ciocia. – Tak do mnie mówią wszyscy przyjaciele mojej Marcelinki. A od dzisiaj także moja ulubiona redaktorka.

Pożegnanie było więc łzawe, bo pani Eustaszyna pokochała nie tylko Annę. Pokochała też Jacka i Florka. Polubiła również bardzo Dyzia i Irenkę.

A najbardziej zakochała się w Szyszce, która zresztą robiła, co mogła, żeby tak się stało. Wdzięczyła się do pani Eustaszyny bez przerwy – a gdyby tylko mogła mówić, na pewno też by się do niej zwróciła: „ciociu Winiu".

– Marcelinko, kochanie – oznajmiła ciocia – wiesz, jak tylko wrócimy do Warszawy, pojedziemy do jakiegoś schroniska i weźmiemy psa. To znaczy, suczkę, koniecznie. Ciekawe, czemu ja wcześniej nie wpadłam na ten pomysł? Przecież w Dziekanowie musicie mieć psa, prawda?

– Prawda, ciociu, prawda – zgodziła się Marcja, która też już o tym myślała. – Tak zrobimy.

– No i popatrz, moje dziecko – przypomniała sobie pani Eustaszyna. – Przez to, że tyle tych grzybów było, w ogóle nie mieliśmy czasu na wyprawę do Towian. A mam tam znajomą i chętnie bym ją odwiedziła.

– Znajomą, ciociu? W Towianach? – zdziwiła się mocno Marcja, która o takiej osobie jako żywo nie słyszała, co było dość dziwne, bo znała chyba wszystkie znajome cioci.

Wszystkie do tej pory żyjące, oczywiście. Ale z Towian? Przecież do niedawna obie nawet nie miały pojęcia, że gdzieś w Polsce istnieje takie miasto. A tu się okazuje, że ciocia ma tam znajomą.

– No tak, od niedawna – powiedziała ciocia. – Leżała ze mną w szpitalu, w tej samej sali, wyobraź sobie. Ale i tak nie zabrałam ze sobą notesu z adresami, więc nic z tego. Widocznie tak miało być – stwierdziła filozoficznie.

Rozdział
dwudziesty pierwszy

– Winia? – usłyszała za sobą pani Eustaszyna, obejrzała się więc natychmiast, bo ten męski głos wydawał
jej się jakoś bardzo sympatycznie znajomy.

– Ksiądz Czesław! – ucieszyła się. – Oj, jak to dobrze,
że cię spotkałam, po prostu zrządzenie losu. To jest, tego... wola boska – poprawiła się.

Z księdzem Czesławem znała się z dziesięć lat, z tego
od kilku lat byli po imieniu – oczywiście w sytuacjach
prywatnych. Skąd się znali? Oczywiście z parafii.

Któregoś dnia pani Eustaszyna postanowiła dać
na mszę. W intencji ogólnego zdrowia wszystkich jej bli-
skich. A było to właśnie z dziesięć lat temu. Poszła więc
do kancelarii parafialnej i jak to się mówi, pocałowała
klamkę. Włożyła na nos okulary do czytania i wyczytała, że „kancelaria czynna do 14^{00}”, a była już czwarta
po południu.

Ale przecież, jak wiemy, pani Eustaszyna nie z tych,
którzy dają się pokonać jakimkolwiek przeciwnościom
losu. Przyszła załatwić sprawę, to i załatwi. Zaczęła więc
naciskać klamki przy innych drzwiach naokoło, a nawet

weszła na piętro. I tam, w pierwszym pokoju, za którego klamkę przy drzwiach złapała, siedziało dwóch księży i jedna pani. Wszyscy wyraźnie zmartwieni. Jednym z księży był właśnie ksiądz Czesław, którego pani Eustaszyna znała, bo czasami przychodził do nich po kolędzie.

– Najmocniej przepraszam, że tak wlazłam i najwyraźniej przeszkadzam, ale mam sprawę i uważam, że parafia powinna być dostępna dla wiernych dwadzieścia cztery godziny na dobę – oznajmiła zgromadzonym w pokoju osobom. – A pani to chyba właśnie urzęduje w kancelarii, prawda?

– Kancelaria już nieczynna – wyszeptała wyraźnie przestraszona pracownica. – Ale może w czymś pomogę?

Tak więc pani Eustaszyna sprawę załatwiła, mszę zamówiła – a następnie przystąpiła do wyjaśniania powodu wyraźnego smutku owej pani i dwóch księży, siedzących w pokoju.

Przecież musiała to wiedzieć, prawda?

No i się dowiedziała, że właśnie zmarł kościelny, który to fakt był smutny sam w sobie, ale jeszcze bardziej przygnębiające było to, że ów kościelny był czwartym do brydża – właśnie tych trojga graczy, siedzących ze zmartwionymi minami przed panią Eustaszyną.

Na taki kłopot parafianka natychmiast znalazła lekarstwo – zaoferowała swoją osobę. Prawie podskakując z radości, ale tylko prawie – istotnie bowiem okoliczności utraty tego czwartego były smutne.

Brydż był czymś, bez czego pani Eustaszyna w zasadzie nie mogła egzystować, a ostatnio w jej życiu jakoś tak się ułożyło, że nie miała z kim grać. I oto taki zbieg okoliczności...

Tak więc grywali sobie w tego brydża na plebanii, kiedy tylko mogli. Oczywiste więc, że po pewnym czasie wszyscy już mówili sobie po imieniu, z wyjątkiem sytuacji wyłącznie kościelnych.

Od dwóch lat jednak, to jest od czasu gdy Eustachy zaczął chorować, jego dobra żona nie mogła już tak często uczestniczyć w brydżowych spotkaniach – i ku zmartwieniu wszystkich graczy, z tej czwórki wypadła.

A teraz stoi tu przed nią ksiądz Czesław!

Niemal rzuciła mu się na szyję.

– Chodźmy na kawę do „Coffee Heaven", naprawdę z nieba mi spadłeś. Mam bardzo ważną sprawę, którą musisz, no, przepraszam, ale po prostu musisz mi załatwić.

Ksiądz Czesław nieco się przestraszył, ale cóż zrobić, stara przyjaźń od stolika brydżowego zobowiązuje.

Poszli więc na najlepszą kawę w Warszawie i ksiądz proboszcz dowiedział się, czego oczekuje od niego jego przyjaciółka i parafianka jednocześnie. Drobnostki po prostu – a mianowicie żeby udzielił ślubu bratanicy jej męża, ale koniecznie w święta, a już najpóźniej i ostatecznie – w Nowy Rok.

Marcja bowiem parę dni temu oznajmiła pani Eustaszynie, że zostanie ona ciocio-babcią, a stało się to przez jej bursztynowe szkatułki, więc powinna się cieszyć. Przyszła ciocio-babcia ucieszyła się, oczywiście, ale zapowiedziała, że chociaż nie jest żadną wojującą babcią w berecie, ślub kościelny musi się odbyć – i to jak najprędzej. Albowiem od tradycji nie odstąpi za żadne skarby i Marcelince też nie pozwoli. I że ona, Eustaszyna, wszystko załatwi.

Marcja w zasadzie nie miała nic przeciwko temu, Jerzy – jak wiedziała – też nie. Obydwoje byli takimi katolikami niepraktykująco-ateistycznymi, ale dla swojej ukochanej cioci mogliby wziąć ślub nawet w Watykanie, gdyby tylko wpadło jej to do głowy. I gdyby chciała wszystko załatwić – bo co do tego, że dałaby radę – nie mieli wątpliwości.

Marcja wiedziała o ciocinych brydżach w parafii, była więc pewna, że ciocia załatwi, co zechce. Zapowiedziała tylko, żeby zorganizować to tak, by nie musieli z Jerzym na żadne tam nauki czy inne kursy przedmałżeńskie chodzić – bo nie będą.

I pani Eustaszyna teraz to wszystko swojemu zaprzyjaźnionemu księdzu opowiadała, żądając od niego spraw niemożliwych. Ba – nawet strasząc go świętym Judą Tadeuszem.

– Ależ, Winiu, ty nie wiesz, czego ode mnie żądasz – zdenerwował się ksiądz Czesław. – No, dobrze, niech nie chodzą na normalne nauki, ale przynajmniej takie trzydniowe muszą przejść. Jakoś to załatwię. I potrzebne mi będą dokumenty z ich parafii, to już musisz sama załatwić. No, ale jeszcze zapowiedzi – przecież to jest cykl kilkutygodniowy. Mamy początek grudnia. Już nic nie mówię o terminie – czy ty nie rozumiesz, że na terminy świąteczne ludzie około roku czekają? – Zestresowany ksiądz wycierał czoło chusteczką.

– Nie łap mi tu się za serce, wiem przecież, że wszystko można załatwić, jeżeli są szczególne okoliczności – odparła stanowczo pani Eustaszyna. – Więc postaraj się mnie nie zawieść i załatw, co będziesz mógł. Nie chcemy przecież, żeby moja bratanica żyła w grzechu.

Ksiądz Czesław przeklinał w duchu (odpukując) chwilę, w której w ogóle zobaczył na oczy panią Eustaszynę.

Ale cóż – obiecał zrobić rozeznanie i zawiadomić, co mu się uda zdziałać.

Okazało się jednak, że ani święta, ani Nowy Rok w żaden sposób nie wchodzą w grę – po prostu zostało za mało czasu. Najbliższym terminem, jaki udało mu się zarezerwować, był dwudziesty pierwszy stycznia przyszłego roku.

– Ale wiesz, Winiu? – powiedział chytrze ksiądz Czesław. – Specjalnie ten dzień wybrałem. Bo to, wyobraź sobie, jest Dzień Babci.

Oczywiście data została zaakceptowana.

Pani Eustaszyna musiała tylko udać się do parafii Marceliny i parafii Jerzego i jakoś wydębić stamtąd wszystkie zaświadczenia niezbędne do zawarcia ślubu. Trochę się denerwowała, bo przyszli państwo młodzi w ogóle w życiu swoich parafii nie uczestniczyli, nigdy nie przyjmowali księdza po kolędzie i nigdy nawet nie byli w swoich kancelariach parafialnych.

Jednak cóż, nie takie sprawy przecież pani Eustaszyna załatwiała, prawda?

Stosując więc swoją niezawodną i wypróbowaną metodę kruchej, schorowanej staruszki, martwiącej się o przyszłość bratanicy i jej ewentualnych dzieci, które przecież nie mogą być wychowywane w rodzinie w grzechu żyjącej, droga ciocia Winia załatwiła wszystko, co było potrzebne.

*

Święta w tym roku miały być szczególnie uroczyste. Bo to i cała rodzina Stefci wróci już ze Stanów, i ślub Marcelinki trzeba omówić, i Oleńka została zaproszona,

330

gdyż w tym roku do Madrytu nie leciała, a jej syn postanowił spędzić święta z rodziną swojej dziewczyny, w Madrycie właśnie.

No i były to ostatnie święta urządzane przez panią Eustaszynę na Marszałkowskiej, przecież niedługo potem przeprowadzali się na plac Wilsona. Państwo Krzewicz-Zagórscy wynajęli już swoje mieszkanie pewnej spółce adwokackiej, która za taką lokalizację zgodziła się płacić całkiem niezłą sumę. Pani Eustaszyna, osoba doświadczona w negocjacjach „nieruchomościowych", wynegocjowała zapłatę za pierwszy rok z góry, w całości.

Dziewiąte krzesło jakoś się udało zmieścić przy świątecznym stole; było może nieco ciasno, ale jak przyjemnie! Na dodatek przy stole siedziało przecież tak naprawdę dziesięć osób – ta dziesiąta w brzuchu mamy Marcelinki, o czym wszyscy zgromadzeni już wiedzieli. Dzieląc się opłatkiem, wszyscy więc życzyli Marcji przede wszystkim szczęśliwego porodu. I pytali o płeć dziecka. Jeszcze tego nie wiedziała, lekarz powiedział, że może być coś wiadomo najwcześniej pod koniec stycznia. Ale Marcja w głębi duszy była przekonana, że to dziewczynka. Taką miała nadzieję, choć raz pomyślała, że jeśli tam, w środku jest jednak chłopczyk, to gdyby się jakoś dowiedział, że mama woli dziewczynkę, musiałoby mu być bardzo, bardzo przykro. Od tej pory przestała więc w ogóle się zastanawiać nad płcią dziecka i zaczęła przekonywać Jerzego, że może najlepiej byłoby poprosić lekarza, aby im nie mówił, co widzi na USG. Z drugiej strony jednak przecież musiała wiedzieć, jaki ma być wystrój pokoju dziecka i w jakim kolorze kupować pierwsze ubranka. Och, tego kupowania ubranek nie mogła się doczekać. Spędziła już kilka godzin na Allegro, a tam były takie cuda...

Obu przyszłym sławnym autorkom wszyscy życzyli oczywiście udanego debiutu i najwspanialszych sukcesów pisarskich. Przyznały się więc, że właśnie powstaje druga część ich historii o Franciszce i jej rodzinie. A pierwsza miała się ukazać w lutym. Wszyscy, łącznie z wydawcą, który pokładał w książce duże nadzieje, nie mogli się już doczekać.

Dziecko natomiast miało się ukazać w czerwcu. Tego też wszyscy nie mogli się doczekać (może w tej chwili najbardziej obojętne to było samemu dziecku).

Rodzinie Stefanii w zasadzie nie wiadomo było, czego życzyć – poza ogólnymi życzeniami zdrowia i szczęścia. Wszyscy Kozłowscy oznajmili bowiem, że nikt z nich do Stanów nie ma zamiaru wracać. Byli, zrobili, co trzeba; zwiedzili, ile można – i wystarczy. Jednak, co tu mówić, stare prawdy są najmądrzejsze – a jedna z tych prawd brzmi, że wszędzie dobrze, gdzie nas nie ma, ale najlepiej w domu. Cieszyli się więc, że są już w domu i mogą spędzać Boże Narodzenie z rodziną. Jak zawsze.

Janek wprawdzie wracał jeszcze po Świętach do Yale, bo kontrakt kończył mu się w maju przyszłego roku, oznajmił już jednak swoim przełożonym na tej znakomitej uczelni, że umowy nie przedłuży, czym szacowna uczelnia była zaprawdę zdziwiona. Ale pan profesor Kozłowski okazał się niezłomny. Bez rodziny tam zostać nie chciał, a rodzina wybrała Polskę. Dziwne, czyż nie?

A panu Eustachemu wszyscy życzyli zdrowia, na co on odpowiadał, że chyba nigdy zdrowszy nie był i że jest całkiem zadowolony z życia.

Tak więc święta były bardzo udane, choć pani Oleńka trochę się martwiła, że niedługo straci swoich najlepszych sąsiadów. Jednak ponieważ istniał internet, poczta mejlowa, Gadu-Gadu, Skype i Facebook (który obie panie autorki niedawno odkryły i bardzo aktywnie się tam udzielały), zmartwienie to zrobiło się nieco mniejsze.

– A poza tym – powiedziała pani Eustaszyna do swojej (jeszcze) sąsiadki i przyjaciółki – nie zwieszaj mi tu nosa na kwintę. Przecież plac Wilsona to tylko trzy przystanki metrem, czyli dosłownie kilka minut jazdy, na dodatek w komfortowych warunkach. Będziemy się odwiedzać może nawet częściej, niż teraz.

– Tak, tak. – Pani Oleńka pokiwała skwapliwie głową. – Poza tym przed nami jeszcze wspólne spotkania autorskie, o rany boskie!

W dodatku, choć rodzina pani Eustaszyny już parę lat temu zarzuciła zwyczaj wręczania sobie prezentów gwiazdkowych, w tym roku jednak Marcja z Jerzym wyłamali się i kupili obu paniom autorkom kamery komputerowe, obiecując ich instalację zaraz po świętach.

– Będą panie, to jest, ciocie – powiedział Jerzy, wręczając im prezenty – miały teraz jeszcze lepszy kontakt, bo również wzrokowy.

– O matko! – złapała się za głowę pani, przepraszam, ciocia Oleńka. – To zawsze będę musiała być elegancko ubrana i uczesana, bo gdyby Winia miała mnie zobaczyć na przykład z brudną głową, żyć by mi nie dała.

– I o to chodzi – chichotała pani Eustaszyna. – Bardzo dobry pomysł mieliście, moje dzieci.

Rozdział
dwudziesty drugi

Na razie jednak przed nimi wszystkimi, a głównie oczywiście przed młodą parą, był ślub. Najbardziej przeżywała go ciocia Winia, której obecnym zmartwieniem stało się teraz wesele. Marcja i Jerzy oznajmili bowiem, że nie mają zamiaru wyrzucać w błoto niesamowitej ilości pieniędzy na przyjęcie w jakiejś knajpie czy innym tego rodzaju miejscu.

– Ciociu, wiem, że ty do tego inaczej podchodzisz, ale dla nas to tylko formalność – tłumaczyła Marcja. – Nie weź sobie tego do serca, ale ten ślub w zasadzie przede wszystkim dla ciebie bierzemy.

– Dla mnie??? – Pani Eustaszyna jednak wzięła to sobie do serca. – A może tak dla waszego dziecka? – zezłościła się nie na żarty.

– No, ciociu, dla dziecka też, masz rację, przepraszam – zreflektowała się Marcja. – Ale wesele wyprawimy w Dziekanowie. Będzie nas tylko o kilka osób więcej niż na święta. Wiesz przecież, że my z Jerzym specjalnie towarzyscy nie jesteśmy. Więc przyjedziecie tylko wy, to znaczy cała nasza rodzina plus pani Oleńka, oczywiście.

I świadkowie, czyli Barbara z Damianem – z mojej strony – oraz Waldemar z żoną, ze strony Jerzego.

– Jaki Waldemar znowu? – zdziwiła się ciocia Winia, która musiała przecież znać wszystkich, a tu raptem jakiś Waldemar się objawia.

– Ciociu, to ten mój przyjaciel z Ministerstwa Kultury, dzięki któremu na „Kupcu weneckim" byliśmy – powiedział Jerzy.

– Na „Kupcu weneckim"? Porcja? Teraz rozumiem! – zaśmiała się Marcja, przypominając sobie trzy szkatułki. W końcu ona też kiedyś tę sztukę oglądała. Nawet z tą samą ciocią. – I dodała, patrząc groźnie na Jerzego: – Ciekawe, że dopiero teraz się o tym dowiaduję.

– No dobrze, dzieci, w domu sobie wszystko poopowiadacie – włączyła się ciocia. – Ale kto to wszystko tam zorganizuje i jedzenie przygotuje? Ja chyba nie dam rady – powiedziała zmartwionym tonem.

– Ciociu, no co ty! – Marcja się obruszyła. – Jak ci mogło w ogóle przyjść do głowy, że mielibyśmy ciebie tak męczyć. Teraz wynajmuje się firmę, która organizuje wszystko, co tylko chcesz. Nawet namioty i stoliki mogą przywieźć, gdyby wesele miało być w ogrodzie.

– A, to dobrze – ucieszyła się ciocia. – Ale na wesele w ogrodzie się nie zgadzam, przecież w styczniu jest zimno.

– Święta prawda – zgodziła się Marcja.

*

– Basiu, wiem, że mnie zabijesz za brak kontaktu, ale tyle się dzieje, że nie mam czasu nawet mejla wysłać. – Marcja zatelefonowała do swojej najdawniejszej, najlepszej i bardzo ostatnio zaniedbanej przyjaciółki, Barbary Szaniawskiej.

– Oj ludzie, Marcja! – wrzasnęła Barbara, przerywając jej. – Bardzo, bardzo cię przepraszam, że się nie odezwałam w twoje urodziny, ale myślałam, że jeszcze w Stanach jesteś, no a potem w „Sosnówce" byłam, a jeszcze potem w szpitalu leżałam i nie...

– W szpitalu? – przerwała jej Marcja. – A Damian nie mógł mnie zawiadomić? Co ci jest?

– W zasadzie nic takiego – zaśmiała się Barbara. – Ale co tam będziemy przez telefon gadać, może wpadnę do ciebie na plac Wilsona z jakimiś ciastkami, bo mam ci coś do powiedzenia i pewnie w ogóle mamy dużo do obgadania.

– Ja też mam ci coś do powiedzenia, i to bardzo ważnego, ale... – Umilkła na chwilę i... raptem...

– W ciąży jesteś! – wrzasnęły obie zgodnym chórem i ze śmiechu omal nie powypadały im z rąk telefony.

– No, widzę, że telepatia i wspólne rozumowanie to coś, co nam zostało z lat młodzieńczych – zaśmiała się Marcja i dodała: – Przychodź, oczywiście, właśnie miałam cię poprosić o jakieś spotkanie. Damian nie będzie zły, że mu cię zabiorę na pół dnia? Ale w tym szpitalu co? Coś z ciążą?

– Niby tak, ale w rezultacie wszystko się okazało w porządku. A z Damianem jakoś załatwię, nie martw się – obiecała Barbara i umówiły się na najbliższą sobotę.

A Jerzy umówił się na sobotę z Waldemarem, bo musiał mu opowiedzieć, czym zaowocowała jego pomoc przy załatwieniu biletów na „Kupca weneckiego", zaprosić na ślub i wesele oraz poprosić na świadka.

Spotkanie Barbary z Marcją trwało i trwało. Obydwie miały się z czego cieszyć. Okazało się, że Barbara zaszła w ciążę w czasie urlopu spędzonego w pensjonacie „Sosnówka", gdzie była z Damianem i ich przyjacielem, Bartkiem, w końcu września. Mało brakowało, a obie by się tam spotkały, bo Szaniawscy i Bartek wyjechali zaraz po ślubie i weselu Anny i Jacka – a Marcja z Jerzym i ciocią Winią przyjechały tam przecież kilka dni później.

– Kocham „Sosnówkę" – ekscytowała się Barbara. – I wszystkich jej mieszkańców. A Bartek, wyobraź sobie, przeprowadza się do Towian, będzie pracował w kancelarii mecenasa Witkowskiego. Nawet chyba jego wspólnikiem zostanie. Ale najważniejszym powodem, dla którego zdecydował się na przeprowadzkę do tamtego miasteczka, jest pewna pani psycholog, prowadząca własną kawiarnię, z powodów rodzinnych[*]. Piękna Marzena.

– O, szkoda, Marzeny nie zdążyłam poznać – powiedziała Marcja. – Podczas pierwszego pobytu byłam zbyt zaabsorbowana własnymi problemami, żeby kimś innym się interesować, a Anna, chociaż obwiozła mnie trochę po okolicy, do Marzeny ze mną nie wstąpiła. Ale słyszałam o niej, bo Anna opowiadała mi o wszystkich swoich znajomych. A w czasie tego pobytu „grzybowego" praktycznie nie wychodziliśmy z lasu. Ciocia kazała nam grzyby zbierać, więc, jak myślisz, co robiliśmy?

I Marcja, pękając ze śmiechu, opowiedziała Barbarze o spotkaniu cioci Wini z „zakalcem", czyli Bogu ducha winnym zaskrońcem.

---

[*] Więcej o tym w książce Marii Ulatowskiej, pt. „Pensjonat Sosnówka".

– Ale, ale – sprostowała Marcja. – To był padalec, nie zaskroniec. Zaskrońca to już ciocia nie przeżyłaby na pewno. A temu biednemu padalcowi po prostu uciekła i do tej pory na mur beton jest przekonana, że ją gonił. Nie wie, że biedak pewnie bardziej się przeraził tym spotkaniem niż ona.

– Wyobrażam sobie! – chichotała Barbara. – Pewnie do tej pory ma arytmię. O ile w ogóle nie zakończył życia tam na miejscu.

– A teraz wracajmy do spraw zasadniczych – zapowiedziała Marcja. – Gratuluję ciąży, prawie w tym samym czasie będziemy rodzić, bo ja mam termin na koniec czerwca, a ty na początek. Jednak przed tymi ważnymi wydarzeniami czeka nas jeszcze coś.

I zrelacjonowała Barbarze całą „intrygę szkatułkową", której następstwem było na tyle ostateczne pogodzenie się z Jerzym, że w rezultacie teraz przed nimi dziecko, a przedtem ślub. I znowu popłynęła opowieść o tym, jak to ciocia się uparła przy tradycji i zorganizowała ślub konkordatowy, angażując wszystkie parafie, które jej były do tego potrzebne.

– No więc chciałam cię prosić, żebyś została moim świadkiem. To znaczy, chyba powinnam powiedzieć, świadkową, bo drugim świadkiem, rodzaju męskiego właśnie, będzie jakiś przyjaciel Jerzego, Waldemar, którego w ogóle nie znam. Oni przyjaźnili się na studiach, potem kontakt się urwał, a teraz znowu się odnaleźli. Ten ślub – i wesele – ma być dwudziestego pierwszego stycznia. Wesele u nas, w Dziekanowie, jeszcze nie wszystko tam wykończone, ale goście się pomieszczą. Będziesz mogła? Oczywiście – z Damianem.

– Nawet gdybym nie mogła, to i tak będę. Po co w ogóle pytasz? A Damiana też odpowiednio zaprogramuję, nic się nie martw. – Barbara ją uściskała. – Cieszę się bardzo, naprawdę. Wiesz, powiem ci, że zawsze uważałam Jerzego za nadzwyczaj porządnego człowieka i zastanawiałam się, dlaczego tak długo zwlekacie ze ślubem. Ale na szczęście już wszystko w porządku.

– Dobra, siadaj wygodnie, masz tu drugie ciacho – obydwie musimy teraz jeść za dwoje – i słuchaj. – Marcja rozparła się na kanapie. – W końcu jesteś moją najstarszą i najlepszą przyjaciółką, więc opowiem ci szczerze, jak było.

I opowiedziała o wszystkim. Począwszy od pierwszej wizyty pana doktora Antonowicza w domu wujostwa Krzewicz-Zagórskich, poprzez sporadyczne spotkania, wreszcie Jadwisin i jej zbyt bliskie kontakty z Cezarym, a następnie oświadczyny Jerzego, jej ucieczkę do „Sosnówki", wyjazd do Stanów i powrót – do szkatułki z bursztynem i intrygi rodem z „Kupca weneckiego".

– Co było dalej, już ci opowiedziałam wcześniej – zakończyła. – Teraz wiesz naprawdę wszystko.

– Nareszcie rozumiem powód twojej nagłej chęci wyjazdu z Warszawy, przecież to ja ci wynalazłam „Sosnówkę" – odrzekła Barbara. – A od tej pory nawet nie miałyśmy czasu się spotkać. Wróciłaś, potem pojechałaś do New Haven, a później znowu do „Sosnówki" – i popatrz, zleciało chyba z pół roku.

– Nawet więcej, bo przecież pierwszy raz byłam w „Sosnówce" w kwietniu, a tu już zaraz koniec roku.

– O, cześć, Basieńko! – Jerzy się uśmiechnął, wchodząc do domu. – Sto lat cię nie widziałem.

– Właśnie policzyłyśmy z Marcją, że niedługo minie rok, jak się widziałyśmy – odpowiedziała Barbara, wstając i ściskając Jerzego, którego zawsze bardzo lubiła. – Cieszę się z waszego ślubu i oczywiście z wielką przyjemnością będę świadkiem.

– No, to mamy już świadków w komplecie, bo Waldemar oczywiście też uznał moją propozycję za zaszczyt i uprzejmie wyraził zgodę. W przyszłym tygodniu pójdziemy razem, żeby oficjalnie zanieść mu zaproszenie – oznajmił Jerzy. – Ale czemu Barbary nalewką wujka nie poczęstowałaś? – spytał Marcję, widząc, że na stole stoją tylko szklanki z herbatą.

– Bo po pierwsze, samochodem przyjechałam. A ponadto wyobraź sobie, że obydwie zostaniemy mamusiami – i to obydwie w czerwcu – oświeciła go Barbara. – I wiesz, co? Moje małe zostało poczęte w „Sosnówce".

Jerzy zaczął się serdecznie śmiać, a widząc miny obu pań, rozchichotał się bez umiaru.

– No co ci? – zezłościła się Marcja. – A co w tym śmiesznego?

– *You stupid woman* – zwrócił się Jerzy do niej słowami z ich ulubionego serialu „Allo, allo".

Słowa te, wypowiadane przynajmniej raz w każdym odcinku, przez Rene Artois, właściciela francuskiej kawiarenki, stały się swego czasu przebojowym cytatem wielbicieli tego serialu.

– Czy nie rozumiesz, że w tym nic? – Ale zwijał się ze śmiechu. – Ja tylko po prostu przypomniałem sobie minę pani Irenki, która, płonąc świętym oburzeniem, potrząsała przed ciocią Winią swoim świeżym, ciepłym i pachnącym plackiem drożdżowym i pytała: „Jaki zakalec? Gdzie zakalec? Przecież bardzo ładnie wyrosło!".

A zasapana ciocia siedziała na krześle, machała rękami i jęczała: „Ze dwa metry miał, o matko!". W ogóle nie mogłem zrozumieć, o co chodzi, bo spokojnie zbieraliśmy sobie grzyby, a tu raptem ciocia pognała z kopyta pod górę, aż nie mogłem za nią nadążyć. Anna przycupnęła na drugim krześle i krztusiła się ze śmiechu, udając, że się nie śmieje – a ciebie wcale nie było. – Jerzy wskazał palcem na Marcję.

– Już to Barbarze opowiadałam, ale tego o pani Irence nie wiedziałam – odrzekła z żalem. – Wyobraź sobie – zwróciła się do Basi – że ja całą tę historię w ogóle przegapiłam, bo w tym czasie spokojnie czytałam sobie książkę w pokoju. Anna ma tam wspaniale wyposażoną bibliotekę, zresztą sama to wiesz.

– Biedna pani Irenka – śmiała się Barbara. – No, ja myślę, miała powód, żeby się zirytować. Jej plackowi zarzucić zakalec! Dziwię się, że nie zareagowała gwałtowniej.

– Irenka? – powiedziała Marcja. – No coś ty? Przecież to święta kobieta. I najspokojniejsza na świecie.

– Całkiem jak moja przyszła żona – mruknął pod nosem Jerzy.

– Słyszę – odezwała się groźnie.

– Ale ja jeszcze nie skończyłem – oświadczył Jerzy. – Chciałem dodać, że niestety, moja przyszła żona nie tylko nie jest spokojna, ale także, niestety, placków drożdżowych nie piecze.

Marcja zmarszczyła czoło. Oj, niedobrze, pomyślał Jerzy. Przesadziłem, cholera, zmartwił się w duchu.

– O, popatrz – burknęła Marcja – odgryza się! – Wskazała Barbarze Jerzego i cała się rozpromieniła. – Cudownie!

Cudownie? Jerzy myślał, że się przesłyszał. Cudownie? I zrozum tu, człowieku, kobiety!

Cudownie! Jak to dobrze być szczęśliwym człowiekiem!

Rozdział
dwudziesty trzeci

Nadszedł i minął Nowy Rok. Przyszli państwo Tarczyńscy nie chcieli nigdzie iść na sylwestra. Marcja wprawdzie czuła się bardzo dobrze, ale ani tańczyć, ani pić alkoholu nie miała zamiaru, a zresztą tak pokochała nowy dom, że nigdzie jej nie było lepiej. Cały czas jeszcze go urządzali, ale mieszkać można już było bardzo wygodnie. Gotowy był także pokój, nazywany pokojem cioci Wini; wygodne łóżko stało także w dodatkowym gościnnym.

W związku z tym Marcja i Jerzy postanowili spędzić sylwestra i Nowy Rok z najbliższymi. Obecni mieli być oczywiście ciocia Winia z wujkiem Eustachym oraz pani Oleńka, traktowana już przez wszystkich jak członek rodziny. Poza tym Stefania z Jankiem, ich dzieci nie, to chyba jasne, że młodzież wybrała grono swoich przyjaciół. Marcja chciała też zaprosić Barbarę z Damianem, ale ci już obiecali udział w jakiejś rodzinnej uroczystości.

O północy w Dziekanowie – jak pewnie wszędzie – rozbrzmiały wystrzały, rozbłysły fajerwerki i większość sąsiadów, spędzających tę noc u siebie, wyszła z domów z kieliszkami szampana w dłoniach. Wznosili toasty do siebie, ale żadnego ogólnego zbliżenia nie było, co zresztą chyba wszystkim odpowiadało.

I tylko ciocia Eustaszyna, która najbardziej aktywnie w tym piciu szampana uczestniczyła – jako że szampana po prostu uwielbiała – zaintonowała *We wish you a Merry Christmas and a Happy New Year*, powtarzając w kółko tę frazę, bo dalej nie umiała. A żadnej innej piosenki, w której występowałby Nowy Rok, nie znała. Szybko się jednak znudziła, widząc że nikt jej nie wtóruje.

– Jacyś nudni ci wasi sąsiedzi – powiedziała swoim scenicznym szeptem, na co Marcja, przerażona, że jeszcze ktoś to usłyszy, rozdarła się: *...and a Happy New Year*, popychając lekko ciocię w stronę drzwi do domu.

– A czemu mnie tak pchasz, moje dziecko? – obruszyła się pani Eustaszyna.

– Przepraszam, ciociu, nie chciałam cię pchnąć, chciałam tylko jak najszybciej wejść do środka, żeby Maleństwo nie zmarzło – odparła chytrze Marcja – no cóż, szkolona w chytrości przecież przez mistrzynię...

Ciocia – jak zwykle, gdy tylko usłyszała coś o Maleństwie – rozanieliła się od razu i sama zaczęła popychać Marcję do domu.

A dziecko Marcji było Maleństwem – bo do tej pory nie znali jego płci. Lekarz powiedział, że może w połowie stycznia, raczej jednak w drugiej, albo jakoś tak na początku lutego będzie mógł coś na ten temat powiedzieć.

Posiedzieli jeszcze trochę w domu, a potem Stefka, która dzielnie nic nie piła, zaproponowała, że odwiezie obie starsze panie do Warszawy. Państwo – niedługo – Tarczyńscy zaproponowali jednak przyszłym sławnym pisarkom nocleg, a te przyjęły propozycję z radością.

Pan Eustachy – chociaż, niestety, niepytany – kiwał także głową, mówiąc, iż z radością rozpocznie nowy rok w nowym miejscu.

Stefa pojechała więc do domu tylko z własnym mężem, zadzwoniwszy przedtem do bawiących się gdzieś w mieście latorośli, by się upewnić, że wszystko w porządku.

– Mamo, złóż od nas życzenia przyszłej mamie! – krzyczeli do słuchawki. – A i przyszłemu tacie także. Wszystkim złóż!

– Dobrze, dobrze, was też wszyscy całują noworocznie! – i było po życzeniach.

Rozpoczął się rok 2011.

*

Środkiem nawy kroczył szalenie elegancki w smokingu – i wielce przejęty – pan Eustachy, a u jego boku przepiękna panna młoda. Pan młody, wraz z księdzem, czekali przed ołtarzem.

Po bokach stali świadkowie.

W pierwszej ławce dwie pochlipujące starsze panie (choć młode autorki) ściskały chusteczki w rękach, bez przerwy szepcząc coś sobie do ucha.

– Przestań beczeć, bo ja przez ciebie nie mogę przestać – syczała swoim teatralnym szeptem pani Eustaszyna do ucha pani Oleńki – boć to one były, a któż by!

– Ja nie be... czę, beeee...czę... – Pani Oleńka pociągała nosem. – Tylko... tylko...

– Tylko tak ci się oczy pocą, co? – burknęła jej sąsiadka, co rozbawiło obydwie i w rzeczy samej chlipać przestały.

Ale tylko na krótki czas, bo gdy doszło do sakramentalnego powtarzania słów przysięgi, chlipanie rozległo się od początku i to ze zdwojoną mocą.

Cóż, tak się dzieje chyba na każdym ślubie...

A gdy już wszystkim obrządkom stało się zadość, młoda para, obrzucona ryżem i drobniakami, odjechała wspaniałym samochodem w stronę krajowej „siódemki", a za nimi ruszyła kawalkada samochodów z gośćmi weselnymi.

Przed domem w Dziekanowie czekał już odświętnie wystrojony pan, trzymający tacę z kieliszkami szampana. Mimo że był styczeń, miał na sobie smoking, w związku z czym teraz lekko dygotał. Firmę cateringową i wszystkie formalności załatwiała Barbara, która pierwsza wyskoczyła z samochodu jadącego tuż za parą młodą.

– Niech pan wchodzi do domu, przecież pan tu zamarznie! – zawołała. – A młodzi i goście na mrozie nie będą wznosić żadnych toastów.

– Jeśli chodzi o wznoszenie, a raczej wnoszenie, to odsuń się, Basiu – poprosił Jerzy. – Bo ja muszę żonę przez próg przenieść. A wszystkie toasty później.

No i przeniósł, a potem witał gości, panom wskazywał miejsce zrzucania z siebie płaszczy, a od pań sam te okrycia odbierał.

Trochę było przy tym zamieszania, aż tu raptem rozległy się dwa zduszone okrzyki i obie starsze panie popędziły przez salon, a potem wbiegły po schodach na górę. Jerzy dostrzegł je tylko od tyłu i trochę się zdziwił, bo wydało mu się, że są dziwnie do siebie podobne. Ponadto wydało mu się, że jedną z tych pań jest ciocia Winia. Przecież musiał to być ktoś, kto znał rozkład domu. Rozejrzał się, szukając wzrokiem Marcji, ale jego żona była zajęta rozsadzaniem gości, choć przy każdym nakryciu leżał ozdobny bilecik z nazwiskiem.

Gdy prawie wszyscy już siedzieli, ujrzał jednak, że istotnie, wśród zebranych przy stole nie ma cioci Wini ani pani Oleńki.

Ruszył w stronę Marcji, która rozglądała się wokoło z zakłopotaniem.

– Gdzie te nasze młode autorki? – spytała.

– Wiesz, to dziwne, ale chyba obydwie pognały na górę – odparł Jerzy. – I tam siedzą.

– Co? – zdziwiła się Marcja. – A co tam robią?

Jerzy spojrzał na nią prawie z politowaniem.

– Żono moja ukochana, a skąd ja mam to wiedzieć? Przecież chyba zdajesz sobie sprawę z tego, że ja w ogóle nie rozumiem kobiet. A już jeśli chodzi o naszą ukochaną ciocię... Wybacz, musisz sama iść na górę. Ja tu gości czymś zajmę.

Marcja popędziła więc na górę, skacząc po dwa stopnie. Otworzyła pierwsze z brzegu drzwi – akurat była to główna sypialnia, przygotowana już na noc poślubną. To znaczy – była przygotowana – bo chyba przygotować ją będzie trzeba jeszcze raz, od początku.

Dlaczego? Ano dlatego że w poprzek łóżka leżały dwie rozpaczliwie łkające postacie, obydwie w eleganckich, granatowych garsonkach. Problem w tym – że... w takich samych!

*

A było to tak...

Otóż wiadomo, na ślub i wesele trzeba się wystroić. Obie panie, które zawsze były bardzo zaprzyjaźnione, a już po wejściu w pisarską spółkę ich przyjaźń zacieśniła się tak, że bardziej nie można, postanowiły, że sprawią sobie na to podniosłe wydarzenie nowe kreacje.

– I wiesz, Oleńko, przecież na spotkania autorskie też nam się przydadzą nowe ubrania – orzekła pani Eustaszyna. – Przecież nie możemy być niemodne, albo, co gorsza, zalatywać naftaliną.

Panią Oleńkę to zalatywanie naftaliną tak przestraszyło, że chciała już, natychmiast ruszać w miasto na zakupy, ale po chwili zadumała się, nieco zafrasowana.

– Winiu – odezwała się pytającym tonem – ale gdzie teraz kupuje się ubrania?

– No... – zaczęła intensywnie myśleć pani Eustaszyna – no... Wiem – krzyknęła po chwili tryumfalnym tonem – do „Złotych Tarasów" pójdziemy!

W „Złotych Tarasach", choć galeria istniała już parę lat, obie panie jeszcze nigdy nie były. Jednak widać ją było z ich okien, więc wiedziały, w którą stronę iść, i z wielką ochotą pewnego dnia tam się wybrały. Po wejściu do środka, którego to wejścia trochę się naszukały, bo drzwi było kilka, ale niektóre prowadziły tylko do konkretnego sklepu – a one przecież chciały dostać się „do całości", ta „całość" je oszołomiła. Stały pod szklaną kopułą, tu schody ruchome, tam schody ruchome, strzałki, drogowskazy, poziom pierwszy, poziom drugi, kawiarnia, jubiler... Gdzie tu iść? A gdzie jakaś szatnia? Chciały się przecież rozebrać, bo w środku było gorąco, a one w zimowych płaszczach. Okazało się jednak, że szatnia jest w podziemnym garażu, do którego nie trafiłyby za żadne skarby; a nawet jeśli, to potem nie wiedziałyby, jak tam wrócić. Dość więc rozsierdzone, zdjęły te nieszczęsne płaszcze, przewiesiły je przez ręce i tak obarczone zimowym przyodziewkiem udały się na poszukiwanie weselnych strojów.

Zdając się na przypadek, wkroczyły śmiało na pierwsze schody ruchome, do których dotarły, i zaczęły odwiedzać niesamowitą ilość sklepów, zlokalizowanych dookoła. Wszędzie było mnóstwo przeróżnych kreacji, ale drogich, drogich i jeszcze droższych.

– Czym mogę paniom służyć? – słyszały w każdym.

Pytanie to je deprymowało, bo nie były przyzwyczajone do takiej uprzejmości, w tego rodzaju miejscach bywały raczej rzadko. Przynajmniej ostatnio.

Na razie tylko oglądały, taką ofertę pomocy przyjmowały więc obydwie jako swojego rodzaju przymuszanie do dokonania zakupu i... złościło je to.

W jednym ze sklepów jednak uprzejma sprzedawczyni nie rezygnowała.

– Może panie powiedzą, na jaką okazję ma być ta kreacja, podpowiem, gdzie szukać.

– Dobrze – zdecydowała się pani Oleńka. – Szukamy czegoś na ślub i wesele. Czegoś wyjątkowo eleganckiego i w miarę modnego. Mówię „w miarę", bo sama pani rozumie, że to, co dobre dla młodzieży, nie całkiem może pasować do naszego... hm, wieku.

Pani Eustaszyna chciała też dodać, żeby to było w miarę niedrogie, ale patrząc na otoczenie, zawstydziła się. Trzeba było iść do jakiegoś domu towarowego, pomyślała, nie zdając sobie sprawy z tego, że właśnie jest w swego rodzaju domu towarowym i w zasadzie, jeśli poszłaby do innego – ceny wszędzie będą podobne.

A co mi tam, zadarła głowę do góry, w końcu raz można zaszaleć, postanowiła.

– No więc, skoro pani oferuje swoją pomoc – powiedziała z królewską miną – proszę nam coś zaproponować.

Młodziutka sprzedawczyni zniknęła na chwilę i zaraz wróciła, targając stertę jakichś ubrań.

– To propozycje dla pani. – Wskazała gestem panią Oleńkę, która miała niezłą figurę i nosiła typowy rozmiar, czyli czterdziestkę. To znaczy – tak normalnie typowy, bo w „Złotych Tarasach" typowym rozmiarem były trzydzieści sześć i trzydzieści osiem.

Pani Eustaszyna jednak, choć szczuplutka – nosząca chyba właśnie trzydzieści osiem – była, niestety, raczej niska, miała zaledwie sto pięćdziesiąt pięć centymetrów wzrostu. Takiej odzieży nie szyje się masowo, młodzież jest obecnie dość wysoka.

Pani Oleńka złapała zaproponowane przez sprzedawczynię rzeczy i zniknęła we wskazanej przez nią przymierzalni.

– Dla pani, niestety, nic nie udało mi się dzisiaj znaleźć, wszystkie sukienki i garsonki byłyby za duże – powiedziała zmartwiona sprzedawczyni. – Ale zapraszam za parę dni, będzie nowa dostawa.

A pocałuj mnie w nos, pomyślała rozzłoszczona pani Eustaszyna, jednocześnie mówiąc uprzejmie:

– Dziękuję bardzo.

– Oleńko! – Wsadziła głowę do przymierzalni, z której dochodziły jakieś posapywania i odgłosy szamotaniny. – Ja będę tu obok, jak coś sobie wybierzesz, to szukaj mnie w następnym sklepie.

I wyszła.

Poszła do następnego sklepu, potem do jeszcze następnego i dalej, aż w końcu zorientowała się, że Oleńki nigdzie nie widać, a ona sama nie ma pojęcia, gdzie jest. Wyjęła więc telefon i nacisnęła klawisz szybkiego wybierania, dziewiątkę, pod którym miała zapisaną przyjaciółkę.

– Właśnie chciałam do ciebie dzwonić, gdzie ty się podziałaś? – Usłyszała pełen oburzenia głos pani Oleńki. – Miałaś być tuż obok.

– No, jestem obok – nieco niepewnie odrzekła pani Eustaszyna – obok sklepu „Next" – dodała, patrząc, przy jakim sklepie stoi.

– Ale gdzie ten „Next"? – Pani Oleńka prawie płakała. – Przecież tu wszystko takie na okrągło, w ogóle nie wiem, w którą stronę iść.

– No, tylko ani mi się waż płakać! – krzyknęła na nią pani Eustaszyna. – Stój tam, gdzie stoisz, zaraz do ciebie oddzwonię, poczekaj chwilę.

I, dokonując przemiany w kruchą, niedołężną staruszkę, stanęła przed miłą młodą parą, którą sobie upatrzyła.

– Przepraszam państwa bardzo – zaszeptała cichutko, powodując, że obydwie głowy pochyliły się z uwagą, starając się usłyszeć, o co chodzi tej starszej pani. – Gdzie ja jestem?

– No... – młodzi ludzie popatrzyli na siebie – w „Złotych Tarasach" – odpowiedzieli nieco zdumieni pytaniem.

– To wiem, ale konkretnie, gdzie? – Pani Eustaszyna upierała się przy dokładnej lokalizacji. – Bo, widzicie, jestem tu z sąsiadką, która gdzieś się zagubiła i chcę jej wytłumaczyć, jak ma mnie znaleźć.

– Jest pani... wie pani, co? – zmobilizował się młody człowiek – Proszę zadzwonić do tej przyjaciółki i oddać mi słuchawkę, dobrze?

– Oleńka? – krzyknęła do słuchawki. – Posłuchaj, oddaję telefon takiemu miłemu panu, który wszystko ci wytłumaczy.

– Jakiemu panu? I dlaczego tak krzyczysz? – dopytywała się przyjaciółka, ale na jej pytania odpowiedział już ów „miły pan", któremu pani Eustaszyna wręczyła telefon.

– Proszę pani, to ja, to znaczy... ten... Tomasz Bąkowski, dzień dobry – przedstawił się grzecznie.

– Dzień dobry – odpowiedziała odruchowo pani Oleńka, ale przedstawić się już nie zdążyła, bo w słuchawce rozległ się znowu miły męski głos: – Proszę spojrzeć przed siebie i powiedzieć, przy jakim sklepie pani stoi.

– Przy takim, który ma „Vobis" napisane na wystawach i nad wejściem.

– A, to bliziutko. Zaraz tam po panią przyjdę, jestem w granatowej rozpiętej kurtce, proszę minutkę poczekać.

– Dobrze – zgodziła się pani Oleńka, ale mówiła już do głuchego telefonu, pan Tomasz bowiem się rozłączył i oddał aparat właścicielce, prosząc, żeby się nie ruszała z miejsca, w którym stoi, a on zaraz jej zgubę przyprowadzi.

– Ja z panią zostanę, nie martw się – powiedziała jego towarzyszka, biorąc panią Eustaszynę pod rękę i obracając twarzą w stronę wystawy sklepowej. – Niech pani spojrzy, jakie tu są cuda – rozmarzyła się. – Przyszliśmy z Tomkiem po jakieś ciuszki dla niemowlaczka, bo niedługo nam się synek urodzi.

Pani Eustaszyna dopiero teraz dojrzała istotnie spory już brzuszek dziewczyny. Odruchowo spojrzała na jej palce, obrączki wszakże nie dostrzegła.

Ach, czy to ma znaczenie, zawstydziła się w myślach. Może po prostu w ciąży palce jej spuchły. A może po prostu nie wzięli ślubu, no i co z tego, pomyślała buntowniczo, zadziwiając samą siebie.

– Oj, synek, jak to cudownie – rozpromieniła się cała. – Moje najszczersze gratulacje.

– Dziękuję – ukłoniła się również rozpromieniona dziewczyna. – Będzie Stasio.

– Stasio! – zachwyciła się pani Eustaszyna. – Nie żaden tam Roger, Hubert ani Kamil, tylko po prostu Stasio. Przepięknie! – I uściskała dziewczynę serdecznie.

Te serdeczności przerwało przybycie pana Tomasza, prowadzącego z atencją panią Oleńkę, która dzierżyła w obu rękach dwie duże torby z jakimiś nadrukami.

Panie bardzo wylewnie podziękowały obojgu, pochwaliły wychowanie, rozpłynęły się w gratulacjach – bo pani Eustaszyna natychmiast przekazała Oleńce wiadomość o Stasiu – i, dopytawszy się jeszcze tylko, którędy do wyjścia, odpłynęły majestatycznie we wskazanym kierunku. A pani Eustaszyna wyciągnęła z torebki okulary, długopis i malutki notesik, w którym zapisała: „Next, pierwszy poziom, na lewo do schodów". Obiecała sobie, że niedługo tu wróci, będzie musiała przecież kupić jakieś rzeczy dla Maleństwa Marceliny. Niech tylko się dowie, jakiej ono jest płci.

Po powrocie do domu zorientowała się, że w dalszym ciągu nie ma kreacji na to wesele. Nie pójdę i już, zbuntowała się w myślach, zaraz zresztą śmiejąc się z tego w głos.

– Co się stało? – Ze swojego pokoju wychynął pan Eustachy, którego radosne odgłosy, wydawane przez żonę, oderwały na chwilę od czytanych jak zwykle gazet.

– No, nie pójdę na wesele Marcelinki – rozchlipała się pani Eustaszyna, przechodząc, jak to kobieta, od euforii do rozpaczy.

– Ależ, Winiu, co ty mówisz? – Wystraszył się nie na żarty. – Wiesz, co? Idź, usiądź sobie, a ja ci herbaty zrobię.

– A co mi tam po twojej herbacie! – fuknęła niewdzięczna żona. – Nie mam się w co ubrać, rozumiesz?

Pan Eustachy oczywiście nie rozumiał. Wiedział przecież, że ubrania jego żony z trzech szaf się wysypują i w ogóle nie miał pojęcia, o czym ona mówi. Przezornie jednak wolał się nie odzywać i poszedł zrobić tę herbatę.

Gdy wrócił ze szklankami, żona siedziała z wypiekami i nieobecnym spojrzeniem wpatrywała się w wiszący na ścianie przedwojenny gobelin. Pan Eustachy spojrzał więc też na ów gobelin, ale niczego nowego czy niepokojącego tam nie dostrzegł. Gobelin był taki sam jak wczoraj i jak przed wojną. Pewnie tylko nieco bardziej zakurzony niż przed wojną.

– Oleńka aż dwie torby taszczyła – odezwała się pani Eustaszyna. – Nawet do nich nie zajrzałam z tego wszystkiego. A ja co? A ja nie mam się w co ubrać! I na dodatek nie mam pojęcia, gdzie iść, żeby coś kupić. Na miarę nikt mi już niczego nie uszyje, po prostu rozpacz. Daj tę herbatę, co tak stoisz? – zwróciła się do męża, który rzeczywiście stał przy stole, trzymając dwie szklanki w rękach, zamiast je postawić.

Stał tak, bo myślał. Zastygł na chwilę, zastanawiając się intensywnie... i pojął! Jego Winia chce mieć nową kreację na wesele Marcelinki. Mało – chce – ona musi.

– Winiu, kochanie, a może byś coś w tym swoim komputerze znalazła? – podsunął nieśmiało.

Panią Eustaszynę odblokowało. No jasne, Allegro! Że też sama wcześniej na to nie wpadła.

– Eustachy, jesteś wielki! – wykrzyknęła. – Zabieraj tę herbatę i przynieś swoją nalewkę.

Pan Eustachy odetchnął z ulgą. Wszystko wróciło do normy. Na dodatek został pochwalony.

Teraz już będzie dobrze, wypiją sobie po kieliszeczku nalewki i może wracać do swojej prasy. Życie jest piękne!

A żona tego szczęśliwego człowieka włączyła komputer i pogrążyła się w otchłani Allegro. Po paru chwilach oczywiście znalazła to, czego szukała. Przepiękną granatową garsonkę, a do niej odpowiednio dobraną jedwabną białą bluzkę z koronkowym żabotem. Po prostu cudo! Na dodatek firma sprzedająca te rzeczy ogłaszała, że na specjalne życzenie za niewielką dopłatą dopasuje każdą rzecz do figury – po podaniu wszystkich wymiarów.

Pan Eustachy został więc jeszcze raz oderwany od gazet, musiał bowiem pomóc żonie przy mierzeniu różnych części ciała. Ale długo to nie trwało, więc jakoś wytrzymał.

On sam nie miał żadnych problemów z tym, w co się ubierze na wesele, w szafie wisiał bowiem bardzo elegancki i w ogóle niezniszczony smoking – cóż, mało noszony – ze wszystkimi niezbędnymi dodatkami. A figura pana Eustachego nie zmieniła się od lat, w związku z czym całość pasowała doskonale.

*

I oto teraz okazało się, że Oleńka ma identyczny (no, prawie) granatowy kostium, z identyczną (no, prawie) białą bluzką. Obie panie leżały więc na weselnym łożu państwa Tarczyńskich, zalewając je łzami.

Marcję w pierwszej chwili opanował głupi śmiech, ale po chwili zrozumiała, że to wcale nie jest śmieszne. Zapłakane elegantki odmówiły bowiem zejścia na dół, do gości i oznajmiły, że będą tu sobie leżeć i płakać, bo mają powód.

Do pokoju zajrzała nieśmiało Barbara, mówiąc, że goście się niepokoją, a ona już nie wie, co wymyślić. Jedno spojrzenie wystarczyło, żeby stwierdzić, iż sytuacja jest doprawdy poważna. Marcja spojrzała rozpaczliwie na przyjaciółkę, a ta bezradnie rozłożyła ręce. Ale zaraz zmobilizowała szare komórki i zaczęła gorączkowo myśleć. Ona, kierująca sporym zespołem ludzkim, nie da sobie rady? A cóż z niej byłaby za kierowniczka w takim razie? Przecież wszyscy twierdzili, że jest świetna, więc teraz musi to udowodnić. I musiała, bo Marcja była jak sparaliżowana. Jedna taka ciocia – no, to mogła znieść. Ale dwie? Chciała się schować w szafie i mocno zamknąć za sobą drzwi.

– Ciociu Winiu, proszę szybko wstać. – Barbara przyjaźniła się z Marcją tak długo, że już od dawna zwracała się tak do jej cioci. Teraz okazało się to bardzo pomocne.

Pani Eustaszyna, zdopingowana autorytarnym tonem świadkowej, wstała posłusznie. Barbara okręciła ją dookoła.

– Wiesz, co? – powiedziała do Marcji. – Idź do gości i Jerzego, który tam odchodzi od zmysłów, a ja tu zażegnam kryzys. Daj mi tylko żelazko. Ciociu, ciocia wygląda doskonale. Po prostu przepięknie – zwróciła się do pani Eustaszyny, machając jednocześnie ręką do Marcji i nakazując jej gestem, żeby zeszła na dół. Marcja, przysyłając Basi całusy, uciekła w te pędy. – Ale proszę się rozebrać, bo muszę te ciuszki trochę przeprasować, takie wylegiwanie się na łożu weselnym trochę im jednak zaszkodziło.

– A ja? – łkała pani Oleńka. – Przecież ja też wyglądam przepięknie, tylko, niestety, tak samo, jak Winia. A tego, moja droga, żadna z nas nie zniesie.

– Zaraz będzie wszystko w porządku, proszę mi zaufać – odezwała się Barbara stanowczo. – Najpierw wyprasujemy ciocię Winię, a za chwilę zajmiemy się przekształcaniem pani osoby.

No i wyprasowana ciocia Winia, podmalowana i uczesana, wyglądająca jak nowa, spłynęła majestatycznie na dół, gdzie siedzący przy stole goście powitali ją oklaskami.

– Tu, ciociu, siadaj, tu, obok Jerzego – poprosiła szczęśliwa Marcja. Skoro Barbarze udało się spacyfikować ciocię, to za chwilę pojawi się też ujarzmiona pani Oleńka.

I tak się stało. Barbara, bez pytania wprawdzie, wiedząc jednak, że uzyskałaby niezbędne pozwolenia, pogrzebała w szafie Marcji i wynalazła piękną koronkową, ażurową bluzkę w bladoróżowym kolorze. Wystroiła w nią panią Oleńkę, dodając do tego fantazyjnie zawiązaną apaszkę, granatową w różowe paseczki. Skąd ta Marcja wiedziała, co powinna mieć w szafie?, pomyślała z uśmiechem.

Znalazła jeszcze delikatną sztuczną różę z jedwabiu, którą przypięła pani Oleńce do klapy żakietu. Bluzka i te dodatki zupełnie odmieniły cały strój i nikt by nie powiedział, że garsonki obu starszych pań są identyczne.

Pani Oleńka z radości aż zaklaskała w ręce.

– Dziecko – uściskała Barbarę – ty powinnaś dom mody prowadzić. Bardzo, bardzo ci dziękuję.

Uff, sapnęła Barbara i sama poszła do łazienki, poprawić swój wizerunek, po czym obie panie zeszły do gości. Również zostały powitane oklaskami. Pani Oleńka została – z honorami – usadzona obok Marcji i dalej już wszystko poszło jak z płatka.

Wesele było, jak się patrzy. Firma cateringowa zatrudniona przez Barbarę spisała się bez zarzutu, kelnerzy reagowali na najdrobniejsze skinienie każdego z gości, a po zakończeniu przyjęcia bardzo szybko sprzątnęli wszystko ze stołu i zwinęli się błyskawicznie.

W domu została młoda para – obie ciocie i wujka odwiozła do domu Barbara, która przecież, z uwagi na ciążę, nic nie piła.

– Panie Tarczyński... – Marcja się przeciągnęła. – I co teraz?

– A cóż to za pytanie, pani Tarczyńska? – zaśmiał się świeżo upieczony małżonek. – Ja idę spać, bo lecę z nóg, a ty pewnie usiądziesz przy swoim laptopie – zażartował.

I natychmiast wziął na ręce swoją piękną żonę, cięższą o kilkadziesiąt gramów wspólnego potomka – i wniósł cały ten słodki ciężar na górę. Do sypialni, którą nieoceniona Barbara doprowadziła do absolutnej świeżości.

O tym, co tu się wcześniej wyprawiało z udziałem dwóch przyszłych sławnych autorek, Jerzy w ogóle nie miał pojęcia.

Teraz jednak zajęty był zupełnie czymś innym...

Rozdział
dwudziesty czwarty

Po Nowym Roku rozpoczęła się przeprowadzka państwa Krzewicz-Zagórskich. Szczęśliwie spółka adwokacka, która wynajęła mieszkanie przy Marszałkowskiej, oświadczyła, iż nie potrzebują żadnych mebli, ponieważ przywiozą swoje. Prawnicy przeprowadzali się z Mokotowa, gdzie skończyła im się umowa, a osoba, od której wynajmowali dwa pokoje w willi, zrezygnowała z przedłużenia, bo sprowadzała się do niej córka z dzieckiem i te dwa pokoje były jej potrzebne.

Panom mecenasom nowa siedziba – ta przy Marszałkowskiej – bardzo odpowiadała, cieszyli się, że ją znaleźli. Chętnie wpłacili czynsz za cały rok z góry – zadowoleni, że przynajmniej na ten rok mają zapewnione lokum. W takim miejscu!

Więc pani Eustaszyna, przy pomocy Marcji, a także bez przerwy pochlipującej Oleńki, pakowała manatki.

– Ojejku, a co to jest? – rzucała w przestrzeń retoryczne pytanie, wyciągając z którejś z kuchennych szafek pięknie opakowany w gustowny szary papier z lat sześćdziesiątych komplet szklanek do herbaty. Z uszkami! – O, nie wiedziałam, że mam tyle rajstop – dziwiła się, wygrzebując z głębi przepastnej szafy, stojącej w małym pokoju, kilka opakowań całkiem nieużywanych rajstop, wyglądających na lekko zleżałe. – Oj, chyba już za stare... – zmartwiła się, podejmując bohaterską decyzję o wyrzuceniu cennego znaleziska.

Sterta rzeczy do zapakowania, druga – do przejrzenia i trzecia – do wyrzucenia. Ta ostatnia była jakoś najmniejsza i dziwnym sposobem ciągle się zmniejszała, bo pani Eustaszyna co chwila weryfikowała swoje poprzednie decyzje.

– Ciociu – powiedziała Marcja, która właśnie weszła. – Tym sposobem, to wy się nigdy nie spakujecie. Popatrz, przyniosłam kilka kartonów ze sklepu, Jerzy powkłada w nie książki, bo ja nie chcę dźwigać ani schylać się co chwilę. Ja zajmę się pakowaniem twoich ubrań, powiedz mi tylko, gdzie położyłaś te worki, które wczoraj przyniosłam. I, proszę cię, nie wykłócaj się ze mną o każdą rzecz, którą będę chciała wyrzucić. Obiecuję ci, że powyrzucam tylko stare szmaty.

– No wiesz! – oburzyła się ciocia Winia. – Ja nie mam żadnych starych szmat!

– No, przepraszam, chciałam powiedzieć „niemodne rzeczy" – poprawiła się Marcja, ale znowu trafiła jak kulą w płot.

– Niemodnych też nie mam – zaperzyła się pani Eustaszyna. – A ty mi tu nie chichaj, tylko porcelanę pakuj – oberwało się pani Oleńce.

– A co ja mam robić? – Pan Eustachy pętał się wokół nich, wielce zdenerwowany tym całym zamieszaniem.

– Ty idź sobie na spacer – zadecydowała jego żona. – Bo tylko tu nam przeszkadzasz!

W końcu jakoś udało się wszystko popakować i przewieźć na plac Wilsona. Potem firma transportowa zabrała meble z mieszkania Marcji i wywiozła je do Dziekanowa, a z Marszałkowskiej przywieziono meble państwa Krzewicz-Zagórskich. Całą tę logistycznie trudną operację udało się wykonać w ciągu jednego dnia.

Meble w obu miejscach były poustawiane tam, gdzie miały stać. Ich rozstawienie zaplanował Jerzy. I co go bardzo, ale to bardzo, ucieszyło, jego propozycje zostały przyjęte i zaakceptowane przez wszystkich, nawet przez samą ciocię Winię.

Choć pani Eustaszyna nie byłaby sobą, gdyby troszkę nie pogrymasiła. Mamrotała, że duży pokój na placu Wilsona, większy od dużego pokoju przy ulicy Marszałkowskiej, obstawiony sprzętami z Marszałkowskiej, ma jakieś „dziury", które ona musi teraz pozastawiać. Nie lubiła bowiem pustych miejsc – a tu były. Ale ucieszyło ją to, bo nadarzyła się oto okazja do pobuszowania po sklepach meblowych, co przecież uwielbiała. Bardzo była zawiedziona, gdy adwokaci, wynajmujący od niej mieszkanie, postanowili, że wprowadzą się ze swoimi meblami. A ona już nawet była w Ikei i zaplanowała sobie, co kupi. No cóż, nic z tego nie wyszło, za to teraz kupi, tylko dla siebie, takie małe wygodne biurko pod komputer i specjalny fotel komputerowy. Już wiedziała, gdzie sobie ten komputerowy kąt urządzi.

Pokój jej małżonka był dokładnym odbiciem jego pokoju z poprzedniego mieszkania. Pan Eustachy miał swój ukochany fotel, na którym siedział, czytając gazety, i stolik, na którym zawsze już czekał jakiś stosik gazet do przeczytania. Reszta zupełnie go nie interesowała, a żona mogła sobie kupować, co tylko chciała. Byleby tylko nie pytała bez przerwy, co on o tym myśli. I tak przecież nie powie, co myśli, głupi nie jest.

Trzeci pokój, od początku przeznaczony dla Marcji, zastawiony był meblami, które zdecydowała się tam zostawić. Była tam kanapa, stolik, fotel, małe biurko i szafa. Oraz cztery półki, na których powinny stać książki, ale wszystkie zabrała ze sobą do Dziekanowa. Na razie więc na tych półkach nic nie stało, co jednak denerwowało trochę panią Eustaszynę.

– Już ja coś wymyślę – obiecała pustym półkom, patrząc na nie z litością.

U jakiejś koleżanki widziała sporą kolekcję drewnianych i glinianych aniołów. Każdy był oryginalny, wszystkie ręcznej roboty, wyszukiwane w najrozmaitszych miejscowościach w kraju i za granicą.

Może też zacznę zbierać aniołki? – zastanowiła się pani Eustaszyna. Albo nie, aniołki nie. Już wiem, będę zbierać żabki. Jedną przecież już mam.

I z triumfem, dumna ze swojego bardzo oryginalnego pomysłu, postawiła na środku tej pustej półki bursztynową żabę wynalezioną swego czasu na Jarmarku Dominikańskim.

Uznała, że wystrój pokoju bardzo na tym skorzystał.

Rozdział
dwudziesty piąty

– Dzień dobry pani, kłania się Piotr Żętycki – zabrzmiał miły głos w słuchawce telefonu pani Oleńki. – Mówię z panią Aleksandrą Brzeską, prawda? Autorką książki „A jeśli byłaby dziewczynka…". Jestem współwłaścicielem „Oczka", wydawcą książki.

– Wiem – udało się wtrącić pani Oleńce. – Tak, to ja. Współautorka.

– No tak, tak, ale do pani najpierw zadzwoniłem, bo pani nazwisko jest pierwsze na okładce.

– Alfabetycznie – odpowiedziała odruchowo lojalna pani Oleńka. – Na okładce? To już jest okładka?

– Właśnie chciałem ją z paniami uzgodnić. Redaktorka książki, pani Anna Towiańska, a właściwie teraz już Towiańska-Konieczna, z którą panie były cały czas w kontakcie, właśnie pojechała rodzić dziecko – powiedział Piotr i został zagłuszony potężnym piskiem radości, który rozległ się głośno w jego uchu.

– Ach, ach, ach – cieszyła się pani Oleńka. – Rodzić dziecko! O Matko Boska, ale gdzie, ale co, ale kiedy? – zasypała Piotra gradem pytań.

– No do szpitala, do Towian, w pobliżu „Sosnówki" – odpowiedział skołowany Piotr, który wcale na ten temat nie chciał rozmawiać, tylko na całkiem inny, ale z tymi kobietami człowiek nie wygra.

Zrezygnował więc i już sam z siebie zeznał wszystko, co wiedział; mianowicie że Anna jest w szpitalu od rana, a jej mąż ma zawiadomić, jak dziecko się urodzi, podobno wszystko w porządku, a najlepiej to niech miłe panie same do pana Koniecznego zadzwonią, to poznają wszystkie szczegóły z pierwszej ręki.

– Dziękuję panu, bardzo dziękuję, do widzenia – oświadczyła pani Oleńka i rozłączyła się, wprawiając właściciela „Oczka" i wydawcę jej książki w totalne osłupienie. Przecież chciał porozmawiać o okładce...

A Piotr nie miał jeszcze do czynienia z panią Eustaszyną...

– Rodzi, rodzi! – krzyczała Oleńka przez telefon do Wini, szalenie przejęta. Annę znała wprawdzie mniej niż Marcja, mniej niż Winia, ale znała – przecież redaktorka musiała się z nimi spotkać – i polubiła ją bardzo. Nic w tym zresztą oryginalnego, bo pani Oleńka lubiła wszystkich.

– Kto rodzi? – wystraszyła się pani Eustaszyna. Marcelina miała rodzić dopiero w czerwcu, a przecież był luty, więc chyba nie o nią chodzi. Zdążyła się jednak na wszelki wypadek bardzo zdenerwować. – No kto rodzi, mów szybko, nie sap mi tu w słuchawkę.

– A bo jestem taka przejęta – tłumaczyła pani Oleńka. – Pan Piotr dzwonił przed chwilą.

– Oszaleję przez ciebie! – wykrzyknęła pani Eustaszyna. – Jaki Piotr? Możesz mi wszystko spokojnie i po kolei opowiedzieć?

– Co? – niezbyt przytomnie zapytała zwiastunka dobrej nowiny. – A tak, mogę. Już mówię. Anna. Anna Towiańska-Konieczna rodzi. A dzwonił pan Piotr Żętycki z „Oczka".

– Piotr Żętycki z „Oczka" dzwonił, żeby ci powiedzieć, że Anna rodzi? – nie dowierzała pani Eustaszyna.

– No, niezupełnie. On zadzwonił, żeby powiedzieć, że jest już okładka do naszej książki. Projekt okładki właściwie. I chce go z nami uzgodnić.

– O, to cudownie – ucieszyła się współautorka. – I jak się z nim umówiłaś?

– No – bąknęła speszona Oleńka – właściwie to wcale się nie umówiłam. Bo on powiedział zaraz, że Anna jest w szpitalu i będzie rodzić. I wtedy tak się ucieszyłam, że odłożyłam słuchawkę.

– Przecież mówię, że oszaleję – jęknęła pani Eustaszyna. – To teraz też odłóż słuchawkę, bo muszę do Marcelinki zadzwonić i wszystkiego po kolei się dowiedzieć. Łącznie z miejscem i terminem spotkania w sprawie okładki. Jak już będę wiedziała, to się odezwę do ciebie.

Pani Oleńka odłożyła więc słuchawkę i skruszona siedziała przy telefonie, czekając na wiadomości. Po chwili dotarło do niej jednak, że nie doczeka się ich tak natychmiast, bo, znając przyjaciółkę, wiedziała, że ta najpierw każe Marcelinie wypytać się o stan Anny – co oznacza przecież kilka telefonów – do pana Jacka Koniecznego i od niego. Potem musi zadzwonić do pana Piotra Żętyckiego (ciekawe, co Winia mu o mnie nagada?, pomyślała), a dopiero potem przyjdzie kolej na rozmowę z nią, Oleńką.

Z tej desperacji usiadła więc do komputera i machnęła cały nowy rozdział następnej książki, którą razem pisały – pod roboczym tytułem „Natalia, córka Franciszki".

Natalia, a właściwie Natalia Krystyna (dwojga imion), poznała właśnie Grzegorza, pewnego przesympatycznego weterynarza, który... jeszcze dokładnie nie ustaliły, który co, ale początek nowej znajomości już jest.

*

Marcja, wielce ucieszona wiadomością o Annie, natychmiast zadzwoniła do Jacka Koniecznego.

– Właśnie jestem w szpitalu – usłyszała. – Nie bardzo mogę teraz rozmawiać, powiem więc tylko, że mamy Anisię, wszystko w porządku, oddzwonię wieczorem i opowiem. Malutka będzie miała na imię Anna Irena, co powoduje, że oboje państwo Bartczakowie pękają z dumy. I siedzą tu ze mną w szpitalu.

– Oj, cieszę się, cieszę się bardzo. Gratulacje, ściskam was troje i czekam na twój telefon. I mocno uściskaj ode mnie Dyzia i Irenę. – Marcja naprawdę się ucieszyła i trochę zazdrościła Annie, że przyjaciółka ma już to za sobą.

Ona, Marcja, jeszcze nawet nie wiedziała, co się urodzi, choć traktowała Maleństwo jak dziewczynkę. Już nie mogła się doczekać, za dwa tygodnie była umówiona z lekarzem na USG. Podczas poprzedniego badania, w styczniu, coś tam już mamrotał, że chyba wie, co będzie, ale jeszcze nie powie, bo stuprocentowej pewności nie ma.

– Tylko mnie pan denerwuje, panie doktorze – narzekała Marcja. – Jak pan nie wie, to po co w ogóle coś pan mówi. Chyba że specjalnie chce mi pan ciśnienie podnieść.

– A skąd, broń Boże, wręcz odwrotnie, ciśnienie zaraz zmierzymy. – Pan doktor już jej zakładał rękaw do mierzenia ciśnienia. – Tak sobie tylko mruczę pod nosem, a podsłuchiwać bardzo nieładnie.

Po rozmowie z Jackiem Marcja z rozpędu zadzwoniła jeszcze do pana Piotra Żętyckiego, przedstawiając się jako siostrzenica i agentka literacka autorek „A jeśli byłaby dziewczynka...".

– Jestem przyjaciółką Anny i moja ciocia, jedna z autorek, też ją zna, dlatego obie panie są bardzo przejęte – wyjaśniała. – Urodziła się córeczka, wie pan?

– Chyba cała Warszawa i pół Polski już wie – roześmiał się Piotr. – Szczęśliwi rodzice dzwonią do wszystkich, kto tylko ma telefon!

– Ale powracając do naszych autorek i ich książki – powiedziała – proszę się nie gniewać i niczemu nie dziwić; obie panie są nieco ekscentryczne, Anna już się do nich przyzwyczaiła, a pan jeszcze nie. Za to mogę obiecać, że spotkania autorskie z ich udziałem, gdyby wydawnictwo chciało takie organizować, zrobią furorę.

– No właśnie chciałem pewne sprawy pouzgadniać, dlatego zatelefonowałem, ale skoro pani już się zadeklarowała jako agentka literacka obu pań, może moglibyśmy przy tym pozostać? I z panią wszystkie szczegóły bym uzgadniał, dobrze?

– Dobrze, tylko najpierw muszę to dyplomatycznie ustalić z naszymi autorkami. Oddzwonię do pana jutro, jeśli można – zgodziła się Marcja. – Ale, ale, słyszałam, że mają już państwo projekt okładki. Proszę mi go

przysłać mejlem, a ja to uzgodnię – i Marcja podykto-
wała panu Piotrowi swój adres elektroniczny.

– Ciociu – opowiadała pani Eustaszynie przez telefon – Anna ma córeczkę, Anisię. Wiesz, u niej w rodzinie taka już tradycja, że każda dziewczynka ma na imię
Anna. Babcia była tylko Anną, mama – Anusią, a naszą
Annę, póki żyła jej mama, nazywano Aneczką. Więc ta
kolejna Anna będzie Anisią. Pięknie, prawda?

– Pieknie, bardzo się cieszę, a wiesz, jak jesienią pojedziemy do nich na grzyby, to ta Anisia będzie już miała
przeszło pół roku... ojej!

– No, nie wiem, ciociu, czy ja pojadę w tym roku
na grzyby. – Marcja się roześmiała. – Moje dziecko jesienią będzie jeszcze bardzo malutkie.

– No tak, tak, przecież Maleństwo urodzi się
w czerwcu – rozczuliła się pani Eustaszyna. – A powiedz, kochana moja, czy już miałaś to badanie USG?

– Ależ, ciociu! – oburzyła się Marcja. – Czy myślisz, że
gdybym coś wiedziała, to nie powiedziałabym ci od razu?
Do ciebie pierwszej zadzwonię z tą wiadomością, masz to
jak w banku – zapewniła. – Ale dzwonię też z informacją,
że rozmawiałam z panem Piotrem Żętyckim z „Oczka".
Nie gniewaj się – i przeproś panią Oleńkę – że zrobiłam
to bez porozumienia z wami, ale mianowałam się samo-
zwańczo waszą agentką literacką. I wszystkie szczegóły
sama z waszym wydawcą poustalam, dobrze?

– Oj, dobrze, dziecko, bardzo dobrze. Ustalaj, co tylko
chcesz, przecież mamy do ciebie pełne zaufanie – ucieszyła się pani Eustaszyna. – Dziękuję ci bardzo również
w imieniu Oleńki, która bardzo przeżywa, że takiej poważnej rozmowy nie umiała przeprowadzić i odłożyła

słuchawkę. Siedzi teraz i się wstydzi. Zaraz do niej zadzwonię, bo dzieckiem Anny też jest zainteresowana.

*

– No, moi mili rodzice – powiedział pan doktor, patrząc w ekran komputera – spójrzcie sami. Oto wasza
córeczka w całej swojej wspaniałości.

– Córeczka! – westchnęli jednocześnie Marcja i Jerzy,
wpatrując się z natężeniem w prezentowany im na ekranie obraz.

Szczerze mówiąc, widzieli jedynie jakąś poruszającą
się plamę, w której wprawdzie można było, uruchamia-
jąc wyobraźnię, dostrzec zarys główki, nóżek i rączek,
ale czy to dziewczynka, czy chłopiec, nawet bardzo się
starając, dostrzec nie mogli.

Jerzy uwierzył panu doktorowi bez zastrzeżeń, Marcja jednak potrzebowała potwierdzenia.

– Panie doktorze – zapytała cichutko. – Na pewno
dziewczynka? No, bo wie pan... a jeśli to jednak chłopczyk, tylko ten, no, męski detal, gdzieś mu się zawinął?
Nie może tak być?

– Może, oczywiście, wszystko się zdarza – odparł
pan doktor. – Dlatego będziemy takie badanie powtar-
zać. Chociaż – a mam, jak państwo już widzą po moich siwych włosach, parę lat praktyki za sobą – mogę
się założyć, że to dziewczynka, z dużą pewnością. Moją
pewnością.

– Ciociu, ciociu! – krzyczała Marcja do słuchawki
– gdzie jesteś? Nikt w domu nie odbiera telefonu, co
jest?

369

– Jak to, co jest? A co to, czy ja z domu wyjść nie mogę? U Oleńki jestem, omawiamy zakończenie naszej drugiej książki. A Eustachy, wyobraź sobie, sam się zadeklarował, że zakupy porobi. Więc pewnie po sklepach chodzi – wyjaśniała pani Eustaszyna. – Ale co się stało, moje dziecko? Czemu tak wrzeszczysz?

– Ciociu, ciociu! – krzyczała dalej Marcja. – Dziewczynka! Dziewczynka! Słyszysz?

– O matko, pewnie, że słyszę. I Oleńka słyszy, i pewnie pół miasta też, tak się wydzierasz. Ale rozumiem cię i chyba zaraz też zacznę krzyczeć. Cieszę się!!!

– I ja się cieszę, i ja – podskakiwała pani Oleńka. – Ale czy to pewne?

Marcja usłyszała.

– Cóż, lekarz powiedział, że stuprocentowej pewności nie da. Ale mamy zawierzyć jego doświadczeniu. Więc ja zawierzam.

– A twój mąż? – spytała ciocia.

Marcja uśmiechnęła się pod nosem. Jeszcze nie tak dawno Jerzy był dla jej ukochanej cioci „tym twoim Jerzym". A teraz – „twój mąż", no patrzcie. I z jaką atencją...

– Ciociu, mój mąż zupełnie oszalał – odpowiedziała. – Zawsze myślałam, że mężczyzna chce mieć najpierw syna. Wiesz, nazwisko, przedłużenie rodu, te sprawy... Mecze, wspólne piwko, bilard. A Jerzy tylko „córka i córka", od pierwszej chwili, w której się dowiedział o ciąży.

– Jakie piwko, dziecko, co ty opowiadasz. – Pani Eustaszyna się przeżegnała, choć Marcja przecież tego widzieć nie mogła. – A co do mężczyzn, to co ty tam wiesz! Każdy ojciec pragnie mieć syna, ale najbardziej

370

kocha córkę. Zresztą, jak znam Jerzego, to on by się cieszył nawet gdybyś urodziła obojnaka – zawyrokowała ciocia, doskonała znawczyni mężczyzn, a Jerzego przede wszystkim.

– O matko, ciociu, odpukaj natychmiast! – wrzasnęła Marcja. – Ja w tej ciąży jakaś przesądna się zrobiłam.

– Puk, puk, puk. – Usłyszała od cioci. I jeszcze: – Obie z Oleńką ściskamy cię mocno, kochamy ciebie i twoją córeczkę, natychmiast jej to powiedz.

– Tak jest, generale! – zameldowała Marcja i odłożyła słuchawkę. Aczkolwiek tylko na chwilę, bo natychmiast zadzwoniła do Barbary, a potem do Anny, a potem jeszcze – z rozpędu – do Waldemara, ich świadka, z którym, to znaczy z nim i z jego żoną, bardzo się z Jerzym zaprzyjaźnili i ostatnio dość często się spotykali.

– Każdy wydawał stosowne, pełne zachwytu okrzyki, Marcja poczuła się więc w pełni usatysfakcjonowała i tylko powiedziała do swojego brzucha:

– Maleństwo, jesteś dziewczynką, żebyś to sobie zapamiętało! Cieszę się i kocham cię bardzo. Chociaż gdybyś jednak było chłopczykiem, też bym się cieszyła i tak samo mocno bym cię kochała.

Chyba oszukuję własne dziecko, pomyślała po chwili – ale cóż, nic nie mogła poradzić na to, że ze wszystkich sił chciała mieć dziewczynkę.

– A my będziemy mieć Jędrusia – oznajmiła Barbara. – Od Jędrzeja, nie Andrzeja. Bo Jędrzejem był ukochany dziadek Damiana, nieżyjący już, niestety. I wiesz, nie mogę się już doczekać, a to jeszcze, jeszcze...

– No, u mnie też jeszcze, jeszcze – zaśmiała się Marcja. – Tyle że u nas to chyba bardziej Jerzy nie może się doczekać. Strasznie się nad nami trzęsie – nade mną i naszą córeczką. Imienia na razie jej nie nadajemy, bo boimy się zapeszyć, jakoś cały czas nie mogę uwierzyć w to, że będzie dziewczynka. Cały czas mi się wydaje, że może jednak chłopiec. No, w zasadzie, nie, zresztą nie będę cię oszukiwać, chciałam powiedzieć coś takiego banalnego, że wszystko jedno, co się urodzi, byle było zdrowe. Ale tak naprawdę to wszystko jedno, co się urodzi, byle było zdrowe i było dziewczynką!

Barbara śmiała się do słuchawki.

– A, ja, wyobraź sobie, taka banalna jestem, że wszystko mi jedno...

– Dobra, nie kończ – przerwała jej Marcja. – Barbaśka, masz pojęcie? Będziemy mamusiami!

Rozdział
dwudziesty szósty

– Jerzy, znasz jakiegoś stolarza? – zapytała Marcja

– A po co nam stolarz? – zdziwił się jej małżonek.
– Nie znam, niestety. Chociaż, poczekaj, zdaje się, że Anna wspomniała o jakichś przyjaciołach, nawet tu, w Warszawie, którzy prowadzą własną pracownię stolarską.

– A tak, oczywiście, Tomek i Henryczek – przypomniała sobie Marcja i już dzwoniła do Anny.

– Jak się czujesz, młoda mamo? A jak Anisia? – spytała i przez cały kwadrans wysłuchiwała zachwytów nad najpiękniejszym, najwspanialszym i najmądrzejszym dzieckiem świata.

– Dzwonię, wiesz, bo pilnie potrzebuję stolarza. Możesz mi dać namiary na Tomka i Henryczka? Sekundkę, tylko wezmę coś do pisania. – I pomachała ręką w stronę Jerzego, który już wyciągał z biurka notesik i długopis, emitując z obojga oczu wyraźne znaki zapytania.

Marcja jednak na razie go zlekceważyła i tłumaczyła Annie:

– Potrzebna mi buda, ale taka specjalna, wypasiona. Ocieplona, ze wszystkimi wygodami. Wiem, że twoje chłopaki najlepiej mi to zrobią. Bo wiesz, będziemy mieć psa. Nie, nie – odpowiedziała szybko na pełne oburzenia pytanie Anny. – On nie będzie mieszkał w budzie. Będzie mieszkał z nami w domu, no jak ty sobie to wyobrażasz? Ale chcę, żeby miał budę, jakby go na przykład deszcz na zewnątrz złapał, albo jakbyśmy wszyscy z domu wyszli, a on wolałby na dworze zostać. No tak na wszelki wypadek, rozumiesz? Żeby miał swój własny kącik. Taki letni domek.

– Jasne – śmiała się Anna. – Gdyby na przykład obraził się na was, to może sobie pójść do własnego domu i zatrzasnąć drzwi.

– Właśnie o to mi chodzi, choć drzwi… nie pomyślałam, zweryfikuję plan – potwierdziła Marcja.

– To my będziemy mieli psa? – zapytał Jerzy, przeczekawszy spokojnie całą rozmowę.

– A nie chcesz? – odpowiedziała pytaniem na pytanie jego ukochana małżonka. – Wydawało mi się, że już dawno to ustaliliśmy. Domek z ogródkiem, dwoje dzieci i pies, zapomniałeś?

– Oczywiście, że nie zapomniałem, cieszę się bardzo – zapewnił ją Jerzy. – Bardzo dobry pomysł z tą budą, tylko chyba najpierw musi być pies, żeby buda została zrobiona na miarę. A skąd ten pies i co to za pies?

– Wiesz, ciocia ostatnio strasznie szaleje na Facebooku. A tam są różne ogłoszenia o zwierzakach. Wyczytała, że schronisko dla zwierząt w Józefowie pęka w szwach, i wydzwania do mnie, że koniecznie mamy tam jechać po jakiegoś psiaka.

– Ciocia? Nie dziwię się, że fejsbukuje, ciocia Winia już niczym mnie nie zadziwi. Ale nie wiedziałem, że jest miłośniczką psów, bo jakoś do tej pory się nie ujawniała.

– A, bo widzisz, ciocia zakochała się okrutnie w Szyszce – odparła Marcja. – Zresztą sam przyznasz, że w niej nie sposób się nie zakochać. Nawet chciałabym mieć podobnego pieska. To znaczy suczkę, koniecznie.

– To co? Mam zadzwonić do Tomka? Spytam, czy w ogóle znaleźliby czas na taki domek dla naszego pieska – spytał Jerzy.

– Suczki – uzupełniła Marcja.

– Suczki – zgodził się Jerzy i dodał natychmiast: – nie, nie, to nie do pana. A właściwie tak, do pana, ale muszę zacząć od początku – powiedział do słuchawki, bo w trakcie rozmowy z Marcją wystukał numer i usłyszał: – Pracownia „Hebel", Tomasz Karpiniak, słucham.

No więc Jerzy opowiedział Tomkowi – wyjaśniając najpierw, że są przyjaciółmi Anny, od której otrzymali numer telefonu pracowni – o pomyśle wzięcia pieska ze schroniska i wybudowania letniego domku dla tego pieska.

– Nie mógł pan lepiej trafić...

– Jerzy – przerwał mu potencjalny klient.

– Okej, nie mogłeś lepiej trafić, Jerzy. Wraz z Henryczkiem kochamy psy i kochamy ludzi, którzy kochają psy. A wasz pomysł z tym letnim domkiem jest świetny. Oczywiście, że go zrobimy, musimy tylko znać wielkość „lokatora", bo wiesz, taki dom dla psa nie może być zbyt obszerny. Po pierwsze dlatego, żeby było cieplej, po drugie, dlatego że psy lubią czuć oparcie pod plecami. Czują się wtedy pewniej.

– Cieszę się, z góry już serdecznie dziękuję – powiedział Jerzy. – Odezwę się zaraz po tym, jak już wybierzemy pieska.

— Suczkę! — krzyknęła Marcja.

— Słyszałem — odezwał się Tomek. — To czekamy na wasz telefon.

*

— Ciociu — odezwała się Marcja do telefonu, zadzwoniwszy do pani Eustaszyny — czy masz jutro czas? Chcieliśmy cię prosić, żebyś pojechała z nami do Józefowa i pomogła wybrać pieska. To znaczy, suczkę.

I opowiedziała cioci o letnim domku. Ciocia pomysłem się zachwyciła, a swój udział w wyborze suczki przyjęła jak coś oczywistego.

No i następnego dnia, po uprzednim telefonicznym uzgodnieniu terminu wizyty ze schroniskiem, Jerzy zawiózł swoje panie do Józefowa.

Wizyta tam była przeżyciem tak stresującym, że nikt z nich nie chciałby czegoś takiego powtórzyć. Psów, a także kotów, było mrowie. Migało w oczach po prostu, aż łzy się każdemu z przybyłych zakręciły od nadmiaru tego zwierzęcego nieszczęścia. Psy, podekscytowane widokiem i zapachem nowych ludzi, miotały się po klatkach, podskakując i ujadając, jakby prosiły: „weź mnie, weź mnie".

Pani Eustaszyna straciła swój zwykły rezon i po prostu natychmiast uciekła, mówiąc, że nie jest w stanie patrzeć na te wszystkie biedactwa.

— Wybierzcie, którą chcecie, byle szybko — powiedziała. — Ja poczekam w samochodzie, nie zostanę tam, bo mi pęknie serce.

Marcji aż się w głowie kręciło i też chciała jak najprędzej zakończyć tę wizytę.

– Gdybym wiedziała, że to tak będzie – szepnęła do Jerzego – nie przyjechałabym tu. Źle się czuję, słabo mi.

– Proszę pani – powiedział Jerzy do oprowadzającej ich pracownicy schroniska. – Żona jest w ciąży, boję się, że te emocje jej zaszkodzą. Obydwoje bardzo chcemy wziąć pieska. To znaczy suczkę. Ale wybieranie spośród tych biedactw jest ponad nasze siły, chcielibyśmy wziąć wszystkie, a przynajmniej kilka – ale to niemożliwe. Bardzo panią proszę o wybranie jakiejś suczki, średniej wielkości, około dwunastomiesięcznej, zdamy się na pani wybór.

– Dobrze, proszę, niech pani tu usiądzie – powiedziała pracownica schroniska, widząc że Marcja rzeczywiście pobladła. – O, tu stoi taka ławeczka. Ja zaraz jakąś suczkę przyprowadzę.

I po chwili do Marcji przypadła jakaś kudłata czarna kula, machająca szaleńczo ogonkiem. Podskakiwała, chcąc koniecznie wspiąć się tej przemiłej pani na kolana. Aż popiskiwała, chcąc zwrócić na siebie uwagę.

– Czarna! – krzyczała pracownica schroniska, próbując złapać suczkę. – Wyrwała mi się, jak tylko państwa zobaczyła. Zdaje się, że wybrała was sobie na swoich właścicieli, bo nigdy do nikogo tak nie pognała.

Marcja złapała suczkę w objęcia.

– Śliczna jesteś, wiesz? Najśliczniejsza. I jesteś już nasza, więc bądź grzeczna i uspokój się.

Pies, o dziwo, uspokoił się natychmiast. Usiadł, a właściwie usiadła, wtulając się w nogę nowej pani, przyklejona tak, że chyba nikt by jej nie oderwał.

W tej samej chwili na ławkę wskoczył szarobury, pręgowany kot i bezceremonialnie wepchnął się Marcji na kolana. Okręcił się dwa razy w kółko, udeptując sobie legowisko i rozłożył się wygodnie, mrucząc tak głośno, że prawie zagłuszał rozmowę.

Marcja spojrzała na Jerzego, który tylko bezradnie wzruszył ramionami. Wziął na ręce Czarną, zbliżył się z nią do kota i spytał:

– Nie będziesz gryźć tego kotka? Zaakceptujesz go? Chcesz mieć w domu takiego kolegę?

Czarna delikatnie obwąchała kota, ale ten w ogóle na nią nie zwracał uwagi, spojrzała na Marcję, którą od samego początku uznała za swoją panią i przywódcę stada, a widząc, że pani kiwa potakująco głową, wysunęła język i skwapliwie oblizała kotu cały pyszczek. Kot tylko prychnął i przekręcił się na kolanach Marcji, tyłem do Czarnej.

Pracownica schroniska, która wracała z budynku biurowego z jakimiś papierami, objęła wzrokiem całą scenę i powiedziała:

– O, widzę, że muszę iść jeszcze raz do biura, żeby Burkę wyrejestrować. Bo biorą ją państwo także, prawda?

– O, to też suczka? – ucieszyła się Marcja. – To znaczy samiczka? Kotka, tak?

– Tak – odpowiedziała opiekunka zwierzaków. – I jeszcze chcę państwu powiedzieć, że nasze zwierzęta są wysterylizowane, nie muszą więc państwo obawiać się przychówku. Poza tym mają książeczki zdrowia, są zaszczepione, odrobaczone i odpchlone. Choć to ostatnie jest problematyczne, bo przy takiej liczbie zwierząt... sami państwo rozumieją, jakaś pchła mogła się ostać.

– Nie szkodzi – powiedziała Marcja – i tak pojadę z nimi do weterynarza na badanie. Więc nawet jeśli mają jakieś pchły, lekarz z pewnością coś na to poradzi. Bardzo pani dziękujemy – pożegnała się, trzymając Burkę na rękach, a Jerzemu wręczywszy smycz Czarnej. Oprócz smyczy otrzymali też przydział karmy dla psa i kota.

– To my dziękujemy – odpowiedziała pracownica schroniska. – Zawsze się cieszymy, kiedy nasze zwierzęta znajdują dom. A te trafiły bardzo dobrze, już ja to widzę.

Marcja zatrzymała się nagle.

– Jerzy – powiedziała – weź Burkę i zanieś cioci do samochodu. Przecież tu jest tyle tych biedactw. Psa ciocia nie weźmie, ja to rozumiem. Ale kota... Skoro już tu jesteśmy... Burka jest nasza, tylko pokaż ją cioci. Gdyby chciała podobną, na pewno taka się znajdzie, prawda? – zwróciła się do kobiety.

– Oczywiście, mamy najróżniejsze, do wyboru, do koloru.

Jerzy wziął kotkę na ręce – ta wtuliła się w niego natychmiast, moszcząc się jak najwygodniej – i poszedł do samochodu, który stał przed bramą schroniska.

Marcja głaskała Czarną, która nie była jeszcze pewna, co się dzieje, po pierwszym wybuchu entuzjazmu teraz chyba przyszedł czas na stres i suczka kręciła się niespokojnie, popiskując cichutko.

– No nie płacz, sunia – przemawiała do niej Marcja. – Już wszystko dobrze. Zaraz jedziemy do domu, tylko jeszcze jednego kotka weźmiemy, poczekaj chwileczkę.

Głos Marcji wyraźnie suczkę uspokajał, bo słuchając, co pani do niej mówi, przekrzywiła łebek i przestała popiskiwać. Za to wytrwale machała ogonem.

Jerzego nie było i nie było. Marcja popatrzyła na pracownicę schroniska i powiedziała:

– Chyba muszę iść i zobaczyć, co się tam dzieje. Mąż poszedł ciocię przekonać, żeby wzięła kota, ale pewnie ma jakieś kłopoty, bo nie wraca, jak pani widzi. Jednak bez względu na decyzję naszej cioci ktoś z nas przyjdzie do pani, żeby powiedzieć, na czym stanęło.

– Oj, dobrze, czekam tu i trzymam kciuki. – Pracownica schroniska pokazała zaciśnięte palce.

W tej chwili ukazał się Jerzy, już bez Burki, z szerokim uśmiechem na ustach.

– Proszę pani – zwrócił się do kobiety, która przez cały czas miała dłonie zaciśnięte w pięści. – Szybciutko poprosimy jeszcze dwie kotki. Jedna z nich ma być cała czarna, a druga – kolorowa. Jest jakaś kolorowa? – zapytał z nadzieją w głosie.

– Jest, jest – ucieszyła się pani. – Czarno-szaro-ruda, w takie jakby pręgi. Prześliczna.

– Bierzemy – zadecydował Jerzy. – I tę czarną też.

– A czarna może mieć białe skarpetki i biały krawacik? – spytała pani.

– Dwie? – spytała jednocześnie Marcja. I zaraz sobie sama odpowiedziała: – Ach, rozumiem, dla pani Oleńki, tak? To dlatego tak długo cię nie było, ciocia ze swoją przyjaciółką konferowała.

– No właśnie – odrzekł Jerzy. – I ta czarna ma być dla pani Oleńki. Więc zadzwoń do niej, bo ja nie znam numeru. – Spytaj, czy kotka może mieć białe skarpetki i krawacik.

Pani Oleńka z zachwytem zaakceptowała białe dodatki.

– Jutro, pani Oleńko, dobrze? – odpowiedziała Marcja na pytanie, kiedy przywiozą kotkę. – Bo chcemy rano zawieźć całe towarzystwo hurtem do weterynarza na badania i ewentualne odpchlenie.

Pani ze schroniska zniknęła na chwilę i zaraz pojawiła się z powrotem, niosąc pod każdą pachą kotki. Jak na zamówienie – czarną z białymi dodatkami i prześliczną pręgowaną szylkretkę. Kotki były trochę wystraszone i wyrywały się ze wszystkich sił, ale opiekunka trzymała je mocno.

– Proszę chwilę poczekać. – Oddała Jerzemu te żywe, wiercące się tobołki, a sama zniknęła w budynku biura.

Wróciła szybko, znowu niosąc jakieś papiery do podpisu, a także trzy wiklinowe klateczki, wyłożone mięciutką wyściółką.

– A to od schroniska, w prezencie, domki do przewozu kociaków. Bez tego w samochodzie na głowy by państwu powskakiwały – powiedziała. – I obyśmy mieli więcej takich gości, jak państwo. Dziękujemy raz jeszcze i jesteśmy przekonani, że zwierzakom będzie u państwa bardzo dobrze.

– Nie możemy przyjąć tych koszyczków w prezencie, wiemy przecież, w jakiej sytuacji jest schronisko – powiedział Jerzy, ale widząc, że kobieta tylko macha rękami, zapytał, czy jest tu gdzieś jakaś puszka na darowizny.

– A tak, tam wisi, przy drzwiach. – Opiekunka zwierzaków wskazała puszkę ruchem głowy, patrząc z zafascynowaniem, jak Jerzy wyjmuje z portfela plik banknotów, odlicza pięć stuzłotówek i wpycha te pięćset złotych do wskazanej puszki.

Marcja z aprobatą pokiwała głową, wzięła papiery trzymane przez wniebowziętą pracownicę i poprosiła Jerzego, żeby włożył kotki do stojących na ławce klateczek.

– Czy one mają imiona? – spytała jeszcze.

– Tak, ta czarna to Hrabina, bo ona jest bardzo wyniosła, wszystkie koty sobie podporządkowała i zawsze wysoko trzyma głowę. A ta szylkretka to Misia, no bo nikt nie umiał nic oryginalnego wymyślić.

– W istocie, mało oryginalne – obydwa imiona – powiedziała Marcja. – Ale ich właścicielki już coś wymyślą. To pisarki, wie pani? – zaszokowała pracownicę schroniska.

I po ponownych wzajemnych podziękowaniach państwo Tarczyńscy, z suczką na smyczy i dwiema klatkami, w których siedziały kotki, oraz trzecią, dla Burki, pomaszerowali do samochodu.

Ciocia czekała z Burką na kolanach, nie śmiejąc głębiej odetchnąć, żeby kotki przypadkiem nie zrzucić z kolan. Na widok Marcji z suczką na smyczy oraz tych wszystkich klatek, wydała z siebie tylko firmowy okrzyk: „O matko!” – i na tym poprzestała.

– Jedziemy najpierw do Dziekanowa, ciociu – obwieściła Marcja. – Tam rozpakujemy i dokładnie obejrzymy naszą menażerię. A wasze kotki przywieziemy jutro po południu, bo rano pojedziemy z całym zwierzyńcem do weterynarza, na kontrolę.

Ciocia kiwała głową oszołomiona.

– Mam trójkolorową? – zapytała tylko, nie mogąc dojrzeć, co tam siedzi w środku, a nie chciała się kręcić, bo musiała trzymać Burkę, której już nie chcieli wsadzać do klatki. Marcja kiwnęła potakująco głową i wsiadła z tyłu, obok cioci, suczkę ulokowała przy swoich nogach, a dodatkowe dwie klatki z kotkami upchnęła na siedzeniu, między sobą a ciocią.

– Ciociu – powiedziała – jestem bardzo szczęśliwa. I bardzo, bardzo ci dziękuję, że wpadłaś na ten pomysł.

Popatrz, uratowaliśmy życie suczce i trzem kotkom. Dzięki tobie, bo jeszcze panią Oleńkę namówiłaś.

– Wiesz, tak bardzo nie musiałam jej namawiać – powiedziała szczerze pani Eustaszyna. – Nawet się dziwiła, że sama na ten pomysł nie wpadła. A teraz już dwa razy do mnie dzwoniła, żeby się upewnić, czy aby na pewno kotki będą.

– Ja już z nią rozmawiałam, wie, że przywieziemy kotkę jutro, po wizycie u weterynarza – odrzekła Marcja. – Musiałam zapytać, czy weźmie czarną, ale nie całkiem, tylko z białymi skarpetkami i białym krawacikiem. Oczywiście się zgodziła, jest zachwycona. Wiem, że nie może się doczekać. Ale ma teraz zadanie – musi swojej kotce wymyślić imię, bo w schronisku nazwali ją Misią, a to, przyznasz, ciociu, dość mało oryginalne, prawda? Ty swoją też musisz jakoś nazwać, w schronisku była Hrabiną, chyba takiego imienia biednej kotce nie zostawisz?

– Oczywiście – odparła pani Eustaszyna i pogrążyła się w rozmyślaniach.

Jej koteczka była najśliczniejsza, to oczywiste. Musi mieć jakieś bardzo, ale to bardzo oryginalne imię. Oj, trudne zadanie mnie czeka, westchnęła w duchu kocia mama, ale zaraz przypomniała sobie, że to przecież ona wymyśliła tytuł książki. A ten tytuł podobał się wszystkim, nawet samemu najgłówniejszemu właścicielowi „Oczka".

Więc co? Imienia dla kotki nie znajdzie?

Ale myślała i myślała i nic nie przychodziło jej do głowy.

Natychmiast po powrocie do domu zasiadła więc do komputera i poprosiła o pomoc w tej kwestii swoich znajomych z Facebooka. Bardzo zdumiała ją ilość propozycji, jaką otrzymała. Tak coś około sześćdziesięciu. Jak tu coś wybrać?

– Eustachy – weszła do pokoju, odrywając męża od gazetek – będziemy mieć kotkę – zakomunikowała.

– To dobrze, moja droga, dobrze – odparł półprzytomnie pan Eustachy. – Co? – obudził się. – Jaką kotkę? Kiedy? Skąd?

– Ze schroniska dla zwierząt w Józefowie. Marcelinka ją dla nas wzięła. Oni też będą mieć. I psa.

– Co? I psa? – przeraził się pan Eustachy.

– No, przecież nie my, tylko Marcelinka – zirytowała się małżonka. – Dlaczego ty nigdy nie słuchasz, co mówię? My będziemy mieć kotkę. Od jutra, na razie jest jeszcze w Dziekanowie, bo rano Marcja zawiezie wszystkie zwierzaki do weterynarza. Kotkę Oleńki też. Bo Oleńka oczywiście także wzięła kotkę.

Pan Eustachy pomyślał, że taka kotka to właściwie dobry pomysł. Na spacer z nią wychodzić nie trzeba, a żona będzie miała zajęcie. On sam z przyjemnością potrzyma na kolanach taki mruczący kłębuszek.

– A wiesz? – powiedział. – To bardzo dobry pomysł. Dlaczego wcześniej nie przyszło nam to do głowy?

– Kotka jest trójkolorowa, czarno-szaro-ruda, w takie maziaje – opowiadała pani Eustaszyna. – Musimy nadać jej jakieś imię.

– Trojka – powiedział pan Eustachy. – Bo trójkolorowa.

– O! – ucieszyła się małżonka. – Świetny pomysł. Bardzo ładnie, naprawdę.

A przy Marszałkowskiej identyczny problem miała pani Oleńka. Imię dla kotki. I co? I jakie?

– Winiu? – zatelefonowała do przyjaciółki. – Wiesz, nie mogę imienia dla kotki znaleźć. Może mi coś podpowiesz – prosiła.

Ale panią Eustaszynę jakoś zablokowało. W ogóle nie miała pomysłu.

– Głowa mnie dziś boli, Oleńko. – Uciekła się do wybiegu starego jak świat. – Nie mogę myśleć. Może jutro, teraz pa.

– Pa – odpowiedziała mechanicznie Oleńka, zmartwiona bardzo, bo wierzyła święcie w inwencję swojej przyjaciółki, a tu Winię głowa boli!

– Eustachy? – Żona znowu oderwała go od czytania. – A Oleńka będzie mieć kotkę czarną z białymi skarpetkami i białym krawacikiem. Może i jej imię wymyślisz? – zaproponowała. – Z naszą tak dobrze ci poszło.

– Czarna? Z białym? – pomyślał pan domu. – Oj, kawy bym się napił. Zrobisz? Taką, jaką tylko ty potrafisz robić – podlizywał się. – Ale wiesz, co? To kotka Oleńki nasunęła mi na myśl kawę. No, bo mówisz, że wygląda jak czarna kawa z kroplą mleka? To może Neska?

– Świetne imię, mój drogi – ucieszyła się pani Eustaszyna. – Wspaniałe masz dzisiaj pomysły. Neska, pięknie.

– Ja zawsze mam dobre pomysły, tylko kto mnie w tym domu słucha – mruknął smutno pan Eustachy, ale żona nie zwróciła na to uwagi.

Już telefonowała do Oleńki.

– Neska! – krzyknęła w słuchawkę. – Czarna kawa z mlekiem. Może być?

– Ślicznie, Winiu, prześlicznie – ucieszyła się jej przyjaciółka. – Wiedziałam, że kto, jak kto, ale ty na pewno coś oryginalnego wymyślisz. Już się nie mogę doczekać, kiedy Marcelinka mi tę kotkę przywiezie. Jak to dobrze, że mnie namówiłaś, nie mam pojęcia, dlaczego sama na taki pomysł nie wpadłam. Kot... – rozmarzyła się. – Taki mięciutki mruczas. Cudownie!

– Cudownie – zgodziła się pani Eustaszyna, nie mając najmniejszego zamiaru uczciwie się przyznać, że to jej małżonek imię dla kotki wymyślił. – Oj tam, oj tam, pomyślała (fejsbukowiczka przecież), Eustachy czy ja, to przecież nieważne. Ważne, że imię ładne.

Wizyta u weterynarza wykazała, że wszystkie zwierzaki są zdrowe i w dobrej formie. Na wszelki wypadek każde z nich zostało posmarowane po karku specjalnym płynem przeciw pchłom. W klinice weterynaryjnej Marcja kupiła też trzy kuwety i koci żwirek z porcjami zapasowymi. Wzięła też specjalne słupki, żeby kotki miały o co ostrzyć pazury. I jeszcze niewiarygodną ilość zabawek dla każdego zwierzaka.

Dla suczki nabyła czerwone szelki i smycz. Kotkom kupiła cieniutkie obróżki i smycze, bo może któraś z pań zechce swoją pupilkę wyprowadzać na spacer.

Wypytała weterynarza o sposób żywienia zwierząt i dostała – już w prezencie od kliniki – po zestawie witamin dla każdego z nich.

– A ta suczka – powiedział pan weterynarz – to oryginalny pudel. O, niech pani spojrzy. – Odgarnął kudełki z psiego pyszczka. – Tylko nieprzystrzyżona i ogonek nieobcięty. Jeśli pani chce...

– O nie, nie, dziękuję bardzo – powiedziała Marcja, obronnym ruchem przytulając Czarną. – Mnie się bardzo podoba taka nieostrzyżona i z długim ogonkiem. Jest absolutnie doskonała i taka ma zostać.

– Cieszę się – powiedział pan weterynarz. – Proszę tego poglądu raczej nie rozpowszechniać wśród moich pacjentów, ale tak prywatnie uważam obcinanie uszu i ogonów za barbarzyństwo.

– Oj, uwielbiam pana, panie doktorze. – Marcja prawie rzuciła mu się na szyję. – Czy mogę prosić pana o wizytówkę, bo jak będę tu przyjeżdżać, to chcę trafiać tylko do pana. Więc zawsze zadzwonię przed wizytą.

– Proszę. – Wyjął z portfela kartonik. – Tu ma pani wszystkie moje numery. A gdyby było trzeba, to ja do domu chętnie przyjadę. Można dzwonić o każdej porze, dla zwierząt zawsze jestem do dyspozycji.

Uradowana Marcja opowiedziała mu, skąd ta cała menażeria i oznajmiła, że dwie kotki należą do dwóch starszych pań, więc gdyby coś się stało, to właścicielki też będą z usług pana doktora korzystać. Z wizyt domowych także.

– Jeśli można im kontakt do pana przekazać – powiedziała pytająco.

– Ależ oczywiście, bardzo proszę, jak najbardziej – ukłonił się pan doktor weterynarz.

Marcja, absolutnie usatysfakcjonowana, przy pomocy Jerzego wpakowała cały zwierzyniec do samochodu i najpierw pojechali do pani Oleńki, która wpadła w dziki zachwyt nad swoją czarno-białą pięknością.

– Neska się nazywa – oznajmiła. – Podoba się wam? Winia jej takie imię wymyśliła.

– Śliczne – odpowiedzieli chórem Marcja z Jerzym. Podobało im się naprawdę, a nawet gdyby nie, po wyjaśnieniu, kto imię wymyślił, i tak nie powiedzieliby nic innego.

Następnie pojechali na plac Wilsona, gdzie kotka państwa Krzewicz-Zagórskich także została odpowiednio entuzjastycznie powitana.

– Trojka – powiedziała ciocia. – Eustachy wymyślił – dodała, bo mąż stał tuż obok, a poza tym pomyślała, że jeśli Marcji imię się nie spodoba, to ona winnego już wskazała.

Ale Marcji się spodobało, a w zasadzie spodobałoby jej się każde imię, bo była zachwycona entuzjazmem całej trójki, która przyjęła te kociaki do swoich domów. Cieszyła się, że kilkoro bezdomnych zwierząt – trzy koty i jednego psa – wspólnie uratowali przed złym losem, zapewniając im ciepłe miejsca, gdzie będą kochane i rozpieszczane.

Rozdział
dwudziesty siódmy

Zbliżał się termin wydania książki autorstwa pań – Aleksandry Brzeskiej i Jadwigi Krzewicz-Zagórskiej. W księgarniach wisiały już plakaty, zapowiadające nową powieść. Na portalach internetowych ukazały się wzmianki z krótkimi notkami o autorkach.

„Kapitalna książka, napisana przez 146-letnią spółkę autorską!" – widniało w „Uwielbiam czytać". Panie, z początku oburzone pomysłem takiej reklamy, w rezultacie się na nią zgodziły. Przekonał je argument Piotra Żętyckiego, który oświadczył, że w całej historii literatury jeszcze takiego tandemu nie było.

– Winiu, popatrz – powiedziała pani Oleńka. – Przez to do historii literatury przejdziemy. Jako tandem.

– O właśnie – ucieszył się pan Piotr, patrząc na nią z wdzięcznością. – Tłumy będą waliły na spotkania autorskie. Zostaną panie autorkami roku. Przebojem rynkowym i literackim. Już moja w tym głowa. Tylko muszą panie mi zawierzyć, no i trochę mnie słuchać, dobrze?

I całował ręce obu autorek, kłaniając się nisko. Co, jak co, ale czarować starsze panie potrafił.

Czary czy nie – a książka rzeczywiście zaczęła robić furorę. Księgarnie donosiły, że to, co było, już się sprzedało i proszą o więcej. Również EMPiK chciał dodatkowe egzemplarze, a więc „Oczko" szybciutko zrobiło dodruk.

Nawet pewna popularna gazeta codzienna, w której, nie będziemy tego ukrywać, Piotr Żętycki miał dobrego przyjaciela na właściwym stanowisku, zamieściła wzmiankę o interesującym debiucie dwóch starszych autorek, wspominając dodatkowo, że na ukończeniu jest już druga część przygód bohaterki książki, jej przyjaciół i rodziny.

Obie panie z zapałem „produkowały się" na Facebooku, a grono ich fanów codziennie rosło. Marcja założyła im specjalną stronę, zatytułowaną: „«A jeśli byłaby dziewczynka...» – autorstwa 146-letniej spółki". Bez przerwy wpływały tam pytania o skład liczebny tej spółki. W to, że autorki są tylko dwie, mało kto wierzył. Więc ci, którzy już byli na jakimś spotkaniu z obiema paniami, dopisywali tam swoje komentarze, załączając nawet zdjęcia. O spotkania zaczęły napraszać się różne biblioteki, domy kultury i bardziej znane księgarnie.

Obie panie autorki były tą popularnością nieco przytłoczone, ale dzielnie stawiały jej czoło. Chodziły na wszystkie imprezy, podpisywały książki, rozmawiały z czytelnikami.

Wniebowzięty Piotr Żętycki zadzwonił do Anny.

– Ale miałaś nosa – powiedział do młodej i bardzo szczęśliwej mamy. – Nasze autorki robią oszałamiającą karierę!

– No widzisz, mówiłam ci przecież – odparła. – Dobrze, że mnie posłuchałeś, prawda?

– Dobrze, przyznaję, prawda – zgodził się Piotr. – Ale przecież tak naprawdę w ogóle się nie sprzeciwiałem. Jak córeczka? – zmienił temat.

Na swoje nieszczęście, bo o córeczce Anna mogła mówić dłuuugo i teraz właśnie to czyniła, bardzo zadowolona, że ma słuchacza. A Piotr słuchał, bo po pierwsze – cenił Annę, po drugie – uznawał, że ma wobec niej dług wdzięczności, a po trzecie – lubił dzieci.

A nasze autorki ukończyły nareszcie drugą część, nazywając książkę „Natalia, córka Franciszki". Dziewczynka, która urodziła się w pierwszym tomie, teraz już dorosła, przejęła od rodziców pensjonat. Wszystko kończyło się ślubem głównej bohaterki, oczywiście po jej różnych perypetiach uczuciowych.

Zespołowi „Oczka" ta książka spodobała się tak samo, jak pierwsza. Oczywiście natychmiast podpisano umowę z autorkami.

– Tylko już nie chcemy tylu spotkań – zastrzegły się obie panie, bardzo już zmęczone tą całą kampanią. Nic dziwnego, w końcu przecież miały razem sto czterdzieści sześć lat...

– Dobrze, oczywiście, co tylko panie sobie życzą – kłaniał się Piotr, myśląc, że będzie, jak będzie. Sądził, iż autorki zgodzą się jednak na spotkania. Może i były dla nich nieco męczące, ale widział przecież, jaką frajdę miały obie z tego wszystkiego. O mało nie pękły z dumy.

Ale przecież miały powód!

*

To prawda, obydwie sławne autorki uwielbiały kontakty ze swoimi czytelnikami. Nawet po doświadczeniu, jakie stało się ich udziałem przy okazji pierwszego spotkania autorskiego. A może właśnie dlatego... Bez względu na wszystko, po pierwszym spotkaniu sława tej stuczterdziestosześcioletniej spółki wzrosła niepomiernie, sprzedaż książki skoczyła pod sufit, magazyn wydawnictwa prawie się opróżnił, a prośby o spotkania posypały się ze wszystkich stron.

To pierwsze nie było zorganizowane przez wydawcę, można powiedzieć, że zorganizowało się samo. Otóż na wspólnej stronie internetowej obu pań, założonej przez Marcję, pojawiło się zaproszenie wystosowane przez pewną bibliotekę z Mokotowa, bardzo prężnie działającą i często ogłaszającą się na Facebooku. Kierowniczka uprzejmie poprosiła o spotkanie z czytelnikami, którzy przeczytali książkę i bardzo chcieli poznać dwie głośne już pisarki. A ci, którzy jeszcze nie przeczytali, też chcieli je poznać, zaintrygowani reklamą książki i jej autorek.

Obie panie, po konsultacjach z Marcją oraz z Anną, zdecydowały się na ten – jak mówiły – skok głową w dół na głęboką wodę.

– Trzeba spróbować – orzekła pani Eustaszyna, uznająca się za autorkę numer jeden, choć jej nazwisko było na drugim miejscu, ale przecież tylko dlatego, że wypisano je alfabetycznie.

– Już? Nie za wcześnie? – wystraszyła się autorka numer dwa, choć z nazwiskiem na pierwszym miejscu.

– Nie za wcześnie, nie ma co zwlekać, skaczemy i już. – Pani Eustaszyna podjęła decyzję i teraz nikt by jej nie odwiódł od tego postanowienia. Konsekwentna była i tyle. – Oleńko, napisałyśmy książkę? Weszłyśmy do panteonu literatury?

– No, może jeszcze... – usiłowała protestować przyjaciółka.

– Cicho. – Przyjaciółka machnęła do niej ręką. – Przecież nie skończyłam. Wiem, że może jeszcze nie, użyłam przenośni jak prawdziwy pisarz. Ale żeby słowo ciałem się stało, musimy się nieco pomęczyć. Dla autora kontakt z czytelnikiem to jak dla polityka kontakt z wyborcą, powinnaś to wiedzieć.

– A niby skąd mam to wiedzieć? – zaperzyła się pani Oleńka. – Przecież nigdy nie interesowałam się polityką. I ty też nie, o ile pamiętam, więc...

– Ja też nie. – Pani Eustaszyna znowu jej przerwała. – Ale telewizję oglądam. I słyszę, co mówią. I zapamiętuję, wyobraź sobie.

– Dobrze, już dobrze. – Przyjaciółka-autorka z rezygnacją pokiwała głową. – Będę się spotykać z tymi wyborcami, skoro uważasz, że tak trzeba.

– Z czytelnikami. Z czytelnikami, Oleńko. – Ostatnie słowo musiało należeć do pani Eustaszyny.

Bezsprzecznie.

Na centralnym miejscu stała długa ława przykryta piękną serwetą w liście (O, patrz Oleńko, liście – szepnęła pani Eustaszyna, a jej przyjaciółce od razu poprawił się humor), zastawiona szklankami, butelkami z wodą – gazowaną oraz niegazowaną, a także dwiema paterami z jakimiś ciastkami i herbatnikami.

Przy tej ławie stały dwa fotele, dla autorek, a przed ławą – aż do tylnej ściany – rzędy krzeseł dla publiczności. Część tych miejsc już była zajęta. Marcja z Jerzym, którzy przywieźli obie panie autorki, też usiedli z tyłu sali. Marcja ściskała w dłoniach aparat fotograficzny,

jej zadaniem było jak najwierniejsze uwiecznienie tego
– pierwszego przecież – spotkania.

– Konradowi wyślę – cieszyła się pani Oleńka.
– Niech widzi, jaka sławna jest jego matka. Jak wyglądam? Nie potargały mi się włosy? – denerwowała się.

– Ciii – uciszyła ją współautorka, bo oto do obu pań
podeszła inicjatorka spotkania i rozpoczęło się epokowe
wydarzenie w istnieniu spółki.

Kierowniczka biblioteki przywitała wszystkich zebranych, ucieszyła się głośno z frekwencji (zajęte były
prawie wszystkie krzesła) i przedstawiła autorki.

– Tylko bez żadnych opowieści o naszym wieku
– uprzedziła ją wcześniej pani Eustaszyna, patrząc z niesmakiem na plakat informujący o spotkaniu, na którym wiadomość, ile to lat liczy sobie autorska spółka,
widniała na centralnym miejscu. Jeszcze nad okładką
książki.

Następnie dość znana aktorka młodego pokolenia,
prawie gwiazda telewizyjna, robiąca właśnie karierę,
obsadzono ją bowiem w jednej z głównych ról w najnowszym serialu telewizyjnym, odczytała wybrane fragmenty książki.

– Kim jest to dziecko? – spytała pani Oleńka bibliotekarkę. Ani ona, ani pani Eustaszyna nie oglądały seriali telewizyjnych i tę dziewczynę widziały pierwszy raz
w życiu.

– No, jak to? – zdumiała się zapytana. – Przecież
to Jagódka Kolska z serialu „Do przodu". Nie ogląda
pani?

– Niestety, nie oglądam – szepnęła pani Oleńka.
– Wie pani – zdobyła się na odwagę – my, autorki,
na nic nie mamy czasu.

– Cicho bądź! – syknęła pani Eustaszyna. Młoda aktorka czytała teraz fragment jej rozdziału i tekst brzmiał – no po prostu przepięknie. A te dwie tu gadają, zezłościła się.

Oczywiście natychmiast zapadła cisza i nic już nie przeszkadzało w słuchaniu. Nic – aż do burzy oklasków, jakie zerwały się po tym, gdy aktorka zamknęła książkę i pochyliła głowę w ukłonie. Uważała te oklaski za dowód uznania dla jej kunsztu aktorskiego; nasze autorki wzięły je za dowód uznania dla ich kunsztu pisarskiego. Wszystkie trzy panie wstały więc i ukłoniły się grzecznie, co tylko wzmocniło oklaski.

– A teraz czas na pytania – oznajmiła pani bibliotekarka. – I skoro już jestem przy głosie, pozwolą państwo, że zapytam pierwsza. Otóż chciałam poprosić o opowiedzenie nam, jak to się stało, że zaczęły panie pisać. Interesuje mnie, czy był to wspólny pomysł, wypracowany i dokładnie omówiony, czy raczej jakiś spontaniczny zamysł jednej z pań, a druga po prostu się dołączyła.

No więc popłynęła opowieść, jak to było. Panie opowiadały jedna przez drugą, czasami nawet chórem, co wyszło bardzo naturalnie i publiczność znowu zaczęła klaskać.

Z trzeciego rzędu krzeseł uniosła się chuda ręka.

– Czy można zadawać pytania? – spytała szczupła, drobna kobieta w eleganckim kapeluszu na głowie, a właściwie w czymś w rodzaju toczka ozdobionego małymi piórami. I nie czekając na odpowiedź, kontynuowała.

– Przeczytałam książkę pań i mam bardzo mieszane uczucia. Na początku bardzo mi się podobała, muszę pochwalić styl powieści i barwny język. Od razu widać, że to pisała starsza osoba, a właściwie, w tym przypadku osoby.

Obydwie autorki zrobiły niezbyt miłe miny, pani Eustaszyna nawet chrząknęła i chciała coś powiedzieć, ale kobieta w toczku machnęła ręką w jej kierunku, oświadczając:

– Jeszcze nie skończyłam. Jednak pod koniec książki strasznie się zdenerwowałam. Gdybym wiedziała, że ta książka jest taka niemoralna, w ogóle nie wzięłabym jej do ręki.

– Jaka? – Pani Eustaszyna, nie wytrzymała i aż pochyliła się na krześle w stronę mówiącej. – Niemoralna? O Matko Święta, a w którym miejscu? – zdumiewała się, a wszyscy uczestnicy spotkania z zainteresowaniem czekali na odpowiedź pani w toczku.

– No, jak to, droga pani – odparła zgorszona czytelniczka. – Przecież ta Franciszka, główna bohaterka, poszła do lekarza na aborcję!

– Ależ, proszę pani – przerwała jej tym razem pani Oleńka, która aż poczerwieniała z irytacji. – Czy pani nie doczytała tej książki do końca? Przecież do aborcji w ogóle nie doszło.

– Owszem, nie doszło – kontynuowała gorliwa obrończyni życia poczętego. – Ale dlaczego? Otóż tylko dlatego, że wmieszał się w to syn męża bohaterki, porządny człowiek. A gdyby nie jego interwencja, zabieg by wykonano. I dla mnie, jako dla katoliczki, nie do przyjęcia jest w ogóle nawet myśl o czymś takim. A ta Franciszka już się na wszystko zgodziła, była więc tak samo niegodziwa, jak ten jej podły mąż.

– Ależ przecież właśnie chodziło nam o to, żeby uwypuklić jej dylemat. Ta biedna Franciszka w ogóle nie miała nic do powiedzenia. Przed takim dylematem staje w życiu z pewnością wiele kobiet. I w rezultacie... – odezwała się jedna z uczestniczek spotkania, ale nie dano jej dokończyć.

– Proszę pani, ja przecież wiem – wpadła jej w słowo pani w toczku. – Żyję na tym świecie, czytam gazety, oglądam telewizję. Wiem, co się dzieje. I dlatego uważam, że należy przeciwdziałać złu w każdy możliwy sposób. A pisanie o tym, nawet jeśli był to tylko pomysł i w rezultacie nie został zrealizowany, jest niewłaściwe, bo mogłoby komuś podsunąć takie rozwiązanie. To niemoralne i niekatolickie, i wcale mi się nie podoba.

– To może powinna pani czytać tylko żywoty świętych? – podsunęła jej niewysoka blondynka, siedząca w pierwszym rzędzie. – O, polecam opowieści o świętej Marii Magdalenie, jawnogrzesznicy...

– Ona wcale nie była jawnogrzesznicą. Już papież Paweł VI... – Pani w toczku zerwała się z krzesła. – No dobrze – machnęła ręką, ze wszystkich stron słysząc sykanie – skończmy ten temat. Mam jeszcze jedno pytanie, jeśli można. Jaki jest stosunek pań do... no na przykład, co panie myślą o Tuwimie?

– O Tuwimie? – zdumiały się chórem obie nasze autorki.

– A dlaczego właśnie o nim? – spytała już tylko pani Eustaszyna.

– No tak jakoś. Ja jestem z wykształcenia historyczką, interesuje mnie wiele rzeczy. A ostatnio zbieram różne opinie o pisarzach obcego pochodzenia. – Pani w toczku zrobiła bojową minę. – Bo chyba panie przyznają, że Tuwim był jakiś taki... mimo tych wszystkich nad nim zachwytów... nie do przyjęcia. Proradziecki, lewicujący, apologeta pijaństwa. Poza tymi swoimi bajkowymi wierszykami pisał też różne utwory bardzo wulgarnym językiem. „Całujcie mnie wszyscy dupę", kto to słyszał? A na przykład taki wiersz „Do prostego człowieka", czytały panie? No właśnie – mówiła dalej, spostrzegłszy przeczące ruchy głową. – A tam była zachęta do niszczenia polskiej broni i do dezercji. A proszę sobie wyobrazić, że rodzice w jednej miejscowości to nawet szkołę chcieli nazwać jego imieniem. Na szczęście w porę zareagowała pani dyrektor i te biedne dzieci...

– O, nie! – Kierowniczka biblioteki poderwała się z krzesła. – Pani zdecydowanie przesadza. A zresztą nie będziemy tu teraz toczyć dysputy o czystości języka, czy też pochodzeniu Juliana Tuwima, choć nie rozumiem... Mamy spotkanie na zupełnie inny temat i popro...

– Chwileczkę – przerwała jej pani Eustaszyna, władczym gestem prawą rękę unosząc. – Zaraz pani pokażę, dlaczego kocham Tuwima. O, na przykład za to. – I, wstając z krzesła, zaintonowała:

Czy pamiętasz, jak ze mną tańczyłeś walca,
Z panną, madonną, legendą tych lat?
Czy pamiętasz, jak ruszył świat do tańca,
Świat, co w ramiona ci wpadł?

– Śpiewała teraz pełnym głosem, nawet za bardzo nie fałszując. Reszta sali przyłączyła się do niej i dalej zabrzmiało:

I tych dwoje nad dwiema,
Co też są, lecz ich nie ma,

Bo rzęsami zakryte i w dół,
Jakby tam właśnie były
I błękitem pieściły,
Jedno tę, drugie tę, pół na pół.

Choć kawałek utworu został opuszczony, nie o to przecież chodziło, by cytować dosłownie cały „Grande valse brillante". Była to po prostu manifestacja i bibliotekarka ze zdumieniem poczuła, że ma łzy w oczach. Sama zresztą też śpiewała pełnym głosem, a po słowach „pół na pół" przestała i zaczęła klaskać jak szalona. No i znowu klaskała cała sala.

– Proszę pani – odezwała się zjadliwym tonem pani Oleńka, co samo w sobie stanowiło ewenement, jako że zawsze była wszystkim życzliwa, stąd właśnie każdy zdrabniał jej imię, bo była taka miła i sympatyczna. – Proszę pani, kapelusik się pani przekrzywił. I za pytania już dziękujemy. – Wykonała coś w rodzaju ukłonu i usiadła.

Pani Eustaszyna spojrzała na przyjaciółkę z szacunkiem i zachichotała cicho, patrząc na minę pani w toczku, która macała się po tym swoim nakryciu głowy, sprawdzając, czy istotnie coś z nim jest nie tak.

Publiczność zaś klaskała w dalszym ciągu, a przy stoliku, gdzie ułożono książki, ustawiła się kolejka. Po chwili sprzedano wszystkie egzemplarze, ku rozpaczy tych, dla których owego bestselleru zabrakło.

Druga kolejka stała przy autorkach, podpisujących swoją powieść, a pani Eustaszyna z panią Oleńką obiecywały tym, którzy martwili się, że dla nich już zabrakło książek, że będą w Warszawie jeszcze inne spotkania, więc zapraszają.

– A ja, ja chcę powiedzieć – oświadczyła jedna z czytelniczek – że książka pań podobała mi się tak bardzo, że czytając ją, przeżywałam każdą scenę jakby osobiście. I nawet po tym, jak tę biedną Franciszkę bolał ząb, to musiałam następnego dnia iść do dentysty, bo i mnie ząb rozbolał. Po prostu empatycznie – zaśmiała się. – Poznałam, co to jest empatia. A, proszę pani – zwróciła się do dyskutantki w toczku – w tej szkole to wcale nie chodziło o Tuwima, tylko o Brzechwę.

– Tuwim czy Brzechwa... – zaczęła mówić tamta, ale „empatyczna" czytelniczka nie dała sobie przerwać – którego większość z nas też na pewno uwielbia – dokończyła podniesionym głosem.

Publiczność zaklaskała, a obrończyni Tuwima i Brzechwy, chichocząc zacytowała:

– „I miała czubek z kokardą". – Machnęła ręką wokół głowy, jakby pokazując toczek. – „Taka to była dziwaczka!" – zakończyła fragment popularnego wiersza Brzechwy.

– Winiu, jestem pod wrażeniem – powiedziała pani Oleńka, gdy już wsiadły do samochodu Jerzego. – Śpiewałaś jak ta Marianna...

– Jaka znowu Marianna? – wpadła jej w słowo pani Eustaszyna.

– ...na barykadach – dokończyła spokojnie pani Oleńka. – Marsyliankę.

– Marsylianki nie umiem – odparła nieco zmartwiona przyjaciółka.

– Nic nie szkodzi, ciociu, pani Oleńce i tak pomyliły się rewolucje – zaczęła tłumaczyć Marcja. – Marsylianka to czasy zburzenia Bastylii, Wielka Rewolucja

Francuska. A Marianna to tysiąc osiemset trzydziesty rok. Marsylianka chyba była wtedy zakazana, chociaż tak dokładnie nie pamiętam...

– Ach, przestań się mądrzyć! – fuknęła na nią ciocia. – Skąd ty w ogóle to wszystko wiesz? I jakim sposobem te rewolucje ci się nie mylą? Rewolucja to rewolucja, Marsylianka, Marianna, wszystko jedno. A Oleńka rzeczywiście ma rację. Śpiewałam jak na barykadzie, bo tak się właśnie czułam. Mało brakowało, a zdarłabym tamtej osobie z głowy ten głupi toczek... z piórkami, hi, hi, hi... i walnęłabym ją moj... naszą książką.

– Czubek z kokardą, cha, cha, cha – rżała pani Oleńka. – Ależ oczytani ci bywalcy biblioteki, no, no.

Takie było to pierwsze spotkanie. Kierowniczka z Mokotowa opowiedziała o jego oryginalnym przebiegu koleżankom z innych bibliotek. I do pań autorek posypały się zaproszenia. Ale harmonogram spotkań układało już teraz wydawnictwo.

Rozdział
dwudziesty ósmy

Na placu Wilsona, przy drzwiach mieszkania, w którym obecnie mieszkali państwo Krzewicz-Zagórscy, odezwał się dzwonek. „Odezwał się" – to delikatnie powiedziane. Ten dzwonek grzmiał jak dzwon kościelny, urywał się po prostu, świdrując uszy jazgotliwym dźwiękiem.

– Eustachy – powiedziała pani Eustaszyna – musimy coś z tym dzwonkiem zrobić. Ten nasz, przy Marszałkowskiej, tak przeraźliwie nie dzwonił. Idę, idę! – krzyczała w stronę drzwi. – Pali się czy co? Kto tam, co się dzieje? To Oleńka – zakomunikowała mężowi, wyglądając przez judasza. – Już otwieram, przestań!

Ale pani Oleńka nie oderwała palca od przycisku, nawet gdy drzwi do mieszkania przyjaciółki stanęły otworem.

– No, uspokój się i odklej nareszcie palec od tego dzwonka! – wrzasnęła na nią pani Eustaszyna. Musiała wrzasnąć, żeby przekrzyczeć ten pioruński dźwięk. – Co się stało? Dlaczego nie zatelefonowałaś, że przyjeżdżasz, kupiłabym jakieś ciastka – dodała z pretensją.

Pani Oleńka podniosła w górę sporą paczkę i wcisnęła ją przyjaciółce w ręce.

– Żeni się! – wysapała. – A tu masz ciastka.

– Kto się żeni, o matko? – Pani Eustaszyna szybko zrobiła w myślach przegląd wspólnych znajomych i nikt jej nie przychodził do głowy. Wszyscy byli już pożenieni lub do małżeństwa raczej się nie nadawali. Wyszło jej, że jedynie ksiądz Czesław ewentualnie wiekowo by się nadawał, tylko że on najmniej się jednak nadawał.

– No, jak to, kto? Konrad! Konrad przecież! – krzyczała Oleńka, zdejmując buty. – Nie rób żadnej kawy, dawaj wino! I na wesele jedziemy. Wszyscy.

– Ja też? Teraz? – zmartwił się pan Eustachy, wyglądając ze swojego pokoju, zwabiony nietypowymi hałasami. Oleńka była zazwyczaj – w odróżnieniu od jego żony – raczej spokojna i zrównoważona. Teraz więc jej okrzyki nieco go zaintrygowały. Ale gdy usłyszał, o co chodzi, zreflektował się natychmiast i pospieszył z gratulacjami.

Zdał sobie sprawę z tego, że to jego pytające „ja też?" było trochę niegrzeczne. Powinien się cieszyć ze szczęścia matki, która już od dawna się martwiła, że jej jedyny syn, przeszło trzydziestoletni, nie żeni się i nie ma dzieci.

Po chwili jednak zdał sobie sprawę, że to, co mówił, w ogóle przez obie panie nie zostało usłyszane. Przyjaciółki ściskały się mocno i prawie podskakiwały z uciechy. Tak więc pan Eustachy dżentelmeńsko przyniósł z kuchni butelkę czerwonego wina, otworzył ją i przezornie ustawił na samym środku stołu, z dala od tańcujących po pokoju pań. Był nawet tak uprzejmy, że przyniósł również talerzyki, rozpakował przyniesione przez panią Eustaszynę czekoladowe ciastka z „Sezamu" – i położył wszystko na stole.

Po tych wyczynach, uznając, że spracował się ponad miarę i zasłużył na odpoczynek, zniknął w swoim pokoju, gdzie czekały na niego różne magazyny, tygodniki i gazety codzienne. Wszystko skrupulatnie czytał, o ile tylko nie musiał wykonywać jakichś żoninych zleceń. Ich kotka, Trojka, bardzo lubiła, gdy pan brał do ręki te swoje lektury, bo mogła wtedy włazić na wezgłowie wygodnego, klubowego fotela, w którym przesiadywał pan Eustachy, i rozkładała się tam wzdłuż, oparta o jego szyję. I kotce, i panu, było bardzo wygodnie. A pan Eustachy niezmiernie lubił mruczenie Trojki, gdyż pięknie wpadało mu w ucho.

Z dużego pokoju dobiegały podniecone głosy obu przyjaciółek. Pan Eustachy pomyślał, że musi się dowiedzieć o szczegóły, bo inaczej małżonka zaraz załatwi bilety na samolot. A musiał coś wymyślić, żeby nie kupiła biletu także dla niego. Ale na szczęście przypomniało mu się właśnie, że ma wszczepiony stymulator, więc nie jest taki pewny, czy może latać. Nie zdążył jednak jeszcze wstać z fotela, gdy do pokoju wtargnęły obie panie, z troszeczkę zaczerwienionymi policzkami (no cóż, wino!).

– Eustachy – rozpoczęła przemowę jego żona. – Wiesz, Konrad się żeni.

– No, wiem, przecież już składałem gratulacje Oleńce.

– Ale, no bo widzisz – włączyła się Oleńka – ja bardzo chciałabym, w imieniu Konrada i swoim, zaprosić was oboje. Tylko...

– No już – przerwał jej pan Eustachy – nie jąkaj się, mów po prostu, o co chodzi.

– O koty! – wykrzyknęły chórem. – Ktoś musi zostać z naszymi kotkami. Marcelinka przecież już będzie miała Maleństwo, więc nie możemy jej zwalać na głowę jeszcze naszych zwierząt, prawda? – dokończyła pani Eustaszyna.

– To kiedy ten ślub? – spytał zdziwiony pan Eustachy. Z entuzjazmu obu pań zrozumiał, że już, zaraz, jutro, a najpóźniej pojutrze.

– We wrześniu – odparła mama przyszłego pana młodego. – Bo wiesz, oni w takim specjalnym miejscu chcą zorganizować wesele. Ślub ma być w kościele El Cristo del Pardo, w El Pardo pod Madrytem, a przyjęcie weselne w pobliskiej restauracji „San Francisco". Tam terminy trzeba rezerwować z długim wyprzedzeniem. I tak ten wrzesień udało im się załatwić, bo akurat ktoś zrezygnował, inaczej sala byłaby wolna dopiero w przyszłym roku.

Pan Eustachy w duchu wzniósł ręce do nieba dziękczynnym gestem. Nie chciał przecież tam jechać czy lecieć, wszystko jedno. Już od dawna nie lubił ruszać się z domu, kochał swój fotel, gazety, a ostatnio jeszcze swoją kotkę.

– No tak, w tej sytuacji ktoś z nas musi zostać – udał nieco zmartwionego. – Dobrze, ja nie pojadę i chętnie zajmę się obydwiema kotkami. A wiecie, co? Jeszcze przyszło mi do głowy, że przecież ja mam ten stymulator serca, więc może w ogóle nie powinienem samolotami latać?

– Oj, tak, oczywiście – wykrzyknęła pani Eustaszyna, z miejsca czując się rozgrzeszona, bo trochę jej się wydawało, że takie pozostawienie męża w domu jakoś go pokrzywdzi. Ale przecież rzeczywiście on ma ten stymulator. Więc dobra żona nie powinna go narażać na dodatkowe kłopoty z sercem.

Czyli postanowione, problem rozwiązał się sam. I znowu wszystko było w porządku.

Rozdział
dwudziesty dziewiąty

– Witaj, Oleńko – powiedziała pani Eustaszyna przez telefon do swojej przyjaciółki. – Może poszłabyś ze mną do „Złotych Tarasów"? Tam jest taki sklep dla dzieci, „Next" się nazywa, podobno mają w nim świetne ciuszki. Oryginalne, angielskie. A ja chcę kupić trochę rzeczy dla Maleństwa.

– Pewnie, że pójdę – ucieszyła się pani Oleńka. – Ja przecież też muszę coś kupić. Teraz, kiedy już wiadomo, że to dziewczynka, przynajmniej z kolorem ubranek nie będziemy mieć problemu.

– Ale wiesz – odpowiedziała pani Eustaszyna – ja właściwie nie lubię różowego koloru, sto razy wolę niebieski. I co to za przesądy, że dziewczynkę trzeba ubierać w różowości! – złościła się.

– Posłuchaj, mam pomysł. – Pani Oleńka zachichotała. – Kupimy to, co nam się spodoba, nieważne, jakiego koloru. Dziecku i tak wszystko jedno, a Marcelina z każdej rzeczy się ucieszy. Zresztą nawet jeśli coś jej się nie spodoba, to przecież nie powie, prawda?

– Oczywiście – przytaknęła ciocia Marceliny. – W końcu moja krew!

Oleńka pomyślała, że tak naprawdę, to krwi pani Eustaszyny w Marcelinie nie ma ani kropli. Bo to przecież bratanica pana Eustachego – a mąż, wiadomo, nie rodzina.

Ale przezornie nie odezwała się na ten temat ani słowem.

– To powiedz tylko, kiedy chcesz tam iść, a ja się dostosuję – powiedziała tylko, zapisując sobie w myślach, że musi iść do bankomatu.

*

Pani Eustaszyna patrzyła bezradnie na trzymaną w ręku kartkę. „Next", pierwszy poziom, na lewo od schodów – sama tak napisała. No i jest w tych „Złotych Tarasach", oczywiście z Oleńką, która definitywnie się o to napraszała – wjechały na pierwszy poziom, idą na lewo od schodów... i nie ma tego całego „Nexta".

O matko, co to za jakieś głupie miejsce, pomyślała pani Eustaszyna. Okrągłe. Po co? Chyba po to, żeby tu w kółko chodzić.

Cóż – jak to mówią (a pani Eustaszyna takich sentencji znała mnóstwo) – koniec języka za przewodnika. Postanowiła więc kogoś zapytać. Zaczęła się rozglądać i wzrok jej padł na jakiegoś młodzieńca, tak – na jej oko – trzynasto- lub czternastoletniego. Ten pewnie będzie wiedział, młodzież zna centra handlowe jak własne domy.

Stanęła więc przed młodzieńcem, przybierając swoją, niezawodną do tej pory, pozę kruchej staruszki.

– Przepraszam cię, moje dziecko – odezwała się z miłym uśmiechem. – Powiedz mi, czy wiesz, jak trafić do takiego sklepu, który się „Next" nazywa? Bo jakoś się pogubiłam i nie mogę go znaleźć.

– Spadaj, głupia stara ropucho! – usłyszała. – Dziecko sobie znalazła, a idź ty gonić kury, prukwo jedna!

Pani Eustaszyna zemdlała. Pierwszy raz w życiu. To znaczy, gwoli ścisłości, nie padła na podłogę ani żadne takie. Ale czarne mroczki przed oczami jej latały. Na szczęście obok stały stoliki i krzesła jakiejś cukierni. Klapnęła więc na najbliższe miejsce i trochę sobie posapała. Pani Oleńka wystraszyła się śmiertelnie.

– Co ci tu... co ja... co my – mamrotała, kręcąc się w kółko.

– Przestań, natychmiast przestań wymachiwać rękami przed moim nosem, bo mi od tego w oczach miga – zezłościła się na nią pani Eustaszyna. – Idź lepiej do tej kawiarni i przynieś jakieś ciastka, bo mi słabo. Muszę sobie podnieść poziom cukru. Ja tu posiedzę i poczekam.

– Ale nic ci nie jest? Dobrze się czujesz? Co to znaczy, że ci słabo? Może pogotowie wezwać? Ojejku, jejku – trzepotała się wokół niej pani Oleńka.

– Dobrze się czuję – wysyczała przez zaciśnięte zęby jej ukochana przyjaciółka. – Idź wreszcie po te ciastka. Tylko żeby słodkie były!

Pani Oleńka stanęła więc w kolejce do lady, bo cukiernia była samoobsługowa. Stała tak pół bokiem, pół tyłem, bo cały czas chciała widzieć, czy aby Winia nie mdleje albo co...

Gdy przyszła na nią kolej, była już całkiem odwrócona tyłem do lady.

– Słucham, co dla pani? – spytała młodziutka sprzedawczyni, kierując to pytanie do pleców klientki.

Plecy nie odpowiedziały.

– Czym mogę służyć? – spróbowała jeszcze raz, ale pani Oleńka w ogóle nie zdawała sobie sprawy, że to już jej kolej na złożenie zamówienia i wpatrywała się niespokojnie w siedzącą przy stoliku przyjaciółkę, która robiła głębokie wdechy.

Sprzedawczyni wyciągnęła więc rękę i delikatnie dotknęła pleców swojej potencjalnej klientki. Plecy podskoczyły gwałtownie wraz ze swoją właścicielką.

– Ooooaaa! – wrzasnęła okropnie przestraszona pani Oleńka, gwałtownie się odwracając. – A, tak, teraz ja? Mam coś zamówić? – spytała mało przytomnie, przecież chyba po to w tej kolejce stała przy ladzie. – A, tak, tak – powiedziała. – Dużo słodkie poproszę.

– Dużo słodkie? – Sprzedawczyni zrobiła wielkie oczy.

Osoby, które stały w kolejce za panią Oleńką, zamiast mamrotać, że wstrzymuje ruch, z wielkim zainteresowaniem obserwowały rozgrywający się przed ich oczami spektakl.

– Dużo słodki to jest chyba miód – włączyła się Pani Stojąca Za.

– Miodu nie ma – odruchowo odpowiedziała panienka zza lady.

– Albo może chałwa – zaproponowała Pani Stojąca Za Panią Stojącą Za.

– Chałwy też nie ma. – Sprzedawczyni była już kompletnie skołowana.

– Poproszę dwa ciastka – zdecydowała się nagle pani Oleńka. – Tylko żeby były słodkie! Jak najsłodsze. Z czymś i z dużą ilością bitej śmietany – poprosiła.

– Słodkie. Z czymś – zastanawiała się sprzedawczyni. – Właściwie chyba wszystkie są słodkie. Ale z bitą śmietaną, to może ta rolada serowo-biszkoptowo-śmietankowa.

– Może być – zgodziła się pani Oleńka. – I proszę na to jeszcze więcej bitej śmietany nasypać.

– Nasypać? – zdziwiła się panienka zza lady.

– Och, jaka ta młodzież niedomyślna teraz – zirytowała się dziwna klientka. – No, nałożyć, nakłaść, nasmarować, ozdobić, nakryć; co tam pani woli.

– Coś do picia? – zapytała sprzedawczyni i zdziwiona patrzyła, jak jej klientka odchodzi od lady, bez tych ciastek i bez słowa...

– Coś do picia? – spytała pani Oleńka, stając przed panią Eustaszyną, jakoś bardzo zamyśloną.

– Co, co? A, do picia – ocknęła się pytana. – Tak, zieloną herbatę, jeśli mają.

– Zieloną herbatę, jeśli mają, to znaczy – jeśli macie – powiedziała pani Oleńka, bezceremonialnie stając przed obsługiwaną właśnie następną klientką.

– Mają, eee... macie – poprawiła się ekspedientka. – Ta znaczy – mamy (O Jezu, pomyślała). – Ile tych herbat ma być?

– No jak to, ile? – zdziwiła się pani Oleńka. – Dwie przecież.

Talerzyki z ciastkami, szczodrze udekorowanymi bitą śmietaną, wylądowały ponownie na ladzie.

– Herbata zaraz będzie, proszę usiąść, przyniosę paniom – powiedziała zgnębiona ekspedientko-kelnerka.

Pani Oleńka postawiła na stoliku talerzyki z ciastkami i usiadła z głębokim westchnieniem, jakoś zmęczona tymi kawiarnianymi zakupami.

– Coś ty tam wyprawiała, przy tej ladzie? – spytała zniesmaczona pani Eustaszyna.

– Ja??? – zdziwiła się niepomiernie przyjaciółka.

– A kto, ja? Jakieś okrzyki, podskoki, widziałam przecież.

– Ach, bo mnie przestraszyła... o, dziękujemy bardzo – powiedziała w stronę sprzedawczyni, która przyniosła im zieloną herbatę.

Obie zajęły się ciastkami. Ale panią Eustaszynę gnębiło przeżyte niedawno zdarzenie.

– No, popatrz, co to za młodzież teraz – sapnęła. – Tak się zastanawiam – myślała głośno. – Bo widzisz, że ja takiemu szczeniakowi mogę się wydawać stara, to jestem w stanie zrozumieć. Ale „ropucho”? Dlaczego? I dlaczego kazał mi ganiać kury? Skąd ja mu tu jakieś kury wezmę? Rozumiesz coś z tego? – pałała świętym oburzeniem. – I w dodatku „prukwo”?

Pani Oleńce zaczęła podejrzanie drżeć twarz. Poczerwieniała, wydając z siebie serię chrząknięć. Wreszcie nie wytrzymała i parsknęła śmiechem. Na cały głos.

Pani Eustaszyna nadęła się i miała zamiar natychmiast się obrazić, ale, niestety, spojrzała na Oleńkę, której ze śmiechu łzy toczyły się po twarzy – i nie wytrzymała. Parsknęła jeszcze głośniej. No i siedziały tak obydwie, zwijając się ze śmiechu, a ludzie przyglądali się z sympatią dwóm starszym paniom, które rżały, chichotały i po prostu się zarykiwały. Cóż, nie był to wcale dystyngowany śmieszek dobrze wychowanych, przedwojennych, kulturalnych dam. To był szczery, głośny, bezpretensjonalny śmiech dwóch kobiet, powiedzmy, dojrzałych kobiet.

„Lubię to” – jak by powiedział każdy fejsbukowicz.

Herbatka i „dużo słodkie" ciastka dobrze zrobiły obu paniom, więc, wypytawszy uprzednio siedzące przy sąsiednim stoliku dwie młode kobiety, wyglądające na czyjeś mamy, gdzie jest ten „Next", ruszyły we wskazaną stronę i sklep znalazły natychmiast. Był w zasadzie tuż obok.

O matko, czego tam nie mieli! Same cuda. Wypatrzyły, gdzie wiszą ciuszki dla niemowlaków i zaczęły w nich przebierać. Nie mogły się zdecydować, bo wszystko było ładne, a każda kolejna rzecz jeszcze ładniejsza. W rezultacie wykupiły pół sklepu. No, prawie.

– Winiu... – powiedziała nieśmiało pani Oleńka. – Ale, wiesz? Ta spódniczka to, popatrz, tu jest napisane, że to rozmiar na dwa–trzy lata. Dla niemowlaczka będzie chyba za duża.

– Oj, co ty tam wiesz – obruszyła się pani Eustaszyna. – A skąd ja mogę wiedzieć, czy będę jeszcze żyła, gdy ona będzie miała dwa latka? Więc teraz kupuję, póki żyję i mogę.

– Och! – pisnęła tylko pani Oleńka i po chwili, przemyślawszy dogłębnie wypowiedź swojej ukochanej sąsiadki, włożyła do swojego koszyczka wypatrzone na wieszaku małe dżinsy z wyhaftowanym Kubusiem Puchatkiem, trzymającym latawiec. Rozmiar – „3 years". A co tam! Ona też może już nie żyć za trzy lata. A dziecko przynajmniej pamiątkę będzie miało.

I z tego rozpędu skierowały się jeszcze w stronę półek z większymi ubrankami, ale popatrzywszy na siebie, opamiętały się w porę.

W rezultacie, mimo tego opamiętania, przy kasie okazało się, że rachunki i tak były niemałe. No i dobrze – panie w ogóle się tym nie przejęły. W końcu przecież są sławnymi autorkami, pierwsza książka sprzedawała się znakomicie, druga w niedługim czasie będzie w księgarniach, więc cóż? Chyba pieniądze są po to, żeby je wydawać, prawda? I wcale nie tylko na jedzenie...

Obładowane pięknie zapakowanymi paczkami ruszyły na piechotę do pani Oleńki, bo u niej miały być przechowane prezenty.

Na razie Marcelina nie powinna ich widzieć, a Maleństwo tym bardziej. Absolutnie wierzyły obydwie, że córeczka Marcji zobaczyłaby, co kupiły, gdyby tylko jej mama znalazła się w pobliżu tych prezentów.

– Niech Agatka ma niespodziankę, prawda? – orzekła pani Eustaszyna.

– Prawda – przytaknęła jej przyjaciółka. – Agatka? To już postanowione?

– No, w zasadzie to nie wiem, nie pytałam – odparła ciocia Winia. – Ale zawsze słyszałam, że oni chcą mieć dwoje dzieci: Jacka i Agatkę. Więc skoro to dziewczynka, to chyba Agatka.

– Bardzo ładnie – zaaprobowała pani Oleńka.

Rozdział trzydziesty

– Jerzy, podaj mi, proszę, telefon. – Marcja siedziała wygodnie na kanapie, nogi miała oparte na stojącym przed kanapą krześle. Burka, z niesmakiem patrząc na wielki brzuch swojej pani, który nie pozwalał jej układać się na kolanach Marcji, przytuliła się do jej prawego boku, udeptując sobie przedtem – kocim zwyczajem – miejsce przy tym boku.

Z drugiej strony Marcji umościła się natychmiast Czarna, wyciągając całe swoje psie ciało na całą jego psią długość. Łebek oparła na marcelinkowym kolanie.

Marcja trzymała w ręku kubek z zieloną herbatą, w tle słychać było „Koncert skrzypcowy D-dur" Czajkowskiego, ukochany utwór przyszłej mamy. Szczęście byłoby pełne, gdyby nie to, że raptem rozległy się takty „Skrzypka na dachu", przeszkadzając Czajkowskiemu. Dzwonił telefon Marcji. Ale sięgnięcie po niego było w tej chwili dla właścicielki niewykonalne. Aparat leżał na stole, poza zasięgiem jej ręki.

Od czegóż jednak ma się męża? Który oczywiście natychmiast podał żonie telefon.

– O, cześć, Barbasiu! – ucieszyła się Marcja, widząc wyświetlony numer i imię przyjaciółki.

– To nie Barbara, to ja, Damian – usłyszała. – Dzwonię z telefonu Basi. Jesteśmy w szpitalu. Dwie godziny temu urodził się nasz synek. Wiesz, trzeba było robić cesarkę, bo coś tam było nie tak z pępowiną. Zawinęła się jakoś, ja się nie znam, to już ci moja kochana żona opowie, jak tylko będzie mogła mówić. Na razie jeszcze jest słaba, lekarze nie pozwalają jej na żadne zbędne ruchy. Więc leży sobie i tylko wydaje mi polecenia. Obdzwaniam po kolei całą jej książkę telefoniczną. Ty jesteś druga w kolejności, zaraz po rodzicach Basi.

– Oj, cieszę się! – udało się powiedzieć Marcji, gdy Damian zamilkł na chwilę, chyba żeby zaczerpnąć powietrza, bo cały komunikat wygłosił jednym tchem, zachwycony ponad miarę. – Ale wszystko już w porządku? – spytała. – Jak malutki?

– W porządku – odparł dumny tata. – Jędruś jest prześliczny, bardzo podobny do mnie, więc sama rozumiesz. Zadzwonimy do ciebie może jutro, dobrze? Teraz muszę zająć się rozkolportowaniem naszej dobrej nowiny.

– Uściskaj Barbarę – powiedziała Marcja do głuchej słuchawki, bo Damian już się rozłączył.

Jerzy spojrzał pytająco na żonę.

– Synek? – upewnił się tylko.

– Synek – potwierdziła, zdając sobie raptem sprawę z tego, że lada moment i ją czeka ten trudny życiowy egzamin. Chciała, żeby to było jak najszybciej.

Na razie zadzwoniła tylko do Anny, do „Sosnówki". Jędruś to przecież „sosnówkowe" dziecko, tam został poczęty. Barbara zawsze to podkreślała, twierdząc, że stało to się z powodu cudownie wygodnego

416

łoża w apartamencie małżeńskim, w którym mieszkali z Damianem podczas urlopu. Z Anną bardzo się polubili, a Bartek – ich przyjaciel, który był wtedy z nimi – od kilku miesięcy mieszkał już w Towianach, pracował z mecenasem Witkowskim. I zacieśniał znajomość z Marzeną, właścicielką kawiarni, co bardzo cieszyło Annę i wszystkich mieszkańców „Sosnówki". W związku z tym cieszyło także Marcję. Bartka też musiała powiadomić, ale najpierw Annę.

Anna, szczęśliwa mama małej Anisi, cieszyła się bardzo ze wszystkich wiadomości o narodzinach jakichkolwiek maluszków. A już dziecko poczęte w „Sosnówce" gotowa była uznać za braciszka swojej córeczki. Anisia przecież też była tam poczęta.

– Przekaż Barbarze moje gratulacje, życzenia i wyrazy wielkiej radości. Powiedz, że zawsze mają wstęp do „Sosnówki" i zawsze będą gośćmi honorowymi – powiedziała. – Za kilka dni sama do niej zadzwonię, teraz nie chcę przeszkadzać. Powiadom mnie, jak już będzie w domu, dobrze?

– Jasne, ściskam cię mocno – odparła Marcja. – Teraz ja czekam na swoją kolej, Barbara miała rodzić troszkę później, ale coś tam było z pępowiną i lekarz zdecydował, że konieczne jest cesarskie cięcie. Ja mam nadzieję urodzić własnymi siłami. Jerzy na pewno do ciebie zadzwoni. Albo ciocia, bo ona chodzi koło mnie jak kwoka i najchętniej urodziłaby za mnie, tak myślę.

– O, jak znam twoją ciocię, dałaby sobie radę koncertowo – zaśmiała się Anna. – Trzymam kciuki i proszę o wiadomości.

*

417

No – i cóż – czas przyjścia na świat malutkiej panny Tarczyńskiej właśnie nastał. Jerzy oczywiście pojechał z żoną do szpitala i dzielnie asystował przy porodzie.

Tylko raz prawie zemdlał – w chwili gdy ukazała się główka jego córeczki. Wiedział jednak, co robić, bo lekarz go pouczył.

– Panie tatuś! – powiedział. – Jakby pan chciał mdleć albo co, to proszę usiąść gdziekolwiek i opuścić głowę między nogi. Albo, najlepiej, w ogóle wyjść z sali i mdleć sobie na korytarzu. Bo tu mamy ważniejsze rzeczy do roboty niż cucenie świeżo upieczonych tatusiów.

Krótko i węzłowato. Ale Jerzy przyjął pouczenie do wiadomości i zastosował się – usiadł na krześle i wsunął głowę między nogi. Pomogło.

A córeczka urodziła się, nie zwracając uwagi na stan emocjonalny i fizjologiczny swojego taty.

Przyszła na świat w środku nocy, Jerzy przesiedział więc przy Marcji do rana, czuwając, czy czegoś jej nie trzeba. Żona jednak spała sobie spokojnie, co nieco zmęczona porodem. Rano zadecydowali wspólnie, że trzeba powiadomić ciocię, Jerzy zatelefonował więc do pani Eustaszyny około dziewiątej – uznając, że już się wyspała.

– Ciociu – oznajmił – nasza córeczka już jest na świecie.

– Zaraz będę, zaraz jadę, już, już, za kilka minut! – wykrzyknęła szczęśliwa ciocio-babcia. – Poczekajcie!

Czekali, oczywiście – zresztą i tak nigdzie na razie się nie wybierali.

– Aaaa – zapytała jeszcze pani Eustaszyna – czy mogę przyprowadzić Oleńkę? Bo w życiu by mi nie wybaczyła, gdybym tego nie zrobiła.

– Ależ, ciociu, to oczywiste – odparł Jerzy. – Pani Oleńka to przecież prawie rodzina, prawda?

– Hi, hi, hi – ucieszyła się ciocia. – Powiem jej to zaraz, bardzo się ucieszy. To my niedługo będziemy. Ale wszystko w porządku? – przypomniała sobie najważniejsze pytanie.

– Bezsprzecznie! – zapewnił ją mąż Marcelinki. – W jak najlepszym porządku.

*

Obie starsze panie spojrzały przed siebie. Zobaczyły dumnego tatę, troskliwie trzymającego przytulone do serca zawiniątko.

Zerwały się na równe nogi.

– Ciociu Winiu! Pani Oleńko! – napuszył się Jerzy. – Chciałem paniom przedstawić moją córkę.

– Naszą córkę! – poprawiła go Marcja, która zmaterializowała się obok nich jak duch.

– Ale czy ty nie powinnaś leżeć? – zaniepokoił się Jerzy.

– Daj jej spokój, skoro wstała, to znaczy, że mogła – zirytowała się pani Eustaszyna. – Pokaż nam wreszcie to dziecko.

Obie starsze panie stanęły na palcach, wyciągając szyje.

Jerzy delikatnie odchylił rąbek kocyka.

– Oto ona. – Wyciągnął ręce przed siebie, trzymając malutką mocno i opiekuńczo.

– Jadwiga...

– Jadwiga? – Pani Eustaszyna, z podejrzanie błyszczącymi oczyma, usiadła z powrotem na krześle.

– ...Aleksandra – dokończył Jerzy.

– Aleksandra? – Tym razem na drugie krzesło opadła pani Oleńka, nawet nie próbując ocierać łez.

– Tak – potwierdził Jerzy. – Jadwiga Aleksandra. Oprócz nas tylko panie są jej rodziną, więc niby jak mieliśmy ją nazwać? Ciociu Oleńko, nie pogniewa się ciocia, że bez pytania została naszą ciocią? No, po prostu ciocię „uciociowaliśmy", jakkolwiek to brzmi. Może tak zostać? – spytał dumny tata. O tym, że jego mama miała na imię Aleksandra, nie zamierzał teraz wspominać.

– Gniewać się? Ależ to dla mnie największy zaszczyt. Coś najpiękniejszego, co mnie w życiu mogło spotkać – płakała już w głos „ciocia Oleńka".

– Cicho, nie lej tu łez, bo jeszcze jakichś zarazków na dziecko napuścisz – syknęła nieco zazdrosna pani Eustaszyna. – I w ogóle chodź już, dajmy im na razie spokój. Marcja do łóżka natychmiast, z malutką.

– Z Wisią, ciociu – odezwała się młoda mama. – Tak na nią będziemy mówić. Podoba ci się?

– Oczywiście, że mi się podoba – powiedziała napęczniała z dumy ciocio-babcia.

Ciocio-babcia Jadwiga. Jadwiga Krzewicz-Zagórska.

Kto to wymyślił, że imię Jadwiga nie jest ładne? Przecież to imię królewskie. Przepiękne imię.

I taki oto był koniec pani Eustaszyny. Definitywny koniec!

Nastał czas Jadwigi!

***

Pani Jadwiga Krzewicz-Zagórska siedziała na kanapie, pod swoją ulubioną lampą, trzymając na kolanach Trojkę.

Obydwie mruczały z zadowolenia.

Teraz jeszcze przede mną ślub Konrada, czyli wyjazd – nie, lot! – do Madrytu, myślała, planując najbliższą przyszłość.

To we wrześniu.

Przedtem jeszcze, w sierpniu, musi jechać na Jarmark Dominikański do Gdańska. Tego nie odpuści. Oleńka też już zapowiedziała, że z nią pojedzie. A właściwie polecą embraerem.

Następnie, w październiku, premiera nowej książki, co do której pani Jadwiga miała same dobre przeczucia. I znowu spotkania z czytelnikami, myślała, z góry w duchu na to się ciesząc. Bo, choć obydwie z Oleńką oficjalnie narzekały na „nadmiar promocji", jak mawiały; tak naprawdę obydwie były zachwycone. Podpisywały książki, przyjmowały hołdy czytelników, udzielały wywiadów – ba!, wystąpiły nawet w programie TVP Warszawa.

Książka książką, ale obie miały też zamiar pojechać w październiku do „Sosnówki". Nie widziały jeszcze przecież córeczki Anny – i, choć oczywiście nie było piękniejszej dziewczynki na świecie od Jadwigi Aleksandry Tarczyńskiej, ich Wisi, to jednak inne dzieci też w zasadzie tolerowały.

Tyle jeszcze ekscytujących rzeczy przed nią!

– Wiesz, Eustachy – powiedziała do męża, wchodząc do jego pokoju. – Jak tak dalej pójdzie, to nie będę miała czasu umrzeć.

– To dobrze, dobrze, kochanie – odparł, przytomnie, jak zazwyczaj, małżonek pani Jadwigi.

I na tym stanęło...